La llave de las estrellas

MARTA QUINTÍN

La llave de las estrellas

Una llave unirá los destinos de dos mujeres
a través de los siglos

Editado por HarperCollins Ibérica, S. A.
Avenida de Burgos, 8B - Planta 18
28036 Madrid

La llave de las estrellas
© Marta Quintín Maza, 2022
© 2022, para esta edición HarperCollins Ibérica, S. A.

Diseño de cubierta: CalderónSTUDIO®
Imágenes de cubierta: Dreamstime y Shutterstock

ISBN: 978-84-18976-34-6
Depósito legal: M-17326-2022

Todos ellos se me fueron. Me quedan sus historias.

Mensaje aparecido dentro de una botella
encontrada a mediados del siglo xix
en una playa de Norfolk

Voy a salir a buscarte.
Que hoy las estrellas se ven
más brillantes.
Que hoy las estrellas
están de mi parte.

Dinamita, *La Bien Querida*

Para recordar
tuve que partir
y soñar con el regreso
—como Ulises—
sin regresar jamás.
Ítaca existe
a condición de no recuperarla.

Dialéctica de los viajes, Cristina Peri Rossi

PARTE I

A veces, uno pierde las llaves y acaba perdiéndolo todo. Yo eso no lo sabía, porque ni siquiera me había parado a imaginarlo. Sin embargo, puede ocurrir. Justo así empezó aquella aciaga mañana del 3 de junio. Mi «¡Hasta luego, nona!» se encarnó en una ráfaga de aire y cerró la puerta tras de mí.

Dejé a mi abuela lavando las tazas en la cocina. Sus manos sarmentosas y enjabonadas, afanándose en el agua, con la porcelana blanca y azul, mientras el olor a café que habíamos tomado aún inundaba la casa, igual que la luz, que ya rayaba el suelo del pasillo y un trozo de zócalo. Desconozco si murmuró algo, si me hizo alguna recomendación, o si solo se despidió con su *Caminos de leche y miel* cuando me fui sin llevar las llaves conmigo.

Me zambullí en las calles del barrio. Plaka apenas estaba amaneciendo. La atmósfera punzaba de limpidez y de frescura. Una mujer salió de una casita colorada provista de un cubo y remojó la acera. Esquivé el reguero. Al hacerlo, mis ojos tropezaron con un gato de abundante pelaje pardo. Me miraban, con plácida altivez, sus ojos de cristal verde pálido. Apenas reparé en él. Solo pensaba en las respuestas que daría en la entrevista de trabajo. Las había ensayado delante del espejo con la boca llena de pasta de dientes. Creo recordar que consulté el reloj innecesariamente. No llegaba tarde. Aun así, esperé con nerviosismo y de puntillas el autobús que me transportó a las afueras de Atenas. A un edificio de acero y muchas plantas donde, una vez más, me dijeron que no. O tal vez el eufemismo; que ya me llamarían. Lo he olvidado.

Con mi orgullo y mi licenciatura inútil, enrollados cada uno debajo de un brazo, emprendí el camino de vuelta. La esperanza la llevaba estrujada en la mano como un ramo de flores mustias. Estaba a punto de tirarlas en la papelera más cercana. *Todo mal,* le escribí a Yorgos en un mensaje. *Ánimo, te quiero igual,* puede que me contestara. El rechazo me había ocupado varias horas. Dos viajes en un transporte público entrecortado. La espera extenuante a la que te somete el poder para demostrarte que te tiene a su merced, permitiéndose robarte lo más valioso que posees: el tiempo. La conversación plagada de baches y malentendidos en los que hundías la rueda hasta el chasis y la sacabas pegoteada de alquitrán. Para cuando me bajé en mi parada y me interné de nuevo en el barrio, la mañana había sido despojada de toda su lozanía. Un sol pegajoso calentaba las piedras. La acera se había secado. Al gato pardo no se lo divisaba por ninguna parte.

«La Filología Hispánica no les interesa. Yo no les sirvo para nada». Esa sería mi trágica declaración en cuanto cruzase la puerta de casa. Me regodearía un poquito en el patetismo. Cargaría las tintas en el acento descorazonado. Necesitaba que me compadecieran. Al principio, la nona no complacería mis deseos, bien la conocía. Sus ojos de pajarito abandonarían la vigilancia del fuego, o el moldeado del barro, del que hacía nacer vasijas, cuencos, portalápices y elefantes de la suerte con la trompa hacia arriba. Ceniceros, no, que el tabaco mata y ella no iba a dispensar su complicidad a esa masacre. Esos mismos ojos de pajarito se posarían en mí. Me escrutarían tras la barrera de las gafas. Se limpiaría las manos enfangadas (o enharinadas) con un trapo que luego lanzaría con rabia silenciosa a algún rincón. Y se pondría a mascullar. Acompasándose con imprecaciones inaudibles, recorrería el pasillo unas cuantas veces, los brazos en jarras. La lengua se le llenaría de veneno. Y al poco, de miel. «Ellos se lo pierden». Esa frase marcaría el inicio de una larga tarde juntas jugando a las cartas. Entre partida y partida, me sostendría la barbilla con la mano áspera y me miraría con ojos suaves: con la dulzura con que no me había mirado el mundo. Cuando aquella noche me fuese a dormir, la nona habría conseguido que la derrota hubiese dejado de importar.

Encontré abierto el portal. Al subir las escaleras, iba rebuscando en el bolso y, por primera vez, noté la ausencia de las llaves. Mis dedos tentaron la cartera, el paquete de pañuelos de papel, el móvil, un chicle de menta. Ni rastro del tintineo metálico. Mi manía de llevarlas sueltas, desperdigadas, de prescindir del llavero. Un témpano a la deriva se me atravesó en la garganta. La tarde de consuelo se esfumaba por momentos. A la nona le soliviantaría aquel extravío. Volqué el contenido del bolso sobre la frialdad del rellano. En cascada, se precipitaron sobre las baldosas la cartera, el paquete de pañuelos de papel, el móvil. Incluso el chicle de menta. Me rendí a la evidencia. Las llaves no estaban.

Pulsé el timbre. Agaché la cabeza en el umbral. Como el perro que se humilla anticipándose a la regañina. El chaparrón me calaría hasta los huesos y, de tanta humedad, se me astillarían. Aguardé. En vano. No se escuchó el acudir de los pasos trabajosos de la nona, ni su trajín en algún recoveco del pisito. Habría salido a comprar. El castigo quedaba pospuesto. Una parte de mí, la más pueril, la que abriga el convencimiento de que, si el mal se demora, tal vez acabe por no venir, experimentó un placebo de alivio. Otra, la racional, lamentó que el golpe se postergase. Mejor recibirlos cuanto antes y recobrarse enseguida. Sumida en ese debate interno, regresé a la calle. Me aposté en un murete frente a la casa y esperé. Me ensimismé, contemplando la fachada de un desvaído amarillo. La luz escalaba por ella, la iba cubriendo más y más. El aire permanecía estático y pesado a mi alrededor. De cuando en cuando, vibraba alguna cigarra emboscada en la hiedra de la esquina. Yo me sentía extrañamente tranquila. No veía nada anormal en todo aquello. Supongo que ni siquiera concebía que en el territorio de mi abuela Ruth pudiera infiltrarse una brizna de desdicha, de desorden. En ese estado, transcurrieron horas. Y entonces sí, me lo pregunté. ¿Dónde se había metido la nona?

Aproveché que un vecino entraba en el edificio para colarme tras él, una intrusa en mi propia morada. Volví a plantarme ante la puerta. Toqué el timbre con una terquedad desafiante. Mantuve el dedo sobre el interruptor para que se desgañitara en un aullido penetrante y avasallador. Imperioso. La nona no se iba a librar. Tendría que hacerme caso. No pensaba consentir otra cosa, me gritaba un eco desesperado que me había bañado en sudor las tripas heladas. Cuando horas después el cerrajero hizo saltar la cerradura, ya casi era de noche. Yo, desde luego, me hallaba a oscuras. La casa, también. Dentro, la nona estaba muerta, claro.

«Fulminante» fue el adjetivo que empleó el forense para describir el ataque cardíaco que la había derribado en tierra. Sobre ese punto no se cernían las dudas con sus graznidos de cuervo. Más confuso resultaba, en cambio, aquel otro sobre si yo le podría haber prestado algún auxilio en caso de haber tenido las llaves (que jamás aparecieron), o si, igualmente, habría llegado demasiado tarde. Al respecto, el ojo clínico no leyó con la suficiente precisión las señales del *rigor mortis*. También cabe la posibilidad de que yo prefiriese no enterarme.

—¿Rebeca Benveniste? ¿Es usted el familiar más cercano?

Las voces resonaban en el fondo de un embudo.

—Sí, soy yo… El más cercano, así es.

«Y el único», añadí. Siempre habíamos sido solo las dos. A mí no se me conocía padre alguno. Su nombre se borró en la noche de los tiempos. Se descompuso desagüe abajo. Y, si alguna vez mi madre se habría sentido con ánimo lenguaraz y divulgador, y se hubiese resuelto a revelarlo, el caso es que nunca lo sabremos, porque a la pobre no se le brindó ocasión. Se mató en un accidente de coche mucho antes, cuando yo aún no contaba la edad necesaria para entender en qué consiste un padre. De ella conservamos varias fotografías, por supuesto. En todas comparece un rostro joven y hermoso, que no se esfuerza en decirme nada especial. Siempre se me ha mostrado bastante hermético. Mi madre, la esfinge. Mi padre, una especie de Juan Nadie. Ambos impenetrables.

Cuando me quedé huérfana, mi abuela Ruth ya estaba viuda. Acogió a ese bebé al que habían dejado tan desamparado y se convirtió en la nona. Me había criado con todo el amor con que se puede criar a alguien en el soleado pisito de Plaka donde ahora, veintisiete años después, yacía dentro de una bolsa antes de que se la llevaran a enterrar a alguna parte. Lo ignoto de ese detalle provocó que se me derramara el mundo sobre las espaldas, como una lengua de lava fría. ¿Cuál era la última voluntad de la nona? ¿Dónde quería descansar? No albergaba ni la más remota idea acerca de esos deseos íntimos y definitivos. El tema jamás había salido a relucir. Nunca se lo había preguntado. Por miedo, obvio. Me tocaba purgar mi falta de agallas, el no haber mirado a la realidad de frente. Cualquiera habría sido capaz de vaticinar que, más pronto que tarde, la nona Ruth se apearía del trolebús con sus ochenta y ocho años a cuestas. Y sin embargo, ¿qué había hecho yo? Esconder la cabeza en lo más hondo de las placas tectónicas. Ahora, se me habían movido. El suelo había temblado bajo mis pies. Había perdido el equilibrio. Y allí, en medio de la muerte, caí en la cuenta de que no sabía vivir.

Por fortuna, en eso, en lo de vivir, mi abuela se había mostrado mucho más expeditiva y fecunda en recursos. No sin sorpresa, descubrí que había dejado testamento y disposiciones inequívocas. Quería que la inhumaran junto a mi abuelo, Isaac Benveniste, en el cementerio de Atenas. En alguna ocasión, pocas, sobre todo de niña, me había llevado con ella a visitarlo. Sospecho que, muchas otras, a medida que crecí, se escapaba sola para mantener conversaciones privadas que, por descontado, no me concernían: seguro que allí, inclinada sobre la lápida, había continuado secreteando con él y, no me cabe duda, echándole algún rapapolvo cuando la ocasión lo requería. En absoluto podía extrañar, por tanto, aquella decisión postrera de compartir eternidad con su esposo. Lo habría adivinado cualquiera con un retazo de pesquis.

Habían llegado los dos desde Salónica a principios del verano de 1942, cuando su ciudad natal ya era pasto de los nazis. Por aquella época, mi abuela Ruth despachaba legumbres en un colmado y belleza por la cara. Las horquillas no le traspasaban las trenzas de espesas que las lucía, y sus ojos chispeaban como el centro de una hoguera encendida sobre unas mejillas cálidas, movedizas y radiantes. El más cínico de los hombres se habría calcinado en una carcajada suya. Así que, un buen día, un oficial alemán que frecuentaba el establecimiento y que, de tapadillo, le deslizaba propinas, le obsequió con una en forma de comentario: «En Atenas, el aire es más puro». Mientras decía aquello con un tono vago, al desgaire —recordaba la nona—, su mirada insistía. Así que, en cuanto ella acabó la jornada, salió de la tienda a escape, a casa de su novio, a transmitirle aquel mensaje cifrado, con tan vehementes y persuasivos argumentos que logró convencerlo de que urgía marcharse.

En la resolución también pudo influir la noticia que a él le habían dado unas semanas atrás: al parecer, uno de sus tíos había sido asesinado con vileza en la cobardía de la noche. No lo conocía más que del eco de las crónicas familiares, pues se había ido de Salónica hacía muchos años. Se llamaba Benjamín Benveniste y los últimos informes lo situaban en París, donde había pasado el periodo de entreguerras trapicheando con obras de arte. Se rumoreaba que estaba dotado de un talento inusitado para localizar las más valiosas, y de una tenacidad férrea para conseguirlas a precio de saldo. Sus negocios habían sido turbios, sin duda, pero no lo suficiente como para merecer que, en su propia casa, le descerrajaran tres tiros en mitad del pecho y que nadie nunca pagase por ello. Delito impune. A quién podía preocuparle un judío menos en la Francia ocupada y lacayuna.

En la vivienda encontraron varias fotografías de un cuadro. Uno de un celebérrimo pintor español, Martín Pendragón, que plasmaba la luz como nadie, y con el que, muchas décadas después, se batiría un récord de cotización en una subasta celebrada en Nueva York. Por supuesto, en el escenario del crimen, de la pintura no quedaba ni el rastro más somero.

La comezón del escarmiento en cabeza ajena, y que la pertinaz Ruth lo acribillara a razones, en las que no toleraba que se abriera fisura o vacilación alguna, terminaron por arrancarle la promesa al inquieto Benveniste de que reuniría sus escasos ahorros, sus escuetas pertenencias, y que se la llevaría de allí. Bendita la hora.

Unas semanas después, las autoridades nazis congregarían a todos los jóvenes varones judíos de Salónica en la plaza de la Libertad (ironías que se permiten los sádicos), allí los vejaron, obligándolos a realizar ejercicios físicos al tiempo que les encañonaban las sienes vulnerables, las frentes sudorosas y los tórax agitados, y a la mitad de ellos los enviaron a ejecutar trabajos forzados para una empresa alemana en una carretera griega, donde muchos fallecieron de extenuación y de paludismo. Para que les devolvieran a sus chicos, la comunidad tuvo que pagar un rescate y también renunciar a su cementerio, que fue diligentemente destruido y transformado en cantera. En cualquier caso, muy pronto cesó de hacer falta: el ochenta y cinco por ciento de los judíos que vivían en la ciudad al comienzo de la guerra acabó sus días en la tierra fría y extraña de un campo de concentración. Allí comenzó a resultar habitual oír este canto: «¿Qué va a ser de mí? En tierras de Polonia me tengo que morir».

Todos los amigos de la nona Ruth y del abuelo Isaac que se quedaron sufrieron ese destino. Al único familiar cercano al que dejaron atrás, pues no tenían otro, era el padre de ella, que se negó a acompañarlos. Había trabajado siempre como impresor, y los últimos años en el periódico judeoespañol *El Mesajero*. Cuando los invasores lo cerraron, al igual que las emisoras de radio que escuchaba, y le prohibieron la entrada a los cafés por ser quien era, aquel hombre enérgico, testarudo y apegado a sus costumbres, de hechuras sencillas y raíces firmes, desembocó en la conclusión de que no le gustaba un mundo así. Los ruegos de su hija (que me lo contaba decenios después con unos labios rígidos, que se tensaban hasta casi la inmovilidad con tal de no empezar a temblar, porque entonces, el resto del relato, a partir de esa primera concesión a la flaqueza, habría afluido en forma de llanto inaceptable) se los quitó de encima, los disuadió el obstinado señor de dos papirotazos: «Que yo ya estoy muy torpe, que solo voy a estorbar... Que se me nota mucho el acento cuando hablo griego y, si las cosas se ponen feas en Atenas, os podría delatar... Márchese la juventud, eso es, marchad».

Encomendó al joven Isaac a su desolada chiquilla, tan determinada sin embargo a fugarse de aquel avispero con una exigua maleta, y él se encastilló en las últimas resistencias de Salónica. Eso sí, no esperó mucho. Mientras veía que a su gente le requisaban las casas, que morían de hambre, y antes de que le impusieran la estrella amarilla en las ropas, lo confinaran en un gueto, sus vecinos lo chantajearan a cambio de no denunciarlo —a la pobre señora Abravanel, del edificio de enfrente, le sacarían una a una todas sus joyas y vestidos— para que, al final, terminaran por subirlo a un convoy rumbo a Auschwitz; antes digo, se escabulló entre bambalinas con algún método más civilizado, más piadoso, más humano, que nunca se esclareció por completo.

Cualquiera podría espantarse de la estirpe de tragedias de la que provengo. Qué solos, qué abandonados a nuestra suerte hemos estado todos. En fin. Somos judíos. Cada cierto tiempo, nos quedamos perdidos en el mundo. La estrella se nos nubla. Comienza a parpadear, a punto de fundirse, pero jamás se apaga del todo.

En mí se cifraba el último eslabón de aquel linaje marcado por la vicisitud, y tuve razones bien fundadas para creer que mi estrella se hallaba próxima a la extinción cuando falleció la nona Ruth. No por la tristeza, que también, sino por la extrema precariedad en la que encallé. Mi abuela no me legó prácticamente nada, pues prácticamente nada poseía. Habíamos subsistido siempre con su modesta pensión, al día. Con ella, se esfumaban por entero los ingresos. Yo seguía sin encontrar trabajo en una Grecia que se encontraba en bancarrota. Era 2012. Las protestas cundían por doquier. La gente se desesperaba, se lanzaba a las calles después de que los hubieran arrojado al paro, pero un ente sombrío dictaminaba desde Bruselas que, como país, no servíamos para nada. Nos redujeron a la condición de lastre. Uno que había que aligerar cuanto antes, o del que desprenderse aprisa.

A través de un contacto de Yorgos, me emplearon de camarera por un sueldo de miseria con el que, por supuesto, me conformé, y que agradecí como una dosis de maná en vena. El segundo día, las manos me desfallecieron bajo el peso de una bandeja. La sopa corrió libre y abrasadora sobre los pantalones de un cliente. Y me echaron. No les culpo. Nadie estaba en disposición de contratar torpezas en ese horno que carbonizaba los bollos. Mi frustración por no ser capaz de valerme arrasó con cualquier asomo de aprecio que pudiera sentir por mí misma. Como el país, yo también era un lastre.

A partir de entonces, me recluí en el piso, declinaba salir para nada. El recuerdo que guardo de aquella época se reduce a una sucesión de ratos nebulosos e indistinguibles mirando el infinito. A veces, Yorgos se venía y fumábamos algún cigarrillo en silencio. Me compraba paquetes de arroz y latas de atún, prácticamente lo único que comía. Por las noches, le pedía que no se quedara a dormir porque las dedicaba a llorar. Muy al principio, por mi nona, por la conciencia de que la persona más importante de mi vida se había ido para siempre y que eso era irrecuperable. Cabía la posibilidad de que nadie llegara nunca a quererme tanto. Me aterrorizaba que el amor más grande de mi vida, a mis veintisiete años, ya hubiera pasado. Que no hubiese más.

Pero los pobres no podemos financiar durante mucho tiempo el dolor más metafísico. Muy pronto, nos vemos en la necesidad acuciante de descender la abstracción a la tierra, de preocuparnos por el aquí y el ahora con una angustia candente, corpórea, que te barrena los pulmones. Asfixia que sobrevino con el primer aviso de desahucio. No habíamos liquidado la hipoteca. Los paupérrimos ahorros que había atesorado la abuela Ruth, a base de arañarle a la estrechez, se evaporaron en las tres siguientes mensualidades. De nuestro patrimonio, solo restaba una cadena de oro macizo que solía portar en el cuello, su única alhaja, y que no me resigné a vender. Entonces, dejé de pagar. Y me convertí en la enemiga pública número uno. En un parásito que había que eliminar.

Comencé a acostarme con un paraguas. Se trataba del objeto más contundente que había en la casa. Había pertenecido al abuelo Isaac y bastaba para cubrirnos a la nona y a mí si nos cogíamos del brazo. Dormía en posición fetal aferrada a él, entrelazándolo con mis brazos y mis piernas encogidas. Aun en sueños, apretaba las mandíbulas. Las notaba agarrotadas al despertar. Temía que vinieran a por mí en mitad de la noche. Que aprovecharan la oscuridad para tirar la puerta abajo y sacarme a rastras de allí. Como arma, el paraguas resultaba ridículo, incluso candoroso. Quizás, por asociación de ideas, mi parte más metafórica pensaba que, con él, lograría protegerme de las tormentas que se avecinaban. En cualquier caso, sabía que no podía usarlo, que eso solo contribuiría a embrollar todavía más el lío inextricable en el que ya estaba atada de pies y manos. Y mientras tanto, entre que llegaban y no, así transcurrían mis noches: las de un animalito aterrado y entumecido, que esperaba oír de un momento a otro el chasquido de la cerradura al partirse, al ceder, para franquearle por fin el paso a unas fuerzas que querían expulsarme de allí, arrancarme del nido, y a las que plantaría cara desde la trinchera de un paraguas.

Ante aquella situación desquiciada, Yorgos me ofreció que me mudara con él, a casa de sus padres. «Vente, Rebe, vente. Esto es insostenible. A mis viejos no les importa que te quedes una temporada con nosotros y, aunque estemos un poco incómodos, luego ya vemos cómo nos independizamos tú y yo, cuando las cosas del curro mejoren y empecemos a ganar algo de pasta...». Sin embargo, pese a la ausencia demoledora de alternativas, a haber tocado fondo, a la amenaza que entrañaba permanecer en el piso de Plaka, algo me retenía, me impedía adoptar de una vez por todas la decisión... Es que... era el lugar en el que había vivido con mi abuela. Sabía dónde estaba cada enchufe, recorrerlo con los ojos cerrados sin tropezarme, que la pared tenía una mancha detrás del sofá porque yo una vez, cuando niña, la pintarrajeé (la nona Ruth, sorprendentemente, no me riñó, sino que elogió los colores que había usado), y no me sobresaltaba cuando gorgoteaba la cisterna y crujían las vigas en el silencio de la noche... Era mi hogar, ¿no?

Diantres. ¿Cómo demonios había podido cambiar todo tanto y tan rápido? En un suspiro. Un soplo se había bastado y sobrado para derruir la solidez del mundo. Malditos cimientos de papel. Maldita mi estrella. ¿En qué me había equivocado? ¿A partir de qué punto se torcía el camino? ¿Qué había hecho mal? ¿Si no hubiese perdido las llaves habría evitado aquel desastre? Putas llaves. ¡Putas llaves! ¡¡Putas llaves!! ¡¡¡Putas llaves!!! Conteniendo el aliento, observé atónita los pedazos de loza blanca y azul que ahora reposaban en el suelo tras haber estrellado un par de tazas y un plato contra la pared. Diantres. Me había acordado de la llave.

La descubrí jugando. Debía de tener nueve o diez años y me hallaba en plena expedición. Me gustaba enfundarme en la identidad de una aventurera, y mis intrépidas exploraciones no indultaban ni un rincón de la casa. Ponía pica en lo recóndito: abría la alacena, figurándome que se trataba de una arqueta, un cofre o un bargueño de maderas nobles; revolvía los cajones y rebañaba su contenido con apasionada meticulosidad; me adentraba en los armarios hasta el fondo, en busca del más inaccesible de los anaqueles; escudriñaba tras las cortinas, para cerciorarme de que no ocultaban a un espía;

hurgaba en los jarrones y fisgaba las cajas, en previsión de que custodiaran un diamante del tamaño de un huevo de cóndor, ¡y nosotras en la inopia! (afán indagatorio en beneficio de la economía familiar que mi abuela nunca me agradeció… antes bien, me vituperaba como una loca, sin el más mínimo sentido del romanticismo, cuando reparaba en la estela de caos que sembraban mis correrías). En aquella ocasión, volqué un compartimento de la cómoda, y ahí estaba. «¡El tesoro!».

Una llave suelta cayó sobre la palma de mi mano. La sopesé. Le di la vuelta entre los dedos. La estudié al trasluz. Parecía muy antigua. La tija estaba salpicada de pequeñas isletas de herrumbre. Los dientes y las guardas formaban un dibujo laberíntico en el paletón, plano y rectangular. Y el interior del ojo lo ocupaba un extraño símbolo que se asemejaba a tres troncos esbeltos, en fila, coronados por unas copas tupidas, ligeramente curvados por las ondulaciones del viento. Se trataba de la letra hebrea *shin*, como luego me ilustrarían. La nona Ruth había acudido a mi grito de hallazgo. Pero no dijo nada, se detuvo en seco y observó en silencio mi escrutinio de la llave. Al fin, la alcé en el puño, triunfante. La recompensa a tanta porfía.

—¿De qué es? ¿Qué abre?

Creía que soslayaría mi pregunta. O peor, que me daría una contestación prosaica y decepcionante. Por eso, lo que respondió me clavó en el sitio:

—La puerta de una casa en Sefarad.

Aquello me sonó al principio de un cuento. Y quise que me lo contara.

—¿Sefarad? ¿Qué es Sefarad?

—La patria de la que venimos.

Nunca había visto a mi nona Ruth tan seria. Pero no estaba enfadada. A decir verdad, no sabía descifrar el tono de su voz, ni el gesto en su cara, ni la emoción que le colmaba la mente y el corazón en esos momentos. De algún modo, la encontré irreconocible. Ahora me explico de dónde manaba esa extrañeza que entonces no acerté a comprender: por primera vez, me estaba tratando como a una adulta.

—¿De la que venimos? ¿Quiénes?

—Nuestros antepasados. Tu familia.

—¿Vivían allí?

—Sí, en una tierra al oeste, que se extiende al otro lado del mar.

—¿Bonita?

—No lo sé. Supongo.

—¿No has estado?

—No.

—¿Y por qué se marcharon?

—Porque hace más de quinientos años los expulsaron unos reyes, la reina Isabel y el rey Fernando.

—¿Qué habían hecho?

—Creer en un dios que no les gustaba. Ser lo que eran. Lo que somos: sefardíes.

—¿Nosotras también somos sefardíes?

—Sí.

—¿Todavía? ¿Después de tanto tiempo?

—Claro. Y, de hecho, gracias a ellos. Mira, Rebeca, aunque los echaran de su hogar, aunque les arrebataran todo, se llevaron consigo los recuerdos, las palabras. ¿Nunca te has preguntado por qué yo te hablo en un idioma distinto al que te enseñan en el colegio, al que escuchas en la televisión? Esa lengua se la trajeron desde Sefarad. Igual que esa llave.

—¿Para qué?

—Pues para poder entrar en su casa de nuevo cuando regresasen.

Fruncí la frente y me concentré en aquel pequeño objeto de metal que había viajado desde tan lejos, a lo largo de tantos siglos.

—Ya… pero si ahora nos pertenece a nosotras, y tú dices que nunca has estado en Sefarad, entonces eso significa…

—Exacto, cariño. —La sonrisa de mi abuela Ruth irradiaba tristeza—. Que jamás volvieron.

Ahí la tenía de nuevo, sobre la palma de mi mano. La rescaté del mismo cajón donde me la había topado de niña. Seguía intacta. La historia que encerraba parecía de ciencia ficción. Y sin embargo... El descubrimiento de la llave me fascinó en su día hasta tal punto que, durante semanas, no hablé con la nona Ruth de otra cosa. Persistí en las pesquisas. La ametrallaba a interrogantes. Le extraía datos con ansia empecinada. Se convirtió en una obsesión que acaparaba el espacio en mi cerebro. Necesitaba comprender aquello, encajar cada pieza de ese relato que se me antojaba poderosísimo, grande, terrible, injusto, conmovedor. Todo a un tiempo. Supongo que, al fin y al cabo, lo que estaba intentando entender era la naturaleza humana, ni más ni menos.

Así, me fui enterando de más detalles que, junto a la llave, habían ido entregándose a modo de testigo de generación en generación, como el nombre del lugar de donde partió la familia Benveniste a raíz de que los Reyes Católicos promulgaran el 31 de marzo de 1492 el Edicto de Granada, por el que obligaron a marcharse a los judíos de la Corona de Castilla y de la Corona de Aragón. De esta última procedían mis ancestros sefardíes, en concreto, de un pueblecito cercano a la ciudad de Zaragoza que, según averigüé, todavía existía. Alpartazgo se llamaba.

Plena de nervios, de miedo y de ilusión, acudí a recoger a Yorgos y le sugerí dar un largo paseo a los pies de la Acrópolis para explicarle todo lo que se había fraguado en mi cabeza en apenas unos días. Le alegró que me hubiese animado a quebrar mi periodo de ermitaña. La tarde, desde luego, estaba espléndida. Me cogió por la cintura e hizo amago de que nos tumbáramos en la hierba, pero lo eludí.

—Ya te he contado alguna vez todo el rollo de mi ascendencia sefardí...

—Sí...

—Y lo de la llave...

—Ajá. —El tema no parecía entusiasmarle en exceso.

—Bueno, pues, como su propio nombre indica, creo que ahí podría estar la clave.

—¿De qué?

—Pues… la clave para enderezar mi vida, para imprimirle algún sentido…

—¿De qué hablas, Rebe?

—Sabes que estoy muy desorientada, Yorgos.

—Bueno, es normal, después de lo de tu abuela… Era tu familia, tu referente, pero te repondrás poco a poco…

—No es solo eso… Su muerte lo ha intensificado, por supuesto. Ha sido el gran detonante, pero ya llevaba un tiempo… sin encontrarme, sin saber qué hacer o dónde está mi sitio…

—Pues ¿dónde va a estar? Aquí, ¿no?

Y abarcó la panorámica verde, azul y blanca que nos circundaba, las piedras milenarias.

—No sé… Creo que a través de la llave he recibido una señal. Las perdí, pasó lo de mi nona, y de pronto me acordé de esta otra llave…

—Para el carro, Rebe. Entiendo que estés afectada, pero tienes que calmarte. No puedes dejar que se te vaya la perola de esa manera y empezar a creer en fenómenos paranormales y, menos aún, a regir tu vida en función de ellos, vamos…

—No se trata de eso, Yorgos, de «fenómenos paranormales»… Sino más bien de hilos de los que vas tirando, y de piezas que van apareciendo de repente, justo cuando las necesitas, y que, como por arte de magia, parece que casan en el puzle y…

—No tengo ni repajolera idea de adónde quieres ir a parar…

—Sé que resulta difícil de entender, porque es de esas cosas que se sienten en las tripas, sin ninguna lógica, una corazonada, pero es que… creo que allí me espera algo, que en eso consiste el siguiente paso que he de dar: buscar mis orígenes, conocer de dónde vengo para discernir adónde voy…

—¿Desde cuándo hablas como un manual de autoayuda?

25

—No te burles…

—No. Eras tú la que solía burlarse de esas cosas…

Le esquivé la mirada. Apreté los labios. No quería que me amedrentara, ni que me hiciera dudar con su tono incrédulo, con su sarcasmo. No ignoraba que, visto desde fuera, me estaba expresando en los términos de una chalada.

—Pues ya ves… He cambiado.

Lo dije con voz granítica. Yorgos me escrutó. Bufó. Se alejó. Dio un par de vueltas sin dirigirse a ninguna parte. Se acercó de nuevo.

—Bueno, ¿y entonces? Quieres husmear en tu árbol genealógico para encontrarte a ti misma. Vale, perfecto. Tienes una llave medio milenio de vieja. Y ahora, ¿qué te propones?

Respiré hondo. Habíamos llegado al punto neurálgico de la conversación. Donde empezaba a resultar decisiva. Y a doler. Saqué del bolso el billete de avión con destino a Barcelona que había adquirido tras vender la cadena de oro de la nona Ruth, la última de mis posesiones, su último recuerdo.

—Aquí ya no tengo ni casa, Yorgos. Me la van a quitar…

Me contemplaba con los ojos desorbitados y la mandíbula desencajada.

—¿Y la única solución que se te ocurre, la que consideras más sensata y razonable, es marcharte a España?

Asentí. Se rio sin dar crédito.

—¿No creerás que sigue en pie la casa a la que correspondía esa llave, verdad? O, en el improbabilísimo caso de que todavía exista, si es que la construyeron con acero para barcos, que te permitirán entrar así por las buenas, haciéndote reverencias. —Aflautó la voz y remedó un acento servil—: «Oh, por supuesto, señorita, pase usted, la auténtica dueña de todo esto, está usted en sus dominios, ¡por fin! Señorita, hacía tanto que la aguardábamos, acomódese y…».

Me impacientó su pantomima.

—Ahórrate las ironías, Yorgos. Por supuesto que sé que eso no va a suceder. Pero tengo la sensación de que allí me tropezaré con alguna oportunidad. Que podré retomar la vida en el punto donde se interrumpió la de mi familia...

Meneó la cabeza. Se mordió los labios.

—Oportunidad dice... Te vas a España, ¿sabes? ¿No ves las noticias? ¡Están con la economía hecha polvo, igual de jodidos que nosotros!

—Lo sé...

—Y te importa tres cominos...

Mi silencio otorgó. Mirándome como a una atracción de circo, agregó con una mueca:

—Estás loca...

Me encogí de hombros con una inmensa paz.

—Es lo único que me queda.

—¿El qué? ¿La maldita llave?

Sin poderlo evitar, prorrumpí en risas.

—No. La locura.

—¡Loca! ¡Loca! ¡Esta niña está loca de remate!

Es lo que va deplorando a voz en cuello doña Oro, mientras arrastra a su hija de vuelta a la aljama. Este y otros improperios rebotan en las piedras y, ante su conjuro, algunos vecinos se asoman a la puerta o a la ventana para reprobar la osadía («¡tienen que atarla corto, eh!»). La osadía de la pequeña Vida Benveniste, a la que no le gustan los confines. Los ha violado esa misma mañana, al rayar el alba.

Aprovechando que su padre está rezando *Shajarit*, la oración del amanecer; que su madre atiende el fuego; y que su hermano mayor ni siquiera parece saber que existe, se ha escurrido por las grietas del hogar, que siempre se abren para quien quiere buscarlas. Una vez dado el primer paso, y ya fuera, traspasar los límites solo es cuestión de tiempo. Y de ganas. Nunca se ha aventurado tan lejos. No descarta que el viaje pueda prolongarse días, que la sorprendan las noches. Que si la brisa sopla fresca, el sol acompaña, los pies pisan ligeros y el corazón late vigoroso y contento, decida seguir caminando indefinidamente. No se ha marcado un tope de fecha ni de horizonte. Improvisará según se lo vaya pidiendo el cuerpo. Dejará que el azar le trace la ruta, que la saque de Alpartazgo.

Por eso, en previsión de que la peripecia se alargue, para llegar a buen puerto, se ha procurado el anillo de bodas de su madre. Se lo encontró una vez en el fondo de un cofrecito. Es de oro macizo.

Tiene grabado el templo de Jerusalén. Le explicaron que simboliza el hogar que los esposos van a levantar con su unión. «Su casa es su mujer», sentencia el Talmud. Y por eso, el novio le pone a su novia la sortija en el dedo: para entrar en casa. Pero eso a Vida no le interesa. Precisamente, está intentando evadirse de ella. De esas cuatro paredes que, teme, se le derrumben encima. De la plúmbea rutina que transcurre entre ellas, siempre igual, monocorde y agotadora, con el permanente olor a carne, sangre y brasa.

Más le gusta, en cambio, la inscripción cincelada en la joya: *Mazal tov*. Buena suerte. «Suerte de oro tengas», ha escuchado siempre. Con esta fase propiciatoria se desea una suerte del metal precioso en que está forjado el anillo. La suerte áurea que su madre lleva por nombre. Si porta ese talismán, por ende, nada malo puede ocurrirle. Con un objeto tan poderoso, se halla protegida frente a cualquier peligro. Lo guarda pues a buen recaudo, en lo más intrincado de sus ropas.

Como una sombra furtiva, se precipita a las calles angostas, contorsionadas por las revueltas y los vericuetos. La madrugada cenicienta apenas pinta todavía las fachadas de ladrillo y de adobe. Sin embargo, Vida no titubea. Sabe dónde pone los pies. No sale apenas de casa, pero, cuando lo hace, se fija mucho. Y ahora tiene los cinco sentidos alerta. Pasa por delante del horno, sobre el que ya flota una promesa de pan caliente, y un poco más allá (no falla) se recorta la silueta de la taberna, embebida en una penumbra gris. La sastrería y unas cuantas tiendas más se apiñan las unas junto a las otras en la calle de los tejedores. Y, en efecto, al fondo, se columbra la sinagoga, que ya se despereza, tan bonita (así se lo parece) con su mástil gallardo y las arcadas ojivales, salpicadas por el primer lametón de luz. En estas, llega al muro, se pega a él cuanto puede y lo vadea, tanteando la áspera superficie. No ignora que, al otro lado, se abre un barranco y que, por tanto, en esos instantes está bordeando el vacío. Entre ambos solo se alza una pared. Frágil, como toda obra humana. Eso le insufla aún más valor.

Más pronto que tarde, sentirá a su espalda el hueco de la puerta del Callizo, con su arco de medio punto. Confía en encontrarla abierta y, como la suerte se alista con los audaces, así sucede. Traspone el umbral sin impedimento y, de repente, ya está donde viven los cristianos. Se interna en sus calles, aunque tampoco pretende quedarse en ellas. Se ha comprometido con un destino mucho más lejano.

Las recorre a tientas, orientándose por instinto y por el fragor del río, que se impone a la quietud de la hora temprana, rota solo por los trinos de los pájaros. Hacia allá se dirige, segura de que junto al Jalón nacerán los caminos más importantes de la tierra; los que se apartan de las civilizaciones conocidas para acercarla a aquellas que están por descubrirse. Espoleada por esta idea, desciende la cuesta liviana como un guijarro, casi no pisa suelo. Nada se interpone. Alpartazgo duerme.

Justo antes de alcanzar el curso de agua, se yergue un caserón pétreo de dos plantas, que se rescata de la mediocridad plebeya por medio del blasón que culmina la entrada con un campo arbolado. Lo precede un huerto (más bien vergel) cercado por una tapia enlucida, a la que se abrazan las enredaderas y donde los frutales descansan sus copas ubérrimas. Las vence el peso de una exuberancia fragante, jugosa y fresca: melocotones, peras, manzanas, cerezas, alberjes, almendras. A continuación, se despliegan los campos, trufados de olivos.

Vida Benveniste zigzaguea entre ellos, pero, súbitamente, el mundo se le desploma sobre las espaldas, las rodillas le flaquean y cae. El golpe la deja aturdida. ¿De qué manera explicar si no que ahora tenga a alguien encima, que esté apresada entre sus piernas y que la hayan asido por los cabellos, obligándola a levantar la cabeza hacia el cielo, como si tiraran del bocado de un caballo? No se trata, sin embargo, de una alucinación. Entre las ráfagas de dolor se filtra una voz grave y gutural, transida de euforia y de arrogancia.

—Os atrapé. Sois mi prisionera.

Vida gime. Se retuerce. Pero no logra zafarse. La han sujetado con una tenaza implacable. Inmovilizada, con el cuello a punto de partirse por los estirones del pelo, transfigurado en unas bridas que le tensan las sienes hasta lo inaguantable, ruega:

—Soltadme.

Sobreviene un silencio crudo. Una decisión. Un suspiro. Aflojan la presión. Ella se revuelve y, al hacerlo, se percata de lo magullada que se encuentra. Y también de que su cruel captor es una niña. Tan solo una niña. De su misma edad. Ambas se observan. La extraña, desafiante. Vida, estupefacta y aterrada al principio. Humillada después. Indignada por último.

—¡Salvaje!

Y se abalanza sobre ella. La abate en tierra. Le clava las muñecas en la arena. Las envuelve una nube de polvo. Por detrás de la bruma, pese al mamporro y su nueva posición de cautiva, la agresora sonríe burlona.

—¿Por qué me habéis atacado? —exige saber Vida.

—Me subo a los olivos para avistar intrusos. Vigilo mis dominios. Vos los habíais invadido. Estabais merodeando. Os he dado vuestro merecido. Por algo soy una Lanuza.

Vida la mira con recelo. La libera. Se incorpora. Se frota las rodillas. Puntualiza con voz apagada:

—Me habéis hecho daño.

La niña pronuncia su sonrisa maliciosa.

—De eso se trataba.

Se levanta a su vez. Así, Vida puede constatar que su atuendo, pese a hallarse cubierto de una polvareda que su dueña no se digna a sacudir, es rico y ella, muy bonita, aunque intimidante. Trenzas cobrizas, nariz aguileña, pómulos altivos. Le tiende la mano con desmayada autoridad. Dudosa, se la estrecha.

—Soy Leonor. Leonor de Lanuza.

—Yo, Vida Benveniste.

—¿Cuántos años tenéis?

—Nueve.

—Yo cumplo diez el mes que viene.

31

Se quedan calladas. Leonor la horada con la mirada. Está acostumbrada a no ponerle coto. Vida intenta rehuírsela, cohibida, pero tampoco consigue apartarla durante mucho rato.

—Vivo aquí. —Señala el palacete en retaguardia—. Vos, ¿de dónde venís?

—De la judería.

A Leonor de Lanuza se le desorbitan los ojos y la boca se le redondea de pasmo.

—¿De la judería? ¿Y qué hacéis aquí? ¿Queréis envenenar nuestro pozo?

Vida se espanta.

—¿Qué decís? ¿Por qué querría hacer algo semejante?

—Es a lo que os dedicáis…

—¿Quiénes?

—La gente como vos.

A la pequeña sefardí le enrojecen las mejillas, se le inflaman las aletas de la nariz, se le crispan los puños, se le entenebrece la voz.

—Eso es mentira.

Leonor se encoge de hombros.

—En ese caso, os creo.

¿Así? ¿Tan fácil? Vida se desconcierta y el desconcierto la ablanda. La vuelve conciliadora.

—No tenéis por qué asustaros…

La otra se ríe con petulancia.

—Un león como yo no se asusta de nadie.

—¿Un león como vos?

La bravata logra justo lo contrario de lo que se proponía: en vez de amilanar a Vida Benveniste, la ahoga en risas. Ahora ya sabe que su oponente no es más que una bravucona aupada en sus fantasías. Que no hay que temerla. Solo jugar con ella. Ante su reacción, Leo la escruta ceñuda, incómoda. Carraspea. E insiste:

—Bueno, ¿qué hacéis aquí?

Vida decide franquearse.

—Estoy de viaje.

—…

—Me he escapado de casa.

—¿De verdad? ¿Por qué?

—…

—¿Os trataban mal?

—No…

—¿Entonces?

—Quiero ver otras cosas. Irme lejos, adonde no ha llegado nadie. En mi casa siempre pasa lo mismo.

—¿No os gusta?

—Es pequeña. Un poco oscura. Y huele mal. A carne muerta.

—¿¿A carne muerta??

—Mi padre es el *shohet* de la aljama.

—¿El qué?

—El carnicero. Él se encarga de los animales, y luego mi hermano Juce lo ayuda a vender en la tienda.

—Ah…

—¿Y vuestros padres?

—Madre no tengo. Mi padre es noble.

—¿Y qué hace?

Leonor de Lanuza pone proa en la barbilla.

—Servir al rey.

—Ah…

La joven Benveniste no parece impresionada. Son dos planetas en órbitas distintas, que yerran en paralelo en la inmensidad negra del cosmos, carentes de motivo alguno para haberse cruzado. De hecho, Vida está dispuesta a seguir su camino, a divergir conforme estaba previsto en las estrellas. A convertir el encuentro en una anécdota de tantas que devorará el olvido.

—Bueno, me marcho…

Pero Leo fuerza la colisión. Lanza el meteorito. Tiende el lazo. Y aprieta el nudo.

—¡Esperad!

Y con esa simple palabra, logra desviar para siempre las trayectorias de ambas.

—Llevadme con vos.

Vida la calibra, con los ojos entrecerrados, la boca fruncida.

—¿Queréis venir conmigo?

—Sí.

—¿Vos tampoco estáis contenta aquí?

—No es eso. Mi padre es muy valiente. Fue a la guerra. Y yo pensaba que también lo era. Ya veis, me subo a los olivos y cuido nuestras tierras… —Los señala con un vago ademán. Con un desprecio repentino. En cambio, le brillan de fervor las pupilas al declarar—: Pero vos sois más valiente aún. En realidad, sois la persona más valiente que he conocido nunca. Por eso deseo acompañaros. Para ser como vos —afirma con calor.

La expectación le ha entreabierto y humedecido los labios. Le tiemblan de anhelo. Y entonces, Vida cae en la cuenta de que ella ansía lo mismo.

—Está bien. Venid. —A Leonor le refulge la mirada, con un espasmo de entusiasmo y de placer—. Pero debemos apresurarnos. Si no, nos atraparán.

—Claro, claro, no os preocupéis. Nos vamos ya. Pero ¿adónde?

—Pensaba ir por el río…

—¡Buena idea! En las orillas hay muchos árboles y matorrales para esconderse. Incluso podríamos saltar al agua y burlar así a nuestros perseguidores si nos alcanzaran.

—¡Justo lo que necesitamos!

Sentir que Leo la comprende a la perfección, que sus propósitos encuentran eco en ella, impulsa a Vida a revelarle su secreto. ¿Cómo no compartirlo todo con su compañera de fatigas y de aventuras? Se palpa las ropas y le muestra el anillo.

—De todas formas, no nos va a pasar nada malo. Trae buena suerte. Lo dice aquí, en la inscripción. *Mazal Tov.*

Le complace comprobar que la ha sorprendido.

—Qué bonito.

—Y no solo eso… ¡Es mágico!

Se lo alarga generosa (pues no posee nada más) y Leo lo toma con veneración y manos estremecidas.

—¿Y este dibujo de aquí?

—El templo de Jerusalén. Quiere decir que estás en casa.

—¡Qué curioso!… ¡Llevar una casa en el dedo!

Ambas se recrean en el aro extasiadas. La luz incide en él y rutila como un buen augurio. Entonces, cuando más absorta y esperanzada se halla, unas zarpas se le hunden a Vida en los hombros. Igual que a un pelele (ya es la segunda vez en lo que va de mañana), la voltean y se da de bruces con su madre. Doña Oro le ventea el rostro de un bofetón.

—¿Se puede saber qué haces aquí?

La niña se abstiene de tocarse la mejilla, aunque le escuece. Pero todavía más el amor propio. Hurta la mirada. La han cazado como a un vulgar conejo. A ella, que pretendía hace un rato surcar el orbe. Y encima, delante de Leo, después de haberla seducido con la promesa de una odisea. Al pensar en ella, y mientras su madre la zarandea e increpa, aprovecha para examinarla de un vistazo. Con angustia, porque se ha acordado del anillo. Si doña Oro descubre que lo ha escamoteado, el castigo adquirirá proporciones de dragón: la condenará a lo más hondo y lóbrego del calabozo. No volverá a ver la luz del sol. Por fortuna, Leo las contempla impertérrita, inocente, y, entre tanto, la prueba del delito se ha desvanecido de sus manos. Vida siente una punzada reconfortante que le mulle las entrañas: su nueva amiga ha entendido, como en un baile de pasos armónicos que solo conocieran ellas dos, el modo en que debía conducirse para no perjudicarla más de la cuenta ¡y sin haberse visto en la necesidad de hablarlo antes! Qué alquimia maravillosa la de dos mentes que piensan lo mismo y a la vez.

Mientras su madre la remolca a los gritos de regreso a los límites de su mundo, Vida se vuelve hacia su encubridora, que se ha quedado quieta, observándola intensamente y, con ojos locuaces y en deuda, le da las gracias. Sin embargo, muchos años después, Leo le confesará, al tiempo que la agarre por las muñecas y la empuje contra una pared, su cadera apretada contra la suya, su aliento esparciéndose en su tez: «No callé aquel día por ahorraros castigo, sino para tener una excusa que me permitiese volveros a ver».

¿Volvería a ver el lugar donde había nacido? Mi cabeza propinaba rítmicos golpecitos en la ventanilla del autobús que me conducía desde Barcelona, donde había aterrizado aquel mediodía, a Zaragoza. Una vez allí, todavía tendría que coger otro más hasta Alpartazgo. Durante el vuelo, había aparcado las elucubraciones, me había concedido un paréntesis de no-tiempo, como si asistiera a la vida de otra, con curiosidad en la mirada, pero las entrañas a resguardo. En esos momentos, sin embargo, los pies ya en el suelo y enfilada hacia mi destino, no cabían subterfugios ni amortiguadores. Tenía que asumir el paso que había dado. Consecuencias inclusive. Mi vida en Atenas, despachada. Yorgos no había venido a despedirme al aeropuerto. Estaba muy dolido. Creía firmemente que me había vuelto loca. O que se trataba de un pretexto retorcido y monumental para separarme de él. La partida, pues, había sido muy solitaria. Había abandonado mi tierra sin ninguna ceremonia. Sin atreverme a sentir que, en efecto, me iba, que me distanciaba de cuanto había conocido. Me lo había jugado todo a cara o cruz con aquel viaje, del que ni siquiera sabía muy bien qué esperaba.

Alpartazgo. En el bolsillo, a través de la tela del vaquero, me parecía notar el tacto de la llave. La llave antiquísima. Lo que quiera que abriese en su día ya no existía. Lo contrario era inconcebible. Me lo repetía a intervalos de aproximadamente diez minutos. Así se lo había admitido a Yorgos en voz alta. Y no obstante... Los campos yermos discurrían al otro lado del cristal, sin pausa. Hace quinientos años, mi familia los había recorrido a la inversa, alejándose de su hogar un poco más en cada pisada. Los imaginaba polvorientos, cansados, desvalidos, acarreando bajo el sol inclemente los cuatro bártulos que les dejaron llevarse. Con vidrio en los ojos y sollozos en la garganta, o acaso con el alma anestesiada para no partirse como una caña seca. Evocando su casa, su calle, sus amigos, su vida que ya no era. O tal vez empezando a decidir que todo lo iban a olvidar. No, qué va. Mentira. Habían conservado la llave, en vez de tirarla en la primera cuneta. Aquella llave —se me erizó la piel— que había tardado medio milenio en volver, pero que allí estaba. De regreso y de mi mano. Yo, la primera de tantas generaciones que se había resuelto a desandar el camino.

Me resultaba extraño. ¿Por qué yo? Tan pronto me sentía valiente y especial (la única que había tenido los arrestos suficientes para reclamar nuestra historia, imbuida del mismo espíritu aventurero que de niña me empujaba a buscar tesoros en el piso de Plaka), como cambiaba de opinión y me decía que, si a ningún Benveniste se le había ocurrido o compensado emprender semejante periplo, se debía a que era, sin género de duda, una estupidez mayúscula. Mientras me entregaba a estas fluctuantes percepciones sobre mi persona, el autobús al que me había subido en la estación Delicias se las ingenió para peregrinar por toda una ristra de pueblos de los alrededores en los que iba depositando con cuentagotas su cargamento de pasajeros hastiados, sudorosos y bamboleantes. Cuando ya atardecía, con un ocaso muy rojo, el conductor anunció «Alpartazgo» por un micrófono de karaoke, al tiempo que el vehículo cabeceaba, hundía la rueda en una pequeña hondonada, abría la puerta de fuelle, me honraba con la deferencia de medio minuto cronometrado para que acopiase mis dos mochilas y así, ya libre de mi rémora, poder marcharse de inmediato, muy rápidamente, fiel al rigor de su ruta de proximidad.

El apeadero en el que desembarqué se hallaba junto al letrero que indicaba el nombre del pueblo a quienes pasaban por la carretera. Tomé un sendero que nacía en el arcén y que serpenteaba hacia el casco urbano. Rebasé las primeras casas —anodinas, de ladrillo—, un perro despistado salió a recibirme entre ladridos, moviendo el rabo, pero enseguida se desentendió de mí. Guiándome por algunos carteles, desemboqué en lo que parecía la plaza principal. Una fuente murmuraba en el centro, con un borboteo sordo y lánguido en la creciente oscuridad. A un lado, bajo unos soportales, se distinguía un bar. Traspuse la cortinilla de tiras de plástico trenzado color chocolate y me encontré en un habitáculo a media luz tachonado por unas cuantas mesas de madera, ocupadas, solo un par, por sendas parejas de abuelos, que se apresuraron a incrustarme una mirada inquisitorial. Dos de ellos jugaban a las cartas. Del otro dúo, uno enseguida devolvió la vista al zumbido del televisor, que retransmitía un partido de fútbol, y su compañero, palillo en boca, siguió mareando un chato de vino. Detrás de la barra, una mujer canosa, de cabello corto y corpulenta, alzó el mentón para escuchar mi demanda, formulada en español, pero ribeteado por ese acento ladino ante el que experimenté cierto sonrojo:

—Buenas noches. Acabo de llegar al pueblo. ¿Sabe dónde podría alojarme? Y que no sea muy caro, por favor…

La patrona intercambió una mirada dudosa con uno de sus parroquianos, que no había perdido ripio desde mi inesperada irrupción. Ella vaciló. Pero cuando comenzó a hablar, su respuesta emergió tallada en un tono rotundo, desflecado, llano, afianzado en cada sílaba:

—Bueno, en Alpartazgo solo hay un hostal… Ni idea de cuánto cuesta la noche, que, como comprenderás, yo siempre he dormido en mi casa, que para algo la tengo… Cuando quiero ir a un hotel, me voy a Salou.

El ímpetu rudo de esta parrafada echó por tierra mi confianza. Ladeé la cabeza.

—¿A Salou…?

—¡Eso es! ¡A la playa!

—Ah, ya… —No entendía por qué habíamos acabado hablando de eso, y dado que se había creado un silencio incómodo, en el que los abuelos continuaban pendientes de cada palabra, opté por seguir a lo mío—. Bueno, ¿y sería tan amable de indicarme dónde puedo encontrar ese hostal?

—Pues mira, si sales de aquí y coges a la izquierda, y vas todo recto, subiendo la cuesta, no tiene pérdida. En unos pocos metros, llegas a una calle que se llama calle de la Judería. Y allí es.

Conque la calle de la Judería… Los viejos, esa noche, lo contarían patidifusos en sus casas. Aquella forastera era bien rara. Al oír las señas de la hospedería, se había echado a reír. Y luego, a llorar.

En efecto, la localicé pronto. En las calles silenciosas no detecté por el momento ningún vestigio del pasado que buscaba. Su trazado era abstruso y sinuoso, sí: como el que se les presupone a las de cualquier aljama. Por lo demás, se me antojaron bastante convencionales, sin pizca de sugestión o encanto. Cuando llegué a la altura del hostal, que apenas se hacía notar con un sobrio cartel de chapa, encontré las contraventanas cerradas a cal y canto. No se atisbaba ningún resplandor. Llamé a la puerta, de una madera tan maciza que se me resintieron los nudillos. No logré arrancarle más que un sonido opaco, claramente insuficiente. Reparé entonces en una aldaba que imitaba la forja, pero al golpear con ella obtuve un resultado igual de inaudible. Me inquieté. Y no se me ocurrió nada más brillante que empezar a gritar, quebrando la paz vespertina del pueblo con un «¿Hay alguien? ¡Ábranme, por favor!». Me cundió lo bastante para vocear esta lastimera consigna tres o cuatro veces antes de que una cabeza alarmada se asomase a un balconcillo de la planta de arriba y me chistase: «¡Ahora bajo!».

En lo que tardó en cuadrarse en la puerta, me dio tiempo a morirme de la vergüenza al tomar conciencia de lo que había hecho. ¿Pero qué clase de comportamiento era ese? A todas luces, el de una desequilibrada. A lo mejor, sí que estaba atacada de los nervios. Una señora menuda, de rala melenita que le enmarcaba la barbilla puntiaguda, cargada de espaldas, y que se cruzaba con premura una bata en torno a la cintura y al pecho, me escrutaba desde el umbral, alumbrada por un foco que se había encendido de repente.

—¿Qué se le ofrece? No es necesario que chille…

—Lo siento… De verdad, no sé por qué… —Me azoré—. No sé en qué estaba pensando. Perdóneme. —Me miré las punteras de las zapatillas sumida en un bochorno escarlata.

—Bueno, no pasa nada… La discreción no figura entre sus virtudes, pero, aparte de eso, nada grave. —Me pareció que la recriminación había cedido su lugar a un tono bienhumorado. Puede que le hubiera hecho gracia verme tan compungida—. ¿Qué le corría tanta prisa?

Respondí aliviada por el cambio de tercio:

—Me gustaría dormir aquí. He preguntado en el bar y me han dicho que es el único hospedaje de Alpartazgo… Por eso, al verlo cerrado, me he agobiado un poco…

—Ya… Y esa descastada de Consuelo, la dueña, no se ha dignado a darle mi teléfono, ¿no?

—La verdad es que no…

—Claro, pues eso es lo primero que tenía que haber hecho antes de mandarla hasta acá. Como habitualmente no hay clientes, yo estoy en mi casa tan pancha —vivo en la buhardilla— y si, por algún casual, alguno se deja caer, me llaman para avisar, bajo a abrirles en un momentito y santas pascuas. Nos habríamos ahorrado el alboroto, pero en fin… Pasa usted entonces, ¿no?

—Sí, sí…

La seguí dentro. Iba en pantuflas.

—Por cierto, soy Pilarín.

—Encantada. Yo, Rebeca.

—Muy bien. Lo recordaré. ¿Qué habitación prefiere? Están todas vacías. Fíjese qué suerte la suya, que puede elegir el número que más rabia le dé.

Me reconfortó aquella especie de juego.

—Pues... el siete.

—Bonita cifra. Y mágica. Pero me temo que no hay tantos cuartos...

—Ah...

—Le voy a asignar el tres, que tiene las mejores vistas, aunque ahora, al estar oscuro, no las apreciará. Mañana por la mañana me da las gracias...

—Gracias...

—He dicho que no tiene que dármelas hasta mañana por la mañana.

—Lo siento entonces. —Me apuré.

Soltó una franca carcajada. Se estaba quedando conmigo. Y disfrutando en el intento como un cerdo en un berzal.

—Qué majica es usted. No hace falta que se disculpe, mujer. Soy yo la que debe pedirle perdón ahora, estoy portándome como una malvada. Pero paso tantas horas sola que, ya ve, aparece de repente un ser humano y me desquito... Le ha tocado pagarlo a usted. Y hablando de horas... ¡son las tantas! Estará cansada. Mañana charramos un ratico más si le parece. Aquí tiene la llave. En caso de que necesite algo, una toalla, una manzanilla o qué sé yo, me pega un silbidito... o un berrido si le convence más, que de cuerdas vocales ya hemos comprobado que va bien servida. Hala, no me enrollo más. Adiós, adiós.

Y desapareció escaleras arriba tras estamparme una llave en la palma de la mano. Despacio, ligeramente abrumada, me dirigí a la puerta distinguida con un tres mal pintado sobre el dintel. Entonces, sentí el pronto: me saqué la llave vieja del bolsillo y simulé que la encajaba en la cerradura. Me reí entre dientes. Definitivamente, pirada. Acto seguido, inserté la llave correcta y entré. Apreté el interruptor y una bombilla se despertó tras una tulipa rajada. La estancia era pequeña, un poco húmeda, pero olía a limpio. No había más que un camastro de cabecero torneado y pasado de moda, arrimado junto a la ventana (en la que, en efecto, solo había oscuridad y ni boceto de las vistas), con una manta de cuadros plegada a los pies. Un armario desvencijado, una mesilla minúscula, una silla espartana y un cuadro con una escena de caza. Me maldije. Ni siquiera había preguntado el precio. Tendría que espabilar en lo sucesivo si no quería ensartar un disgusto detrás de otro. Pero no me flagelé mucho más. Sin casi desvestirme, me desmoroné en la cama y me dormí.

Vida duerme. Desde que está castigada, las horas transcurren muy lentas, así que trata de llenarlas reteniendo el sueño. Sin embargo, como parte de la pena, en cuanto doña Oro se apercibe de que remolonea más de la cuenta, le propina un pequeño pellizco en las espinillas y la pone en pie. Su hermano Juce le echa un repaso de cuando en cuando, con los ojos en blanco, imputándose el papel de hombrecito maduro y juicioso. «Mira que escaparte». Su padre no lo ha mencionado. Como cabeza y báculo del hogar, se reserva para quehaceres más elevados que corregir el carácter díscolo de una mocosa. Delega esa penosa tarea en su mujer, que se basta y se sobra para manejar la intendencia doméstica y sus insurrecciones, con poco remilgo y mano férrea.

Así, ha prohibido a Vida que asista al servicio religioso con ella, una de las escasas ocasiones en las que a la niña le es dado salir. Sabe que le divierte que la lleve a la sinagoga, porque allí, en la galería en voladizo de la planta superior destinada a las mujeres, otea el templo, fantaseando con quién sabe qué (pues en concreto, si le preguntasen, Vida relataría que se imagina subida a la baranda, de puntillas y, en el momento más crítico, cuando ya resulta inevitable que se precipite desde las alturas y todos los circunstantes la contemplen consternados, tapándose los ojos con horror ante la inminente desgracia, que se le desplieguen unas alas blancas en la espalda y sobrevuela el recinto sacro de

44

punta a punta, como un soplo poderoso y grácil). Aparte de eso, a doña Oro le consta que su vástago gusta de coincidir allí con las vecinas, escuchar la letanía de su parloteo y, si la suerte la acompaña, hacerse acreedora de algún dulce de almendra o nueces.

A falta de este esparcimiento, la obliga a trabajar en la carnicería, que prácticamente se halla adosada a la casa. Su marido, Mosé, sacrifica y despieza en la parte trasera las vacas, los carneros, los bueyes, los pollos. Su primogénito, Juce, que ya ha cumplido los trece años y celebrado su *bar mitzvá*, está adquiriendo desenvoltura en la venta y haciéndose cargo de la tienda, asumiendo su condición de miembro de la comunidad. Como madre, a ella le emociona verlo tan crecido y dueño de sí, pero no lo manifiesta. Por su parte, se encarga de mantener aseada la tabla, el lugar donde se despacha el género, tarea ingrata que, estos días, ha encomendado a Vida, quien baldea y restriega las superficies con un tedio mal disimulado. Lo causa ese olor a sangre. Ese olor que es el de su infancia y con el que, sin embargo, nunca ha estado en buenos términos. Ese olor es un puñetazo detrás de la nariz. No ignora la importancia de la labor de su padre: nada menos que el rabí de la degüella. Un prohombre que ha estudiado los textos sagrados para garantizar la pureza de la carne que pasa por sus manos; para que luego se hallen en disposición de tomarla con la tranquilidad de no pecar, de no ofender a *Yahvé* cuando mastican, degustan y tragan. Para ello, Mosé Benveniste, con un cuchillo afilado, secciona de un golpe certero y letal la tráquea y el esófago de los animales, que han de vaciarse de toda su sangre hasta quedar limpios. Solo entonces los pueden comer. Vida lo sabe y está orgullosa. Pero siempre le ha parecido un desperdicio esa potencia líquida y roja que gotea en un último estertor antes de que la detengan, como quien obstruye el curso de un río; que entonces se estanca y que después se pudre. Le ronda la idea, cierta pero jamás formulada, de que esa sangre debería servir para otra cosa.

Se oyen entonces unos golpes en la puerta. Acude a abrir doña Oro y Vida se desliza tras ella. Casi se le detiene el corazón. En el umbral, está Leo. ¿¿Qué hace aquí?? Si en los últimos días le hubiesen preguntado a quién le apetecía ver con más ganas, habría pronunciado su nombre. Oh, sí, ha fabulado con ello, pero en ningún momento ha creído en serio que ese reencuentro fuera posible. Cuánto menos en su propia puerta. Y, sin embargo, ahí la tiene, como si la hubiese traído una marea. Tan imponente como la juzgó el otro día, con sus ropajes suntuosos, su nariz soberbia, sus pómulos marcados, sus trenzas cobrizas. Los ojos de ambas se dan de bruces y se quedan clavados, los de la una en los de la otra. A Vida el pecho le palpita y le manda un tumulto de sangre al rostro. Leo no mueve un músculo que denote la más mínima emoción. La escolta una dama ataviada con un ornato de sedas que a doña Oro le hace enrojecer a cuenta de la basta gramalla de lana que lleva puesta. Para su asombro, la dama cristiana, que no es más que un aya, efectúa una breve genuflexión de cabeza y pronuncia estas palabras insólitas: «¿Vive aquí el *shojet* de la aljama?». Y ante el asentimiento de la desconcertada señora, prosigue: «Me envía mi señor, don Álvaro de Lanuza, a que os restituya esta joya que os pertenece», al tiempo que extrae de una faldriquera el anillo de oro con el templo de Jerusalén. A Vida se le vuelcan el cuerpo y el alma, como un caldero al que han asestado una patada y rueda pendiente abajo. Se le afilan las pupilas hasta convertirse en dos punzones, dos alfileres de odio que hincarle a Leonor. «Traidora». ¿Cómo ha podido? Pero ella permanece indiferente. Doña Oro, al reconocer a la niña con la que el otro día sorprendió a su hija, se hace cargo en un instante del periplo que ha corrido la sortija y recala en Vida una mirada filicida.

El aya le deposita el aro en la palma de la mano, que vibra de enojo. Entonces, se alza una voz: «¿Puede Vida venir a jugar conmigo?».

La aludida da un respingo. Las dos adultas se vuelven perplejas hacia Leonor, que aguarda, ahora sí, con las fosas de la nariz transformadas por la alerta en dos ojivas, los labios más tensos de lo acostumbrado y, a Vida así se lo parece, conteniendo la respiración. Aun así, mantiene la compostura, como si hubiera realizado la petición

46

más natural del mundo en esa estancia en la que, por el contrario, el aire se ha tornado difícil de aspirar.

—Leonor, no la pongáis en un compromiso, tal vez esta niña no pueda o no quiera… —Este escuálido argumento enarbola el aya, cuyos modales no le permiten, su pupila bien lo sabe y de eso se aprovecha, explicitar delante de las dos judías el verdadero inconveniente.

Leonor no se arredra.

—Vida, ¿queréis?

La interpela de frente, con unos ojos que no parpadean, sin dejarle escapatoria. Ella, aunque sobrepasada, al punto se rehace, reúne todos sus redaños, los represa en el pecho, sonríe y dice el «sí» más ancho y deseoso que le cabe en la boca. Leo sonríe a su vez al saberla en su bando.

Doña Oro titubea, pugnando por recomponerse. Ahora, ha llegado su turno de objetar.

—Pues es que está cast…

—¡Por supuesto que puede! ¡No faltaba más! —exclama de repente Mosé.

El padre de Vida ha surgido de la nada y dirige a Leonor y a su aya una sonrisa refulgente.

—Si ambas lo desean, no hay obstáculo. No se hable más.

Ante este veredicto, a las dos mujeres no les queda más remedio que transigir.

Y de esta forma inesperada, Vida pasa en un santiamén de la opresión a la calle. Del encierro a caminar junto a Leonor y el aya, quien ha prometido que la acompañará en unas horas de vuelta a la judería, mientras, en su casa, su padre rebate las pegas y los reproches que le esgrime su esposa: «¡Ni que ignorarais quiénes son los Lanuza! ¿Cómo iba a oponerme si su cría se ha encaprichado de la nuestra? ¿Qué es un castigo de chiquillos al lado del poder de esa gente? ¡Hay que mostrarse práctico!».

Durante el trayecto, Vida apenas osa mirar a Leo. Lo hace a hurtadillas, con respeto, aunque le alcanza para vislumbrar su expresión de plenitud, ufana. No asimila la jugada maestra que acaba de exhibir ante sus ojos; lance de tamaño riesgo y que, sin embargo, tan bien le ha salido. Desvelar el secreto del anillo no ha sido más que el pasaporte para que la condujeran hasta allí. Cuando todo apuntaba a que había vendido a Vida, que la había arrojado al foso tras retirarle de los pies el puente levadizo, en realidad, merced a un exquisito cálculo (no por ello menos audaz), la estaba rescatando de su torre de marfil, aunque por escudero empleara a una niñera. Desde el principio, ha tenido planeado cómo; una vez en la casa, les doblaría el brazo a todos. Sin duda, la suerte se ha aliado con ella. Tal vez porque se atreve a vivir. O al revés, quién sabe. En cualquier caso, lo que acaba de suceder hace que Vida presienta que, siempre que Leonor esté por medio, la libertad andará cerca.

Cerca de las diez, abrí los ojos. Había dormido como si la víspera me hubiesen baldado con una paliza. La luz entraba a raudales en la habitación y ni siquiera lo había notado, y eso que la persiana se encontraba a media asta. Al principio, no identifiqué dónde estaba. Pero me topé de manos a boca con las vistas que me habían prometido la noche anterior y entonces me acordé. Alpartazgo. Así que era cierto, había pasado de verdad. Me había ido de Atenas. Me había subido a ese vuelo rumbo a España, luego a dos autobuses, y me había aventurado hasta aquel pueblo aragonés olvidado por los mapas. Mi temeridad superaba mis propias expectativas. El encomiado paisaje, al otro lado de la ventana, también lo hizo.

Desde allí, se dominaba una panorámica de la villa al hallarnos en la parte alta. Los tejados formaban un conjunto que guardaba cierta armonía, espolvoreados aquí y acullá, a lo largo y ancho del promontorio, rota su uniformidad terrosa y a dos aguas por la espadaña garbosa de una iglesia. Parte de la muralla seguía en pie, cerrando el contorno con un marbete de prestancia y señorío. Parecía dar fe a los incrédulos de que ahí habían ocurrido cosas. «Si nosotras os contáramos...», podrían haberse vanagloriado aquellas piedras carcomidas, que luchaban día a día contra el declive de la ley de la gravedad. Más allá, en estratos de color, se dibujaba primero la franja verde y dorada de los olivos y los campos de cereal; un poco más lejos, la pardusca de unos riscos y un otero pelado; ya al fondo del todo, como último telón, la explosión azul de un cielo matutino, manchado apenas por las hilachas blancas de unas nubes. Abrí la falleba y me acodé unos instantes en el alféizar, recreándome en la limpidez del aire, que era solo presente. Se oyó el petardeo de una camioneta, algún ladrido, un gorjeo. Poco más.

Salí del dormitorio al zaguán silencioso y en penumbra. Me asomé por una puerta con parteluces, entornada. Comunicaba con un comedor. Todas las mesas estaban vacías, recubiertas con pulcros manteles de papel.

—¡Buenos días!

Pilarín, puro nervio, me saludaba con una energía alegre desde detrás de la barra. Le sonreí.

—Siéntate.

La obedecí. Antes de que pudiera hacerme composición de lugar, me había puesto un plato y un vaso delante. En el curso de la noche, había trocado la bata por un vestido ligero y floreado en tonos malvas, decidido que merecía la pena tutearme, y que la leche con cacao y una tostada con mermelada de albaricoque me valían como desayuno.

—¿Te gustan?

Cómo decirle que no. Para rendirle honores, le di un mordisco a la tostada y un sorbo a la leche chocolateada.

—*Muh ricoh.*

—Tenías hambre, ¿eh? Capaz que ayer no hubieras cenado y te fueses a la cama con el estómago lleno de agujeros…

—Pues sí…

—Virgen santa, qué atrocidad. Una penica como otra cualquiera.

Para enmendarlo, continué masticando y bebiendo a dos carrillos mientras mi anfitriona me contemplaba sin ocultar su satisfacción. Deleitándose en mi avidez. Y sin parar de hablar.

—La mermelada es artesana, de una cooperativa de la zona… Se estropea antes, pero te aseguras la calidad: que no lleva pesticidas, ni herbicidas, ni conservantes, ni marranadas de esas. Además, los que están detrás son buena gente y así nos ayudamos con los productos locales. La leche no, que la compro en el supermercado. Tampoco es cuestión de pasarse de ecologista... Con que sea bueno, bonito y barato, suficiente. Así, puedo incluir el desayuno en el precio de la habitación.

—Que por cierto... ¿cuánto cuesta?

—Veinte euros la noche.

Sufrí un atragantamiento, pero lo disimulé. Hundí la vista en el plato, no apostillé nada. Mentalmente, efectué unos sencillos cálculos, con la cháchara en sordina que no cesaba, y llegué a la desalentadora conclusión de que bien poco me iba a durar la solvencia.

—Como comprenderás, este negocio resulta ruinoso. ¿Quién va a venir aquí? Cuatro gatos distraídos que acuden por unas bodegas, por unas rutas enológicas que han organizado cerca y, a veces, pues, ya de paso, pernoctan, sobre todo si después de la cogorza les da miedo coger el coche, y como esto es de lo poco que hay abierto en los alrededores... y también que una le pone cariño y detalles al asunto y la gente, quieras que no, se va contenta y agradecida, y luego lo recomiendan, y así vamos tirando, pero en fin, que por rentabilidad no me sale a cuenta, si pretendiera volverme rica, iba apañada... Lo que pasa es que heredé esta casa, que es bastante grande para mí sola, que, como te comenté, soy recogidica y me he conformado siempre con la buhardilla, y me dije, pues oye, qué hago yo con tanto espacio libre, pues voy a... ¿cómo lo llaman ahora?, ¿cómo demontres...? ¡Ah, sí! Ya me acuerdo... «emprender». Eso es. Emprender... Tiene guasa... Bueno, pues eso hice, «emprendí». —Y cada vez que pronunciaba el verbo, la acometía un ataque de risa. Me la contagió—. Como te lo cuento: emprendí. Una penica como otra cualquiera. Vamos, en román paladino, que monté una fonda. Y si me saco unos cuartos, pues muy bien que les sienta a mis ahorros, y si no, pues tal día hará un año. Si para cuatro telediarios que me quedan, y dos y medio me los voy a pasar gagá perdida... A mis setenta años, pues ya qué quieres, maña. Bastante hago. Todo lo que venga ya, ¡de propina!, que, a estas alturas de la película, yo voy de recogida, y me explicarás tú qué sentido tiene opositar a la más forrada del cementerio, ¿no? Y entre tanto, pues conoces a gente y te entretienes, ya ves que me gusta charrar un ratico con los huéspedes y, si ellos me lo piden, pues les indico que pueden visitar esto o aquello, y así contribuyo a que se conozca lo bonito que es mi pueblo. Si no lo hacemos los que llevamos viviendo aquí toda la vida de Dios y nos lo sabemos al dedillo, ¿quién se va a tomar la molestia, no? Y me pongo muy profesional, como si fuera una guía turística titulada y todo, y les sugiero «vayan a la iglesia, que data del siglo XVII y conserva algún elemento románico»… y claro, los dejo obnubilados y van y me hacen caso. O «acérquense al museo diocesano, que por tres euros que vale la entrada, merece mucho la pena: hay unos cálices del siglo XII y unas prendas talares exquisitas» y…

Entonces, vi mi momento de meter baza:

—¿Hay sinagoga?

Al tiempo que aprovechaba para inhalar aire, que falta le estaba haciendo, Pilarín entornó los ojos:

—Pues mira, no. La hubo, sin duda, que para algo en Alpartazgo tuvimos judería; de hecho, estamos en ella, como habrás deducido por el nombre de la calle, pero debió de desaparecer hace muchísimo tiempo. ¿Por qué lo preguntas, maja?

Y ya que ella, en el transcurso de un cuarto de hora, me había puesto al corriente de su vida en verso, decidí corresponderle con la misma moneda.

—Vengo de Grecia…

—Ah, ¡ya decía yo que te notaba algo en el acento! ¡Pero hablas muy bien el castellano!

Le sonreí.

—Es que estudié Filología Hispánica en la universidad. Pero aparte, resulta que soy sefardí. Mi abuela me enseñó el judeoespañol. Nosotras siempre nos comunicábamos en esa lengua.

Pilarín me escrutaba con sincero interés y con un brillo de ensoñación en sus vivaces ojuelos.

—Qué maravilla que la hayáis conservado. Parece un milagro que no se haya perdido, aun estando tan lejos y habiendo transcurrido tanto tiempo...

—Es cierto. Y más cuando ya nadie albergaba la esperanza de regresar a la patria. A Sefarad. Pero mire por dónde, ¡yo he venido a ponerle remedio!

Intenté que mi declaración sonara jovial, desenfadada. Como si viajar a la cuna de tus antepasados no requiriese más esfuerzo que el de darte un paseo. Como si no me aterrorizase y, al mismo tiempo, me provocara la mayor emoción que había experimentado nunca. Pilarín había ladeado la cabeza, sin comprender, pero azuzada por la intriga. Inspiré aire antes de aclararle:

—Provengo de Alpartazgo. Mi familia se marchó de aquí en 1492, cuando los echaron los Reyes Católicos.

Por primera vez desde que la conocía, a mi interlocutora le faltaron las palabras. Me observaba cavilosa, apabullada. Transcurrieron unos cuantos segundos muy largos hasta que inquirió:

—¿Qué me dices, maja? ¿Estás segura?... Me voy a sentar, porque, mira, mira —y extendió el brazo—, se me han puesto los pelos de punta de la impresión. —Tomó asiento junto a mí, se acodó en la mesa, apoyó la mejilla en el puño cerrado, examinándome con las pupilas dilatadas de par en par—. Es que eso que me cuentas es como de una película...

Y eso que me había reservado el plato fuerte. Igual que si estuviera ejecutando un espectáculo de magia, la insté con dos dedos a que aguardara un momento, como si se tratase de una niña deslumbrada, pendiente del más nimio de mis movimientos. Nada por aquí, nada por allá *et*, por arte de birlibirloque, *voilà*! Me saqué la llave del bolsillo. La blandí ante sus narices. Mi espectadora reprimía el aliento.

—Ha ido transmitiéndose de generación en generación. De hecho, es mi única herencia. Abría una casa de Alpartazgo. Mis ascendientes se la llevaron de aquí, por si acaso alguna vez volvían. La hemos guardado hasta ahora.

Deposité la barrita de metal sobre el mantel blanco. Pilarín permaneció muy quieta, mirándola fijamente, como si le pudiera morder. Me pidió permiso con los ojos. Se lo concedí. La cogió con extrema delicadeza, temerosa quizás de que se le desintegrara entre los dedos. La hizo girar muy despacio, igual que yo cuando la descubrí por primera vez. Tragaba saliva. Acarició las verrugas rojizas del orín. Resiguió con la yema del índice el trazado del paletón. Y el dibujo del ojo. Sonrió con curiosidad.

—¿Y este motivo decorativo de aquí, como una lira? ¿Significa algo?

—Al parecer, se trata de la letra *shin* del alfabeto hebreo. Solía inscribirse en el estuche de la *mezuzá*.

—¿Qué es la *mezuzá?* Perdona mi ignorancia, hija, pero, a pesar de que en su día fueseis nuestros vecinos, aquí no tenemos ni miaja de idea de la cultura judía…

—No, claro, disculpe… Consiste en un rollo de pergamino con una oración, *Shemá Israel,* que se coloca en el dintel o la jamba de las puertas, para que la casa esté presidida por la palabra divina. La *shin* representa la palabra *Shaddai,* que también se incluye en el pergamino y con la que se alude a Dios bajo el nombre de «guardián de las puertas de Israel». Por eso, tiene cierto sentido que labraran esa letra en la llave… Haría juego con el estuche de la entrada.

Pilarín suspiró, hechizada.

—Madre mía, hija, qué historia… Conque has venido a buscar tus orígenes…

Allí se rompió el encantamiento. Proferí una risa seca, escéptica conmigo misma.

—Bueno, lo cierto es que no sé qué busco, ni qué pretendo que suceda…

—No te mentiré, majica. Lo veo un poco complicado. En Alpartazgo no sobreviven muchos restos, a excepción de alguna fachada… Nos lo hemos ido cargando todo. Una penica como otra cualquiera.

—Ya, ya… es natural. Ateniéndome a la simple probabilidad, no esperaba otra cosa… Pero es que, mi nona… mi abuela ha muerto hace nada. —Mi voz se descascarilló levemente; Pilarín, en un impulso compasivo, me apretó la mano—. En Atenas no me retenía ningún lazo y pensé que… Menuda tontería, ¿no? —Ahora que ya estaba allí, en el escenario donde tan sin fundamento había cifrado mis esperanzas, al describirlas en alto, caí en la cuenta de la magnitud del despropósito. Había estado corriendo todo el rato por un callejón, sin querer enfrentarme a la evidencia de que no tenía salida. No la había tenido desde el principio y, aun así, me había adentrado en él cegada y a toda pastilla. Ahora, me había chocado contra el tope. No podía continuar—. Ya me lo advirtió Yorgos, que me estrellaría, pero me negué a escuchar… No sé qué voy a hacer. Por lo pronto, más me vale encontrar un trabajo, porque si no… No se preocupe, que a usted le pagaré hasta el último céntimo que le deba por las noches que pase aquí, pero en cuanto se me termine el dinero, yo… ay, qué desastre… es que no me queda nada. Solo esa llave.

Mi hospedera permaneció un rato sopesando mi parrafada, mi desaliento. Yo había cruzado los brazos y miraba el canto de la mesa. Ella chascó la lengua.

—Mira, no sé quién es Yorgos. Pero me parece muy feo y muy de pajarraco de mal agüero amenazar a alguien tan joven y tan guapo como tú con que se va a pegar un tozolón. Porque no es así, y aunque lo fuera, ¿pues qué pasa? ¡Absolutamente nada! Puedes equivocarte mil veces y volver sobre tus pasos. ¿No se trata de eso, de ir probando sobre la marcha? Y, además, dará lo mismo, porque el sol nacerá todos los días, y tú, de cualquier forma, saldrás a flote, no me cabe la menor duda, porque seguro que tu abuela te educó bien y te enseñó lo necesario para que lo consigas. ¿Es o no?

Me sorbí los mocos. Me picaban los lacrimales.

—Ya pero, ¿y si la decepciono?

—Ay, por Dios, ¡es que eso ni lo pienses! Vamos, quítatelo de la cabeza porque, aunque no la he conocido, podría poner la mano en el fuego apostando a que no, y te digo yo que no me quemo, que la saco sin una ampollica ni media. Así que ni se te ocurra torturarte de esa manera, porque no hay ninguna necesidad. Mira, la vida es muy dura, una penica como otra cualquiera, no te voy a engañar; pero también mucho más sencilla de lo que a veces nos parece, sobre todo cuando empezamos a darle demasiadas vueltas al coco. Así que no te preocupes, maja, que ya verás que las cosas se irán colocando en su sitio.

Inesperadamente, me había reconfortado. «Gracias», le susurré. Después de tanta intensidad imprevista, sorbí el culín de leche, que atesoraba un cacao frío y reconcentrado. Entonces, Pilarín me ordenó:

—Si ya has terminado, puedes fregar el vaso y el plato. La cocina está allí detrás.

¿?

—Si te apetece ayudarme a llevar este hostal sin clientes, hacer camas, lavar cacharros, servir mesas, atender el teléfono y la recepción, que me vendrás de lujo si se despista por aquí algún turista griego, estás contratada. Pagarte no puedo, pero te ofrezco cama y comida hasta que tú quieras.

¡!¡!

—No sé qué decir…

—Bueno, pues sencillamente, lo que vayas a hacer. Si sí o si no.

Anonadada. Así me había dejado. Pero se me pintó una sonrisa. Agarré el vaso y el plato. Me encaminé a la cocina. Pilarín sonrió a su vez. Su voz supuraba regocijo:

—¿Ves qué sorpresas depara la vida, Rebeca? Habías venido aquí con una llave y en cuestión de una mañana, con la de tu nueva habitación, fíjate qué suerte la tuya, que ya tienes dos.

Dos niñas que corren por el olivar. Dos niñas libres. El aya ya se ha marchado. Al mundo de los mayores. El de las puertas cerradas. El de las cosas prohibidas. Vida y Leonor intuyen que, un día, tendrán que entrar en él. Como habrán crecido, deberán agachar la cabeza si desean pasar o, de lo contrario, se propinarán un coscorrón con el dintel. Pero mientras tanto, el campo está abierto. Para que se lo apropien. Para que lo jueguen. Para que crean que haber nacido merece el esfuerzo. El sol centellea en las espigas. Una brisa las agita. Bullen las cigarras. El Jalón serpentea, cinta transparente de plata que les canta sus romanzas de agua.

La vida las está enamorando, para que aprendan a quererla lo bastante como para querer quedarse, por mucho que su seno hiera a la larga. Y, por eso, les permite volar sobre sus piernas, aún flexibles y frescas como varitas de bambú. Les regala un aire limpio y precioso, que les hinche los pulmones, y cuando se lo devuelven transformado en gritos pletóricos, los acepta con alborozo. Sonidos que retumban y se funden con los estratos de color: el dorado y verde de los olivos y el cereal; el pardusco de los riscos y el otero pelado, y al fondo, último telón, la explosión azul de un cielo matutino, manchado apenas por las hilachas blancas de unas nubes.

Un presente de eternidad para dos personitas efímeras y convencidas de que toda esa belleza no es más que un escenario para lo que de verdad importa: ellas. Precisamente, las que no durarán cuando todo lo demás permanezca. No obstante, poseen algo único. Ese momento y la capacidad para gozarlo. Aunque no lo sepan, están luchando contra el tiempo y, si un sabio se lo revelara, pensarían, pobrecicas, que le van ganando. Ilusión. Suficiente. ¿Quién no cambiaría la inmortalidad por un instante feliz? Un segundo de plena conciencia de vivir. Que se vuelve irrenunciable cuando hay alguien que, a tu lado y a la vez, está experimentando lo mismo. Que ha elegido compartir contigo la conquista de sus días. Que ha decidido darte a ti (sí, a ti) lo que no volverá. Qué prodigio es ese.

Eso les está sucediendo a Vida y a Leonor. Y gracias a ello, hacen las paces con la tierra. Gracias a eso, en lo sucesivo, no le guardarán rencor por la injusticia colosal de que vaya a sobrevivirlas. Verán natural que un otero pelado tenga derecho a los milenios y ellas no. Y es más, se aferrarán a ese suelo y lo amarán. Porque sobre él van a erigir sus recuerdos: los tejerán con los juncos que cabecean al compás de la corriente en las orillas del Jalón, los amasarán con el polvo que levantan sus pies en la carrera, los solidificarán por influjo de las piedras que se desviven por encestar en el tronco agujereado de una vetusta higuera, y los tornasolarán con la luz irresistible de la infancia, que ahora espejea en todas las superficies y las obliga a guiñar los ojos. Por eso, a partir de este momento, van a juzgar a Alpartazgo indispensable en su felicidad, enhebrado por siempre al intento más humano: el de estar bien. El de estar en casa.

Leonor enseña a Vida a trepar al olivo grande. Olivo grande que a ellas les parece enorme. Descuella entre sus achaparrados hermanos, que le forman corro. Nudoso y retorcido, sus ramas robustas se desparraman hacia los cuatro puntos cardinales, cargadas hasta los topes de hojitas estrechas y grisáceas, de frutos redondos y verdes. Leo no duda al meter sus escarpines en hendiduras secretas que para ella son viejas aliadas. Y así, tras rápida ascensión, corona el cénit de la copa en un suspiro y, como un mono, se descuelga cabeza abajo de uno de los brazos más musculados del árbol. Vida se embelesa ante el alarde. Vida también quiere. «¿Seguro que os atrevéis?». «Por supuesto», el ímpetu cede a la humildad, «si me ayudáis». Leo aterriza junto a ella. Con una sonrisa fulgurante que muy pronto sustituye por rigor de maestra. «Pisad aquí. Apoyad allá». Y sus dedos acompañan a los de la neófita, les señalan el camino. Le sujeta la cintura. La guía para que encuentre los asideros. «Tranquila, que la madera aguanta. Cuidado, no resbaléis. No miréis hacia abajo. En ningún momento. Y, sobre todo, no temáis. Que no os voy a dejar caer».

Y, bajo esta promesa, Vida lo logra. Sus piernas ciñen el contorno de la rama, sus antebrazos se acoplan al tacto de la corteza. Raspado reconfortante. Leonor ha seguido sus pasos. Ahora las dos penden del olivo. «Soltad los brazos». «¿Qué? ¿Estáis loca? ¡Ni soñarlo! ¡Me mataré!». «¡Claro que no! ¿No veis que estáis enganchada por las rodillas? Dobladlas bien ¡y desprendeos!». «No… ¡no me atrevo!». «¡En ese caso, subir hasta aquí no habrá servido para nada!». Vida titubea. «Sí, para algo sí… ha sido divertido…». «Nada comparado con lo que os propongo. ¡Ya veréis! ¡Uaaah!». Y Leo se desase de un tirón, su cuerpo se precipita hacia el suelo de cintura para arriba; a la espera del trompazo, Vida cierra los ojos con el corazón estrujado, pero a sus oídos solo llegan unas risas. Cauta, los entreabre. El tronco de su amiga bascula por los aires, con suaves sacudidas de péndulo. Sus trenzas se estiran como raíces que quisieran penetrar en la tierra. En su semblante se ha desatado una fiesta. Expresión exultante. De casi beatitud. Las mejillas tintadas de bermellón.

Vida, al verla en esa burbuja, se siente súbitamente excluida. Atrás. Sola. Y no le gusta. De modo que rinde la nuca. Vence el último reparo y sus dedos abandonan la corteza. Una ráfaga de aire le restalla en la cara. Aaah. Va a despeñarse, va a despeñarse… Pero sus rodillas se flexionan por instinto como un resorte y la amarran a la rama. El mundo se voltea. La sangre se le sube a la sesera. Le presiona las sienes hasta aplastarle los pensamientos. La sensación la embriaga. Y se apodera de ella una libertad muy extraña. La de estar en el filo de todo. En un barrido de asombro, contempla lo de siempre desde una perspectiva muy nueva. Al hacerlo, sus pupilas tropiezan con las de Leonor, que le sonríen, que chispean. «¿No ha sido emocionante?». Ella asiente. Y, casi de inmediato, se echa a reír. «Parecemos dos murciélagos». Dos inmensos murciélagos ahogados en carcajadas a plena luz del día; prendidos en ese olivo, transfigurado en cordón umbilical que las une para siempre al vientre de Alpartazgo.

Poco después, de murciélagos van a mutar en un par de caballos que trotan incansables por la pradera. Y en un dúo de princesas de tierras lejanas que imparten órdenes y encomiendas a su nutrido séquito de esclavos nubios. Y en una pareja de leones que rugen y se plantan cara. Y en cetreros que reclaman a sus halcones con complicados aspavientos. Y en vigías que alertan desde la atalaya de la inminente algarada mora. Y en sirenas que lustran sus escamas en el Jalón justo antes de arribar al anchuroso mar. Y se persiguen, brincan, ruedan, empujan, arrastran, suben, bajan, chillan, cantan. Son verbo en movimiento. En esa mañana que pasa rauda, sin rozarlas, pero tan absorbente que en sus minutos parecen caber varios eones. Solamente una mañana, pero que ha detenido el tiempo, porque lo contiene y lo abarca entero, desde su principio hasta su fin, con todo lo que es susceptible de vivirse. Para cuando el aya recoja a Vida y la conduzca de vuelta a la aljama, y Leo la despida, ondulando los brazos y con el apego en flor, tras arrancarle el firme juramento de que repetirán la aventura, ambas, en horas tan gloriosas, habrán demostrado valor e imaginación para serlo absolutamente todo. Menos ellas mismas.

Un bufido. Que exhala don Álvaro de Lanuza. Más de un noble aragonés se habría azogado por ese soplo entre los labios del gran hombre, puesto que se trata del mismo aire que sopla en los oídos del rey Juan. Y lo hace rectito, sin tropiezo. Se puede jurar que sus consejos vuelan en corrientes de cierzo al tímpano del monarca. Pero no se bastan para inmutar un solo pelo en las trenzas de esa niña que, en marzo de 1467, va a cumplir diez primaveras.

—Leonor. Me cuenta doña Isabel que hoy habéis insistido en jugar con esa niña judía. En demasía. Incluso con terquedad.

Los ojos son grises y fríos. El cabello, rubio como el platino, acosado por los dientes blancos de las canas, que hace ya años que le vienen mordiendo las sienes. La apostura no la encontrarían más enhiesta en una lanza.

—Es verdad —responde Leo, el tono apacible, el bordado entreteniéndole los deditos, todavía torpes.

—Pues esas compañías no me gustan. No convienen.

—¿Por qué? —Los ojos de la hija se han abierto de par en par, puro candor.

—Si viven aparte, por algo es —la voz paterna silba crispada.

—Pero yo os escuché decir una vez que, gracias al dinero judío, habían hecho sus guerras los reyes, que resultaba buen negocio que anduviesen cerca.

Álvaro de Lanuza maldice para sus adentros que el retoño le haya salido sagaz y memorioso. Hasta repelente si le apuran. Pero decide seguirle el juego. Ponerla en aprietos. Para que funcione, se torna imprescindible la sonrisa bienhumorada. Y el comentario jovial.

—Oh, ya veo. ¿Y a vos? ¿Acaso os han prestado muchas riquezas, como para que os compense emplear vuestro tiempo con ellos?

—Bueno… —Leonor baja los ojos, los demora en la labor, paladea la respuesta—. Si hubiese querido, me habría podido quedar con el anillo de oro de esa niña. Y eso que solo acababa de conocerla…

Al padre se le evapora la sorna. Rictus congelado. Niña de piel de diablo. Conque así nos las gastamos. Si es que no le está dejando más remedio. Ya levanta un dedo impositivo cuando…

—Pero es que no veo el problema… El rey dice que son sus súbditos, y que cuanto más en paz vivamos con ellos, mejor. ¿Entonces? Yo soy vuestra hija. Debo dar ejemplo.

A don Álvaro de Lanuza semejante razonamiento lo desarma. Es cierto. En lo más bronco y fragoroso de la lucha en Cataluña, lo que le sobran a Su Majestad son trifulcas. Él mismo se ha mostrado siempre partidario de respetar a los miembros de la aljama, sensible a las ventajas que entraña tenerlos a buenas. A la hora de cobrar impuestos, en ellos se halla por lo general una fuente pingüe y caudalosa. Además, no ignora que, entre sus filas, se cuentan hombres muy valiosos. Que atesoran un saber en absoluto desdeñable. Y, por eso, procura mantenerse vigilante para no caer preso de las creencias populares que, periódicamente, les atribuyen el origen de las epidemias, o los pintan bajo los colores de profanadores de hostias consagradas.

El pueblo necesita chivos expiatorios. Por el contrario, los cultivados (entre los que se precia de figurar) han de defenderse de esos prejuicios que, así se lo parece, guardan un regusto bárbaro. No hay más que recordar la escabechina a la que se llegó en las juderías en 1391, tras una deriva de encono, resentimiento y cerrazón que terminó en una turbamulta. Riada canalla que, arrogándose la posesión de la verdad, saltaba las tapias, desquiciaba las puertas, escupía sobre las *menorah* y pasaba a cuchillo los pechos y las barrigas. Por diferentes (aunque los intestinos se esparcieron igual que los de un cristiano). Y culpables (aunque no se especificó de qué).

Debe evitarse que vuelva a suceder algo semejante, no hay duda. Y, como dice Leo, los próceres como él pueden desempeñar en esta prevención un papel más decisivo que el del resto de los mortales. Pero por un cauce puro y etéreo fluyen las ideas y, por otro más fangoso, el gobierno de su casa y de su descendencia. Que, por cierto, ya le está robando más tiempo y elucubraciones de los razonables. No piensa rebajarse a continuar parlamentando con esa cría que, bastante la conoce, no abriga intención alguna de apearse del burro con la premura deseable, bien provista de alforjas como va: sus argumentos de «el rey dice, el rey dice…» se disponen a levantar baluartes y a hacer callo en su voz de flautín. A él le apremian asuntos de mayor hondura. A fin de cuentas, ¿a quién le importan los juegos de dos niñas? Ya habrá tiempo de segar esa amistad espinosa si echa raíces. Probablemente, se agoste por sí sola mucho antes.

Así que el paterfamilias se resigna. Y resuelve: «De acuerdo. Vedla de vez en cuando, si así os place. Pero sed discretas. Y eso sí. No os quiero rondando por la judería. Que venga ella aquí».

Leonor se aviene.

Cuando Vida regresa a casa, su familia la trata como si le hubiese picado un bicho. Con la misma cautela, con la misma distancia. Su padre, Mosé, le da unas palmaditas en la cabeza que pretenden mostrarse afectuosas, pero que a sus curtidas manos les brotan vacilantes, perdiendo pie.

—¿Cómo ha ido?

—Muy bien. Es muy simpática. Corre rápido. No se asusta de nada. Sabe muchísimos juegos.

—Estupendo, estupendo.

—Dice que quiere volverme a ver.

—¿Eso ha dicho?

Vida asiente. Mosé se rasca la barbilla. Entorna los gruesos párpados e intercambia una mirada suspicaz con su mujer, que, en la otra punta de la habitación, frunce los labios.

—Mmm. Bueno, eso será que le has caído en gracia.

—¿Puedo entonces encontrarme con ella más veces?

—Sí… —Doña Oro chasquea la lengua, él finge que no la oye—. Pero haz el favor de portarte bien con esa niña, ¿me has entendido?

—Pero ¿por qué…?

—No, ¡escúchame bien lo que voy a decirte! No me interrumpas. Es muy importante que no la disgustes bajo ninguna circunstancia. No la contraríes, ni la retes, ni le hagas daño. Que ni se te ocurra, vamos. Y siempre que se te presente oportunidad de complacerla, no la dejes pasar.

A Vida, estas advertencias tan puntillosas la cogen por sorpresa. Pero, en cuanto las asimila, baja la vista enfurruñada.

—No creo que ella quiera eso… Es decir, que la trate como si se me pudiera romper o como si fuese mi señora… Creo que solo quiere que seamos amigas….

—Vida… —El tono, el ceño de Mosé se ciernen amenazantes. ¿La amenaza? Una palabra más y te corto el chorro de indulgencia de cuajo.

La hija lo sabe, que ya son nueve los años de convivencia para haberse enterado de cuántas pulgadas le permiten estirar la cuerda. «Está bien».

—Así me gusta. ¿No ves, tonta, que si esta Lanuza se enoja nos acarrearía ingentes problemas? No quiero imaginar la cólera de ese Nerón si le lastiman al cachorro…

Con la ufanía de haber cosechado obediencia, Mosé considera el asunto zanjado. A fin de cuentas, ¿a quién le importan los juegos de dos niñas? Ya habrá tiempo de segar esa amistad espinosa si echa raíces. Probablemente, se agoste por sí sola mucho antes.

Su primogénito no se siente tan optimista ni comprensivo. Desde que se ha enfundado los antebrazos con las filacterias, ha sentido por primera vez el tejido del *talit* sobre las espaldas y los ojos del resto del *minyán* posados sobre él durante su lectura de la Torá en la sinagoga, aquel sábado tan feliz y aún esponjoso en la memoria, anda inflamado por la calentura de un furor religioso que lo hace creerse más devoto que el propio rabino. De modo que juzga un deber sagrado atormentar a su hermana. «Conque ahora te codeas con los infieles… Cuidado, no se te vaya a pegar el paganismo. Si bien es verdad que tienen difícil convertirte, pues precisamente gentil, no eres. —Vida pone los ojos en blanco ante el burlón doble sentido—. Entre tanto, a mí, por si acaso, ni te me acerques, que no deseo contaminarme».

En cuanto a su madre, tan pronto la observará muy fijamente, incrédula, como le retirará la mirada. «No sé cómo te las apañas… con una Lanuza», la oirá barbotar. Y también el viejo refrán, que tanto le gusta repetir: «Los unos nacen con *mazal* y ventura; los otros, con *potra* (bocio) y *crevadura* (hernia)». Cuando Vida se vaya a dormir, aún no habrá dilucidado qué opina doña Oro sobre ella: si pertenece al destacamento de la buena estrella o al descomunal batallón de infelices que, lo hagan como lo hagan, al final, siempre se estrellan.

Estrella de una, dos, tres, cuatro, cinco, seis puntas. Había adquirido la costumbre (para mí reconfortante) de contar los picos de un *magen* David que adornaba un antiguo llavero, regalo de mi Bat Mitzvah. Las repasaba con el dedo durante los ratos muertos, que eran muchos. En verdad, en aquel hostal de Alpartazgo había poco que hacer y, sin embargo, Pilarín sabía apañárselas para estar ocupada o, al menos, parecerlo. Pronto dejé de distinguir la realidad de la impostura.

Después de barrer y quitar el polvo de superficies intactas, me quedaba detrás del mostrador, al lado de un teléfono que no sonaba, mientras ella se atareaba en cambiar las sábanas de unas camas en las que no dormía nadie. Reconozco que, más de una vez, me cuestioné con gran severidad los derroteros tan lamentables que había tomado mi vida, y coqueteé con la idea de envainarme el orgullo, llamar a Yorgos y pedirle un préstamo para regresar a Atenas. Cuando eso ocurría, me aferraba a mi llave, aquel *souvenir* del pasado, y por las tardes, a fin de no agobiarme más de la cuenta, me entregaba a largos paseos que me sirvieron para familiarizarme con el pueblo y también para sacarme de él, hasta arrastrarme a las orillas del Jalón. Allí jugaba a rebotar las piedras contra las aguas. Y a sentirme muy sola.

Mis nuevos vecinos (no más de mil) ya debían de saber que una foránea se había instalado entre ellos. Al parecer, había corrido la voz de que mi primera noche había llorado en el bar y vociferado en la calle. Todo un estreno. Lo notaba en la reticencia socarrona con que la panadera me despachaba las hogazas que Pilarín me mandaba comprar. O en la carnicería, cuando acudía a por las costillas de ternasco y las salchichas. Me encargaba de todos los recados. Mi hospedera apenas ponía un pie en la calle. No tardé en percatarme de que me había juntado con otra eremita. En contra de lo que parecía prometer su verborrea torrencial y su carácter expansivo, cuando se recluía en su buhardilla no daba un pío, no se la oía ni alentar. Un misterio en qué se las componía allá dentro.

No salía para nada y, sin embargo, a saber por qué inefables conductos, se enteraba de todo. Por ejemplo, un buen día, de que había venido a pasar las vacaciones la sobrina de la Consuelo. «Te iría de perlas conocerla», remachó. La mera mención de su tía me disuadió en el acto. Aquella señora me había achantado desde mi llegada a Alpartazgo. El retintín en su voz de raspa. El mentón acusador. Aquella forma seca y brusca de desarmarme. Por no hablar del espectáculo que yo había montado delante de los abuelos chismosos en su bar. Tanto es así que no me había vuelto a prodigar por allí. «No, no, no me apetece…».

—Pues deberías. Tiene más o menos tu edad… —Notición: eso la convertía en la primera alpartagueña conocida menor de cincuenta años; aquel no era pueblo de jóvenes, «todos se marchan», deploraba Pilarín— y estudia Historia. De hecho, le tira mucho investigar la historia local. Tal vez…

El señuelo me embadurnó los labios de miel.

—Bueno…

Aquella concesión tibia, que simplemente equivalía a no negarme en redondo, le bastó a Pilarín para interpretar que mi aquiescencia era absoluta y desenfrenados como un miura mis deseos de trabar relación con la sobrina de la Consuelo.

Al día siguiente, cuando bajé a desayunar, me llegó del comedor la efusión de unas voces que se abrazaban.

—¡Qué guapa estás!

—¡Y tú también!

—¡Qué bien te sienta ese pelo!

—¿Cómo va todo por aquí?

—Pues de maravilla. Si esto es guerra, que dure.

—Yo tampoco me quejo, todo de lujo.

—¿Sí? ¿Incluso las notas?

—¿Y el hostal cómo marcha? ¿Viento en popa, no?

—Seguro que todo sobresalientes, ¿verdad?

—Jajaja, más quisiera. ¿Ni una cama libre?

—Jajaja, eso quisiera también yo…

—¡Oh, mira quién ha amanecido!

Ambas se voltearon a mirarme. Pilarín, como si yo fuese un cachorrito que hubiera aprendido a hacer pis en la calle y del que se hallase en extremo orgullosa. Los ojos de la otra me sonrieron.

—Rebeca, te presento a Noelia.

—¡Hey! ¿Cómo estás?

La tal Noelia gastaba una carita de pan muy simpática, agudizado el círculo facial por lo corto de su pelo, casi puntiagudo, teñido con un magenta explosivo, a juego con los labios jugosos y agresivos que se adelantaron voluntariosamente a darme dos besos.

—Encantada.

—Lo mismo digo.

—Ya me ha contado Pilarín que ahora trabajas aquí.

—Sí…

—Fenómeno, seguro que te trata de cine. Y Alpartazgo, ¿cómo lo ves? ¿Te gusta?

—Pues…

Mi interlocutora esbozó en el aire un manotazo displicente.

—Bah. Ni falta que hace que te guste. Pero estás interesada en su historia, ¿no? En la época medieval… A mí me mola un montón, así que, si quieres, podremos curiosear y averiguar alguna cosilla.

—Estaría genial. Te lo agradezco mucho.

Pilarín nos observaba con los brazos en jarras y una sonrisa de oreja a oreja, casi silabeando nuestras palabras, muy atenta a la una y a la otra, para comprobar que no nos dejábamos ni una coma del guion, olvidada hasta de respirar. Estaba gozando con la puesta en escena del encuentro que había orquestado. Al parecer, y a tenor de su evidente alborozo, estaba saliendo todo a pedir de boca, fiel a como se lo había representado en su imaginación: congeniábamos.

—No hay de qué. Será guay. Y bueno, aparte de eso, descuida, que nos lo pasaremos muy bien. Ya verás.

Noelia me guiñó un ojo. Yo me la creí.

—Y por eso decidí venirme hasta aquí.

Habíamos circunvalado el pueblo por un camino que discurría paralelo a la muralla. En el trayecto, me había cundido para poner a Noelia en antecedentes de mi vida.

—Pues qué apasionante, tía.

—Ya... pero tengo la sensación de que he llegado a un punto muerto. He retornado al de partida, sí; he comprobado que Alpartazgo sigue en pie: estupendo. Pero, obviamente, aquí ya no hay nada, ningún rastro...

—Bueno, nunca hay que presuponer obviedades...

—Ya, pero aunque hubiese algo... ¿qué?, ¿de qué serviría? No es más que agua pasada...

—De la que no mueve molino, ¿no? —Mi acompañante soltó una franca risotada, asentí contrita; no me parecía cómico en absoluto, pero, por algún extraño motivo, me quitó cierto peso de encima que a ella sí—. Mira, lo principal es que no te rayes. Has dado el paso, ¿no? Pues pelillos a la mar. Todo lo que encuentres, eso que te llevarás por delante. Y en caso de que no, tampoco se va a acabar el mundo. Desde luego, quedándote en Atenas de brazos cruzados, sí que no te habrías comido ni un rosco. Y además, si te iban a desahuciar... Madre mía, qué mal rollo, ¡menudos hijos de puta! Di que sí, aquí estás mucho mejor con la Pilarín, que es una señora espectacular. Y yo te ayudo con la investigación, a ver si rascamos algo… No sé, puedo mirar en los archivos, o en partidas de nacimiento, o en actas notariales…

—¿Lo has hecho alguna vez? —En la aridez de la tierra quise ver asomar una yema pequeñita. Trémula y verde—. Porque tú estudias Historia, ¿no?

—Sí, estoy en cuarto, repitiendo curso. Me falta aprobar dos asignaturas… No te voy a engañar, no me he metido en un berenjenal así en mi vida… Pero en algún momento hay que empezar, ¿no?

—Ya… —lo dije dudosa, por contemporizar. Ella continuaba hablando, muy convencida.

—Me lo tomaré como un trabajo de fin de grado, ¿qué te parece? Este curso se me presenta muy libre, con solo dos asignaturas… Mis viejos están que trinan con eso de que me esté costando tanto terminar, así que ni tan mal si me ven ocupada en algo relacionado con la carrera. Pensarán que no estoy perdiendo el tiempo miserablemente.

—¿Te atosigan mucho con eso?

—Ni te imaginas. La una médico, el otro abogado, y yo la inútil que se dedica a una licenciatura de pinta y colorea, y que encima suda tinta china para finiquitarla. Por eso me han invitado cordialmente a que pase aquí el verano. Para que purgue mis pecados y escriba cartas desde mi celda —se pitorreó con un pestañeo angelical—. Pero es que yo me pregunto, ¿para qué narices tanta prisa? Si sé que luego solo me espera un páramo laboral. Lo poco que debo hacer este año, al siguiente será directamente nada. ¿Qué sentido tiene correr entonces? Por lo menos, intento disfrutarlo mientras tanto. ¡*Carpe diem*!

—Te entiendo… Ya te he contado que a mí, con Filología Hispánica, tampoco me salía ningún trabajo… Menuda pena esto de las letras, ni una oportunidad ni media, ni que nuestros currículums fueran papel higiénico… ¡Nos tratan como al detritus de la sociedad!

Noelia volvió a reírse.

—¿Qué? —inquirí azorada. Me miró risueña.

70

—Nada, nada, discúlpame. Me hace gracia cómo hablas. —Me alegró, bajé la vista—. Pero ¡llevas toda la razón! ¡El detritus de la sociedad, eso es! ¡Condenadas a la ruina, hija de mi vida y de mi corazón! Aunque también te digo que muchos de mis amigos ingenieros y arquitectos, y de carreras supuestamente respetables, se están comiendo los mocos igual…

Con esa expresión que jamás había escuchado y tan asquerosa, me tocó el turno de reírme a mí.

—Así que, ¿mi consejo del día? Aprovechar para divertirse ahora, que aún tenemos las carnes tan prietas y tan bien puestas, y sacarles rentabilidad.

Y se propinó un palmetazo rotundo en el culo. Nueva carcajada por mi parte.

—¿Te va bien con los chicos? ¿Con las chicas?

—Pues te diré: no sufro hambre ni penuria. Al menos, un chaval cada finde cae.

Y no era suficiencia lo que transpiraba su confesión. Era picardía. Travesura. *Joie de vivre*.

—¿Sí? ¿Tantos? —Me asombré.

—Sí, ¿qué pasa?

—Nada, nada. Mejor para ti. Así no te aburres.

—Tú eres más de monogamia, ¿o qué?

Callé un instante.

—Supongo que sí…

—Has mencionado que te dejaste un novio en Grecia, ¿no?

—Ajá. Yorgos. Llevábamos dos años juntos.

—¿Ya no le querías?

—No es eso… Me importaba, claro. Siempre se ha portado bien conmigo y le había cogido muchísimo cariño. Pero Yorgos era Atenas, una parte inseparable de todo aquello, de mi vida allí… y si quería liberarme, no podía seguir atada a él. Pertenecía a ese mundo del que me he escapado. Después de lo que ocurrió, llegó un punto en el que no me sentía capaz de hacer otra cosa…

La voz se me apagó y Noelia me frotó el brazo.

—Pues yo creo que hiciste muy bien. Le has echado ovarios. Más gente tendría que arriesgarse a romper con lo que ya le huele a rancio, ventilar la leonera y comenzar de cero. Estoy hablando por hablar, que yo solo me he atrevido con el armario, ¿eh? Y porque me obligó mi madre. Pero oye, precisamente por eso te admiro y te apoyo. Me pareces una tipa increíble, muy valiente, así que cuenta conmigo para lo que necesites, Rebeca Benveniste.

Y me tendió la mano con solemnidad. Se la estreché. Le sonreí agradecida.

—Gracias, Noelia...

—Parra. Noelia Parra. Bastante menos exótico que el tuyo, pero es lo que hay. —Ambas nos encogimos de hombros y alzamos las cejas con chufla—. Oye, me ha entrado sed. ¿Nos tomamos algo donde mi tía?

Titubeé.

—Pues...

—¡Venga! ¡Que yo invito!

—No, Noelia, no hace falta... —Me apuré.

—Ni te preocupes, que de mi bolsillo no va a salir ni un euro. Yo solo aporto la mano de obra.

—¿Cómo? ¿La mano de obra...? ¿A qué te re...?

—¡Claro! A mis encantos naturales. Vas a verificar con qué arte y maestría me las compongo para que, aunque la Consuelito sea un poco rata, el bebercio tú y yo, este mediodía, nos lo llevemos de gorra. Vamos, como que me llamo Noelia Parra. —Se besó los dedos—. ¡Que, de lo contrario, caiga la vergüenza sobre mí!

Definitivamente, estaba loca. De remate, como las cabras. Pero me había disipado el susto que me inspiraba su parienta y, ante la tentadora oferta, capitulé. Encima, con una sonrisa que, a esas alturas, ya se había convertido en perenne. Qué remedio, si el caso es que sentía curiosidad por ver en acción a... ¿lo diré?, ¿osaré? Pues sí. A mi nueva amiga.

—Amiga mía, ¿os lo podéis creer? La mujer soltó un grito, se recostó, abrió las piernas, ¡y de en medio le salió un niño!

—¡¿Pero eso cómo va a ser?!

Pues siendo. En concreto, ocho días atrás, cuando Vida va por la calle, camino del horno, despaciosa, para hacer tiempo. La envía su madre, para variar. Está amenazada de muerte para que ande espabilada con los dineros, que no le den gato por liebre, «Ojito, niña, que si no, te estampo». Siempre tan dulce doña Oro. Luego, el pan le quemará los dedos durante todo el trayecto de vuelta, que se hará largo. Pero lo peor es que no podrá catarlo por mucho que la tienten los efluvios de miga mullida, de corteza crujiente, que le subirán directamente a la nariz. Una tortura como otra cualquiera.

—Estaba casi llegando al horno…

En estas que ya divisa a un corrillo de mujeres, que aguardan, que deambulan, pendientes de una que habla muy alto, que gesticula, que las hace reír. Gallinas cluecas. Vida resopla. Se determina a aprovisionarse de paciencia. Esperando, se le irá la mañana, con lo bonita que luce, de un azul intenso que traspasa todas las cosas y anega la calle; esa calle por la que, de frente, se le acerca una señora. Cutis pálido, surcado de arrugas, unas manchas violáceas le cercan los párpados. Son de un castaño claro, pero entreverado de gris oscuro, las hebras de cabello que, con descaro y desaliño, le escapan de la toca.

73

—¡Y tenía una barriga así de grande! —Y los brazos de Vida abarcan el mundo.

En efecto. Enorme. A duras penas se sostiene bajo su peso. Un bamboleo denso le mece los pasos, que le penan a ras de suelo. Un serpear fatigoso, muy lento. Que se detiene de pronto. En seco. Las manos se lanzan crispadas sobre los riñones, los aprietan. Flexiona la cintura que se ocultó hace unos cuantos meses tras la mandorla grávida, hinchada. Ahora se dobla, como la tapa de un baúl al cerrarse. Entonces, viene el alarido.

—Me agujereó los oídos. Se me paró la sangre. —Y a Leonor, que lo escucha anonadada, se le para también.

El aullido roza el tuétano y lo enerva. Y casi de inmediato se va apagando, enronquece, hasta verse reducido al jadeo sordo y angustioso de un animal que sufre. El gallinero cesa en sus cloqueos. Ellas también se han quedado heladas. Se vuelven a mirarla. «¡La Ceti, la Ceti! ¡Ya viene su hijo! ¡Hay que socorrerla!». Se ha dejado vencer. Se ha derrumbado sobre sus rodillas primero, sobre la rabadilla después. Ha tirado los panes que llevaba. Se han manchado de tierra. Vida no puede evitar darse cuenta. Para cuando el parto acabe, se habrán llenado de hormigas. Y no le importará a nadie.

—Luego, cuando se lo conté a mi madre en casa, me explicó por qué era tan importante que saliera bien. A la tal Ceti y su marido, que es zapatero remendón, Adonay ha tardado muchísimo tiempo en mandarles hijos. Y uno que al fin les envió hace dos años, el pobrecito… se murió al nacer.

Se precipitan las mujeres en tropel. Se arremolinan en torno a la parturienta, que emite un gemido alargado. Una se encomienda a la divinidad. La otra revolotea de aquí para allá agitando las manos y dando absurdos saltitos. Las dos de acullá, paralizadas, buscan amparo mutuo arrimándose y prendiéndose del brazo, mascullando jaculatorias inciertas, sin apartar los ojos abrumados de la escena. Una más joven se planta de hinojos al lado de Ceti y le acaricia compasiva los cabellos, le enjuga el sudor de la frente, le murmura palabritas de aliento. Y, por fortuna, de entre el caos y los cacareos, emerge una voz, la de una a la que llaman Raquel, que restaura la cordura: «Mi padre era físico y lo vi traer niños al mundo infinidad de veces. Así que no os preocupéis, Ceti, que yo os ayudo». Resoluta, indica a la joven compasiva que la tienda y que le ponga el canasto para la compra de una de sus compañeras debajo de la cabeza, a guisa de almohada. Ella se sitúa entre sus piernas y le ordena: «Empujad, Ceti, empujad», a lo que ella contesta con un resuello y una mirada muda, desvalida y asustada. Muy asustada. La improvisada partera insiste. «Empujad, Ceti, empujad, que esto depende de vos». «Y de Adonay», arguye una de las que oraba por lo bajo. La comadrona suspira. «Y de Adonay, sí, y de Adonay». Vida, entre tanto, ha permanecido clavada en el mismo sitio, frente por frente con la madre inminente.

—Como Raquel, al colocarse delante, me tapaba, me ladeé un poquito.

—No lo entiendo, Vida. ¿Por qué?

—Porque quería verlo.

Y desde allí, desde el nuevo y mejor ángulo, la pequeña Benveniste asiste al alumbramiento. La barriga que se contrae, las piernas que se estremecen, el sudor a raudales. Los lamentos sostenidos. Ceti que se esfuerza hasta la extenuación. En un momento, incluso se orinará. Y también se hará caca. Raquel, que la sujeta y la conmina. Vida, ganada por la curiosidad, se irá aproximando, hasta acuclillarse junto a la parturienta, que secreta sangre y más líquidos indescifrables. Y de pronto, una coronilla, anticipo de la cabeza. Poco a poco, los hombros, el resto del cuerpecillo. La que brincaba cesa en sus cabriolas, cruza las manos sobre el pecho y sonríe extasiada. Las demás le echan ojeadas de puntillas, anhelantes, sin atreverse a confirmar aún el alivio.

—Cuando vi al niño fuera… no sé, Leo. Fue como magia. Pasó de no estar a estar en un segundo. Creo que no me había puesto tan contenta, y tan de repente, en mi vida.

Raquel recibe sobre la falda a la criatura rosada y sanguinolenta. Un varón. Ceti incorpora la cabeza. «¿Está…?». La partera se azora un instante. Pero hace de tripas corazón y pellizca levemente al bebé. Que comienza a llorar.

Y ante el llanto, todas las presentes estallan en júbilo: «¡Menos mal!». «¡Qué alegría, Ceti! ¿Veis qué bien?». «Lo habéis hecho de maravilla». «¡Alabado sea Adonay!».

—Entonces, Raquel se volvió hacia mí y me dijo: «Corred, niña, corred a la casa más cercana y pedid un cuchillo y algo de alcohol… vino, licor, lo que tengan…». La obedecí, claro. Llamé a la primera puerta que encontré. Me abrió un viejo desconfiado y gruñón, que quiso cerrarme en las narices, pero en cuanto le aclaré: «¡Es para un niño que acaba de nacer en la calle!», se quedó bastante impresionado y me hizo caso. Regresé donde el parto con el cuchillo, una botellita de vino y toda la prisa que pude, y Raquel, no os lo vais a creer, empapó la hoja del cuchillo entera en el vino ¡y cortó una especie de cordón que unía a la madre con el bebé!

—¿En serio? Pero se lo cortó… ¿cómo?, ¿como quien parte una rebanada de pan?

—Así mismo. Y ni siquiera le tembló el pulso.

La partera envuelve al recién nacido en un mantón cedido por una de las mujeres allí congregadas y se lo alcanza a Ceti, que lo estrecha contra su seno. Vida se demorará hasta presenciar cómo expulsa la placenta. «¿Qué es?». La maestra le dirige una mirada afable e indulgente y repone: «El lecho en el que la criatura se ha nutrido, durante estos nueve meses, de su mamá». Esta descripción deja a Vida patidifusa. Qué descubrimiento. Ahora, se la repite a Leonor, palabra por palabra.

—No tenía ni idea…

—Yo tampoco.

—O sea que, dentro de las barrigas de las embarazadas, hay camas para los bebés…

—Eso es. Pero no os creáis que son de plumas ni nada parecido, sino viscosas, como unas tripas, ¡ah, y están cubiertas de sangre!… De hecho, a mí me daría un poco de asco dormir allí.

—Pues ya lo hicisteis antes de nacer, igual que todos, ¿no?

—Sí, pero lo bueno es que no me acuerdo.

Las dos niñas balancean las piernas, aposentadas en la rama del olivo, y observan cómo oscilan sus pies, un poco sobrepasadas por la abundante camada de misterios de los que, empiezan a presumir, se halla preñada la vida, y que les irán saliendo al paso cuando menos los esperen.

—Por eso, como la señora Ceti sabe que yo estuve presente, y que fui por el cuchillo y el vino, anoche, mi madre y yo estuvimos invitadas a las fadas.

—¿Y eso qué es?

—Una ceremonia para que el niño que acaba de nacer tenga suerte en la vida y protegerlo del mal de ojo.

La estancia, alumbrada por candelas, que titilan en las paredes de adobe. Arrojan llamaradas danzarinas sobre los dulces que abigarran la mesa. A Vida la hipnotiza el beso del fuego cuando lame los cristalitos de harina y azúcar, se enreda en los cráteres laberínticos de la nuez, patina por las estrías de la almendra y resplandece en las gotas doradas de miel, en cuya espesura se queda atrapado como si fuese una libélula o un mosquito y ellas, puro ámbar. Junto a la reluciente ofrenda para atraer la buena ventura, han depositado un cuenco pertrechado de unos cuantos granos de trigo, de cebada, un par de aljófares y unas piezas de plata.

Los convidados han ido llegando y estrechan calurosamente las manos de Solomon, el zapatero remendón, que brilla de alegría por el advenimiento de su ansiado primogénito, encima de todo, sano y varón. Ceti gasta un rostro demacrado, céreo, pero también sonríe con el nene entre los brazos. Doña Oro desfila ante ellos para transmitirles su pláceme, con Vida asida de la mano, quien, al pasar por delante, se halla a la altura de los ojos de la nueva madre. La acogen con cariño desde su red de finas arrugas y la inducen, de un imperceptible vistazo, a que contemple al pequeño. Tiene la cabecita apepinada, los puñitos apretados, lo mismo que los ojos, que parecen dos muescas practicadas en su tierna piel. Como prescribe la tradición, lo han vestido completamente de blanco. Al día siguiente, lo circuncidarán y le asignarán un nombre. Se le antoja insólito que se trate de la misma criatura a la que vio desembarcar en este mundo hace una semana. Pensarlo la inunda de orgullo y de un callado alborozo. Fue su primera testigo. Por eso, siente ganas de acariciarlo, pero finalmente reprime a su mano y no lo hace.

Los vecinos se han ido repartiendo por el aposento y algunos charlan en voz baja, pero con animación por lo fausto de las circunstancias. Entre ellas, doña Oro, que se ha encontrado con una amiga. Vida se siente un poco perdida en el marasmo de adultos que pululan en torno a sí y se dedica a vagar, tropezarse con las paredes y codiciar las viandas de la mesa. En una de sus revueltas, va a darse de bruces con otro niño. Ligeramente mayor que ella. No se había fijado antes en él. Le llama la atención lo oscuro de sus ojos. Auténticos tizones. Se observan recíprocamente durante un momento. Sopesa si saludarlo, pero percibe cierta renuencia en su rostro y, finalmente, desiste también de hacerlo. El muchachito todavía la mira unos segundos más, en completa seriedad, hasta que una voz varonil lo reclama: «¡David, venid aquí!». Proviene de un joven de unos quince o dieciséis años, acaso su hermano (lo apunta la contextura común del pelo, en ambos ensortijado y negro), quien, en esos instantes, está felicitando y presentando sus respetos a los anfitriones.

Cuando todos se acomodan, se inicia el rito. El padre, con ampulosos ademanes, toma con delicadeza al neonato de manos de Ceti y lo remoja en un barreño que han preparado en medio de la habitación, colmado de agua tibia. Al tiempo, coge en un puñado el contenido del recipiente en el que Vida ha reparado al principio: los granos de trigo, de cebada, el par de aljófares, las piezas de plata. Los lanza dentro del balde.

—Los sumergió todos en el agua menos este. —Y Vida se saca de la manga un grano de cebada. Lo blande en alto. Leo se lleva las manos a la boca para ahogar un respingo.

—Pero ¿y eso? ¿Lo robasteis?

Y, al oírla pronunciar ese verbo, su amiga se pinta de color de grana.

En ningún momento pensó que aquello pudiera considerarse un robo. De hecho, en una primera andanada, la tentó una de las perlitas, pero enseguida concluyó que se trataba de un artículo demasiado valioso. No podía privar de él a la familia y, además, a no mucho tardar, lo echarían de menos y se metería en un lío épico. En cambio, ¿quién llevaría la cuenta de unas humildes partículas de cereal? Carecían de cualquier relevancia y, sin embargo, si no lo había entendido mal, ¡eran mágicas! Un inestimable botín, por tanto, que conquistar para Leonor.

Desde el episodio del anillo, la reconcomía una esquirla de vergüenza, inapreciable, pero que se le clavaba en el talón de cuando en cuando. Aunque su compinche no le había concedido ninguna importancia, y el tema no había vuelto a aflorar entre ambas, no lograba apartar de su memoria que, el día que la conoció, le había prometido (con cierta jactancia) que juntas iban a recorrer el mundo bajo los auspicios benévolos de aquel amuleto de oro. Total, para luego salir trasquilada y que todo quedara en oprobiosa agua de borrajas. Debía enmendarlo de algún modo. Y al ver aquellos imanes de la buena suerte, se le había ocurrido que muy bien podían servir para sus propósitos. Dejaría a Leonor impresionada. Pero ahora su reacción la sume en una espantosa duda. Eso que ha hecho la víspera se parece demasiado a su hurto de la sortija materna. ¿No será ella muy en el fondo una despreciable ladronzuela?

—No lo robé, simplemente... —¿Qué?, ¿lo tomó prestado? Pues no. Devolverlo no entraba en sus previsiones. Al admitirlo para sus adentros, se demuda, se queda exangüe. Traga saliva como un pavo y responde en un hilo de voz, que se va desmayando conforme avanza el pretexto—. Simplemente, creí que no tenía importancia.

Leonor entorna los ojos. Se concentra. Muy circunspecta. Muy callada. Está examinando el caso.

—Bueno, si nadie notó su falta, significa, como decís, que no lo necesitaban para nada, que no lo apreciaban mucho...

La brillante deducción prende una pavesa de alivio y de renovados bríos en el ánimo de Vida.

—¡Exacto! Y quitarle a alguien lo que no valora, o lo que ni siquiera sabe que posee, no es un robo, ¿no?

—Yo creo que no... —Y que Leo lo crea la acaba de convencer.

—¡Además, en ese cuenco había muchísimos granos! ¡Qué más da uno más que uno menos!

Su cómplice sonríe, encantada con esa coartada que se han confeccionado a medida y que obra la virtud de apaciguarles las conciencias.

—Y entonces, ¿tiene poderes?

—Sí. Trae buena suerte.

—¿Como el anillo de oro?

Al constatar que Leo se acuerda, aunque jamás lo mencione, y que ha atado cabos, que le ha adivinado las intenciones, Vida se sonroja, asiente. Y esconde su turbación alargándoselo.

—Tomad. Para vos.

—¿Para mí?

Ahora sí ha logrado sorprenderla de veras. Eso la inflama de pura alegría.

—Ajá. Por eso lo cogí.

—¿Un regalo?

—Para que seáis afortunada y dichosa.

Leo permanece muy quieta. La mira con intensidad. Le flamean las pupilas. Le bombea muy rápido el corazón. Entonces se decide. Y, en un impulso, le echa los brazos al cuello. Al principio, la pilla desprevenida, la sobrecoge, pero Vida pronto lo comprende y se abraza a ella también. Nota su cuerpo inesperadamente sólido, aunque blando, y cálido. Y próximo como nunca, y que bulle, que palpita, animado por ríos de sangre, con unos límites infranqueables, pero que se han difuminado, que se confunden; tan similar al suyo y, a la vez, tan otro, tan distinto. La reconforta de una manera que no imaginaba. Porque es ajeno. Pero un refugio. Que huele a... a piel.

—Muchas gracias.

—No hay de qué.

Han sellado su alianza con la diosa Fortuna y, sin embargo, nada hay que a esta se le pueda sustraer de lo que no vaya a exigir restitución más adelante, ya que el paso de las semanas, de los meses, traerá la noticia de que ese pequeñuelo que ha nacido en la calle, y al que finalmente llamaron Samuel, crecerá, sí, pero sin articular palabra, sin proferir nada más que unos sonidos guturales, sin caminar derecho, sin enterarse del mundo que lo circunda, con los rasgos extraños, las manos atrofiadas, el temperamento desbravado y la inteligencia sin descorchar. Por eso, cuando, tiempo después, la evidencia ya resulte insoslayable, con el alma en un puño, Vida le jurará a Leonor que no se piensa morir sin reparar el crimen que cometió. Y su amiga, con el pecho oprimido, le preguntará: «¿Cómo?».

Y ella le responderá: «Pues como sea».

—Chis, chis.

Al principio, piensa que es el viento, que ulula en una esquina. Por eso, da un paso más.

—Chis, chis.

¿Un sonido perdido y ocasional? No parece. A Vida le entra aprensión. Ahora ya no lo puede ignorar.

—Chis, chis.

Le están chistando, justo en esos momentos en los que se escabulle de la aljama, para acudir, según costumbre ya inveterada, donde Leonor.

—¿Quién anda ahí?

Rota sobre sí misma para abarcar todo el contorno. Las calles tranquilas, tibias en esa hora de la siesta, después de haber chupado el calor de la mañana.

—¿Dónde vais?

Camuflado en la tapia de un huerto, tras una enredadera, hay un niño. Los ojos se destacan sobre lo demás. Negros como tizones. Ya se ha mirado con ellos antes. Es el muchacho de la otra noche, el de la fiesta de las fadas. Ahora la escruta muy atento, con la misma seriedad de entonces. Vida va a contestarle con llaneza, le mana natural, pero en el último instante, decide morderse la lengua. ¿Qué derecho le asiste a interrogarla? ¿Por qué todo el mundo cree que puede huronear con tanta impudicia en lo que hace o deja de hacer? Incluso un desconocido emboscado en un muro, que no habrá cumplido aún los doce años, se arroga semejante autoridad. Eso la irrita profundamente Y por ello replica:

—Y a vos, ¿qué os importa?

El otro no se inmuta. Se encoge de hombros.

—Me gustaría acompañaros.

—¿Por qué?

—Me gustasteis. Cuando nos vimos. Por cierto, me llamo David. David Azamel.

Confesión tan honesta desmonta a Vida. No se lo esperaba. Para ganar tiempo, se pone a la defensiva e indaga:

—¿Me estáis siguiendo?

—Sí —admite con sencillez y, ante la súbita alarma que se pinta en el rostro de ella, añade—: Convencí a mi hermano de que averiguara en las fadas quién erais y dónde vivíais. Me costó una colleja por pesado, pero al final conseguí que lo preguntara. He venido hace un rato, a ver si coincidíamos.

Ese torrente de transparencia, que no se disfraza de nada, apabulla un poco a Vida. No sabe si le agrada o si le convendría ponerse a correr. Se trate de una cosa o de la otra, para infundirse confianza, alicata sus palabras de desprecio:

—Estáis demente.

—Qué va.

—¿No tenéis nada mejor que hacer?

—Hoy la clase en la sinagoga ha acabado antes de tiempo. Por eso he aprovechado para acudir aquí. Me ha parecido que era un buen día.

A la niña se le resquebraja la coraza de indiferencia ante la alusión a la sinagoga. Siempre que va, siente una atracción reverencial hacia ese habitáculo apartado en el que, le consta, estudian los chicos, y que, por estarle vedado, se le presenta revestido de un halo místico. Tímida, quiere saber:

—¿Aprendéis mucho allí?

—Bastante.

—Qué suerte —se le escapa. En una avalancha incandescente, la congestiona la envidia.

—Pues yo, a veces, me aburro. ¿Vos sabéis leer y escribir?

—Sí, me enseñó mi padre en casa. —Intenta desquitarse, inflando el pecho—. Es el *shojet* de la aljama.

—Sí, ya lo sé.

—Ah, claro, se me olvidaba. Que me espiáis.

—Que no os espío… —le rebate con una entonación cansina—. Simplemente, Eleazar, mi hermano, preguntó a unos invitados y le dijeron: «¿Esas de ahí? Son las Benveniste, doña Oro y Vida, la esposa y la hija del *shojet*». Hasta ahí toda la investigación. No es para tanto, ¿no?

—Bueno…

—Entonces, ¿qué? ¿Os apetece que hagamos algo?

—Pues…

—Os puedo contar algunas de las cosas que me enseñan en la escuela…

En un destello de perspicacia, David ha detectado que allí, en lugar de en hueso, pincha en víscera, en punto flaco. De hecho, ante el ofrecimiento, y por primera vez, Vida titubea.

—Es que… ahora no puedo, llevo un poco de prisa… me está esperando una amiga.

—No me importa, puedo ir con vos.

—No creo que le gustéis.

—¿¿Por qué?? Si no le he hecho nada…

—Ya, pero es que nos vemos un poco a escondidas.

—¿Cómo?

—Es que es cristiana.

—¿En serio?

—Conmigo juega porque nos caímos bien, pero a su padre, que es muy importante y amigo del rey, no le hace demasiada gracia. Se lo consiente como excepción… No querrá que se junte con más judíos.

El muchacho se mira con aire cetrino las puntas de los pies y, con uno de ellos, excava un agujero en la tierra.

—En ese caso, a lo mejor podemos encontrarnos nosotros algún otro día.

—Lo siento, pero el tiempo que tengo libre me gusta pasarlo con ella.

Y David, despojado de cualquier argumento alternativo, a la desesperada, cuando Vida ya vuelve las espaldas para marcharse y dejarlo más plantado que una estaca, recurre al golpe bajo, a la argucia rastrera. Al esgrimir esta última arma, se siente sucio y vil, pero una serpiente venenosa le ha picado en alguna parte del cuerpo y, en el arte del amor y de la guerra, todo vale, así que…

—¿Habéis sembrado la cebada?

Vida se detiene. Gira la cabeza. Deglute saliva. Afecta una despreocupación que está lejos de sentir.

—¿Cómo decís?

—Que si habéis sembrado ya la cebada. Aunque con un solo grano, poca cosecha tendréis…

—No sé a qué os referís.

—Sí que lo sabéis.

Las pupilas de la chiquilla se han contraído de repente. El miedo las ha convertido en dos pedacitos de hielo tenso, a punto de fracturarse. Aunque ella no se dé cuenta, la cara de su adversario se ha vuelto en unos segundos igual de quebradiza; una máscara acartonada que se desmenuzaría como pulpa si alguien la tocase. No se halla menos asustado por su extorsión a medida que la escupe. Horrorizado por lo que se está comprobando capaz de hacer. Y sin embargo, no hay retorno posible. Un nuevo vástago del mal ya ha pisado el mundo, por mano de su boca. Y sigue adelante.

—Os vi. La otra noche. Robasteis un grano de cebada en casa del zapatero.

Desolada, Vida procura a todo trance retener el aplomo.

—¿Y qué? No es tan grave.

—Entonces, no os importará que lo cuente, ¿no?

Entre ambos se crea un silencio pastoso, de barro. Lo que debería ser un desafío, tal como lo han planteado, no es más que incomodidad. Tristeza. Con la voz desfallecida (porque sí, porque sabe que se lo merece, porque se ha doblegado a que la hostigue su pecado, a que la encuentre la fatalidad que ella misma se buscó), Vida ruega:

—No, por favor. No se lo contéis a nadie.

Ante su semblante mortecino, su tono apagado, él en un tris está de decirle que por favor lo olvide inmediatamente. De arrodillarse avergonzado, de pedirle perdón. Pero Vida ya está claudicando con un suspiro:

—Venid conmigo.

Y, en vez de hundir rodilla en suelo, David echa a andar detrás de ella.

Lleva ya un rato cabeza abajo en la rama, prendida por la cintura, que ya no tolera más convexidad. Las piernas le cuelgan de un lado, como ropa tendida, y por el otro, los brazos, pesos muertos, hormigueantes, y la cabeza, remansando toda la sangre. Se encuentra mareada, pero no le corre prisa remediarlo. No hasta que llegue Vida. Su rutina se ha convertido en eso que le sucede entre el regocijo de verla llegar y la melancolía adelantada de presenciar cómo se marcha. A un mundo ajeno. Un jeroglífico. Eso es lo que le provoca más desazón. Saber que su amiga tiene una vida en un espacio al que Leonor no pertenece y que ni siquiera comprende. Que allí se cruza a diario con personas desconocidas, que observa costumbres extrañas, que se rige por hitos enigmáticos, que pronuncia palabras que jamás escuchará, y que eso la hará sentir y pensar cosas de las que ella no forma parte. Que allí es feliz de otra manera. Que allí también la quieren.

Y, sin embargo, vuelve a sus olivares casi cada día. A mantener esa cápsula de tiempo viva entre las dos. Sin pretenderlo, Leonor de Lanuza trata por todos los medios que Vida se ría ahí más que en cualquier otro lugar. Que aquello la conforte y la fascine como nada. Que lo haga suyo de una forma radical, hasta el punto de que no se entienda a sí misma sin eso que ella le da. Por eso, hace un par de semanas, aprovechando que su padre ha partido de nuevo a Cataluña para atender asuntos cruciales de la Corona, la invitó por primera vez a pasar dentro de casa. El aya, Isabel, no se opuso. Leo tampoco lo hubiese juzgado un obstáculo.

Vida se maravilló con los techos altos, la filigrana del artesonado, los gruesos muros y el suelo de piedra, los suntuosos tapices, la ancha escalinata, la grandilocuente chimenea que crepitaba sin tregua. No podía ocultar el encandilamiento que aquella magnificencia le suscitaba. Las comisuras de los labios entreabiertas, los ojos dilatados, el cuello a prueba de flexiones imposibles para no dejarse por admirar nada. «¡Qué casa tan bonita!», musitaba sin parar. Y cuando entraron en la alcoba de Leonor, una exclamación: «¿¡Dormís aquí!?», demandando a la anfitriona que se lo confirmara, con el rostro transfigurado por el arrobo. Esta asintió, complacida en lo más íntimo, pero no por la altanería de contemplar a Vida girando sobre sí misma con los brazos extendidos en el centro de aquella amplitud, palpando los brocados, zambullendo las manos en el colchón de plumas, tamborileando los dedos en la madera torneada que sostenía el dosel, o en los herrajes del arcón donde guarda las muñecas, en el cual se sentó justo antes de arrojarse con un grito transgresor y gozoso sobre el lecho que había detrás. No, no por eso, sino por la alegría de que le gustase. De que le pareciera un sitio en el que ella misma se quedaría. Entre carcajadas, habían saltado las dos juntas durante un buen rato en la esponjosa cama. Luego, en los días siguientes, lo habían repetido unas cuantas veces más: «¡Mirad hasta dónde llego!». «¿A que os tiro?». «¿A que os caéis?».

Ahora, columbra dos formas que se acercan campo a través. Una de ellas es Vida, en efecto. ¿Y la otra? Amusga los ojos para distinguir mejor, pero la silueta todavía está diluida. Se escurre por el lado de las piernas, bajando la cintura poco a poco, sujetándose a la rama con los dedos hasta que sus pies tocan suelo. Permanece allí quieta, escamada, preparada para lo imprevisto, esperando a que se aproximen lo suficiente. Entonces, los contornos se concretan en la figura de un niño, más o menos de su edad, tal vez un poco mayor. Moreno. De ojos negros. Y el andar resuelto. «¡Hola, Leonor!», está ya diciendo Vida, con más efusividad de la normal, o así lo cree percibir.

—¿Hola? —replica ella dubitativa, posando la vista con insistencia en el forastero, quien se da por aludido y la saluda con un «¿Qué tal? Soy David».

Leo le corresponde con una sonrisa pacata y morosa, y se vuelve hacia Vida. Esta se explica, amagando naturalidad, pero enrojecida y sepultada bajo una cascada de excusas que se le desploman a trompicones.

—Es un amigo. Ha querido venir y he pensado que no os importaría, ¿no? Puede jugar con nosotras. Así seremos más… Algunos juegos resultan más divertidos si somos más, ¿no?

—Claro —concede Leo, tragando hiel.

Se le escapa por qué ha traído al intruso, a qué puede deberse semejante arrebato, pero se resigna a enrolarse en los juegos que Vida está disponiendo, muy preocupada aparentemente por que el tal David pase un rato de lo más ameno. ¿Pues no está impartiendo instrucciones con el mismo fervor que si le hubieran encomendado la dirección de un ejército? Habla en voz muy alta, con palabras harto precisas, y los rasgos aguzados por la concentración. No está dejando nada a la espontaneidad o al azar. Como si deseara que todo saliese a pedir de boca. El advenedizo asiente a cuanto ella dice, también muy disciplinado, desviviéndose por agradarla. ¿Qué traman esos dos? ¿Qué hilos tan retorcidos y tirantes son los que los unen? No, más que unirlos, que los atan, pues ninguno parece querer estar allí, pero tampoco desenredar la madeja. A Leo la sulfura sentirse un cabo suelto en esa urdimbre farragosa. Pero, por pundonor, decide fingir que no se entera, que está por encima de la minucia, que ni siquiera le interesa pararse a diseccionarla. En consecuencia, corre puntualmente cuando los otros lo hacen, se encarama al olivo cuando le toca, interpreta la farsa de perseguir a David, o de dejarse pillar por Vida, y remeda una jovialidad que en verdad le produce arcadas. Y todo con tanta pericia que el improbable dúo no nota nada. Más difícil le resultará mantener la mascarada en el momento en el que, llegada ¡por fin! la hora de la recogida, se despida de ellos con un «¿Nos vemos mañana?», rogando en su fuero interno a la cohorte celestial que Vida asienta y David se disculpe porque no piensa volver jamás; muy al contrario, ambos se miran, intercambian una media sonrisa de inteligencia (la primera que se han dedicado), y su hasta la fecha alma gemela, no sin cierto embarazo, le espeta: «Mañana no podemos, Leo… es *shabat*, tenemos que descansar…».

—Oh, cierto, no me acordaba —barbotará ella a duras penas—. Bueno, no pasa nada…

Y Vida intentará arreglarlo:

—¿El domingo?

Leonor de Lanuza responderá con una sonrisa gris:

—El domingo, la que descansa soy yo.

Y se le agrietará el corazón.

Es lunes. Día profano donde los haya. Y al olivar han regresado los dos. En un momento en el que David está inspeccionando el paisaje en rededor, Leo le busca la mirada a su amiga para que, de algún modo tácito, le ponga en claro todo aquello que, desde hace tres jornadas agónicas, se le antoja ininteligible. Pero Vida no la tranquiliza. Su cara, pese a una pátina de bochorno que parece habérsele adherido de forma permanente, continúa elusiva e inescrutable. No quiere contarle a Leo que ha sido víctima de un chantaje, porque montará en cólera y la instará a que no lo permita. Si sigue sometiéndose a él, la decepcionará y perderá su respeto. Ya no la considerará una valiente nunca más. Pero el caso es que no quiere serlo. No ahora. No con eso. Ha de evitar a cualquier precio que trascienda su latrocinio. Leonor no puede comprender la ignominia que caerá sobre ella si su comunidad lo descubre. Para ella resulta todo tan sencillo… Al pensarlo, le acomete una estocada de rabia. Qué agria sabe. Exacto, Leonor no se halla en disposición de exigirle que le rinda cuentas. Porque jamás se ha puesto en su pellejo. Aunque a veces simule que sí, no está en su epidermis. Son distintas. Ellas. Sus vidas. Sus suertes también.

De modo que, pese a barruntar que esta situación está mortificando a Leo, no experimenta demasiado remordimiento al devolverle a David la sonrisa que les profesa; una de gran envergadura, carente de malicia, y con la que, de veras, parece querer aparcar las rencillas y que todos se lo pasen bien. Sorprendentemente, el resentimiento que hubiera podido sentir hacia él se ha retirado a un segundo plano. Tal vez porque no estaba provisto de unos filos tan agudos y no se le ha marcado tanto en la carne como el que, de pronto, le ha despertado Leonor.

El joven está rebuscando en su faldriquera y saca un puñado de canicas. «¿Queréis jugar?». Se las muestra en las palmas de las manos. Le rebosan entre los dedos. A Vida se le iluminan los ojos. Las hay de cerámica, de arcilla, de madera, e incluso de las más bonitas, las de vidrio con burbujas dentro.

—¡Hala, me encantan! Mi hermano tiene muchas, pero nunca me deja jugar con ellas para que no se las pierda.

—Qué idiota —se conduele David—. Eleazar me hacía lo mismo. Por eso tuve que conseguir las mías propias y formar mi colección. ¿Las usamos?

Vida asiente vigorosamente, con un palmoteo, y Leonor desliza un sucinto «de acuerdo».

El muchacho escarba con un palo en la tierra y luego lo agranda hasta practicar un hoyo. Acto seguido, se sitúa a una decorosa distancia, alinea la primera canica, se arrastra sobre la tripa, totalmente entregado, guiña un ojo para afinar la puntería y, mordiéndose la lengua, propina con el índice un certero latigazo a la bolita, que sale despedida, rauda y directa a precipitarse en el agujero.

—¡Bien! ¡Bien! —lo jalea Vida.

Él la mira ufano desde el suelo.

—¿Probáis vos?

—¡Claro! —Y ella se arrodilla a su lado. David le prepara la siguiente canica, y le va indicando: «Poned los hombros así» y «Enfocad la vista asá», sin atreverse a rozarla. «Y ahora, ¡lanzad!». La esfera rueda, imprimiendo un surco no muy hondo, y se detiene cerca de la diana, aunque, casi al final, se ha bifurcado hacia la derecha de donde debía.

—¡Uy, por qué poco! —Vida aprieta los puños, con la excitación voluptuosa y contenida que supone bordear una meta sin alcanzarla todavía—. ¡A la próxima, atináis seguro! —Y ante el voto de confianza del experto, sonríe de modo irrefrenable, mordisqueándose los labios con ansia—. Vuestro turno, Leonor.

Pero la interpelada declina. «Prefiero observaros». David se encoge de hombros. «Sin problema». Vida se gira a mirarla con un conato de preocupación. Quizás se está mostrando cruel con ella. Pero su mentor ya la espolea para que vuelva a la carga y la adrenalina de la competición la absorbe. Se suceden varias tentativas fallidas. En una de ellas, ni siquiera golpeará la bola: su dedo derrapará por la aspereza de la tierra y se lo raspará. «¡Au!». Para mitigar el escozor, se lo lleva a la boca. «¡Cuidado!», la reprende Leo con un resoplido exasperado. «¿Estáis bien?», se inquieta David. «Sí, sí». Y lo intenta por enésima vez. Con infructuosos resultados.

—Venga, si encestáis con esta, os la quedáis.

—¿En serio?

El cebo que ha ensartado David para que no se desanime resulta demasiado suculento. Una canica translúcida, con un tono verdoso y una pompa perfecta instalada en su interior. Vida la contempla con gula, con los músculos rígidos de expectación. «Allá voy». Se apresta a la batalla, acomoda la postura, entorna los ojos, reprime el aliento. Con semejante acicate, no puede errar. Y sin embargo, yerra. Estrepitosamente. Los nervios hacen que la pelotita de vidrio, tras recibir el impacto, se propulse hacia delante con pequeños y desacertados botes que la desvían irreversiblemente de la trayectoria, y que dan con ella en unas matas. La jugadora se maldice, rechinando los dientes y asestándose un puñetazo en la palma desplegada de la mano. «¡Uuuy, tal vez a la próxima…!», repite David, inasequible a la derrota de su aprendiz.

De repente, Leonor, que había permanecido recostada y abúlica contra el tronco del olivo, se incorpora y, enérgicamente, se encamina al matorral donde acaba de ocultarse la bola. La rescata y se para delante del hoyo. Les arroja una mirada retadora a una Vida y un David que se han quedado pendientes y suspensos. Sostiene la canica en alto y, entonces, en un visto y no visto, como si se tratara de la pinza de un crustáceo, separa el pulgar y el índice y la deja caer con limpieza.

—¡Bravo, Vida! ¡La habéis metido! ¡La habéis metido! —festeja con una sonrisa seráfica.

—¡Pero, Leo, eso no val…! —No le permite continuar con la protesta.

Se agacha para recogerla de donde la ha introducido hace tan solo un segundo, se dirige a su amiga y se la tiende:

—Enhorabuena, Benveniste. Lo habéis hecho de maravilla. Menuda puntería. ¿A que se la ha ganado, David?

El muchacho, totalmente desconcertado, cierra la boca, aparta los ojos de ella y los fija en Vida, quien, apurada, tartamudea:

—Nno, no hace fa-falta que…

—No, no. Tiene razón —proclama. Ha tomado una decisión—. Os la merecéis. —Y le dobla los dedos en torno al premio para que se lo guarde.

Entre tanto, Leonor está diciendo:

—Bueno, pues ya hemos terminado aquí por hoy. Todos contentos, ¿no?

—Leonor, ha venido vuestra amiga a buscaros.

Ella alza como una catapulta la cabeza que ha tenido un buen rato reposando en el almohadón, con la vista melancólica abismada en el techo. Rumiando su desdicha y el muermo. Ese que lleva barrenándola durante varios días, los cuales se le han figurado insoportablemente carentes de sentido, inacabables. Su primer impulso es correr escaleras abajo. Pero se embrida.

—¿Qué desea? —le pregunta a su aya. Esta se encoge de hombros.

—No lo ha dicho. Supongo que veros. ¿La hago pasar?

Cavila un momento.

—No… mejor ya voy yo.

Y se demora un poco a propósito.

Cuando franquea la puerta del palacete, se detiene a contemplar a Vida antes de saludarla. Está absorta en seguir los movimientos de un vencejo que ha anidado en el alero. Se concede un tiempo. Y entonces carraspera. Ella la mira.

—Hola.

—¿Qué tal?

—No creía que hoy quisierais jugar.

—¿Por qué?

—Como hace días que no acudís…

Vida vuelve a fijarse en el vencejo. Y niega imperceptiblemente, rechazando la idea. Todavía en el umbral, Leo prosigue:

—Tampoco me extraña. Ni os culpo. El otro día, con lo de las canicas, no me porté demasiado bien… ¿Se enfadó David? Ya veo que no ha venido…

—No, no se ha enfadado. Solo se sorprendió. Luego me preguntó si os caía mal.

—¿Y qué le contestasteis?

—Que no lo sabía. Porque es la verdad: no lo sé. Por eso he venido sin él. Para poder hablar a solas con vos. ¿No os gusta?

Leo se retuerce desde el incómodo callejón donde la han acorralado.

—No es eso…

Vida la escruta sin piedad, arrinconándola entre la espada y la pared. Pero como no agrega nada más, tercia:

—Os aseguro que es bueno y simpático. Y que quiere llevarse bien con vos.

El caso es que piensa sinceramente lo que acaba de decir. Aquello que se había iniciado de una manera tan oscura, en pocos días, se ha transformado en un germen de aprecio, en una de esas amistades de la infancia que se hinchan tan rápido como las burbujas y que invaden el espacio en cuestión de horas. Las ocasiones en las que han regresado juntos a la aljama, David le ha dado conversación con la misma desenvoltura y limpidez que cuando la abordó por primera vez para presentarse.

Su franqueza tiene un punto de ingenuidad que a Vida le inspira confianza, y que ha neutralizado el resabio amargo de las artimañas que utilizó para acoplarse a ella. Le ha referido anécdotas de las clases en la sinagoga. «Uno de mis compañeros, no os lo vais a creer, ¡se durmió en mitad de la lección, mientras nos contaban una parábola de la *Hagadá*! —Vida se había sumado a sus risotadas—. Sí, sí, tal cual, sin ninguna vergüenza, y el maestro se le colocó delante mientras él roncaba a pierna suelta y empezó a toser y a toser, cada vez más fuerte, a ver si el muy zopenco se enteraba de que no estaba en su camita, acunado por su mamá, y nada, ¡ni por esas!, igualico que si oyera llover, resoplando como un jabalí… hasta que el maestro no aguantó más y lo agarró de la oreja y… ¡madre mía! ¡De jabalí pasó a cochino, con los chillidos que pegaba! Por poco no se la arranca… Luego, se tiró el resto de la mañana contra la pared, ¡la única forma de que no se durmiera de nuevo!». Y también le ha contado que es huérfano de padre y madre (a su madre no la conoció, ya que murió en el parto; su padre, hace dos años: nunca se las apañó bien después de quedar viudo, comía poco, bebía en exceso, y en su impiedad dejaba correr los días, hasta que se cansaron de la absurda carrera y se le pararon definitivamente).

Por fortuna, estaba Eleazar. Gracias a él no habían terminado en el arroyo. Le sacaba cinco años y, pese a ser todavía un hombre tan joven no lo había más determinado ni perseverante en todo Alpartazgo ni (merced a las hipérboles de hermano menor) en todo el reino de Aragón. Después de convencer al padre de que se sacudiera la pereza y la borrachera y de que, con los últimos retazos que conservaba de lucidez y destreza, le enseñara su oficio, el de sastre (y de que los guantazos y cardenales que muchas veces obtuvo a modo de respuesta no le disuadieran de insistir), se puso al frente del decadente negocio familiar. Cosía en el taller sin descanso y, del roce, les tomó afición a las telas, le eclosionó la vena de comerciante y se lanzó a la aventura de tratar con tejidos: le traían buenos paños, lana merina, lienzos, seda, y a partir de ese género confeccionaba prendas cada vez más refinadas que vendía incluso en Zaragoza a gentes pudientes y de alcurnia. Eleazar podía resultar demasiado estricto y reservado, sobre todo tratándose de un chico de su edad. No en vano, los que le conocían lo habían apodado el Ortiga, ya que, de cuando en cuando, se le iba la mano, no toleraba bien que lo importunaran ni encajaba con deportividad las bromas, y no salía a divertirse jamás. Pero David lo justificaba. No lo había tenido nada fácil, se había privado de muchísimas distracciones, y todo se lo había ganado a pulso, sin ayuda de nadie. Con él, se mostraba exigente e inflexible, y no se prestaba a ninguna camaradería fraternal, si bien, a cambio, había velado siempre por que no sufriera necesidad alguna. Como sabía que no era devoto de los libros, ni especialmente

94

hábil con ellos, le había dejado cristalino que, en cuanto cumpliese trece años, abandonaría los estudios y se involucraría de lleno en el taller, donde le transferiría sus conocimientos y jugaría un papel infinitamente más útil. Así, podrían plantearse comenzar a prosperar en serio, ya que, por el momento, Eleazar solo, pese a su denuedo y voluntariedad, no se bastaba. El hermano pequeño se hallaba de acuerdo con el plan y, de hecho, le enorgullecía que el mayor contara con él y que lo fuese a adiestrar en el oficio. Por eso, y en resumidas cuentas, David lo quería y lo admiraba. Aunque a prudente distancia.

Vida lo había constatado de primera mano cuando se tropezaron con el susodicho en una esquina, ya cerca de casa de David. La atravesaron los ojos negros como tizones, una réplica de los del hermano. Ocurría lo mismo con el resto de las facciones, más acentuadas no obstante por la madurez. La mandíbula, que en el niño aún presentaba unas líneas suaves e indecisas, se había hecho fuerte, escultórica y barbada en el hombre, lo que confería a su rostro un atractivo duro y acongojante. Al verlos, gruñó:

—David, ¿dónde vais? ¿En qué perdéis vuestro tiempo? ¿Quién es esta?

—Ya voy para casa, solo he estado paseando un rato. Es Vida Benveniste, la de las fadas, ¿no os acordáis?

—Hum. —Eleazar la observó de arriba abajo con expresión crítica—. Pues venga, espabilad. Que pronto habrá que cenar y supongo que ella no nos va a preparar la comida, ¿no?

Y se marchó sin despedirse.

—Perdonad que sea tan hosco…

—No importa.

La absolución de Vida había aliviado a David, quien también se había aventurado un par de veces en las inmediaciones de su casa o de la carnicería, simplemente para saludarla sin ninguna doblez. Esta dadivosidad de permitirle leer en sus intenciones con total claridad («Me ha apetecido deciros "hola" y desearos un buen día, y, como me apetecía, pues, sin más, he venido, pero, como tampoco quiero molestaros, ya me voy») había logrado pintarle a la niña una sonrisa. No había tormento ni turbiedad en él.

Todo esto trata ahora de transmitírselo a Leo, que la sigue mirando desde la puerta con el rictus estragado.

—Sí, si no dudo de que sea un buen chico…

—¿Entonces? ¡Ah! —Vida cae en la cuenta de la traba primitiva, la que ella misma alegó en un primer momento, cuando intentó zafarse de David—. Es porque es judío también, ¿verdad? ¿Vuestro padre os va a poner problemas?

Y Leo ha de morderse la lengua para no gritarle que le da exactamente igual que David sea judío, musulmán o de la secta de los maniqueos. Que lo que la reconcome es que haya violado eso que habían tejido entre las dos y que ella creía tan especial. Que lo que odia —¡¡acaso no lo veis?!— es tener que compartirla con alguien.

Pero sabe que no puede decirle eso. Ni tampoco vapulearla.

—… que os meteríais en un lío, claro. No os preocupéis, lo entiendo. Y no sufráis, que no lo traeré más. Lo único, que entonces habrá días que no podré acudir, porque me quedaré en la aljama a jugar con él. Me daría pena darle de lado…

Leonor no aguanta más y, sin pretenderlo, se echa a llorar. Nota unos lagrimones calientes, salados y gruesos que se le despeñan por las mejillas, y no se siente capaz de hacer nada por atajarlos. Ni siquiera cierra los ojos, ni mueve un músculo, ni emite un gimoteo. Solo permanece ahí, clavada, mientras el llanto le baña la cara. Vida se alarma y corre junto a ella:

—¿Qué tenéis? ¿Qué os pasa?

Le aprieta el hombro, y desciende la mano por el brazo, en una friega protectora, hasta el codo. Leo le devuelve la mirada, con los ojos arrasados y el resto del cuerpo rígido. Replica con voz débil y estrangulada:

—No, no hagáis eso. Continuad viniendo. Yo hablaré con mi padre y conseguiré que entre en razón. De verdad.

—¿Seguro?

Ella asiente.

—Pero ¿por qué os habéis puesto así?

La joven Lanuza vacila, pero la carita de la otra la escudriña muy de cerca, con sincera preocupación, así que se rinde y lo suelta.

—Tengo miedo de que no volváis. Tengo miedo de que dejemos de ser amigas.

A Vida se le escapa un resuello divertido.

—¿Eso cómo va a ser? Qué tonterías se os ocurren…

A Leo aún le brotan lágrimas.

—No sé, como parece que apreciáis tanto a David y él vive más cerca de vos, y podéis jugar más veces juntos, igual lo preferís…

—Él me cae muy bien —admite ella meneando la cabeza—. Pero es distinto… Con David todo resulta fácil y, en cambio, con vos, difícil…

La inquietud tiñe los rasgos de la aludida.

—En ese caso…

Vida la acalla.

—… y sin embargo… a vos es a quien siempre tengo más ganas de ver.

Leo pega la boca. Ambas se quedan en silencio. Durante unos minutos. Se esquivan las pupilas. Leo sorbe por la nariz y se restriega los regueros de humedad con la manga. Solo se oye el revoloteo del vencejo, allí en el alero. Y entonces Leo al fin:

—¿Hacemos un juramento?

—¿Un juramento? ¿Sobre qué? ¿Para qué?

—Como un pacto —especifica con alegría, ya mucho más tranquila—. Para que no nos olvidemos de esto. Para que siempre sepamos que podemos contar la una con la otra.

Vida la escruta pausadamente, estudiando su semblante con extrema atención, deteniéndose, reflexiva, en cada uno de sus rasgos. Lo medita. Y llega a una conclusión.

—De acuerdo. ¿Cómo lo hacemos?

Una sonrisa ufana relampaguea en los labios de Leo.

—Pues habrá que jurar por… por…

Su amiga estalla en risas.

—Me temo que no juramos por el mismo dios.

La promotora de la idea frunce la nariz, apurada y risueña. Pero el óbice no la arruga. Comienza a girar como una peonza, buscando algo lo suficientemente sólido en lo que posar la vista. Y al fin da con ello. Los ojos se le achinan de satisfacción.

—Juremos por el blasón —propone, al tiempo que lo señala con el dedo, justo detrás de ella.

—¿Por el blasón? ¿Por qué?

—Sí, como si fuera un símbolo. Porque ¿veis? En el escudo de los Lanuza aparecen tres árboles y dos de ellos crecen de la misma raíz, mientras que el tercero se halla un poco más apartado… Los que están juntos seríamos vos y yo, y el otro… ¡pues David, o quienquiera que sea! —arguye con picardía—. Así, cada vez que entre en mi casa, me acordaré y no me pondré triste aunque no estéis.

Vida la repasa de arriba abajo, mordiéndose la sonrisa y negando con la cabeza.

—Anda, que tenéis un cuento… ¡Ahora resulta que me extrañáis! ¡Vos, el más fiero de todos los leones! —La otra le sostiene la mirada. Expectante, tragándose incluso la burla—. Pero, en fin… —concede magnánima al verla tan acuciada—. Me parece bien.

Ante su anuencia, Leo extiende con un suspiro las palmas de sus manos y exhorta a su compañera a que coloque encima las suyas. Ella obedece y le entrelaza los dedos.

—Yo, Leonor de Lanuza…

—Yo, Vida Benveniste…

—Juro solemnemente…

—Juro solemnemente…

—Por el blasón de los tres árboles, dos unidos, uno separado…

—Jajaja… Vale, vale, no me río… Por el blasón de los tres árboles, dos unidos, uno separado…

—Que en todo momento permaneceré junto a Vida Benveniste…

—Que en todo momento permaneceré junto a Leonor de Lanuza...

—Aunque sea una pesada...

—¡Oye! Aunque sea... una... una presumida insoportable...

—La apoyaré cuando robe cualquier cosa que se le ponga a tiro...

—La apoyaré cuando monte escenitas para lograr lo que se le antoje...

—Y le ocurra lo que le ocurra...

—Y le ocurra lo que le ocurra...

—Será siempre mi persona más favorita de la tierra.

—Será siempre mi persona más favorita de la tierra.

—Y si no, que me salga un uñero.

—Y si no, que me salga un... ¡Au, no!, ¡que eso duele!... Que me salga... que me salga... ¡que me salgan sabañones!

Leonor sonríe. Vida también. Se desenhebran las manos.

—Perfecto. Pues ya estaría.

—¡Estaríamos hablando de un señor que vendía carne hace quinientos años!

Me roí la uña del pulgar a consecuencia del aluvión que se me agitó por dentro.

—¿Estás segura de que ese Mosé Benveniste puede tratarse de un antepasado mío?

Asombrosamente, y en contra de lo que parecía pronosticar la actitud informal y cascabelera con la que encaraba todo, Noelia se había lanzado a bucear con prontitud en los archivos de una institución pública zaragozana dedicada a la investigación de la historia medieval de la región. Y durante la inmersión, había localizado mi apellido. En Alpartazgo.

—Tía, pues no lo sé —me replicó poniendo los ojos en blanco—. Como comprenderás, no me ha llegado para trazar tu árbol genealógico, que, con la cantidad apabullante de datos que me has facilitado, ni que una fuese aquí la bruja Lola. Pero oye, para empezar, creo yo que no está nada mal… Te quejarás.

—No, no, Dios me libre.

Estábamos vagando sin un rumbo demasiado preciso por las márgenes del pueblo, menos transitadas incluso que el centro. El día había salido nublado. El aire se hallaba como adormecido. La conversación me había atrapado tanto que ni siquiera me fijaba en la ruta aleatoria que seguíamos, hasta que pasamos por delante de un edificio con desconchones en la fachada color ratón. Se hacía notar a cuenta de una furgoneta aparcada al frente. Unos cuantos operarios estaban descargando unas literas apiladas que, a continuación, transportaban al interior entre jadeos y algún que otro juramento. También había un par que claveteaban unas planchas y enderezaban tablones, en medio de una nube de polvo y de un penetrante olor a serrín y a ahumado, proveniente de las chispas que libaban en torno al metal de la reja. La escandalera de las motosierras y los martillazos desentonaba con la proverbial quietud de Alpartazgo. Por eso me extrañó. Me tapé las orejas y fruncí el ceño. Le dediqué una mirada interrogante a Noelia, «¿Y estos?», pero se limitó a encogerse de hombros.

—Yo qué sé —ratificó—. Bueno, pues eso. Que el tal Mosé, a mediados del siglo xv, fue el rabí de la degüella de la aljama de este pueblo. Vamos, en román paladino, el matarife. Pero oye, no te pienses tú que eso era *peccata minuta*... que, por lo que he deducido, tenían que estudiar y todo para darles matarile a los cordericos... —Sus palabras las segó un estridente *crescendo* de la obra que todavía resonaba a nuestras espaldas—. Uy, qué desagradable, semejante ruidera... ¿Qué estaba diciendo? Ah, sí, que, por lo que se ve, el puesto no lo ejercía cualquiera.

—No, claro, imagino que no. Hay que seguir una serie de preceptos bastante minuciosos para que la comida sea *kosher*.

—Pues tu tatarabuelito Mosé, al parecer, los tenía más que dominados. Ahí estaba el tío, partiendo la pana, que no le iba nada mal, porque le renovaron el subarriendo de la sisa de la carne año tras año sin que se la disputara nadie.

Le propiné un puntapié a una lata que se nos cruzó en la calzada.

—Explícame eso de la sisa de la carne, anda, que no te entiendo ni un poco.

—Claro que sí, mujer, para eso estoy yo aquí, para escolarizarte. Pues consistía en un impuesto indirecto que gravaba algunos productos, y la gente de posibles pujaba para recaudarlo anualmente y, entre otras cosas, se comprometían a abastecer de ese género en concreto (de vino, de cereales…) a la población. A veces, sobre todo los carniceros, subalquilaban, por así decir, como pedacitos de la sisa. Y eso hacía el bueno de Mosé, que, en 1462, ¡se la jamó! Y en 1463, ¡pues que se la volvió a jamar! Y en 1464, ¿adivinan quién se la jamó otra vez? Por supuesto que sí, señores, si apuestan por él, no se equivocan, que es caballo ganador. El Benveniste. ¡El amo indiscutible de la babilla y el filete! Y en 14…

—Ya vale, Noelia. —Riendo, le corté la enumeración—. Me he formado una ligera idea.

Me desengañó. «Mimimimimí»:

—Pues va a ser que no, listilla. Que eres muy lista tú. ¿Ves? Me interrumpes y te quedas sin enterarte de lo más jugoso.

Meneé la cabeza. Alcé las manos al cielo.

—Perdone usted, me retracto. Mis más sinceras excusas. Ilumíneme si es tan amable.

—¡Hola, Paco! —exclamó para saludar a un vecino que paseaba con una barra de pan y un periódico enrollado con el que se tocó la sien. Ella bajó la mano que había levantado hace un instante y se giró hacia mí con retintín—. No sé si te mereces ni un triste gramo de mi sabiduría, pero en fin, ya que me lo he empollado, vamos a lucirlo… Pues resulta que en 1471, el invicto peso pesado de la pechuga y el codillo debió de encontrarse en apuros. Se le atragantó la racha de buena suerte. Que supongo que tampoco le sentaría mal un bañito de humildad. Después de tantos años de considerarse un *crack*, fijo que se le habían subido a la cabeza unos humos insoportables…

—Oye, ¡no te refieras a mi tatarabuelo en esos términos! Me vas a ofender…

—Pero ¿qué me estás contando, Benveniste? Si hace cinco minutos no sabías ni que existía…

Disfrutábamos chinchándonos. Esa es la verdad.

—El caso, señorita melindres, que en 1471, aparece asociado con otro pavo, también judío: Abraham ben Adret.

102

—¿Y qué hay con eso?

—Chica, blanco y en botella. Si siempre se había bastado y sobrado para que le concedieran el arriendo a él solito y, de golpe y porrazo, necesita un socio, que, además, solo aportó el *money money*, los indicios apuntan a que en casa de los Benveniste de pronto escaseaba la pasta. Por algún motivo, la economía se les había torcido.

—¿Se te ocurre a qué pudo deberse?

—Ni idea, pero probablemente, la inmensa mayoría de los judíos en aquella época comenzaron a ir ahogados en un momento u otro... Acuérdate de que faltan apenas veinte años para la expulsión... Vamos, que el ambiente con ellos estaba ya superenrarecido, aunque el mal rollo viniera de largo, y no dejaban de incordiarles con toda clase de trabas, y de asfixiarlos de cualquier manera que se inventasen con tal de joder la marrana...

—¿Y qué te lleva a pensar que ese tal Abraham se le unió como inversor y no, por ejemplo, para ayudarlo en la carnicería?

—Porque ya tenía quien le echase una mano profesionalmente hablando: su hijo Juce. De hecho, según los registros, es él quien le sucede al frente del negocio, y no el otro. Si no repitieron, probablemente es que aquella alianza no salió ni muy rumbera ni muy pita...

—Espérate... ¿Has dicho «que le sucede»?

—Sí, hija, sí. No ganaban para disgustos. El pobre Mosé murió al año siguiente.

—Y no te figuras la pena que me ha entrado de repente...

—Ya...

De regreso en el bar del hostal, le estaba contando a Pilarín lo que Noelia había averiguado.

—Un completo absurdo... sentí como si me hubiera reencontrado con él y, casi de inmediato, sin que me diese tiempo a acostumbrarme a la noticia, lo hubiese vuelto a perder... Pero es que, aunque Mosé Benveniste hubiera vivido cien años, actualmente estaría igual

103

de muerto. ¿Qué otra cosa cabía esperar? No sé qué falla conmigo, en serio. A veces tengo la sensación de que estoy mal de la cabeza...

—Ay, Rebeca, analizas todo en exceso... y también te martirizas con demasiada alegría. No te ocurre nada, a cualquiera le habría impresionado que le revelaran la existencia de un pariente, aunque el infeliz lleve medio milenio criando malvas. Y debe de resultar frustrante rescatar de sopetón un trocito de tu historia —un descubrimiento que, vamos, roza el milagro, después de tantísimos siglos—, y que, aun así, eso no se traduzca en que te puedas sentar con él a charlar un rato y a preguntarle todo cuanto quieras. Siempre duele comprobar que el pasado ha pasado... Es natural quedarse tocadete. Vamos, yo lo veo así.

—Gracias. De verdad parece que me entiendes.

—Pues claro que sí, mujer. Además, conociendo a esa bruta de Noelia, a saber cómo te lo soltó...

—No, no, se está portando muy bien.

—Ya te dije que te convenía tratarla. Es muy maja chica.

Asentí. Y me rasqué el codo.

—A partir de ahora, cuando me mandes a la carnicería a por provisiones, ya no voy a mirar al encargado de la misma manera.

—Bueno, ¿por qué no empiezas a dirigirte a Julián por el nombre de Mosé? —Logró que reventara en carcajadas al imaginarme la estampa: yo, interpelando al orondo carnicero, que presumía de atender pedidos por el móvil, con un apelativo hebraico del medievo—. No, no, no lo tomes a risa. Pensará que estás majareta, pero oye, mientras le pagues, te responderá: «Maña, llámame como más te apetezca».

—¡Tú sí que estás majareta, Pilarín!

—Ah, ese ya es otro tema...

Y comenzó a secar los vasos con aire de chufla.

—Pues hablando de eso, de cambiar de tema, y a uno más actual... —proseguí—. Mientras dábamos el paseo, hemos pasado al lado de un edificio un poco apartado, cerca de la calle Remonta, en el que estaban haciendo como reparaciones y metiendo literas y, de paso, también un ruido infernal. Noelia no ha sabido explicarme…

Pilarín lo meditó durante unos segundos:

—Cerca de la calle Remonta… ¿Con la fachada como amarronada?, ¿sí? Creo que ya sé cuál dices… Eso es que lo están adecentando para los temporeros.

Acomodó los vasos ya secos en el aparador al tiempo que me contaba que, todos los años por esas fechas, llegaba a Alpartazgo un buen puñado de extranjeros contratados para la campaña hortofrutícola, y la cooperativa de agricultores les proveía de alojamiento en esas dependencias a cambio de un porcentaje de su salario. Como aquel albergue se hallaba bastante deteriorado (aunque se trataba del único en el pueblo lo suficientemente grande y con las condiciones de habitabilidad necesarias para tanta gente), cada verano tenían que parchear alguna de las goteras y de los desperfectos que coleaban desde la temporada anterior. Siempre aprisa y corriendo.

—Allí viven un poco apelotonados los pobres, pero en fin… una penica como otra cualquiera. De todos modos, solo se quedan dos o tres semanas.

Columpié las piernas desde la barra, a la que me había encaramado, y le detallé:

—Estaban trabajando a destajo.

—Entonces es que ya están al caer.

—Caemos, y caemos, y caemos… y nos estrellamos como esto siga así. —Mosé hunde la cara con desesperación entre las palmas de las manos, se las restriega por la frente y se tironea la barba, demasiado hirsuta para su gusto.

Tiene un montón de monedas esparcidas por la mesa. Las ha recontado ya varias veces para constatar la magnitud del quebranto. Su mujer permanece sentada a su lado, con la nariz arrugada y la mirada pétrea. Con ellas, va formando rimeros, despacio, metódicamente. Sin despegar los labios. El marido regresa a su lamento:

—Hay que buscar alguna solución, porque Juce y Vida continúan comiendo… y con no poco apetito, todo sea dicho de paso… Y, mentando a los reyes de Roma, a ver si a la niña le encontráis colocación en algún sitio, que ya ha cumplido trece años y no vendría mal que arrimara el hombro trayendo algo de vil metal a casa… ¡Es que es escandaloso! Para eso se pasa uno la vida entera deslomándose, para que, a la edad en la que ya debería empezar a dormir tranquilo, contemplando lo que ha construido ladrillo a ladrillo como un conjunto bien rematado, con perspectiva y cierto orgullo, de repente, las cosas se pongan a desmoronarse sin ningún tipo de consideración, para demostrarte que en realidad no tienes nada, que nunca lo has tenido, que te marchas tan desnudo como viniste. ¡Maldita recompensa al esfuerzo! ¡Esos mal nacidos no van a parar hasta apretarnos la soga al cuello! ¿Os lo podéis creer? ¡Ocho dineros de sisa por el carnero, la cabra y la oveja, cuando los cristianos solo pagan cuatro! ¿Dónde se ha visto semejante atropello? ¡Clama al cielo, hombre! Ah, bueno, y la nueva ordenanza ya no nos permite que les vendamos en el mercado carne *terefah*, como si los ingresos de la clientela judía bastasen para cubrir gastos… Y a ver quién se atreve a infringir la prohibición, porque se han asegurado las espaldas a conciencia… ¡Sesenta sueldos de multa nada menos! La ruina, Oro, la ruina… —Y lo enmudece el desaliento.

La esposa lo observa con calma, aunque muy seria, mientras él manotea y boquea inerme en su zozobra. Se ha levantado de la silla y mide la estancia a grandes zancadas, presa de los nervios y de la indignación. Ella, con suma delicadeza, para que conserve el equilibrio, deposita una moneda más en la cúspide de uno de los montoncitos, ya muy alto. Y apunta con tono sereno:

—Entonces, no os queda más remedio que asociaros con alguien si queréis subarrendar la sisa este año.

Mosé detiene su trasiego con el estupor pintado en el rostro.

—¿Asociarme?

—Sí, con alguien que disponga del capital que a nosotros nos falta.

El *shojet* bufa, altanero.

—Eso ni soñarlo. Lo último que necesito es deberle algo a un extraño que se entrometerá en cada uno de los pormenores del negocio, que me exigirá cuentas de cualquier decisión que tome, que se creerá con derecho a obligarme a hacer cosas que no deseo y que ni siquiera convienen, y que solo servirá para embrollarlo todo aún más.

—Soy consciente de que no se trata de la mejor opción, ni de plato de buen gusto para nadie, pero ante una situación límite…

—Que no, mujer, que no sabes de lo que hablas. Al final, esas componendas no traen más que líos y dolores de cabeza…

Vida entra en ese momento de la calle, donde acaba de separarse de David, y ha de agacharse a recoger una moneda que ha

pisado sin querer: una de las muchas que ahora reposan por inve-
rosímiles rincones del suelo después de que doña Oro haya derribado de un manotazo las torrecillas al espetar, la voz convertida en
estilete: «No consentiré que, por vuestro ciego orgullo, mi familia
pase hambre».

Sin entender a cabalidad lo que ha pasado allí, y con nulas ganas
de enterarse o de que la hagan partícipe, la muchacha se acerca sigilosa a entregar el circulito de plata a su padre, que se lo guarda en el
puño y sisea:

—Muchas gracias.

—No hay de qué —le corresponde ella. Aguantándole la mirada. La tiene vidriosa.

—Así que ahora mi padre está asociado con un tal Abraham ben
Adret.

Leonor la escucha desde la rama en la que se ha aposentado, y
David mordisquea la espiguilla que se ha metido en la boca mientras
observa cómo fluye con parsimonia la corriente del Jalón. Vida se lo
está contando a sus camaradas con esa clase de ironía adolescente que
hierve de condescendencia hacia los problemas de los padres, como
si ellos se los hubieran buscado y aun los merecieran por no ingeniár-
selas a la hora de vivir, y esas adversidades, por el contrario, les fuesen totalmente ajenas a sus jóvenes sabidurías (que, sin duda, se las
habrían apañado para hacerlo todo infinitamente mejor).

Lo que no les cuenta, y menos a Leonor, es que, después de la
discusión con doña Oro, y una vez que se cercioró de que ella ya no
rondaba por ahí, Mosé la cogió en un aparte y le formuló una petición confidencial: «Vida, anda, ¿por qué no hablas con tu amiga, la
cristiana…? Las cosas se han puesto feas para nosotros, pero una Lanuza podría ayudarnos… Si alguien tan influyente como su padre
abogase en nuestro favor, del modo que se le ocurra (que alguna
solución habrá), todo se arreglaría sin necesidad de recurrir a un

socio... Compréndeme, hay que evitar esa alternativa de cualquier manera...».

Al notarlo tan apurado, Vida le había prometido que sí; su padre había sonreído con ostensible alivio y le había oprimido el hombro con afecto, como si esa simple brizna de oxígeno que ha soplado, la exigua rendija de luz que se ha abierto, sobrasen para quitarle el peso de encima al buen hombre. Pero el buen hombre tiene mala suerte, la peor de todas: tener una hija mala.

Una hija orgullosa, que no piensa rebajarse a suplicar a Leo que le preste su auxilio, porque sabe perfectamente que la susodicha no tardaría ni dos segundos en salir al campo de batalla a batirse el cobre por ella, desplegando un arsenal bien nutrido de sus más depurados y convincentes ardides; ya la está escuchando: «Ni os preocupéis, perded cuidado, que se me ha ocurrido una forma infalible de que...».

Una hija cobarde, que no se ha atrevido a confesarle abiertamente al padre que no alberga ni la más mínima intención de hacer eso que le pide, aunque simule acceder para no enfrentarse a él de una forma lacerante y declarada.

Una hija mentirosa, que, no hace ni una semana, le comunicó que había tratado de persuadir a Leonor con los más variopintos argumentos, ora vehementes, ora zalameros, pero que esta le había respondido con evasivas y reticencias.

«No se ha negado en redondo para no desairarme, pero no contéis con esa vía, porque la conozco y, por cómo ha reaccionado, intuyo que no va a mover un dedo para interceder por nosotros», había desengañado a Mosé, a cuyos rasgos se había abalanzado la desilusión. Y también la decepción. Que percutía gélida. «Ya veo que no ha redundado en nada que te dejara jugar con ella cuando erais pequeñas, esperando que la convertirías en nuestra aliada para cuando vinieran las vacas flacas... Visto está que calculé erróneamente y que pequé de optimista. Poco te ha aprovechado semejante golpe de suerte. —Vida había encajado con ecuanimidad el acerbo reproche, que acto seguido su padre se apresuró a limar—: Bueno, tampoco

109

te culpo. Son cristianos. Esos cerdos… ¿Qué se puede sacar en limpio de ellos? Si no entienden de lealtad, ni del sentido del honor, o de la decencia más elemental… En fin —había suspirado desde el fondo de su resignación, premiando a su imperturbable hija con unos ojos que de pronto se habían vuelto aterciopelados—, gracias por intentarlo».

Pero Vida, ahora, todo eso, se lo calla. En cambio, sigue relatando que ayer mismo le presentaron a Abraham ben Adret. Ocurrió en la tabla, adonde acudieron su padre y el flamante socio mientras ella la limpiaba. Se trataba de un hombre con la cuarentena en puertas, retraído de carnes, con la piel lívida y baqueteada. Los ojos curiosos y acuosos, la cabellera parca y una voz hermosa y varonil que retumbaba desde las entrañas de una gruta. A Vida le pareció una lástima que un sonido tan bonito habitara en un continente tan poco agraciado. Y también que Mosé se estaba portando como un hipócrita al dirigirse a él con palabras confianzudas y carcajadas muy altas. «¿A quién pretendéis engañar? Si no queríais un socio ni en pintura», le censuró a su padre con sarcasmo de puertas para adentro.

Habían coincidido en su juventud en la sinagoga, cuando el uno adquiría unas nociones básicas para ser *shojet* y el otro estudiaba para médico.

—Yo matasanos de reses y vos, de almas. Pero lo mismo al fin y al cabo, ¿no? ¿Qué diferencia hay entre las tripas de un cabrón y las de un almojarife? —le planteaba Mosé, arrancándole la complicidad a palmetazos en la espalda.

—Ninguna, ninguna —le correspondía el tal Abraham, tributando sus risas para que el clima se tornase inmejorable.

—Esta es Vida. —La había señalado su padre. La mirada del recién llegado apenas la había rozado y ella enseguida se ensimismó adrede en sus faenas—. Y este, Juce. —Y su hermano había salido frotándose las manos en el mandil antes de estrechar la pulcra diestra del galeno. A sus diecisiete años, ya dominaba el oficio casi por completo y se insuflaba unos aires autosuficientes e insufribles de

hombre mundano; su gran baza para embaucar a Dulce, una muchacha por cuyos encantos profesaba una devoción con la que había sus-
tituido su otrora devoción religiosa, redimensionando esta última a
un perímetro mucho más manejable.

Ambos carniceros habían comenzado a pasear al intruso por el
lugar donde iba a invertir su peculio y a desentrañarle sus intríngu-
lis. Respondían a todas las cuestiones inquiridas por el otro con presteza y prolijos detalles, prácticamente arrebatándose el turno de
palabra y compitiendo por agradarlo. A Vida, que los escuchaba desde su silente segundo plano, se le estaban revolviendo las tripas. ¿Por
qué esas maneras untuosas, mansurronas? ¿A qué fin mendigar la
aprobación de nadie? Ni que los Benveniste fuesen de repente un plato de piltrafa y casquería. No podía obviar que ella, en parte, con su
indolencia, los había colocado en esa encrucijada. Pero eso, en vez de
avergonzarla y moverla a la piedad, todavía le encendía la rabia más.

Últimamente, vivía a tirones consigo misma, como si se hubiera
posesionado de su cuerpo un gato furo que tirase uñadas a diestro y
siniestro. Ya no encontraba en sí a la que siempre había sido, pero
tampoco a la que sería más adelante, y en medio de ese no ser abrumador, que la encabronaba y del que no sabía a quién culpar, arre-
metía contra el mundo sin asomo de misericordia. Nada le gustaba.
Y no le quedaba más remedio que tragárselo, lo que aún le gustaba
menos.

Tal vez, debido a esa urticaria interna, le había erupcionado una
colecta de granos que le estigmatizaban la frente y que la hacían sentirse horrible. Cuando pasaba por delante de los trozos de espejo que
los joyeros exhibían en su puesto del mercado, aceleraba el paso para
no captar, siquiera por el rabillo del ojo, una huella traicionera de su
imagen. Evitaba reflejarse en las aguas ahora demasiado transparentes del Jalón y, cuando se hallaba en presencia del prójimo, había
adoptado la costumbre de prenderse la mano en esa franja septentrio-
nal y repentinamente hostil de su rostro, si bien así solo conseguía
exacerbar más el fértil sembrado de espinillas y diviesos. David

también los lucía. A él le tachonaban la mandíbula, a lo largo del trazado incipiente de la barba, pero no le incordiaban en absoluto, o desde luego, no lo manifestaba. Aquel brote esplendoroso de acné no se contaba entre sus preocupaciones más apremiantes.

En cuanto a Leonor, la maldita conservaba un cutis de porcelana, por lo nívea, y de melocotón, por lo tersa. La pubertad estaba guardando con ella un talante magnánimo: había crecido una barbaridad, derecha como una espingarda, en fiel emulación del porte atlético de su señor padre, don Álvaro de Lanuza. La angulosidad de las facciones, que acaso resultaba demasiado tajante en la niñez, hogaño las había vuelto atractivas y elegantes (el único exceso seguía presentándose en la nariz, todavía calificable de protuberante y aguileña pese al correr de la edad; «en cambio, la tuya, tan respingona y graciosa», le echaba en cara a su amiga, una cara que, le repetía sin cesar, era preciosa; un mantra que, pese a lo machacón, no lograba doblegar el escepticismo de la otra).

Por otro lado, la cabellera cobriza de Leo se veía más abundante y voluptuosa que nunca («indomable», se quejaba la interesada con injustificable tristeza, pasando por alto su naturaleza fina y vaporosa), mientras que Vida consideraba que su melena castaña se había oscurecido, engrosado hasta encresparse como las cerdas de un cepillo, y la notaba grasienta, al igual que el resto de su piel, de las cavidades y repliegues de su anatomía, los cuales lavaba obsesivamente y que, por cierto, se habían cubierto de un vello incluso más basto que el de la denostada cabeza. Le había punteado las piernas, las axilas, y unos rizos negros, ríspidos y espesos le tapizaban el pubis por entero. No se había atrevido a preguntarle a Leo si le había acontecido lo mismo porque temía que, asqueada, le contestase que no: a fin de cuentas, las caderas y la silueta de su amiga continuaban estrechas, longilíneas, afiladas, al contrario que las de Vida, que podía percibir cómo su pelvis se ensanchaba casi con el transcurso de las horas. Vivía asustada bajo la tangible amenaza de ir a sentarse un día en una silla, el banco de la sinagoga o la rama del olivo, y descubrir que no cabía, que la carnosidad de sus nalgas se había desbordado fuera de todo redil. Los inéditos volúmenes e inesperadas proporciones la obligaban a cimbrearse cuando caminaba, un movimiento que la avergonzaba y que, de hecho (se había dado cuenta), concitaba miradas en la calle. Por fortuna no le había sucedido algo análogo con las tetas (aún). No obstante, los pezones se le tensaban de modo imparable, duros y compactos como huesos de albaricoque, y le dolían bestialmente incluso cuando no más los rozaba por accidente.

Una metamorfosis a todas luces irritante, de la que, muy a su pesar, todos estaban siendo testigos. A Vida se le antojaba tal despropósito que se hallaba en las antípodas de concebir que David soñara casi cada noche con ella, y que, con una asiduidad abnegada, se escondiese por cualquier rincón que le pillara a mano para apresarse el miembro, como si de un pájaro palpitante se tratase, y una vez allí estirarlo, contraerlo y zarandearlo, al tiempo que recreaba (con crudelísima nitidez y sensaciones vívidas hasta el dolor) que, por ventura, los dos se encontraban a solas, que él se le acercaba por detrás y la olía de cerca, hundiéndole la nariz en el cuello y en el pelo; que le rodeaba la cintura, que de súbito tocaba un par de ondulaciones y eran sus pechos; que le metía la lengua en la boca, los dedos por debajo de la ropa y, allá entre las piernas, el falo que se estaba sujetando, y que tan deprisa se vaciaba y enflaquecía apenas prefiguraba aquel hueco cálido donde se araba el placer.

Así, con las manos pringosas y el semblante aturullado, le había sorprendido Eleazar recientemente y había esquinado el gesto con su más acendrada versión de Ortiga.

—¿En eso andáis? Cubríos, haced el favor. Ya me imagino quién os tiene así… Deberíais conteneros un poco y centrar la cabeza en lugar de vagabundear por ahí como un conejo en celo.

Y, ni corto ni perezoso, en cuanto se había cruzado con Vida en la calle, había amagado una reverencia y le había soltado con toda su causticidad:

—He aquí a la responsable de que los pespuntes nos salgan torcidos. ¡Muchísimas gracias por las cinco varas de seda que ayer se fueron directas a la basura!

—David, ¿qué ha querido decir Eleazar? —le había interrogado después la joven, que en el momento se había quedado cuajada, sin saber qué alegar en su defensa, y que aún seguía sumida en el desconcierto.

—Ni caso. —Había intentado tranquilizarla, mientras los nudillos se le pintaban de ira blanca hacia el hermano—. Trabaja como un animal y cada vez está más arisco. Se le habrá roto alguna tripa y ha embestido contra el primero que se le ha puesto a tiro. Me disculpo en su nombre.

Vida se había encogido de hombros para restarle importancia, pero sin acabar de entender. Eso era lo que más la sublevaba del nuevo mundo que estaba descubriendo: que únicamente lo comprendía a medias, tan solo lo suficiente para enterarse de que no se enteraba y sentirse estúpida. Aunque sí le alcanzaba para cosechar alguna victoria pírrica. Como el otro día, cuando Leonor le había rogado que acudiera sola a verla. Una vez juntas, le había informado de que se estaba muriendo.

—Vida, estoy aterrada —le había confesado en tanto que le estrujaba la mano, la suya empapada y temblorosa; a la amiga se le empequeñeció el corazón. Y luego le galopó brutal, angustiosamente. Hasta que la oyó agregar—. Sangro... he sangrado por... por ahí abajo...

Se amordazó la risa. Y ante el pasmo de la otra, le desveló la verdad de «las flores», como las llamaba su madre. Esas flores rojas que germinaban todos los meses. Habían llegado a su conocimiento por intercesión de una perra que rondaba alrededor de su casa hace unos años. Vida se había encariñado con ella y solía pasar el rato en su compañía, lanzándole palos, persiguiéndola, incitándola a los ladridos, y acariciándole el lomo. En una de estas, se apercibió de que el chucho se lamía bajo el rabo y que dejaba en la tierra una mancha de sangre. La examinó con candente preocupación, creyendo que estaba herida, pero a simple vista le pareció ilesa. Incluso contenta. No en vano, movía la cola enérgicamente mientras se observaban. Regresó a casa atribulada, preguntando a doña Oro qué mal podía aquejar a la perra, y su madre al principio se resistió a iluminarla.

—Seguro que alguna tontería.

—No, no, la mancha era muy grande —le refutaba entre pucheros—, y luego le salieron muchas más gotas... Está muy enferma, se va a morir.

—Verás como no.

—¿Por qué?

—Porque no.

—¿Cómo lo sabéis?

—Porque lo sé.

—Se va a morir...

—¡Que no se va a morir!

—En ese caso, ¿qué le pasa?

—¡Que es una hembra! ¡Eso le pasa! —Doña Oro había perdido los estribos.

Vida se calló por un instante. Y enseguida:

—¿Y eso qué?

Su madre había alzado los ojos al cielo y claudicado en un resoplido:

—Que esa es la manera que tiene la naturaleza de fabricar cachorros. Esa perra no solo no se va a morir, sino que va a traer a la vida más bocas.

La niña enmudeció por completo, y no hubo de esperar mucho para corroborar la profecía. Dos mañanas más tarde, la pilló ayuntada con otro perro. Ya antes, en pasadas ocasiones, había contemplado esa clase de empotramientos animales: carneros cubriendo ovejas, toros imbricados en vacas, incluso un toro sobre una yegua. Pero siempre los consideró juegos extravagantes. Acrobacias. Como cuando ella le saltaba a Juce encima de la espalda para que la llevara de acá para allá en volandas los ratos que se caían bien. A partir de entonces, le resultaría imposible soslayar el hilo que anudaba aquellos tres acontecimientos que, a primera vista y aislados, no parecían guardar conexión entre sí y que, sin embargo, se trataban de una señora concatenación: la sangre, el acoplamiento, la barriga que le empezó a crecer a la perra y que, dos meses después, se tradujo (palabra por palabra el vaticinio de doña Oro) en seis bolitas de pelo húmedo y apelmazado, dos de las cuales no prosperaron porque la madre, primeriza y a por uvas, no rasgó a tiempo con los dientes las bolsitas de líquido amniótico en las que los cachorros llegaron envueltos, como regalos de frágiles patas y hociquillos arrugados.

Por eso, ya iniciada en los rituales de aquel insondable misterio, Vida no se alarmó cuando le floreció su propia sangre, y así, con pelos y señales, en aquella crucial tesitura, se lo contó a Leo para calmarla, lo que le produjo no poca satisfacción. Por una vez, ella iba en avanzadilla y la podía guiar. La alumna iba haciéndose cargo y encajando las piezas del rompecabezas.

—O sea, que si un animal se junta con otro de esa forma, les nace un hijo.

—Casi siempre. Sí.

—Y así vienen los niños al mundo.

—Exacto.

—Pero habéis dicho que una vez visteis a un toro sobre una yegua... ¿Qué nace de allí? ¿Una mezcla?

—No, de allí no nace nada. Han de pertenecer a la misma especie.

—¿Y para qué lo hacen entonces?

Vida tuvo que admitir que lo ignoraba. Transcurrieron unos momentos de duda, y a Leo le curvó los labios una sonrisa maligna.

—Y si deben ser de la misma especie... ¿les podría salir un hijo a un judío y una cristiana? ¿O a un cristiano y una judía?

A su interlocutora se le congeló el rictus. Conque quería provocarla, desbaratar su seguridad, ponerla en un brete, turbarla. Pero decidió no permitírselo. Y que se la iba a devolver. Con perfecto aplomo, le respondió:

—¿Por qué os inquieta? ¿Por David? No os preocupéis, que igualmente os saldrán unos hijos preciosos.

A Leonor se le cuartearon el desafío y las ganas de chunga.

—¿Qué majaderías decís?

—¿Por qué? ¿No os parece guapo? —se regodeó la otra, puro candor.

—¿Y a vos? ¿Os lo parece a vos?

La broma se había acabado. Ambas se mantuvieron la mirada en bronco silencio. El aire entre ellas se podía sajar. Hasta que Leo concluyó con desdén:

—Sois una idiota.

Y habían estado dos días sin hablar.

No obstante, bien pronto habían regresado a rondarse, echando tierra sobre esas pataletas que de cuando en cuando removían cierto limo en el fondo de su relación y lo enturbiaban. No resultaba extraño, dado que las dos estaban más susceptibles y quisquillosas que nunca. Y tan pronto pensaban con firmeza que su amiga se trataba del mayor tesoro que había sobre la faz del universo, y que qué suerte haberse encontrado, como las acometían unos deseos locos de huir la una de la otra pegando alaridos.

Esta mañana junto al Jalón es uno de esos momentos plácidos, de borrascas amarradas en puerto, y por eso Vida les está contando con total paz a David y a Leo que, durante la visita de Abraham ben Adret a la tabla, ocurrió un percance de insospechadas consecuencias. Juce, a la sazón obcecado por la presencia del médico, en una de sus atafagadas idas y venidas de anfitrión meloso, se enredó con sus propios pies, tropezó y se estampó los morros contra la esquina de una mesa. Cayó de bruces justo en la porción de tienda que Vida estaba aseando, anegado en una profusa hemorragia nasal. Sofocado, permaneció de rodillas, sangrando como un cochino, con la cabeza gacha, ante la mirada sobresaltada de los dos hombres. La joven, fastidiada por el manantial de goterones carmesíes que comenzaban a salpicarlo todo y que ella tendría que frotar de nuevo, se cuadró en un santiamén delante de su hermano y, con resolución, lo asió con una mano por los cabellos para mantenerle en alto la cabeza que él pugnaba por ocultar, al tiempo que con el índice y el pulgar de la otra le oprimía, inflexible, el tabique de la nariz.

—Suéltame, ¿te has vuelto loca? —se debatía Juce, en el ápice del bochorno.

—Que te estés quieto, animal —le siseó Vida—. ¿No ves que lo estás poniendo todo perdido? Así se te cortará el sangrado rapidito.

El muchacho intentó repelerla una vez más, pero lo detuvo en seco la observación de Ben Adret:

—Vuestra hermana tiene razón, chico. Lo mejor es que os quedéis en esa postura y que os siga presionando en ese punto unos minutos. —Y entonces recaló la vista en ella, con súbita curiosidad, y le reconoció (mientras Mosé y Juce no salían de su asombro por el cariz que había adquirido la situación)—: Lo habéis hecho muy bien, sí, sí. ¿Cuántos años tenéis?

—Trece —había respondido a regañadientes, percibiéndose expuesta como una liebre en un claro de la maleza, merecedora de una atención que habría querido esquivar a toda costa.

—¿Y cómo sabíais que se debe actuar así en estos casos?

Vida dirigió una mirada desvalida a su padre y a su hermano en petición de auxilio, pero se lo negaron, de modo que, sin escapatoria, se encogió de hombros y arguyó:

—No sé. Supongo que así se junta lo que se ha roto ahí dentro.

Abraham ben Adret le hincó aún más los ojos, con vivo interés, y se acarició la mandíbula.

—Exacto. Lo habéis resumido a la perfección. Sois una chica lista. Vida, ¿no?

Ella asintió, tragando saliva, atenazada por aquellas pupilas húmedas color avellana. Mosé reclamó entonces a su colega para que continuaran tratando del negocio que maceraban, lo verdaderamente importante de todo aquello y no la bufonada que habían armado sus hijos. Menuda habilidad, tanto el uno como la otra, para dar la nota y enrevesar lo sencillo. Solo cuando ambos varones prosiguieron el paseo, sumergidos de nuevo en su parlamento, se percató Vida de que todavía estrujaba entre los dedos un manojo de pelos de su hermano, quien, con la cabeza hacia arriba, amoldado a la sumisión impuesta, la escudriñaba de refilón con punzante rabia.

—El caso es que, no sé por qué —les cuenta ahora a Leo y a David (aunque si se tomase la molestia de diseccionar sus motivos tal vez hallaría que se trata de una miscelánea entre haberse sentido descubierta, acaso por primera vez, cuando los ojos intensos de Abraham ben Adret se clavaron en ella, y también el descaro que le ha instilado la adolescencia, y cierta audacia que no estaba en su naturaleza primigenia, pero que ha ido sedimentando en su ánimo y en sus entrañas al calor de su proximidad con la joven Lanuza, sin cuyo ejemplo y contagio quizá jamás se habría atrevido)—, ayer me planté en casa del socio de mi padre…

—¿Por qué hicisteis eso? —David la contempla atónito. Ha dejado caer de la boca la espiguilla que llevaba un rato mascando.

Remolona, Vida sonríe antes de pasar a desgranar su osadía. Leo la escruta muy atenta, divertida a su vez, dispuesta a no perderse ni una de sus palabras. Entregada al cuento.

—La verdad es que se sorprendió de verme allí. Por un momento temí que ni siquiera se acordase de mí, así que empecé a presentarme, pero enseguida me interrumpió: «Claro que sé quién sois, ¿qué os trae por aquí?». De repente, me pareció muy estúpido lo que iba a decirle, pero ya que había llegado hasta allí… me decidí. Aún habría resultado más estúpido quedarse callada, ¿no? De modo que se lo solté, así, de sopetón: «¿Creéis de veras que soy lista?».

Leonor no logra reprimir una carcajada, sinceramente complacida por el arrojo (inaudito) de su compinche. En verdad está desbocada. David menea la cabeza incrédulo.

—Pero ¿qué diantres…?

—Esperaos, no os alteréis, que ahora os lo explico… Bueno, pues va el hombre y me mira como si le hubiese preguntado lo más normal del mundo y me contesta: «Sí, lo creo. Por algo lo dije». Y entonces ya, como no había marcha atrás, le planteé la cuestión que me había empujado hasta su puerta: «¿Os importaría enseñarme todo lo que sabéis?».

David se mesa los cabellos negros. Leo resuella de admiración, al borde del síncope.

—¿¿Y qué os respondió??

Vida engola la voz para tornarla más grave.

—«¿Sabéis leer y escribir?». Le aclaré que sí, lo meditó unos instantes mientras me observaba —y yo ahí aguantando como buenamente podía, con la cabeza erguida y sin pestañear, para que no se me notara que me estaba muriendo de los nervios—, y por fin, después de una eternidad, añadió: «En ese caso, todo será mucho más fácil».

Leonor patea el suelo de la emoción.

—¿Y entonces?

—Entonces, ¡hemos acordado que acudiré a su casa en mis ratos libres para que me dé clases!

Leonor, tras ahogar un chillido estupefacto, se queda sin aliento y David rezonga entre dientes:

—Estáis como un cencerro.

Vida se muerde los labios, de pronto tímida y aturdida por la aventura en la que se ha enrolado, pero a la vez tremendamente orgullosa, esponjándose en un atisbo de desafío.

—Debía intentarlo, David… Siempre he deseado aprender cosas. Y he tenido la suerte de que se me pusiera un saco de conocimientos al alcance de la mano, y de que él esté dispuesto a compartirlos conmigo… Habría cometido un pecado si hubiese desperdiciado la oportunidad…

David la escucha sobrepasado, intuyendo que esa mujer en ciernes a la que ama en secreto va a convertirse más temprano que tarde en un portento, proveniente de otro planeta, ajeno e inaccesible, que se rige por una lógica y unos impulsos distintos, aterradores, y, muy a su pesar, ese extrañamiento solo consigue deslumbrarlo y enajenarlo todavía un poco más. Entre tanto, Leo ha recuperado el habla y, con ojos relucientes, tranquiliza a Vida:

—Pues yo pienso que habéis hecho fenomenal… Me encantará escuchar lo que os revele ese hombre tan sabio.

Sabiamente, habíamos decidido que aquella noche la quemábamos. Que salíamos de farra. Noelia Parra había declarado que nuestro retiro espiritual en Alpartazgo ya estaba durando más de lo saludable y que los cimientos de Occidente no se iban a tambalear porque quebráramos momentáneamente la clausura.

—Esto ya pasa de castaño oscuro, Rebe. Así que cálzate unos buenos tacones, que Zaragoza se va a enterar de lo que vale un peine sefardí.

Había diseñado el plan al milímetro. Iríamos en su coche hasta la capital (yo no había vuelto a pisarla desde que había aterrizado en España), aparcaríamos por ahí y nos uniríamos a una amiga suya en la discoteca donde nos proponíamos reventar las horas al ritmo de reguetón y de chupitos, a los que con suma cordialidad nos invitaría el camarero («Me lié con él y, aunque a nivel romántico no funcionamos, nos hicimos supercolegas»); luego, cuando el cuerpo nos espetase que hasta aquí, dormiríamos la mona en el piso de estudiante de la susodicha amiga benefactora («Está situado en plena calle Alfonso, que a ti ahora mismo como si te hablase en chino, pero ya lo entenderás... no se lo monta mal la pájara, no»), y cuando la resaca se hubiese disuelto («Si hace falta, comemos allí, que Clara siempre tiene un plato de espaguetis para borrachas desnutridas»), conduciríamos de regreso a Alpartazgo a culminar el domingo como mejor pudiésemos. Todo canónico e irreprochable.

En cierto modo, agradecía desempolvar mis veintisiete años, tan poco explotados en los últimos tiempos de drama y solemnidad judía. Noelia acudió al hostal a acicalarme, porque aseguró no fiarse de mí en esas lides («Te veo peligrosamente capaz de plantificarte en el *pub* con vaqueros y una camiseta llena de bolillas, bajo la excusa de que con tu conversación intensita y tu acento exótico te basta y te sobra para llevarte de calle a los chavales»), y nos entretuvimos delineándonos la raya del ojo y coloreándonos los labios en un tono que, según perjuraba Noelia, en la escala cromática Pantone, se denominaba «rojo putón». Se empeñó en enroscarme el pelo en unos tirabuzones («Desde que me lo corté, yo ya no puedo hacerlo, así que concédeme el capricho, va»), y examinó mi armario de forma exhaustiva, hasta que se decantó por lo único que consideró «aceptable»: un top negro (al que pretendió rasgarle un hombro para «que se aireara la carne, que si no, se enrancia y se agusana», amputación a la que me negué) y, finalmente, unos vaqueros; sí, porque me marcaban «muy buen culo» y cualquiera de sus minifaldas me vendría grande («Te vas a escurrir y, conociéndote, seguro que te parece indecoroso quedarte en bragas en mitad de la pista de baile, así que vamos a evitarlo»). Ella sí iba enfundada en una, además de en una camiseta de tirantes rosa y en una chupa de cuero que le envidié. Los mencionados tacones le torneaban las piernas en un modelado muy apetecible, de muslos opulentos (toda una Diana cazadora en mármol, pero desvirgada), mientras que yo me hube de conformar con unas bailarinas, porque no había manera humana de afianzarme en esos potros de tortura que me robaban la dignidad bípeda a cada paso.

Atildadas de esta guisa, después de que Pilarín nos hubiese silbado y piropeado con la cantinela de que estábamos imponentes y de que nos divirtiésemos, habíamos abordado el Opel Corsa de mi acompañante y enfilado la salida del pueblo a eso de las ocho de la tarde, ligeramente eufóricas por la perspectiva que se desplegaba ante nosotras. Noelia encendió la radio y sintonizó una emisora de *rock*. Al primer rasgueo de guitarra, emitió un aullido satisfecho y asilvestrado y bajó las ventanillas para que, en cuanto cobráramos velocidad, nos despeinásemos y llegásemos a Zaragoza «como si acabáramos de follar». Como me sentía contenta y cómoda en mi piel, receptiva con las sensaciones que me enviaba el mundo de ahí fuera, me abstuve de preguntar para qué había servido la sesión de maquillaje y peluquería.

Ya nos disponíamos a coger carretera cuando, en un camino un poco agreste que había casi en el límite municipal, enmarañado por unas cañas altas y espesas que proliferaban sin orden ni concierto, Noelia tuvo que pegar un frenazo que me incrustó el cinturón de seguridad en el torso y en el regazo. Se nos había atravesado un amasijo de hombres que se estaban peleando a puñetazo limpio. La refriega era violenta en verdad. Volaban las patadas. Los cabezazos. Los empujones. Se embestían como cabras montesas entrechocando las cornamentas. Los envolvía un clamor corrosivo de insultos, juramentos y bramidos que inundó el interior del coche. Y la agresividad que exudaban parecía envolverlos y explotar sobre ellos, paralizando la mente y apretando el pulso. PAM PAM PAM PAM PAM.

Por un segundo, permanecimos quietas en nuestros asientos, conteniendo la respiración, mientras a escasos metros llovían los mamporros. Implacables. Encarnizados. PAM PAM PAM PAM PAM. A uno de ellos, lo catapultaron de espaldas en uno de los encontronazos, trastabilló, e impactó contra la carrocería del Corsa. Se nos contrajo el estómago. Pero igual que un resorte, recuperó el equilibrio y volvió a la carga. Entonces Noelia, para desconcierto mío, empezó a aporrear el claxon y, como ni aun así la golpiza cesaba, puso a gruñir al motor. Por instinto, ante la amenaza inopinada del atropello, los contendientes se separaron y dirigieron la mirada al vehículo, tregua que aprovechó mi compañera para asomar la cabeza por la ventanilla y gritarles:

—¡O paráis ya o llamo a la Policía!

No sé de dónde sacó la flema.

El caso es que la duda se dibujó en sus rostros contorsionados y, al siguiente pitido con que los encañonó, cinco de ellos se dispersaron pies en polvorosa. Los dos restantes se quedaron inmóviles e indecisos frente al morro del automóvil, con los brazos caídos. Unos regueros de sangre les surcaban las frentes, los maxilares. Y, por increíble que parezca, Noelia abrió la portezuela y se bajó. Aunque me había asustado muchísimo por lo que habíamos presenciado, no me dejó más alternativa que imitarla. Ya los estaba interpelando.

—¿Estáis bien?

Nos escrutaban, ceñudos y desorientados. A la luz del atardecer, ya desvanecida la batahola en que se habían enzarzado, aparentaban una profunda indefensión, con las camisetas desgarradas, los pantalones sucios y la piel ajada. Ambos rayaban los cincuenta años.

—Bien, sí, nosotros bien, pero nuestro amigo… —No se expresaban con fluidez, el acento era extranjero a las claras (de algún país del este, identifiqué), de modo que comenzaron a señalar un macizo de cañas que había detrás.

Corrieron hacia allá y nosotras los seguimos, intrigadas. En efecto, despatarrado entre la fronda, había un tercero, más joven y bastante peor parado que ellos. Tenía la cabeza abierta.

—Le han… ¡crash!… con una botella. ¡Con una botella! —nos explicaban con furia impotente y consternada, mientras se agachaban a sostenerle los hombros de pelele y a propinarle pequeñas palmadas. El apaleado apenas entreabría los ojos, extraviada la conciencia de sí mismo. La sangre le había formado una costra en el pelo pajizo y por la cara, hurtándole los rasgos.

—Este hombre está muy grave. Hay que llevarlo de inmediato al hospital —me sorprendí diciendo.

Mis ojos se cruzaron con los de Noelia, que asintió. Sin perder un segundo, indicó a la pareja que transportara a su amigo dentro del Corsa. Los tres se apretujaron en la parte de atrás, y ella pisó el acelerador, rumbo a un hospital de Zaragoza. Veinte minutos después, tras una tensa carrera en la que Noelia aferraba el volante con los nudillos pálidos, entrábamos por Urgencias. Una vez allí, unos enfermeros depositaron al herido en una camilla, lo enchufaron a un gotero y lo metieron por un largo pasillo. Sus compañeros salieron tras ellos y nosotras intercambiamos una mirada en el súbito silencio del coche. La tapicería del asiento trasero se había pegoteado de sangre.

—¿Qué hacemos?

—Igual tienen problemas con el idioma…

—¿Nos quedamos?

—Sí, ¿no?

La noche de reguetón y chupitos se diluía por momentos. Noelia le mandó un mensaje a Clara para avisarla, al tiempo que nos internábamos en el hospital. Olía a desinfectante y las luces se me antojaron muy frías. Pronto divisamos a los señores que, de manera tan improbable, se habían interpuesto en nuestros planes. Se habían sentado en unas sillas de plástico adosadas a la pared en hilera. Componían la estampa de la derrota, con las piernas desparramadas en triángulo, los hombros desmadejados y sus propios chichones ya resecos. Al ver cómo nos acercábamos, alzaron la cabeza, esbozaron un leve asombro, pero no objetaron nada a nuestra presencia allí. Solo se lamentaron, en busca de nuestra connivencia.

—Pobre Velkan…

—Golpe muy fuerte… en la cabeza… —Y el que lo decía se tentó la suya con un gesto doliente y apesadumbrado.

—Pero ¿qué ha ocurrido? ¿Por qué os estabais peleando? —indagó Noelia.

En su media lengua, nos informaron de que se llamaban Dragos y Ionel, y su maltrecho amigo, Velkan. Que eran rumanos y que recién habían llegado a Alpartazgo para la recogida de la fruta. Habían acudido ya otros años a la campaña como temporeros, pero, en esta ocasión, los habían contratado a través de una empresa intermediaria que no les había garantizado alojamiento; por eso, una vez en el pueblo, se encontraron con que no les ofrecían sitio donde dormir. El albergue en el que solían hospedar a los braceros ya estaba completo. Sin saber qué hacer, habían resuelto acampar a las afueras, en el camino donde nos los habíamos tropezado, valiéndose del enramado y de

126

algunos materiales de construcción que había por ahí tirados para improvisar una chabola.

Esa tarde, habían ido al bar de Consuelo para tomar algo y coincidieron con un grupo de chicos que también estaban bebiendo y que los habían comenzado a provocar.

—Al principio, no hicimos caso… chicos tontos. No hay que hacer caso… No pasa nada.

Pero, al parecer, el tal Velkan ya acumulaba unas cuantas cervezas encima cuando uno de los pendencieros les gritó:

—¡Rumanos de mierda! ¡Que nos quitáis el trabajo!

Y Velkan se le encaró:

—¡Yo no te quito nada a ti! ¡Si tú no quieres hacer el trabajo que hago yo! ¿Eh? ¿Me acompañas mañana a coger la fruta, o qué?

—Rumano de mierda —insistieron los camorristas entre risotadas al comprobar que habían logrado que saltara.

—¡Que yo no te quito nada a ti ni a tu puta madre!

A tenor de que la disputa subía de tono, Consuelo no tardó ni dos minutos en echarlos a todos de su bar.

—Buena es mi tía para tolerar esos comportamientos. Con lo pacífico que es el pueblo… Serán los chavales estos que vienen de vacaciones y se dedican a armar jaleo y a jugar a los neonazis, porque se aburren y se las dan de gallitos —musitó Noelia en un aparte.

—Cada unos nos fuimos para el nuestro lado —continuó narrando el que respondía al nombre de Dragos— y creíamos que ya todo bien. Y nosotros *decíamos* a Velkan, «calma, Velkan, no se pasa nada, ahora nos vamos a olvidar de estos chicos idiotas».

Pero no habían advertido que los susodichos habían salido en pos de ellos y los estaban rastreando a una prudente distancia. Cuando constataron que vivían en la calle, juzgaron que la ocasión la pintaban calva. Los rodearon a traición. Cinco contra tres. Los zahirieron. Levantaron la voz.

—Eh, tú, rumano de mierda, ¿qué has dicho antes de mi puta madre?

Y antes de que pudiera reaccionar, le habían asestado un botellazo en la cabeza.

—Son unos cobardes —deploró Ionel—. No se atrevieron a pelear bien con Velkan. Como los hombres. Les habría partido los huesos a todos. Él, más fuerte. Más alto.

Sin embargo, su estatura y robustez no le salvaron de desplomarse redondo y malherido al suelo, y Dragos y Ionel se vieron en el trance de proteger al camarada caído y defender el honor patrio. Y así, con sus barrigas, sus canas y su inferioridad numérica, se adentraron en la gresca en que los habíamos hallado nosotras.

—Manda narices, lo que les mola a los tíos una bronca —masculló Noelia poniendo los ojos en blanco, mientras Ionel y Dragos se embebían de nuevo en su desesperación.

—Bueno —apostillé—, en este caso, han sido víctimas de un ataque xenófobo, los pobres…

—Ya… la gente no sé en qué coño piensa. —Y tal vez por compensar el tono condenatorio de su anterior comentario, se encaminó a la cafetería del hospital y regresó con un par de botellas de agua que les tendió a ambos.

Bebieron con mudo agradecimiento y Noelia se sentó junto a ellos, incongruente en su minifalda, en medio de aquella sala de espera desangelada. Yo empecé a pasearme arriba y abajo para matar el rato.

—A ver si pronto nos comunican cómo está, ¿eh? Seguro que no es nada grave, un rasguño —intenté animarlos. Ionel, que lucía unas profundas entradas y ojos verdes, bosquejó una débil sonrisa, y Dragos, que conservaba entera la mata de pelo gris excepto en la coronilla, cabeceó escéptico, con cierto fatalismo. Noelia reclinó la espalda y la nuca contra la pared, se desprendió de los tacones y se masajeó las puntas de los pies.

Al poco apareció una doctora que buscó a los dos hombres con la mirada. Ellos se aproximaron expectantes, y Noelia y yo mariposeamos en las inmediaciones como inmejorables samaritanas por si precisaban de un intérprete. El diagnóstico nos llegó en ráfagas. Un traumatismo craneoencefálico… leve, por fortuna… No iban a tener que intervenirlo quirúrgicamente… pero debía permanecer unas horas en observación, ingresado, para asegurarse de que la conmoción… Probablemente, por la mañana le darían el alta… Podían quedarse allí mientras tanto, si lo deseaban…

—Sí, sí, nos quedamos… hasta que *es curado* —ratificaron Dragos y Ionel cuando la médico los dejó para esfumarse otra vez por boxes y quirófanos.

Noelia y yo intercambiamos la enésima consulta tácita en aquella noche rara y convinimos en que, mínimamente encauzada la situación, no pintábamos nada allí. Les anunciamos que nos marchábamos, y ya nos despedíamos entre muestras de gratitud por su parte cuando a mi amiga se le ocurrió:

—Oye, ¿tenéis algún modo de volver mañana a Alpartazgo?

Y a mí se me encendió una segunda bombilla de alarma.

—Y vuestro compañero, Velkan, ¿no?… ¿Cómo va a dormir en la calle en las condiciones en las que está? Necesitará reposo…

Nuestros interlocutores agacharon la cabeza afligidos, sabedores de que poco le iban a poder procurar al convaleciente. «Nos apañaremos», aventuró Dragos. Mis meninges se estrujaron por inercia en busca de una solución. Me mordí los labios. Bajé la voz:

—Noelia, ¿tú crees que a Pilarín le importará si… por unos días…? ¿O será un abuso…?

Ella suspiró divertida.

—¿Tú qué opinas? Se trata de un abuso total y absoluto… un atraco a mano armada, jajaja. Pero ya la conoces… si nada más le falta encasquetarse una toca blanca en la cabeza para convertirse en la gemela buena de la madre Teresa…

Fue así como, en el curso de cinco minutos mal contados, se adoptaron las disposiciones logísticas pertinentes en virtud de las cuales, al día siguiente, en cuanto soltaran al damnificado, Ionel y Dragos avisarían a Noelia, quien acudiría a recogerlos para llevarlos de regreso al pueblo, donde se los instalaría oportunamente en una de las habitaciones del único, pero no por ello menos importante, hostal de la comarca. Para cuando desaparecimos por las puertas automáticas de Urgencias (ya avanzada la medianoche, con más ganas de planchar la oreja que de comérsela a un ligue), los dos rumanos estaban que no se lo creían. La verdad es que nosotras, tampoco.

Pilarín alucinó cuando le relaté la peripecia de la víspera. Al principio, incluso abrigó la esperanza de que le estuviera tomando el pelo. Pero la pobre lo que tuvo que empezar a tomarme fue en serio cuando le confirmé que Noelia y tres temporeros, uno lisiado para más inri, venían de camino más que dispuestos a acantonarse en el hostal. Todo por obra y gracia de un ofrecimiento mío pelín atrevido.

—Tal vez me extralimité al proponérselo… Si es así, perdóname… lo dije sin pensar, me nació de dentro…

—Anda, que os metéis en unos líos… ¿Dónde se ha visto que dos mozas salgan a bailar y terminen enredadas en una trifulca y en el hospital con tres extraños? Menos mal que vais poco de fiesta, que si no, no ganaríamos para disgustos…

—Ya, es bastante surrealista… —admití—. Lamento de verdad si esto te supone alguna molestia.

Mi hospedera meneó la cabeza y puso los ojos en blanco. Los brazos, en jarras. Midió el comedor a pasos despaciosos, meditando.

—¿Dices que viven en la calle?

—Sí. No hay sitio para ellos en el albergue.

—¿Y que le dieron un botellazo?

—Eso parece.

Reprobó, chascando la lengua.

—Qué burros. Qué barbaridades tiene que escuchar una. Una penica como otra cualquiera.

Tras esta sentencia lapidaria, sin solución de continuidad, se enfrascó en la preparación del cuarto donde iba a acoger al trío. Uno en el que había una litera (destinada a Ionel y Dragos) y una cama individual para el escacharrado. Noelia los trajo no mucho después. Aparcó delante del hostal y Pilarín y yo nos apostamos en la puerta para recibirlos. No conseguíamos ocultar la expectación que nos causaba. En esta ocasión, Dragos se había acomodado en el asiento del copiloto, a fin de que los otros dos viajaran más anchos en la parte de atrás. Los indemnes trataron de ayudar a Velkan a apearse, pero él se los sacudió de encima con cierto orgullo, al tiempo que barbotaba en su idioma unas palabras que no requerían de grandes dotes de traducción para traslucir su significado: «Estoy bien», o «Yo puedo solo». Algo por el estilo.

Cuando ya fuera del vehículo se enderezó, dejó patente esa considerable altura que sus camaradas tanto habían ponderado. Tenía una complexión delgada, pero sin duda el trabajo físico le había infundido tono a sus músculos. De lo contrario, tal vez habría resultado no más que un larguirucho. Le habían vendado la cabeza alrededor de la frente. Aun así, los cabellos que se colaban por los intersticios delataban el color claro que me había parecido distinguir la noche pasada tras la costra sangrante. En cuanto a las facciones, no me desagradaron: la nariz estrecha se afilaba en la punta, los labios eran aceptablemente carnosos y los ojos, color miel.

Se acercaron a nosotras y Noelia asumió la tarea de presentarnos. Velkan nos estrechó la mano con un apretón no exento de timidez. Percibí su mano en la mía vacilante, aunque cálida y de dedos recios. Más tarde me confesaría que le avergonzaba haber protagonizado semejante zapatiesta y ocasionar tantos inconvenientes a gente desconocida. Con voz baja y ligeramente atropellada, se dirigió a Pilarín, ya puesto en antecedentes por la eficiente señorita Parra sobre quién cortaba ahí el bacalao:

—Mu-muchas gracias por su hospitalidad, señora.

—No hay de qué —replicó ella, fingiéndose más dueña de la situación de lo que probablemente se sentía, mientras saludaba también a Ionel y Dragos—. No puedes estar durmiendo en la calle con una brecha en la cabeza… ¿Cómo te encuentras?

—Mejor, mucho mejor —aseveró animado—. Me han cuidado muy bien en el hospital y yo soy fuerte.

—Aún está un poco mareado —apuntó Dragos.

Velkan lo fulminó con la mirada.

—Claro, normal, normal —terció Pilarín—. A uno no le enjaretan una botella en mitad de la frente todos los días. Es lógico que te haya sentado regular. Falta de costumbre. Y mejor que sigas así, Velkan. Sin costumbre ninguna en esa tradición. Anda, vamos a la habitación para que os instaléis y os repongáis después de tantas emociones.

Noelia y yo cedimos el paso a los tres hombres para que la escoltaran y nos quedamos en retaguardia.

—¿Cómo ha ido? —le siseé.

—Todo en orden. Parecen buenos tíos, legales. Y están muy agradecidos. ¿Y por aquí qué tal? ¿Alguna pega?

—Bien. La pobre mujer ha alucinado, pero ya la ves… Rehecha por completo.

—Ya… la verdad es que es para erigirle un monumento a la Pili, vaya tía… —secundé su efusividad con un asentimiento. Y tras unos segundos de callada admiración por parte de ambas, remató en un suspiro—: En fin, pues me voy a pirar, que con los portes de rumanos a domicilio, he llenado mi cupo de faenas esta mañana. Si quieres, por la tarde, te doy un toque y nos tomamos algo, a ver si nos cuenta algo mi tía del zafarrancho de ayer en el bar.

—Venga, perfecto.

Al alcanzar la salida, Noelia se volvió hacia mí, con ojos traviesos.

—En menudos *embolaos* nos metemos, ¿eh, cordera?

Tuve que sonreírle.

—Y que lo digas.

En cuanto se marchó, subí a la habitación del primer piso que Pilarín había adjudicado a los forasteros (la número uno) para comprobar si necesitaban mi ayuda. La puerta se hallaba entornada. Velkan se había sentado en el borde de su cama y hundía las manos con indisimulable placer en el colchón. Dragos y Ionel, de pie junto a la patrona, le explicaban con su lengua desmañada que iban a ir por sus cuatro bártulos a la chabola provisional en la que se habían cobijado.

—Y pagaremos, señora… pagaremos a usted… Nosotros íbamos pagar el albergue de temporeros, pero no había plazas… —se excusaban con apuro.

—Estupendo, estupendo, no tenía ni la más mínima duda. —Los tranquilizaba.

Luego, me enteraría de que Pilarín había averiguado cuánto costaba el mencionado alojamiento (sustancialmente menos que la habitación de su hostal, dado que estaba subvencionado) y que ella no había pedido a los insólitos huéspedes ni un céntimo más. Con cubrir costes, se contentó.

Sin reparar en mí, los tres bajaron a la calle entre negociaciones y enumeración de detalles prácticos y, de una forma muy tonta, me encontré de repente frente por frente con Velkan, igualito que si lo estuviera espiando. Continuar ahí, como un pasmarote, en el umbral de sus aposentos, resultaba muy embarazoso. Pero él ya me había visto, atolondrada en el vaivén desconcertado del quedarse o el marcharse, del no saber si uno está de menos o de más. Fugarme sin mediar palabra tampoco habría favorecido en exceso la imagen que se iba a forjar de mí. Él decidió por los dos, levantando una mano y probando una breve sonrisa.

—Hola.

Conque resultaba así de sencillo.

Por entretenerme las manos en algo, me las deslicé en los bolsillos hasta las muñecas.

—¿Qué tal?

—Pasa, por favor —me indicó con un gesto invitador.

Titubeante, pero acepté. Me adentré en sus recién estrenados dominios, con pasitos cautos.

—¿Te duele? —Y apunté a la venda.

—No. Voy de ibuprofeno hasta aquí. —Y se señaló las cejas.

Ambos sonreímos al unísono. Su acento sonaba suave y gutural. Arrastraba las sílabas y hablaba despacio.

—Siento mucho… todo esto.

—No, no te preocupes. Más sentimos todos que hayas vivido una experiencia así…

Apretó los labios y los fundió en una línea.

—No debí… responder a esos chicos. Se veía claro que significaban problemas. Lengua… demasiado suelta. Próxima vez… me la corto. —Y acompañó la broma amagando un tijeretazo.

—No… pero ellos no tenían ningún derecho a insultaros. Y menos a buscaros después para provocar una riña. Lo suyo fue premeditado, si incluso se armaron con una botella para… Qué salvajes. Es intolerable. —De repente se me ocurrió—. Los vas a denunciar, ¿verdad?

Su semblante entero se tensó.

—No, no, denunciar, yo no…

Me encabrité.

—¿Por qué?

—No quiero más líos…

Se me revolvieron las tripas. Ni siquiera me paré a analizar por qué aquello me indignaba tanto. No estaba en mi naturaleza reaccionar de una forma tan visceral.

—No son líos, es justicia… No pueden irse de rositas después de lo que te han hecho. Ha sido un ataque xenófobo y no estaría bien que quedara impune…

—Mira, yo vengo a España a trabajar y tener fiesta en paz, ¿se dice así?… No quiero complicar las cosas con policía y estos chicos, mejor olvidarme de ellos…

—Pero…

—Lo siento y te agradezco que preocuparte por mí, pero tú no entiendes. Para los extranjeros, todo más difícil.

No me ahorré una sonrisa ácida.

—Te entiendo más de lo que crees. Tampoco soy de aquí, ¿sabes? O bueno, de alguna manera, sí, aunque, en realidad, no…

Me escrutó perplejo. Y luego se rio.

—A ver, explícame eso…

Me reí también.

—Es una historia un poco larga. Mis antepasados nacieron aquí. Yo no.

—¿Dónde entonces?

—En Grecia.

—Oh. —Se le acentuó cierta luz en la cara. La noticia le alegró—. Así que una chica del este también. Casi vecinos, tú y yo. —Y nos englobó en el mismo ademán.

—Sí, eso… —le concedí, encogiendo los hombros con inesperado pudor; deseando de pronto volverme chiquitita, al más puro estilo de Alicia en el País de las Maravillas, hasta desaparecer.

—¿Y qué haces aquí? Si no te molesta que yo preguntarte…

—No… no me molesta. —Y de repente me acometió un impulso malvado, como revancha tal vez por la sensación que acababa de embargarme—. Te lo contaré si denuncias…

—Eso no…

—Si te lo piensas al menos —negocié.

Pareció exasperarse al principio, pero enseguida mi bobalicona terquedad lo ablandó. Una chispa divertida le bailoteó en las pupilas.

—Bueno, pensaré, pero no te hagas muchas ilusiones. De todos modos, podemos charlar cuando tú quieres, mmm… —Y una carcajada le interrumpió de improviso la frase.

Le interrogué con la mirada.

—Disculpa, pero aunque todo este tiempo hablando, no sé tu nombre, disculpa…

—¡Ah! —sofoqué la exclamación y sucedió: me atraganté con mi propia risa—. No pasa nada —lo tranquilicé, mientras lagrimeaba, tosía, y luchaba por no ahogarme. Ya para rematar, me ruboricé. Vamos, como lo habría definido Noelia, «un puto cuadro»—. Se me habrá olvidado mencionarlo, qué desastre… Rebeca. Me llamo Rebeca.

Le adelanté la mano, pero de inmediato caí en la cuenta de que se trataba de un gesto estúpido, habida cuenta del rato que habíamos estado de conversación, como él mismo había señalado. De modo que me apresuré a retirarla, justo cuando Velkan ya se recobraba de la sorpresa inicial y, complacido con el juego de una presentación tardía, alargaba la suya. Se le quedó inútil y ridícula, colgando en el aire. Volvíamos al punto de partida: una situación embarazosa. Yo ya no sabía dónde esconderme. Y, sin embargo, a él parecía hacerle mucha gracia.

—¿Estás bien? —me preguntó amablemente.

—Sí, sí —aseguré. Y vi que se me abrían las puertas del cielo con una oportunidad de escapar de allí por piernas—. Pero tú no. Tú tienes un chichón considerable en la cabeza. Tú tienes que descansar, y yo aquí, de cháchara, impidiéndotelo. Perdona…

—No preocupes…

—No, no, claro que me preocupo. Lo que faltaba. Que empeores por mi culpa. Ya me marcho. Ya hablamos en otro momento. Si total, vivo aquí…

—Ah, ¿sí? ¿De verdad?

—De verdad. De verdad de la buena. Sin ir más lejos, en la planta de abajo.

—¡Oh! ¿En serio? Qué bien.

—Sí, sí. Fantástico. Así que, ale, hasta la próxima, Velkan. Que descanses.

—Gracias. Hasta la vista… Rebeca.

Y se despidió con sonrisa escueta pero ojos risueños, prendiéndose dos dedos en la frente magullada, sobre la venda blanca. Cerré con cuidado, en un estado un tanto calamitoso. Para cuando abandoné el cuarto, la cabeza me zumbaba y me ardía. Cualquiera habría jurado que el botellazo me lo había llevado yo.

—¿Os habéis llevado vos la botella?

—Sí, sí, aquí está, pensaba que la estudiaríais fuera, con más luz... —Y Vida entra presurosa en la estancia y se la tiende a su maestro, Abraham ben Adret.

El médico toma el recipiente entre sus manos venosas y lo sopesa, escudriñando su interior al trasluz, a través del vidrio verde, al que, a continuación, mediante un repiqueteo de las uñas, arranca un sonido argénteo, cuya aguda musicalidad se suspende durante unos instantes en el aire, colmándolo de una nota sostenida. La discípula lo observa en completo silencio, con suma atención. Los movimientos del sabio se desenvuelven con precisión, suaves y taxativos a un tiempo. Al fin, ella no logra reprimir la impaciencia:

—¿Es puro?

Él aparta la mirada del cristal y la dirige, indulgente, hacia la juventud ansiosa:

—Eso parece.

A Vida se le escapa una sonrisa irrefrenable:

—¿Entonces...? ¿Iremos hoy a cogerla?

—Sí, si no llueve.

—En ese caso sí, porque no creo que...

La muchacha lo enuncia en voz alta para espantar al gafe. Cualquier contratiempo, incluso unas gotas de lluvia, supondrían un chasco enorme para ella. Lleva días esperando ese momento, desde que unas semanas atrás acudió un paciente diciendo que no distinguía bien las formas, que el mundo se estaba convirtiendo para él, a marchas forzadas, en un borrón. El hombre, aunque de edad avanzada, lo contaba con una puntita de lágrimas en esos ojos opacos, a los que, cruel paradoja, solo les alcanzaba para ver que se apagaban.

—Yo, que he presumido de vista de águila toda mi vida… Cuando trabajaba en las heredades, podía cazar hasta una triste lagartija que asomara la cabecica a leguas y leguas de distancia, no se me perdía ni una aguja en un pajar… y en cambio ahora, quedarme ciego… ¿Cómo es posible? Jamás pensé que a mí me fuera a tocar una cosa así. Casi ni os veo la cara, y eso que estáis sentado bien cerca… ¿Podréis hacer algo? —Y el anciano había buscado a tientas las manos de Ben Adret en un ruego compulsivo, desesperado.

Vida ya ha tenido oportunidad de oír y presenciar esa misma súplica unas cuantas veces durante los meses que lleva bajo la tutela del físico. Brota de las más diversas gargantas, destilada al calor de los males más dispares, algunos de halagüeño pronóstico, otros graves, quizás fatales, pero siempre resuena con un timbre idéntico. Inigualable. El del miedo, el del sudor frío, el del temblor, el del precipicio que se abre bajo los pies, el del juramento de que «daría todo lo que poseo y también lo que no con tal de que el destino, a través de vos, doctor, me concediera un día de prórroga, qué digo un día, me conformo con unas horas más de salud, de encontrarme bien, de que el cuerpo me responda, de que nada cambie ni se tambalee. De seguir creyendo que viviré eternamente».

En esa ocasión, el sanador se había levantado, había palpado con cuidado los párpados del viejo, había interrogado a las pupilas.

—Lo intentaré, pero no os voy a engañar. Los años no suelen mostrarse benevolentes con los ojos. A medida que transcurren, los van llenando de oscuridad.

El enfermo había exhalado una risa áspera.

—Para que nos vayamos acostumbrando a la muerte, ¿verdad?

Y Ben Adret le había dedicado una sonrisa compasiva.

—Aun así, haré cuanto esté en mi mano. Os lo prometo.

Apenas el paciente se marchó, Vida había querido abrirle todas las ventanas a la esperanza.

—A él no se lo habéis dicho para que no se forje demasiadas ilusiones, por si acaso, por si algo falla, ¿no? Pero seréis capaz de curarlo, ¿a que sí?

—¿Y qué os inclina a esa opinión tan optimista? —la cortó con voz pausada, pero enarcando las cejas. Debajo, los ojos avellana y acuosos la arrinconaron.

—Bueno... —Aquella mirada objetora consiguió que titubeara; sin embargo, el argumento inapelable estaba ahí—. ¡Que la vista es vuestra especialidad! ¡Si se la devolvisteis al rey Juan! ¡Al rey!

Aquella historia cautivó a Vida en cuanto se enteró. Resultaba que Abraham ben Adret había contribuido a que el monarca se salvara de la ceguera. Que hubiese tratado a un paciente tan ilustre, y que encima hubiera puesto remedio a su mal, había suscitado en la joven un inenarrable orgullo por el socio de su padre. En realidad, había sido su colega Cresques Abnarrabí quien, mediante una operación de cataratas, había rescatado a Juan II de esas tinieblas en las que llevaba sumido siete años.

Ben Adret y él se habían conocido cuando Abnarrabí recaló junto a sus hermanos en Zaragoza, tras abandonar su Lérida natal debido a las restricciones que se impusieron en la ciudad a la población judía; entre ellas, la prohibición de que un médico de esta fe se encargase de las dolencias de un cristiano. Aprovechando la favorable circunstancia de que la capital del reino de Aragón resultaba más permisiva a este respecto, comenzó en ella los estudios de Medicina. En las clases, coincidió con Ben Adret, quien, por aquel entonces, también vivía allí, y los dos entablaron una estrecha amistad, que se prolongó más allá de su periodo formativo, e incluso más tarde, cuando las medidas en la tierra del ilerdense se relajaron y este decidió mudarse a Cervera primero y regresar después a su lugar de origen.

Pese a la distancia, mantuvieron un contacto asiduo, y un buen día de 1468, Ben Adret recibió una misiva de su amigo en la que le comunicaba que Su Majestad había solicitado sus servicios oftalmológicos, campo en el que se había labrado un gran prestigio. Por un lado, el buen hombre se encontraba pletórico porque lo hubiesen reconocido con tan insigne cometido, pero, por otro, muy abrumado. La confianza que habían depositado sobre sus hombros era directamente proporcional a la responsabilidad que le endosaban. La visión de un rey se hallaba en sus manos, de un modo literal. La corte al completo lo sometería a un escrutinio inaguantable, y cualquier error por su parte se utilizaría como un venablo contra la comunidad judía; demasiado bien lo presentía. La presión lo estaba matando.

En consecuencia, y aunque se había guardado las espaldas hasta el punto de operar a dos varones de características similares a las del monarca y aquejados de la misma patología —los cuales, felizmente, habían recuperado la vista—, no quería dejar ningún cabo suelto ni ninguna puerta sin tocar. Por eso, consultaba a su estimado amigo, cuyo criterio valoraba en extremo. El manejo de la aguja con la que habría de derribar la catarata no le planteaba mayores problemas; en ese terreno, creía haber adquirido una destreza y una soltura notables. Más dudas le surgían, por el contrario, en torno a la fecha en la que debía celebrarse la cirugía, una elección, como ambos sabían, de colosal trascendencia y que comprometía el propio resultado de la intervención.

En desvelar los secretos de las estrellas, Ben Adret siempre se había demostrado más avispado y ducho que él, no tenía empacho en admitirlo, y por eso, desde el fondo de su corazón, en el trance más crítico de su carrera y amparándose en el antiguo afecto que los unía, solicitaba su ayuda para que interrogase a sus mapas y cartas astrales en busca de la ocasión idónea. Él haría otro tanto por su cuenta, y le rogaba que, en cuanto obtuviera alguna conclusión, se la trasladara, con la esperanza de que ambos diagnósticos concordasen.

El alpartagueño no había vacilado en prestar a su camarada el auxilio que le pedía y de inmediato se había arrojado a la tarea, volcando todos sus conocimientos en la pesquisa de determinar el momento exacto en el que el firmamento remaría a favor de los dedos de Abnarrabí y de los ojos del monarca. En efecto, gran parte de la labor y aun del éxito de un físico residía en su capacidad de desentrañar los designios encerrados en las posiciones y en la danza de las estrellas, que, ya desde el nacimiento, regían el cuerpo, el carácter y la suerte de los hombres. No importaba que algunos seguidores acérrimos de Maimónides, más de dos siglos después de que este difundiera sus enseñanzas basadas en el aristotelismo, continuaran poniendo en solfa esta ciencia y tildando de tontos a quienes la practicaban. A Ben Adret, más de uno y más de dos lo habían llamado en el pasado «estrellero» con tono peyorativo y ganas de ofender. En verdad se la había traído al pairo, ya que atesoraba la firme convicción de que todo en el universo se hallaba conectado de una forma críptica, lo que no impedía que, a veces, el misterio se entreabriese fugazmente, igual que un desgarrón en la tela, para permitir leer, a quienes se encontraran dispuestos, algunos fragmentos de la trama que se escondía detrás. Por eso siempre había defendido con ardor que no debía despreciarse ningún medio que sumara en la curación del enfermo, y en semejante tesitura no iba a ser menos. Bien pronto envió una carta a Lérida. Una carta que contenía una fecha: 11 de septiembre. Lo había visto con una claridad inusitada en el ángulo de Júpiter y en la trayectoria de Mercurio.

Casi a vuelta de mensajero, le llegó una contestación exultante de Abnarrabí, quien se felicitaba por haber deducido exactamente lo mismo. Signos tan clamorosos no comparecían a menudo, de manera que no había más que hablar. El 11 de septiembre sería. Y así fue. Y para más señas, un triunfo indiscutible. El cirujano liberó el ojo derecho del monarca de la cáscara que lo obstruía y la luz logró penetrar e instalarse allí de nuevo como ama y señora. «El rey lloró de emoción al reencontrarse con ella después de tan larga ausencia», refería el artífice de la proeza en su siguiente carta a Ben Adret, en la que también consignaba la cara mala de aquella alegría (el reverso oscuro que toda moneda tiene en esta vida, por muy brillante que la acuñen). La inevitable consecuencia de aquella victoria fue que Juan II quiso que se repitiera en su ojo izquierdo.

Abnarrabí en un principio había expuesto sus reticencias. No le entusiasmaba la perspectiva de tentar demasiado a la fortuna, que tan bien se había portado. Le inquietaba que su segundo trabajo desmereciese al primero. Por eso, intentó convencer al regio paciente de lo innecesario de arriesgarse a otra operación, de por sí complicada, sobre todo cuando haber recobrado ya sus facultades en un ojo lo habilitaba para enfrentarse al mundo con plenas garantías. Pero la cabeza del reino de Aragón era dura como el pedernal (lo contrario habría resultado contra natura tratándose de ese pueblo testarudo) y no consintió un «no» por respuesta. Así que el oftalmólogo se resignó a inquirir a los astros una vez más. Lo que le susurró su conjunción lo dejó desolado. El siguiente momento propicio para desbrozar el ojo no llegaría hasta dentro de doce años. En parte aliviado por tan infausta noticia (que seguro desalentaría al soberano tozudo), se lo notificó. Ja. En balde. Ni desistía de su propósito ni iba a esperar tanto. ¿Estamos locos, o qué? Ya podía ir engatusando a sus amigotas las constelaciones para que le soplaran una fecha alternativa. Y rapidito.

Por tanto, la demanda de su colega vino en aquella ocasión expresada en términos mucho más acuciantes y nerviosos. «Por favor, Abraham, os lo imploro: encontrad un día y, a ser posible, en el plazo de la próxima década». Ben Adret cumplió con creces: se lo encontró en el mes entrante. El 12 de octubre. Tres horas y media después del mediodía. La intervención se fijó para entonces. Y el logro anterior se replicó. Juan II volvía a contar con dos cristalinos transparentes y expeditos que le restauraron la lumbre y el color. En verdad, parecía cosa de milagro lo que había obrado el médico hebreo. Tanto, y de tal magnitud, que no hubo más opción que atribuírselo a santa Engracia. Incluso se mandó construir un monasterio jerónimo en su sacro nombre. Eso sí, la reputación de Abnarrabí quedó con el pabellón bien alto, y él, en deuda por el resto de su vida con su viejo amigo de Alpartazgo.

Toda esta hazaña con tintes épicos ronda ahora por la memoria de Vida, cuando camina con su maestro a buen paso hacia el cementerio judío del pueblo. Ya han salido por la puerta del Callizo y bordean la muralla, antes de emprender la subida por la ladera del cerro. Ella se siente contenta mientras la brisa se estrella en sus mejillas, arreboladas por el ejercicio. Ha imprimido a sus piernas una marcha marcial que las vuelve vigorosas y elásticas. Percibe la humedad de la hierba bajo las suelas, espesada por la tarde que ya declina. Además de dichosa, se siente distinta desde que inició su adiestramiento con Ben Adret. Se siente útil. Se siente importante andando allá hacia el cementerio. Por primera vez, su vida parece estar dotada de un significado, de un tiempo en sus cabales, y no de ese desquiciado y errático que la consumía de ansiedad. Las horas ya no discurren en balde, abocadas a escurrirse por un sumidero que acostumbraba a tragárselas sin concederles siquiera el beneficio de la huella. Esa futilidad la estaba despedazando.

En cambio ahora le agrada encontrarse en su pellejo. Incluso le han amainado los granos de la frente. Y se le ha alisado el carácter. Con doña Oro no se pasa el día entero zarpa la greña. Trata de mostrarse afectuosa con Dulce, la novia de su hermano, no porque le caiga especialmente bien (demasiado bovina para su gusto, justo el atributo que, intuye, lo ha enamorado a él: carácter abúlico y manso, pestañas largas, ojos plácidos y grandes, tetas enormes), sino por congraciarse con Juce. En cuanto a su padre, cierto es que, cuando le participó sus intenciones, puso el grito en el cielo. Se lo prohibió en redondo. «¿Que tú vas a hacer qué?». Ella le prometió de rodillas que no descuidaría sus faenas en la tabla y que seguiría ayudando en las casas a las que acudía esporádicamente para ganarse un jornal. «Solo le dedicaré mis ratos libres, os lo juro. Ni lo vais a notar, porque no voy a abandonar ninguna de mis tareas actuales, de verdad». La había mirado de través. «He dicho que no». Su madre había echado más romeros al fuego. «¿Qué necesidad tienes tú de aprender nada de todo eso? ¿Qué ínfulas te han entrado? ¿Acaso te has vuelto loca de remate? Pues estaríamos buenos, que ahora no te despegases de ese hombre...». «No es "ese hombre"», había rebatido ella, «sino el socio de padre».

Y ahí había dado en el clavo. Ahí descansaba la baza que podía jugar. Cuando Vida llevaba más de una semana sin aparecer por su casa, Ben Adret preguntó si ocurría algo que hubiese motivado la deserción de su joven pupila. Mosé, nervioso, exhibió sus reparos. «No queremos que os moleste, Abraham. Si me hubiese enterado de lo que pretendía esa tunanta, la habría atado a la pata de la cama antes de que os importunase, pero lo hizo todo por su cuenta y riesgo, sin avisar a nadie». El médico había negado que lo importunase en modo alguno. «Posee unas cualidades muy desarrolladas, e inusuales en una chica, encima de su edad... Una especie de instinto... Ya lo visteis aquel día en la carnicería, cómo se las ingenió para cortarle la hemorragia a Juce. Sería una pena desperdiciarlo, máxime cuando a mí no me vendría mal un auxiliar». Mosé se había resistido con un último silencio áspero que no le sirvió de nada ante los ojos acuosos de Ben Adret, quien lo seguía mirando, obligándolo a decantarse por una respuesta explícita. A fin de cuentas, se trataba de su financiador. Y el dinero mandaba. De manera que tuvo que tallarse una sonrisa a machetazos y concluir: «Demostráis una generosidad infinita, Abraham».

Cuando la melancólica Vida supo la buena nueva, se puso a bailar sobre una pierna. No halló las palabras para agradecerle a su mentor que la hubiese reclamado. Que no lo dejase correr. Y que, a partir de entonces, le enseñase a suturar heridas, recomponer huesos y el nombre de las hierbas que aquietaban el estómago y aletargaban los dolores de cabeza. Con cada conocimiento que adquiría, la

144

muchacha se revestía de una capa más que la hacía sentirse protegida y dueña del mundo. Ese que, hace bien poco, solo dolía.

Ahora, rumbo al camposanto, ninguno de los dos pronuncia palabra tampoco. No hace falta. Ben Adret ya le ha explicado antes con pelos y señales qué se proponen. Vida está acostumbrada a que se abstraiga con frecuencia en sus ideas, con cierto aire taciturno, y no le importa. Por lo demás, se trata de un hombre que comparte con ella sus ingentes conocimientos sin ninguna reserva, se los enseña con paciencia afable, jamás se ensoberbece ni la trata con condescendencia. Cuando acierta, la premia con una sonrisa afectuosa, y cuando se equivoca, le quita hierro: «Es natural. No teníais por qué saberlo». Hace poco, tras observar cómo drenaba el pus de un forúnculo, sin que a ella le temblara el pulso ni al enfermo le doliera, le dijo luego: «Sois especial. Poseéis un don. Si perseveráis, seréis capaz de grandes cosas en el campo de la medicina. Me alegra mucho que lo estéis aprendiendo a mi lado. Y poder guiaros». A la muchacha, al oírlo, le latió el corazón más fuerte que nunca; se le agolpó el orgullo en el pecho. La plenitud. La felicidad.

Una vez en el cementerio, después de transponer el murete de piedra que lo acota, se internan entre las lápidas, todas orientadas al este, a Jerusalén. A Vida la recorre un escalofrío. A raíz de asistir al médico en su labor, lidia con la muerte todos los días. Ha pasado de ser solo una palabra, demasiado desdibujada para su juventud (esas cosas que les acontecen a otros), a convertirse en una realidad quejosa, purulenta, febril, que esputa, que tose, que sangra. Y presenciarla allí, cuando ya te ha pillado, cuando no hay nada que hacer para cortarle el paso, la sobrecoge. Sí, la muerte convive con nosotros todos los días, aunque solo uno se quede a pasar toda la noche. Sin proponérselo, le da por pensar en todos los que han muerto desde el principio de la creación. Y cae en la cuenta de que constituyen una apabullante mayoría. Que ese trocito de tiempo tan cotidiano que se extiende ante ella, encajado entre el ayer y el mañana como lo único posible, a tantos y a tantos, para los que también fue una pertenencia de pleno derecho, ya se lo arrebataron, ya se les acabó. Que la excepción es estar vivo.

Entre tanto, Ben Adret ha encontrado lo que buscaba. Una tumba en la que no hay lápida, ya que todavía no ha transcurrido un año desde el enterramiento del difunto. Lo atestigua la sencilla y transitoria plancha de madera en la que han grabado con tosquedad una fecha, acaecida no hace ni tres meses, y un nombre: Symuel ben Yishaq.

—Lo conocí, no pude hacer nada por salvarlo, y era exactamente lo que necesitamos: un hombre justo —proclama el galeno.

Y a continuación, extrae de entre sus ropas la botella de cristal puro, se prosterna y la llena con un puñado de la tierra aún removida de la fosa. Los granos oscuros, sueltos y de un olor penetrante que te asedia al fondo de la nariz, se van precipitando por el cuello del recipiente como un alud hipnótico. Vida los observa derramarse con parsimonia incesante, hasta que la botella se colma. Satisfecho, su maestro la tapona y se incorpora. «Ya estaría». Acometen el camino de vuelta.

—¿Eso le devolverá la vista?

—No se sabe. Pero hay que probarlo.

Así que ese se adscribe a la clase de remedios a los que Vida llama «blandos». En los meses junto a Ben Adret, le ha cundido para formarse una clasificación muy particular, basada en la efectividad del tratamiento. Según sus comprobaciones, existen algunos que, si se administran bien, restablecen indefectiblemente al enfermo. Por ejemplo, al que se ha quebrado un hueso, si se le recoloca de una manera concreta y guarda reposo, puede jurarse que suelda y, a no mucho tardar, verás al descalabrado bailar, nadar o montar a caballo casi con el mismo garbo que antes. O la herida abierta, si la limpias con cuidado y la coses con una determinada técnica, cierra en paz y un día no será más que una cicatriz tatuada en la piel que se rasgó.

Pero hay otros que siempre te dejan en ascuas. Los aplicas a ciegas, reiterando los pasos que, en algún momento, alguien marcó, y que yacen entre las páginas de esos mamotretos tan vetustos como valiosos de los que Ben Adret posee una copia y que nunca se cansa de escudriñar: el *Picatrix*, o la *Clavicula Salomonis*. Pese a toda la ciencia que encierran los tomos, en cuanto acatas sus instrucciones, no te resta más que encomendarte a la buena ventura para que vuelquen la balanza en un sentido o en el contrario. A veces, deparan un felicísimo desenlace. Otras, no evitan el ataúd. Por ejemplo, adherir sanguijuelas en la epidermis de los que arden de fiebre. O cubrir a los que deliran con trocitos de pergamino depositarios de plegarias. O medir con una cinta el cuerpo de los que han perdido el apetito y se extinguen a ojos vista, a fin de averiguar en qué órgano bulle el mal y ponerle cerco. O leer las líneas de la mano para anticipar si el paciente contraerá la lepra. O hervir mandrágora para redimir con su infusión a quien ha mordido una serpiente o a aquellos que padecen gota.

«Pero entonces, todas esas cosas ¿surten efecto o no?», le han preguntado con impaciencia y desorientados tanto David como Leonor cuando se lo describe con lujo de detalles en los momentos que saca para estar con ellos. Ellos, que se enfurruñan y se le quejan de que cada vez se prodiga menos.

—Qué cara sois de ver.

—Os habéis olvidado de nosotros. —Un puchero—. ¿A que sí, David?

Vida, ante estas recriminaciones, se subleva con facilidad.

—Eso no es verdad. Vengo siempre que puedo, pero, entendedme, me he comprometido con Ben Adret, tengo que responderle y rendir. Además, tampoco pasa nada porque yo no esté, ¿no? Vos os podéis continuar viendo igual. ¿Qué problema hay?

Y Leo y David se salen por la tangente, apartan la mirada y remolonean a la hora de confesarle que no sienten ni el más mínimo interés en encontrarse por su cuenta y riesgo, al margen de ella. Que, de hecho, no lo hacen. Que David, en lugar de eso, se junta con sus compañeros de la sinagoga, con los que juega a las cartas, también al tejo, y bebe licor de moras. Y que Leo pasa cada vez más tiempo sola. Si no protesta más alto por ese abandono, se debe exclusivamente a que es consciente de que Vida está más contenta que nunca.

Pero con todo lo lista que es, ¿cómo no se percata de que se trata de su único nexo? A medida que aprende más y más, entre ella y sus amigos se ha ido creando una costra de hielo, pero aun así ellos se acercan y posan el dedo, en la esperanza de derretirlo y traspasarla, y tocar lo que se parapeta detrás. Sin embargo, bien pronto se les laceran las yemas ante el contacto y tienen que retirarlas, irritados. El frío no se aguanta mucho rato.

Así pues, a sus frecuentes interrogantes respecto a las panaceas «blandas», Vida contesta que no se puede confiar plenamente en ellas, porque se les desprenden derroteros de curación inciertos y, sin embargo, han de intentarse. ¿Cómo atreverse a desecharlas, si quizás suponen la minúscula diferencia entre quedarse a este lado de la tierra o irse derechito hacia el que se abre debajo? La explicación, invariablemente, decepciona a los profanos, pero no lo dicen. Su amiga lo defiende con demasiado convencimiento como para argüir nada.

Y por eso, porque hay que intentarlo, dos jornadas después de la escapada al cementerio, con la luna creciente (indispensable que suceda en esa fase), Ben Adret empapará los ojos enmudecidos del anciano con una solución de manzanilla tibia. «Para reducir la inflamación», indicará a su joven ayudante, que absorberá los pasos de la operación con avidez y auténtica devoción. Y, acto seguido, colocará encima, con suma delicadeza, unos emplastos confeccionados con el remedio: la tierra cogida en la sepultura de un hombre justo. Al notar la maniobra y las pastillas de barro endurecido sobre los párpados, el viejo tragará saliva. Al cabo de media hora, el médico las retirará, emitirá un suspiro y concluirá: «Aquí ya no se puede hacer más». Vida cruzará los dedos.

Y allí donde un rey había sanado, el labriego con vista de águila se quedará ciego.

* * *

El niño se balancea de atrás adelante, con una cadencia pausada y peculiar. Si se lo contempla el rato suficiente, marea. Pero Vida no lo rehúye. No puede. Ha tomado al pequeño Samuel como una responsabilidad enteramente suya. Los ojitos mongólicos y vacuos como pozos negros, la rosada boca que saliva sin control entre balbuceos alienantes, los miembros enclenques y retorcidos, que en lugar de expandirse al mundo, han crecido sobre sí mismos, en una retracción hacia ninguna parte. Vida lo cuida. Vida lo lava. Vida le canta en arrullos. Vida pronuncia palabras abriendo la boca con desmesura, por ver si un buen día él las capta y las replica igual que un espejo. Vida lo pasea y lo pone al sol, a su indefenso caracol.

Hace ya mucho tiempo que se plantó delante de Ceti (una Ceti envejecida, privada de alegría, a la que cada vez le pesa más ocuparse de la carga) y le dijo que quería ayudarla, que ella se encargaba. La determinación de una y la paupérrima energía de la otra confluyeron en aquel apaño, en el que la muchacha, unas cuantas veces por semana, acude a la casa del zapatero remendón y ampara a Samuel bajo sus alas.

—Pero ¿por qué no se lo cobras? —la vitupera doña Oro, rabiando por esos prontos incomprensibles que asaltan a su todavía más incomprensible hija.

—A ellos no, madre. Ya trabajo en todo lo que vos me ordenáis, pero a ellos no les pienso cobrar —se obstina, ganándose en esa su obstinación el epíteto de «valiente majadera».

Los minutos que transcurrían en compañía del niño absorto parecían elongados, dilatados como la goma, porque, aburrimiento aparte, le hacían daño. Pero, a la par, la callada observación de esa criatura le despertaba a Vida una ternura infinita, de una hondura abisal. Le cogía los deditos y se los estiraba, le administraba friegas y le acariciaba el pelo, que resbalaba igual que una seda muy fina. Durante esos ratos reconcentrados, de sentimientos en densa amalgama, había parido una idea.

—Le voy a pedir a Ben Adret que me enseñe todo sobre traer niños al mundo. Cualquier cosa, desde lo más básico a los partos más difíciles. Si él desconoce algo, que me indique cómo averiguarlo, dónde, de quién. Quiero aprenderlo. Porque voy a dedicarme a eso. No voy a hacer otra cosa en mi vida. Lo he decidido.

Vida tiene casi catorce años y esa certidumbre, que se ha vuelto inamovible. Y que les refiere, cómo no, a Leonor de Lanuza y a David Azamel. Quienes, como de costumbre, le preguntan por qué.

—No sé, he estado pensando, y hay tantas mujeres que pierden la vida al dársela a sus hijos que… Me parece tan injusto que, si pudiera ayudarlas de alguna manera, a las que no se encuentran muy fuertes, o son demasiado mayores o… Y luego hay niños que también mueren mientras intentan nacer, o hay complicaciones y… Me gustaría evitarlo para… porque me sentiría más tranquila, más…

—Lo vais a hacer para reparar lo de Samuel.

Leo le clava los ojos y le aborta las explicaciones deslavazadas, los tartamudeos. A Vida se le congela la palabra. Maldice para sus adentros que la conozca tan sin tapujos, tan bien. Y a la vez, nota que se le hunde en mitad del estómago un reconfortante puño caliente. El de sentirse descubierta. El de que alguien sepa verla hasta la entraña. Y que no quepan subterfugios.

—¿Qué es lo de Samuel? —David ha alzado la cabeza con viveza y, alternativamente, interroga a las muchachas con la mirada.

Leo se muerde los labios.

—Nada, nada.

Él frunce el ceño.

—Conque secretitos… muy bien.

Vida sacude la cabeza y suspira.

—David está al corriente, Leo.

A ella, se le cuajan los ojos.

—¿Ah, sí?

—¿Al corriente de qué? —se desorienta él—. No tengo ni la más remota idea de lo que estáis hablando.

—De que me pillasteis cogiendo la cebada en casa de Solomon, en la fiesta de las fadas de Samuel. Cogerla, robarla, como prefiráis llamarlo… Y ya se ha visto qué ocurrió después, cómo ha crecido ese niño… A eso se refiere Leo, a que nunca he podido quitarme de la cabeza que, tal vez…

—¿Que vos seáis culpable de…? ¿Por un grano de cebada? ¡Menuda paparrucha! —David la contempla atónito, sus labios carnosos se arrugan en un mohín despectivo. Ella hunde la cerviz entre los hombros.

Entre tanto, la mente de Leonor trabaja al límite. Tira del hilo que se ha desprendido del ovillo, de la cola de la lagartija que reposa quieta y visible para quien desee atraparla. Ata cabos. Completa la urdimbre a partir de los retales, de los visos fragmentarios. Y al fin se le revela el dibujo que, durante todo ese tiempo, ha escondido el tapiz. Una sospecha le atraviesa la boca:

—Y eso, que David estuviera al corriente de que cogisteis la cebada, ¿no estará relacionado, por casualidad, con que, de repente, comenzarais a venir juntos? Porque, si no recuerdo mal, coincidió por la misma época…

Se crea un silencio espeso como la melaza. Punzante. Alguien ha de cortarlo si no quieren ahogarse.

—Bueno… —titubea en esta ocasión David, con unas pupilas agazapadas—. Me apetecía hacerme amigo suyo, y ella no se encontraba muy por la labor, de modo que, esto… digamos que… ejem, que la chantajeé un poco. Con denunciarla si no…

Leonor salta de indignación.

—¡Pero eso es despreciable! —Trepana a David con la mirada fiera, como una Medusa. Y se vuelve hacia Vida airada—. Y vos, ¿cómo consentisteis que…?

La joven chasquea la lengua.

—Dejadlo, Leo. Sucedió hace ya mucho tiempo, éramos unos críos. Yo no se lo puse fácil y él recurrió a la primera estratagema que se le pasó por la imaginación, pero, eso sí, guiado por las mejores intenciones. —Su amiga bufa, pero ella no se arredra y continúa—: De hecho, me alegro de que lo hiciera —Al escucharlo, David yergue la cabeza que había enterrado entre las ascuas de la vergüenza, se le hinchan las aletas de la nariz y el pecho—, porque, en resumen, todo terminó bien, ¿no? Nos hemos convertido en grandes amigos, que es lo que importa.

Y tras esta sentencia, Leonor se tiene que guardar las piedras incandescentes debajo de la lengua. Aun así, los tres se han sumido en la incomodidad, y para tratar de destensar el nudo que se ha liado en un instante, opta por picotear al muchacho, con una invectiva que se esfuerza por sonar jovial:

—De modo que, por aquella triquiñuela, os hemos tenido que aguantar ya va para cuatro años. Sois un pillastre redomado, Azamel.

Él esboza una sonrisa.

—Es curioso que lo mencionéis, porque el caso es que, entre vosotras, siempre me he sentido entre iguales. ¿O creéis que mi pillería y yo hemos desentonado en algún momento, Lanuza?

La interpelada achina los ojos con sorna y le saca la lengua. Vida los pone en blanco.

—Vaya par. En el fondo, estáis hechos el uno para el otro. —Los aguijonea.

Y engallados, le entran al trapo.

—¡Lo dudo mucho!

—¡Permitidme discrepar…!

—Bueno, bueno, fieras —los apacigua sin abandonar la sonrisa guasona—. Que todavía no ha llegado la hora de merendar. No se trataba más que de un comentario.

Leo se percata de cuánto se está divirtiendo a su costa la muy marrana, de manera que decide cortarle el juego a la voz de ya.

—En fin, a lo que íbamos, antes de que comenzarais a soltar sandeces como castillos de grandes… Que pretendéis convertiros en la partera más habilidosa de todo Aragón.

—Lo voy a intentar… a ver qué me responde Ben Adret.

—Si lo tenéis comiendo en la palma de la mano, ¿no?

Vida inclina la frente con una humildad colorada. Y evoca con esponjoso placer sus palabras, esas que a menudo le repite con ojos

152

complacidos. «Tenéis un don. Un instinto. Si perseveráis, lograréis grandes cosas». Pero en voz alta se limita a decir:

—Me respeta y me aprecia, creo que sí.

—Entonces, no se opondrá. Es más, supongo que incluso le halagará que le pidáis que os enseñe eso en concreto. A fin de cuentas, demuestra interés y un voto de confianza, ¿no?

—Quizás… Otra cosa será que no disponga de tiempo, o que no posea mucha experiencia en ese terreno…

—Pero con lo sabio que es, ¿cómo no va a saber?

—Ya…

—¿Y os quedaréis más tranquila respecto a lo de Samuel?

—Opino que eso no debería torturaros. No fue más que una niñería —tercia David.

La joven recala en él la mirada, aunque le luce vacía, velada por una cortina transparente, a través de la que los pensamientos se le escapan muy lejos.

—Sí… supongo que sí. Que me quedaría más serena. Que sentiría que, al ayudar a alumbrar niños sanos, estaría devolviendo de alguna forma… En fin, que estaría equilibrando lo que rompí.

David resopla.

—No entiendo por qué os martirizáis con eso. Insisto. ¡Por un grano de cebada! Una tontería como un castillo de grande, que diría Leo…

La aludida apostilla: «Pero dejadla en paz, ¿qué más os da? Si a ella le sirve para tranquilizarse, entonces…», y entre tanto, Vida le clava los ojos y remacha:

—Sí, David, una tontería, puede ser. Un simple grano de cebada, cierto. Y, sin embargo, en su día os pareció lo suficientemente grave como para amenazarme con ello, ¿no?

Esa estocada no se la esperaba. Agacha la testuz. Leo se tapa la boca con el dorso de la mano para que no se le note la sonrisa. Él se remueve. Le han echado sal en punto desollado. Con voz ronca, se afana en firmar el armisticio.

153

—Bien, como veáis. De igual manera, resultará útil que os instruyáis en ese arte. Hace mucha falta. —E ignorante de qué oquedades le sale, lo escupe—: Por ejemplo, mi madre murió cuando yo nací. Bueno, ya os lo he contado alguna vez…

Vida asiente y troca la acidez de los ojos, con la que segundos antes lo ha atacado, por una tersura compasiva.

—Sí…

—A lo mejor, si se hubiese cruzado con alguien que supiera lo que hacía —prosigue él a borbotones—, aún estaría aquí.

Y entonces, una vocecilla de cristal, que titila entre las ramas del olivo:

—A la mía también le pasó.

Vida se gira. Desencajada por la sorpresa. Con una súbita y violenta piedad por su amiga que le encharca el pecho. Y se abalanza.

—Eso sí que no lo sabía. Nunca me habíais explicado cómo…

Leo, que está mirándose con David a bocajarro, los dos unidos de repente por unos lazos indisolubles y tácitos, la ataja con brusquedad:

—Pues ahora ya os halláis al tanto. Así que más os vale aprender a traer bebés al mundo como si fueran agua. ¿Estamos?

Ella la escruta y se lo concede.

—Pondré todo de mi parte, os lo prometo. —Un momento de pensativo silencio. Y una última y puñetera maldad, para que a sus amigos se les olvide la tristeza—. Leo, David, lo que yo decía. ¿No veis que sois tal para cual?

—Tal para cual. Así sois, sí, sí.

—¿Qué estás insinuando?

Noelia me apuntó con su doble de cerveza, ya raquítico de espuma.

—¿Qué insinuar ni qué insinuar, alma de cántaro? ¿Aún no te has dado cuenta de que en Alpartazgo no gastamos de ese verbo? Aquí al pan, pan, y al vino, vino. Y al que no le guste, que se vaya a paseo. Que te estoy diciendo que igual de cabezudos los dos. Que a ti, la ascendencia aragonesa se te nota aquí, que la tienes como las piedras —y se estampó el puño contra la frente—, que no necesitas ni partida de nacimiento para certificarlo, vaya; que te basta con liarte a argumentar en una discusión para que te salga por la boca la cabezonería de toda la ribera del Ebro. En cuanto a él... pues será rumano, pero has ido a encontrarte en lo de la terquedad con la horma de tu zapato, maja. Y si te ha dicho que no quiere, pues déjalo estar. No quiere y punto.

Pegué un sorbo a mi cerveza, mordiéndome la lengua. Consuelo se acercó a nosotras.

—¿Algo más, mozas?

Cuando la decapabas con la punta de la uña, emergía una señora bastante más afable que la de la primera impresión. Aunque tal vez influyera la debilidad que sentía por su sobrina. En cuanto a sus parroquianos, desde que me veían codearme con la Parra, habían pasado a considerarme una inocua integrante del paisanaje local.

—Nada, tía, gracias, de momento vamos bien.

Yo le sonreí como una chica bien educada y se alejó.

—Bueno, a lo que iba, Rebe. Que no le insistas más.

—Pero, Noe, es una injusticia lo que le hicieron. Tiene que denunciar. Si siempre nos quedamos callados, los abusones se salen con la suya y…

—Sí, sí, y los malos siempre ganan, ¿no? Escucha, menos lobos, Caperucita. A ti lo que te ocurre es que el tal Velkan te pone cachonda como una perra. Y ahí está todo el quid de la cuestión. Punto pelota.

Le lancé con los ojos una saeta de punta emponzoñada.

—Mira, yo ya, si empiezas con esas… me doy de baja en la conversación.

Le propiné un manotazo displicente a la servilleta de papel aceitosa en la que me había limpiado los dedos del empanado de las croquetas. Ella soltó una risotada.

—Oh, no, la pose digna, no, por favor. A mí no me engañas con ese rollo. ¿Qué justiciera ni qué ocho cuartos, Benveniste? Si al que le hubiesen partido la crisma fuese cualquiera de los otros dos, Ionel o Dragos, que son un par de señores barrigones y medio calvos, te la habría soplado bien fuerte. Pero como, casualmente, al que le han medido la cara la tiene bonita, pues hay que remover Roma con Santiago para que le reparen el agravio. ¿Por qué no lo admites y ya está?

Abandonando la pierna sobre el muslo, se repantingó alegremente en su silla, alzó los hombros, la cerveza y, de un trago, se la bebió. «¡Salud!».

La habría abofeteado. Pero porque tenía razón, claro. Me crucé de brazos y le aparté la mirada. En apenas unos segundos, sentí unos toquecitos que me punteaban el antebrazo gruñón.

—Eh, oye… Rebe. No te enfades. No dudo de la nobleza de tus intenciones. Te digo todo esto desde el cariño. Solo para que lo abordemos a las claras; porque no soporto las pedazo películas que nos

156

montamos en la cabeza para disfrazar las cosas de las que deseamos hablar en realidad, y menos cuando uno está entre amigos y hay confianza a la hora de llamar a las cosas por su nombre. Es liberador. Y no pasa absolutamente nada porque ese chico te guste. Pero si no te apetece contármelo, perfecto, no hay problema.

Y con un fugaz apretón conciliador, me oprimió el antebrazo que había estado toqueteando. Desanudé la cruz de los brazos.

—Vale. Pues me gusta.

No pudo contener una sonrisa ufana.

—Pues muy bien.

—Y preferiría pensar que habría intentado ayudarlo de todas formas, pero no descarto que en el empeño haya influido, como has dicho, su «cara bonita».

—Bueno, tratar de echarles un cable a los guapos es de lo más normal. La selección natural así lo ha querido. Todo se basa en tus ansias de reproducirte con el caballo ganador de la manada. De modo que, no te preocupes, hembra fértil. Eso no te convierte en peor persona.

La calibré con las pupilas entornadas.

—Eres Lucifer.

Esbozó en el aire una floritura divertida con los dedos, rematados por sus uñas granates.

—Pues desde mi satánica sabiduría te chivaré algo, una pista: tú te has emperrado tanto en que denuncie porque te gusta; pero si él al final te hace caso, será por lo mismo. Porque también le gustas. —Y de pronto adoptó un acento grandilocuente para proclamar—: El amor se manifiesta bien en la tozudez, bien en el ceder. Para más consejos prácticos sobre corazoncitos alborotados, contacte con el consultorio de Elena Francis. —Y golpeando la mesa con el índice, sentó cátedra.

No pude evitar reírme tras el vaso.

—Qué cuento. Pero lo tendré en cuenta. Muchas gracias, señorita… Francis.

De ahí mi mayúsculo asombro cuando, esa misma tarde, al volver al hostal, me tropecé con Velkan en el comedor y me interceptó para decirme, con timidez y, a la vez, con esa expresión circunspecta que tanto me reconfortaba:

—Hey, Rebeca, yo estar pensando en lo que tú me recomendaste… y pienso que sí. Que mejor denunciar. Esto… ¿me ayudarás, por favor? —me preguntó con los ojos muy abiertos y (así me lo pareció) vulnerables, inquietos.

—Claro —le contesté mientras tragaba saliva a duras penas.

Luego me explicaría que se había decidido porque por la mañana se le había saltado un punto de la herida y primero se había enfadado muchísimo, y después, había recapacitado.

—No tengo por qué estar con la frente rota por culpa de esa gente, ¿no?

Eso fue lo que alegó. Pero las palabras burlonas de la experta en corazones alborotados me estuvieron persiguiendo e ilusionando con un manojo de zanahorias atadas a un palo (cebo para burros) hasta que me metí en la cama.

Los policías se enrocaron, aunque no hubiese ninguna necesidad de personarse en el lugar de los hechos. Noelia despotricaba. «¿No les basta con nuestro testimonio de palabra? ¿De verdad hay que recrear la escena del crimen? Estos están *flipaos*, se pensarán que son los de CSI Alpartazgo… Cómo se nota que se aburren mogollón…».

Cuando Velkan acudió a interponer la denuncia, a lo cual lo acompañé, le tomaron declaración, él entregó el parte médico de lesiones y yo conté mi versión como testigo ocular. «¿Alguien más presenció la pelea?».

—Sí, Noelia Parra.

Entonces pidieron que testificáramos las dos y, a ser posible, sobre el terreno. Dudábamos mucho de que ese se tratara de un procedimiento habitual o proporcionado, dado que allí no había muerto nadie, pero ellos insistieron:

—Si no pueden identificar a los agresores a simple vista, habrá que comprobar si se quedó algo por ahí que nos pueda servir para localizarlos.

«Y ¿por qué no interrogan a mi tía? Ella los vio en el bar y se conoce a todo cristo… Los habrá fichado seguro, ¡con lo que es!».

Pues no, ya le habían preguntado y aseguraba que no tenía ni idea de quiénes eran, nunca los había visto rondando por ahí ni por el pueblo.

«En ese caso, ¿por qué tenemos que ir nosotras? Que rastreen los sabuesos todo lo que les apetezca, pero que no me enmarronen a mí…», se hacía cruces Noelia. Pues porque el área resultaba demasiado amplia y gracias a nuestra ayuda podrían acotarla y peinarla con mayor facilidad. En el fondo, la excursión me divertía. Compartía con las fuerzas del orden la percepción de que aquello, al menos, constituía una novedad. De manera que hacia allá nos encaminamos mi reticente amiga, las tres víctimas, un par de agentes y yo.

Al llegar, el equipo al completo nos dispusimos a coreografiar la secuencia del altercado. Velkan señaló el lugar exacto (más o menos) donde recordaba haber estado justo antes de que le atizaran y perder el conocimiento. En el intento de replicar con fidelidad rigurosa lo que había sucedido, se quedó quieto entre las matas donde poco después lo habíamos encontrado nosotras con la cabeza abierta y roja como una sandía de temporada. Resultaba ligeramente pueril verlo allí despatarrado, lo mismo que si se hallara en plena representación de una función escolar.

Ionel y Dragos, por su parte, simularon enzarzarse en una barahúnda en el centro de la pista de baile. Empezaron a danzar por el espacio, adoptando los ademanes furibundos de la reyerta. En cuanto a Noelia y a mí, mostramos a la autoridad el caminillo de tierra por el que habíamos circulado con el coche y, aproximadamente, a qué altura se nos habían atravesado los contendientes. Describimos que habíamos contado a cinco contra dos, que uno había salido volando contra la chapa del vehículo, pero que esta no había sufrido daños, y que él se había reincorporado a la refriega en un santiamén. Que Noe los había instado a que pararan y que, como no había surtido efecto, les había pitado con el claxon y amenazado con arrancar, lo único que, finalmente, logró que los atacantes se dispersaran.

Los polis atendían a las explicaciones muy concentrados. El paraje, no obstante, se presentaba desoladoramente mudo. Allí no parecía sobrevivir ningún indicio que arrojara luz sobre la identidad de la pandilla. Comenzó a volverse patente lo estéril de aquel teatro, como ya había pronosticado Noelia. Que, por cierto, ¿dónde se había metido? «¡Voy a ver si encuentro algo!», había dicho justo antes de evaporarse. Los promotores de la puesta en escena, para justificarla, estaban pidiendo al trío en cuestión que les refirieran todos los detalles físicos que hubiesen retenido y los anotaban en una libreta. Yo, percatándome de que sobraba, me dediqué a deambular por el decorado de polvo y cañas y a buscar a Noelia. La sorprendí acuclillada entre unos arbustos y sosteniendo un minúsculo objeto entre los dedos. Iba a exclamar: «¡Qué bien! ¡Has encontrado algo!», cuando ella me adivinó las intenciones, siseó para que me callara y rápidamente se introdujo el hallazgo en el bolsillo. Le lancé una mirada acusadora, reclamando una aclaración, pero permaneció impasible y, sin despegar los labios, se incorporó y volvió a la vista de todo el mundo con perfecta naturalidad. La seguí desconcertada.

—Bueno, agentes, ¿algo más por aquí? ¿Nos necesitan todavía o ya podemos retirarnos? —los interpeló risueña, frotándose las manos.

Ellos no se sintieron con fuerzas para continuar sosteniendo la pertinencia de aquello, así que la reunión se disolvió tan *in albis* como había empezado. No obstante, prometieron que investigarían más a fondo el asunto.

Cuando regresamos al hostal, antes de que los tres rumanos se encerraran en su habitación, ligeramente desengañados («¡Ánimo!, seguro que al final dan con alguna pista», los alenté), Velkan me llevó a un aparte cogiéndome del codo (y me estremecí bajo sus dedos

160

como si un témpano caliente navegara a la deriva por mi espina dorsal). Me buscó los ojos.

—Gracias, Rebeca.

—No pasa nada, Velkan. No hay de qué.

—No, sí, sí. Tú te has preocupado mucho y, aunque no descubrir nada, igualmente, tú, la mejor. Quería decírtelo.

Y lo culminó con una sonrisa agradecida. Hala. Y ahora, intenta que no se te derritan las canillas. En cuanto desapareció al otro lado de la puerta, y antes de que se me borrara la expresión de pánfila, oí un carraspeo a mi espalda. Noelia me observaba, apoyada contra la pared, con una cara de guasa que le llegaba al suelo.

—Chis, chis, tortolitos, ¡iros a un hotel! ¡Ahí va! Si ya estáis en uno...

No la dejé seguir. La agarré del brazo y la arrastré hasta el zaguán a empentones.

—No, no, no me líes con tus chanzas, que tú y yo tenemos que hablar.

—Au, qué borrica te pones. ¿Por qué me empujas?

Me cuadré ante ella.

—Bueno, porque me debes una explicación, ¿no? ¿Qué te has guardado antes en el bolsillo?

Una sonrisa malvada le curvó el rostro.

—Ah, eso... pues lamento comunicarte que, de momento, te vas a quedar en ascuas.

—¿¿Cómo??

—Pues sí, porque previamente tengo que averiguar unas cosillas al respecto.

—Pero ¿le estás ocultando pruebas a la Policía? ¿Te has vuelto loca de remate? ¿Ahora eres tú la que quiere jugar a CSI Alpartazgo o qué? Porque no me entero...

—Que no, pelma. Que no está relacionado con tu Velkan para nada, previsible por otra parte. De hecho, de estarlo, estaría más relacionado contigo, fíjate lo que te digo.

161

—¿¿Conmigo??

Ahí ya sí que me había descolocado por completo.

—En efecto.

—En ese caso, estoy en mi derecho. Venga, desembucha, ¿qué es? Persistió en su sonrisa de gato travieso.

—Pues… podría no ser nada… o podría ser una puta pasada. Ya te lo contaré.

—Contaré dos libras de agua, artemisa y hierba de Túnez, de cada una, once dracmas; aceite y laurel, de cada uno, cinco dracmas. Machacaré las hierbas y las coceré en agua hasta que mengüe a la mitad. La mujer debe recibir este sahumerio, a través del útero, con constancia, tres veces al día, durante... —tras haberlo recitado de carrerilla, Vida se muerde la lengua y guiña el ojo—. ¿Eran nueve días?

—Casi. Diez. Pero ¡muy bien! ¡Lo tenéis! —le replica Ben Adret con una sonrisa.

Ella se la devuelve con modestia.

—¿Y eso traerá las flores?

—Sí, y si la paciente es fuerte, ayudará darle durante la segunda noche un grano de opio.

La alumna frunce la frente para retener la información, la sisea para sus adentros. Y le asalta la duda.

—Abraham, ¿por qué es tan importante que una mujer menstrue? ¿Por qué hay que provocarlo si no llega por sí solo?

Él vuelve a sonreír.

—Sois insaciable. No os conformáis con saber qué hay que hacer, sino que también queréis descubrir por qué.

—Lo siento, no...

—No, no. No os disculpéis. Eso es lo que distingue precisamente al que de verdad tiene hambre de conocimientos. Ir a las causas de

163

las cosas... —La calibra en un silencio apreciativo—. Simplemente, nunca deja de sorprenderme lo inteligente que sois.

Ella se ruboriza, pero el maestro lo pasa por alto y prosigue:

—Pues hay que provocarlo, si la naturaleza no lo hace, para que se purguen los humores superfluos o corruptos que proceden de la alimentación y del exceso de humedad de las mujeres, incapaces de eliminarlos como los hombres, por falta de calor innato. La ausencia o la demasía de esta purga ocasiona afecciones bastante graves para la salud.

—Entiendo...

—También conviene usar un pesario, para arrastrar las flores con fuerza, que se limpie la matriz, se expulse de ella el aire, y que, así, la mujer quede embarazada.

—Un pesario, de acuerdo... Pero, un momento, habéis dicho que la enfermedad puede provenir de la ausencia, pero también del exceso de esta purga.

—En efecto, cuando el flujo menstrual sobrepasa la normalidad. En cuyo caso, y si el trastorno se alarga, se convertirá en una inflamación de hidropesía, porque se altera el temperamento del hígado a causa del frío derivado de la pérdida de sangre y, al no poder cocerse los alimentos por falta de fuerza, no se transmitirán como es debido los humores al resto de los miembros del cuerpo.

Vida resopla.

—Uf, eso sí que es complejo.

—En cuanto lo asimiléis, os parecerá coser y cantar. El organismo humano se trata de un artefacto maravilloso, un prodigio, en el que todo está ligado. Y una vez que se comprende cómo aquello que golpea en una parte repercute en otra, el conjunto cobra sentido. De cualquier forma, ya sabéis reconocer los síntomas de estas patologías, lo cual, a efectos prácticos, es lo más útil. Venga, enumerádmelos.

Traga saliva, amilanada. Se siente empujada al filo de un barranco, presionada por el vértigo de la ignorancia, de la mente en blanco, que le inunda el estómago con una bruma insidiosa. Pero los ojos avellanados de Ben Adret esperan abajo para recibirla, mullidos y protectores. Confían en ella. Y dispara:

—Pesadez de cabeza, pérdida de apetito, fiebre, orina de aspecto negruzco o rojizo y dolor en algunos puntos, especialmente en el vientre o en los riñones.

—Espléndido. Las páginas del *She'ar yashub* ya no guardan secretos para vos. Os halláis a las puertas de la erudición. Pero, antes de que entréis, una pregunta más.

Ella inhala aire.

—¿Qué hacer en caso de parto difícil?

Lo piensa.

—Pronunciar el salmo sesenta y nueve para invocar a las matriarcas de Israel… y dar de beber a la parturienta el agua resultante de la cocción de una culebra blanca.

—¿Y si no basta?

—Colocar la piel de esta en contacto con el vientre.

—Magnífico —se complace él—. Estáis dentro.

Dentro del cráneo, por aquellos días, me bullía una bruma insidiosa. ¿Será que le gusto? Noelia había dicho que si denunciaba la agresión siguiendo mi consejo, era signo inequívoco. Y así había ocurrido. En ocasiones, deseaba creerla con todas mis fuerzas. Pero al momento me convencía de que no se trataba más que de otra de las chaladuras de mi bendita amiga. Y sin embargo… ¿por qué me saludaba entonces con tanta alegría apenas me divisaba? Se le iluminaba la cara, no podía negarse. Cuando entraba al comedor y lo encontraba enfrascado con Ionel y Dragos en una partida de cartas, y levantaba la vista de los naipes, y se le escapaba la sonrisa, y se llevaba un par de dedos a la sien para poner de relieve que sí, que me había visto. Y sus compañeros abandonaban también el escrutinio de la baraja y me distinguían con una inclinación de cabeza, mucho más parca no obstante. O cuando me lo cruzaba en las escaleras y los dos nos orillábamos para hacernos hueco, él contra la pared, yo contra la barandilla, notando pese a ello (¿imaginaciones mías?) que entre ambos se había generado un campo magnético que nos impulsaba a rozarnos al pasar. Sí, ardía en deseos de tocarle, y enterarme del tacto y la temperatura de su piel (¿áspera, suave?, ¿cálida, fría?). O cuando regresaba de recoger fruta y yo le preguntaba si estaba cansado y él le restaba importancia con un cabeceo risueño. O cuando le ayudé a aplicarse Betadine con un algodón después de que le quitasen los

166

puntos y, ante su pregunta, le aseguré que no le había quedado marca («Soy un presumido», se justificó con una franca risotada). En todos aquellos instantes, su rostro tenía luz.

Yo, por mi parte, jamás había arreglado un cuarto con tantas ganas. Pilarín se daba cuenta. Y se regodeaba con su sorna baturra.

—La habitación uno brilla como una patena, ¿eh, Rebeca? Y ¡maño! Qué sábanas más lisas has dejado. Ahora va a resultar que la de gobernanta es tu vocación y no la filología, ¿o qué?

Me ruborizaba y ni siquiera le contestaba. Pero continuaba alisando a conciencia las sábanas. Una vez, olisqueé la funda de su almohada cuando la cambié. Me asusté de mí misma, la mezclé con el resto de la colada y bajé corriendo las escaleras para echarla rápidamente a lavar.

Y así pasaba los días. Más entretenida y con el pecho más burbujeante que nunca. Claro, que eso también constituía un problema: con cada día que transcurría, la temporada de la recolección se agotaba y Velkan estaba más cerca de irse.

Leo está cerca de irse a la cama, pero algo se lo impide: la puerta de su habitación se abre, y entra Vida como una centella, pese a que es noche cerrada. Ella al principio se sorprende y luego se alegra, pero los ojos de la otra humean.

—¿Qué hacéis aquí? ¿Qué os ha…?

Se acerca con pasos vacilantes sin decir nada, se desploma sobre su pecho. Allí llora. Le enseña dos dedos. Manchados de sangre. Leo no pregunta. Pero la abraza.

«Abrázame y acabemos ya». Esa consigna me taladraba el cerebro. Y sin embargo, callaba, permanecía muy formalita, sentada, y asentía a lo que Velkan me contaba. Sobre Bucarest. Que había vivido allí durante su infancia en una casita con un minúsculo jardín y pintada de rosa. Que los chicos de su escuela se habían metido con él por eso. Por el rosa. «Lo odiaba, pedí a mi madre que la pintásemos de rojo o de verde, pero ahora lo pienso y... qué estúpido, ¿no? Menos mal me dijo que no». Había tenido un perro al que quería una barbaridad. Le habían atropellado el rabo. Sus hermanas se llamaban Cristina y Daniela. Dragos y Ionel lo conocían desde chiquitín porque eran vecinos de sus padres. Había estudiado para aparejador, un módulo de Informática y trabajado en la construcción, en la peluquería de su tía, en una multinacional dedicada a la videovigilancia, repartiendo folletos en la calle vestido de gallina. Le gustaba escuchar a The Killers y a Green Day, y las películas de Marlon Brando. Aunque su favorita era *Psicosis* («Esa mirada, en la escena final... lo más terrorífico que he visto en mi vida»). Su fruta, las uvas, aunque no soportaba las pepitas. Cuando cumplió dieciocho años, estuvo en Roma porque ganó un concurso organizado por una cadena de hoteles. Le dio la sensación de que el Dios de la Capilla Sixtina le señalaba a él y le pareció intrusivo. También en ese viaje, tiró una moneda a la Fontana di Trevi y deseó poder montar alguna vez en globo o en elefante.

—¿Y por qué no en las dos cosas?

Se encogió de hombros.

—Sería abusar.

También había estado en Francia, en Alemania. En España, por supuesto. Pero no por placer, sino de bracero.

Casi el primer día, yo le había narrado la historia de la llave y, como todo el mundo, había alucinado. Pero solo él se había atrevido a cogerla con decisión y a intentar encajarla en la cerradura de su habitación. La misma payasada que había hecho yo la noche que llegué a Alpartazgo y al hostal.

—No abre, pero no preocuparte. Yo mañana engraso y verás que entra —me consoló guiñándome un ojo de miel.

Ahí, en el bar de Consuelo, le estaba hablando de Atenas, e iba a mencionar a mi nona Ruth cuando apareció Noelia. Velkan la saludó y, cortésmente, le ofreció una silla. Traía una sonrisa desatada.

—¿Qué tal, chicos? Imaginaba que os encontraría aquí.

—Pues todo bien, pero, a juzgar por tu cara, no tanto como tú. ¿Qué pasa? ¿Te has beneficiado a alguien? —Traté de sonar desprejuiciada, segura de mí misma, con el descaro justo. Una chulita, vaya. Velkan se sonrió, pero no hizo ningún comentario.

—Bueno, bueno, Benveniste, ¿qué mosca te ha picado? Relaja un poco. Qué subidita. En circunstancias normales, te admitiría que eso es insuperable a la hora de ponerme contenta… Pero en fin, mira por dónde, resulta que la noticia que traigo lo mejora.

—No me digas.

Fingí interesarme, pese a que sus buenas nuevas me sobraban desde cualquier ángulo y perspectiva. Solo quería que se largara para seguir cuanto antes pelando la pava con Velkan. No iba a tener suerte. Colgó el bolso del respaldo de la silla y acomodó los codos sobre la mesa.

—Pues veréis, el día que acompañamos a los polis al descampado donde os habían dado la paliza, como intuía que aquello no iba a servir para nada, os acordaréis de que me puse a dar vueltas para matar el rato y, como me aburría un montón, me fui a mear detrás de unas matas. Sí, a veces uno mea por aburrimiento, ¿no os pasa? Bueno, el caso, que, una vez allí, me pareció ver algo. Justo en el charquito de pis. Estaba medio escondido entre la tierra, pero al mojarlo, como que adquirió relieve…

—Gracias por los detalles, Noelia…

—Primero me preguntas por el fornicio y ahora te escandalizas por unos orines. No hay quien se aclare contigo, mujer. A ti no te molesta que hable de pis, ¿verdad, Velkan?

Él, amagando una completa seriedad, negó rotundamente con la cabeza y le pidió:

—Adelante, adelante, sigue, por favor. Tu amiga es una tiqui… timis… tiqui… ¿Cómo se dice?

—Una tiquismiquis. La has definido a la perfección, de los pies a la cabeza, Velkan. Me encanta tu dominio del castellano.

Y a mí me encantó que él se tomara esas confianzas para adjetivarme. Antes de volver a concentrar su atención en Noelia, me dedicó una subrepticia mirada cómplice para asegurarse de que no me había sentado mal, que había comprendido que solo me estaba tomando el pelo. Lo tranquilicé sacándole la lengua.

—Bueno, a lo que iba, que recuperé el objeto, tú me viste con él, Rebe, porque me había llamado la atención. Era como un pedacito de metal oxidado y tenía grabada… y ahora viene lo fuerte, tatatachán… —Dirigió una orquesta con las manos—. ¡La estrella de David, damas y caballeros!

Me atraganté con el hielo de mi Coca-Cola.

—¿Qué dices? Te lo estás inventando.

—En absoluto, Rebeca. Te lo juro por mi vida. Me extrañó mucho. Podía tratarse de cualquier cosa. Pero no sé, me pareció antiguo. El material, el trazado de la incisión… Me recordó a algunos de los fragmentos que nos habían enseñado el año pasado en una clase de Arqueología Medieval. Pensé que me estaba flipando mucho, pero aun así me lo guardé. Dudé en llevárselo al profe de esa asignatura, por si hacía un ridículo demasiado aparatoso incluso para mí, y me suspendían alguna materia que ya hubiese aprobado. Pero, al final, decidí que tampoco tengo ninguna reputación académica que estropear, de modo que… ¿por qué no? ¿Qué perdía? Cuando vi cómo le cambiaba la cara al vejestorio, supe que no me había equivocado, que allí había algo gordo. Se lo quedó para analizarlo. Y hoy me han comunicado los resultados. ¡No hace falta que os arrodilléis ante mí, pero es el trozo de una *hanukiya* que data del siglo xv! —Y propinó un palmetazo en la mesa. Se me erizaron los pelos del brazo.

—Pero ¿qué me estás contando, Noelia? Eso es…

—Una puta pasada. Te lo dije.

Resplandecía al afirmarlo.

—Increíble —musitaba Velkan con los ojos como platos—, pero ¿qué es una *hanukiya*?

—Una especie de lámpara o candelabro que los judíos utilizamos en la festividad de Janucá —masculé. Mi cabeza derrapaba y levitaba a un tiempo—. Pero una cosa, Noe, ¿cómo ha ido a parar eso allí?

—Ajajá —contestó, la expresión radiante—. Eso resulta todavía más interesante. ¿Cómo ha aterrizado en ese terreno donde no hay nada más que maleza? Bueno… solo te adelanto que el departamento está comenzando a investigar a partir de ese vestigio, y que si en algún documento encuentran algo que les sirva de apoyatura, solicitarán permisos para excavar.

—Pero ¿qué estás insinuando?

—¡Te advertí que aquí no usábamos ese verbo! Pero, si te empeñas, pues bueno, «insinúo» que tal vez, y solo tal vez, ese pedacito de metal que ha salido ahora a la luz no sea más que la punta del iceberg del pasado judío de Alpartazgo. Uno que sabemos que estuvo allí y del que, sin embargo, cosa extraña, apenas nos han llegado restos. Quizás, y solo quizás, lo que ocurra es que aún estén por aflorar.

La contemplaba fijamente, intentando asimilar el caudal apabullante de información que iba desembalsando.

—¡Has sido tú, Rebe! —continuó, apuntándome con el índice extendido—. Has venido buscando tu pasado, lo has llamado y te ha respondido. Se ha asomado a la superficie para encontrarte. ¡Brindemos por ello! —Y alzó en el aire el servilletero.

—Pero todavía se trata de una hipótesis, ¿no? —objeté titubeante. Me daba miedo. Demasiado maravilloso para ser cierto.

—Ay, ¡mira que eres María Angustias, hija! Ya habrá tiempo para la decepción, pero ahora que aún tenemos motivos para echar campanas al vuelo, ¡celebremos! —Y agitó invitadoramente el servilletero.

Entonces Velkan tomó la palabra. La apoyó con resolución.

—Mucha razón, Noelia. ¡Celebremos! —Y arrimó su cerveza.

Ambos me observaban expectantes. Terminé por sonreír e izar mi vaso. Lo entrechoqué con ellos, que acogieron el brindis con una alegría de cascabeles. Tras pegar el primer sorbo, recapitulé:

—O sea, a ver que me haga una composición de lugar… Si no he entendido mal, tú, Noelia Parra, has ido a mearte justo encima de un fragmento de *hanukiya* del siglo XV por el que ahora igual se ponen a levantar el suelo de Alpartazgo.

Se le inflaron los carrillos de risa.

—Correcto.

Los tres nos miramos un segundo conteniéndonos y luego reventamos a carcajadas. Tan alto, que Consuelo amenazó con proscribirnos del bar. No nos quedó más remedio que volver a brindar.

—Brindemos por los nuevos conocimientos que habéis adquirido y porque os vais a convertir en la mejor partera. De Alpartazgo, desde luego, y de toda la Corona de Aragón, posiblemente. ¡Por la nueva Trotula de Ruggiero! —exclama, al tiempo que cierra el volumen obstétrico de la célebre comadrona, *De mulierum passionibus*, que les ha servido de título de cabecera a lo largo de todo ese periodo de instrucción.

Al oír a Ben Adret comparándola con su ídolo, a Vida la recorre un garrampazo que hormiguea como las cosquillas, que la galvaniza, que supone el colofón y premio a sus desvelos. Allí, en esa habitación, donde ha ido escalando con paciencia y tenacidad por los peldaños del ansiado oficio, se siente tan a sus anchas, tan segura de sí misma, tan orgullosa de sus progresos, tan reconfortada y plena por haber crecido tanto. Y la colma hasta tal extremo la gratitud hacia ese hombre que le ha enseñado su sabiduría con tamaño altruismo, con semejante abnegación... Ben Adret, que la ha transformado en quien es ahora. Ben Adret, a quien profesa una admiración infinita.

Ben Adret, que aparta los libros de la mesa, los frascos, los instrumentos que Vida ha aprendido a desentrañar, y a amarlos, hasta considerarlos los más hermosos del mundo. Saca de la alacena una botella de vino y escancia el líquido granate en dos vasitos de arcilla. Uno se lo alarga a ella, que lo toma con timidez, y el otro se lo

174

queda él. Lo levanta en el aire. «Salud». Ambos beben. A la muchacha la acomete una sensación agria y violenta en el paladar. Pero traga y no apostilla nada. El médico chasca la lengua con delectación.

—¿Estáis contenta?

—Oh, sí, mucho. De verdad que no sé cómo agradeceros todo lo que habéis hecho por mí. Habéis sido muy generoso y un gran maestro. El mejor. —Y lo dice de verdad, atropellada y vehemente.

Ben Adret pone la mano derecha a modo de escudo para repeler el aluvión de agradecimiento que Vida le está dedicando y que fluye imparable hacia él.

—Un placer. —Y continúa bebiendo.

Vida se sume en otro trago, aunque le raspe la boca. Se le hace raro estar allí con Abraham, en silencio, por primera vez como iguales, sin que la enseñanza se interponga entre ellos. De repente, le avergüenza un poco compartir espacio con el hombre, despojado de la toga del saber, verlo allí, vaciando un vaso detrás de otro. Parece que se ha apoderado de él una extraña glotonería que le mueve a lamerse los labios y a emitir una especie de jadeo sordo mientras precipita el vino sin tregua garganta abajo. Y de pronto, cesa y se limpia el morro con la manga. La vista le emerge por encima del brazo, brillante y desenfocada. Entorna los párpados para fijarla en Vida, que se desconcierta y, cohibida, se la rehúye, indecisa sobre dónde posarla.

Ben Adret ha inclinado la cabeza hacia el suelo, y al enderezarla y soltar un recatado eructo, se tambalea brevemente y busca el apoyo del canto de la mesa. Ella:

—¿Estáis bien? ¿Necesitáis ayuda?

Y al tenderle la mano alarmada, para evitar que dé un traspié y se caiga, Ben Adret se la retiene. Sus dedos se cierran en torno a su muñeca con una fuerza que a Vida le resulta imprevista. Una tenaza. Un grillete. De la sorpresa, permanece quieta, suspensa, y le recoge la mirada. Lo que encuentra en ella la aniquila. Es el fondo turbio y putrefacto de un estanque, plagado de sapos con veneno en las verrugas, en la piel. Trata de desasirse. Pero no lo logra. La ha sojuzgado el horror de los batracios.

Con una ejecución muy precisa, milimétrica, aferrándole aún la muñeca, Ben Adret la voltea, le dobla el brazo por el codo, en ángulo recto, colocándoselo a la espalda, y la acopla al canto de la mesa. Él se queda detrás y le propina un leve empujón, que obliga a Vida a echar mano al tablero. Con la que él aún tiene libre, se tantea bajo la túnica. Ella lo percibe, un rumor confuso, unos farfullos, aunque prefiere no girarse. Se siente anestesiada. Solo nota una súbita brisa glacial en las piernas, en los muslos, en las nalgas, cuando la tela de su falda pasa rozándolas y las deja al aire. Oye un escupitajo y una fricción salivosa contra la carne. Lo siguiente es un dedo, afilado como una aguja, que se incrusta en ese minúsculo hueco en la base de su pelvis del que ella nunca ha sido siquiera consciente. Sabe que existe, por supuesto. El propio Ben Adret le ha hablado largo y tendido de ese conducto. Por donde brotan las flores. Por donde nacen los niños. Pero ignoraba que por él pudiese penetrar tanto frío.

Los músculos se le contraen, así que cuando su maestro retira el dedo, le pincha mucho, como si explotara la pompa de una ampolla. Que pare ya, por favor. Pero empieza a restregarse contra ella. Un bulto entre sus ancas. Húmedo y enfebrecido, y lúbrico. Desprende momentáneamente la mano con la que la ha estado sujetando y le agarra un pecho. Lo aprieta, lo soba, la redondez del contorno, y le pizca el pezón. Pasea el gránulo entre sus dedos, lo masajea, lo exprime. A Vida le bulle una arcada. Y allí en su envés, él frota y frota, y sigue frotando, zarandea, mientras algo se endurece y presiona, y horada. Y de una cuchillada, se mete en el orificio que acaba de descubrir en sí misma; lo ensancha con prisas, lo expande forzando. Y desgarra. Una espada partiéndola por la mitad. Del estupor dolorido, profiere un grito corto y, al abrir la boca, vomita sobre la mesa.

Pero eso no le importa a Ben Adret, quien continúa embistiendo dentro de ella; con la mano con la que antes se sostenía el pene, le oprime ahora la cadera, para acompasar sus movimientos a los de él. Un poquito para atrás y hacia delante, hacia delante, hacia delante. Un avance ciego, animal. Y mientras todo esto ocurre, a Vida le retumba al fondo del cerebro una frase que ni consigue articularse en palabras, pero que la avasalla con la forma de un imperioso, obsesivo «Quiero irme a mi casa, quiero irme a mi casa». Hasta que, de repente, el maestro se detiene y retrocede de un tirón. Sale de su vagina y, apenas fuera, descarga. Salpicaduras calientes de semen que Vida siente impactar en su piel como perdigones y gotear viscosos por su anatomía. Se enfrían rápidamente, amalgamados en parches costrosos de una blancura muerta.

Con sus últimos retazos de cordura, la chica de catorce años se sube las calzas, se baja las faldas que llevaba enrolladas en torno a la cintura y se va de la casa con pasos de madera. Sin intercambiar ni una palabra, ni mirar el rastro sórdido que se queda atrás: Abraham ben Adret con la verga flácida, que se encoge a ojos vista entre unas piernas flacas y pálidas aún estremecidas, ante un charco de esperma y otro de vómito.

Ella, ya en la calle. No sabe adónde ir. Porque no quiere estar en ninguna parte. Desaparecer. Desintegrarse. Que la engulla la niebla. Tumbarse en el suelo. Enroscarse. Dormir. Perder la consciencia. No despertarse. Arder. Olvidar.

Así que vaga. Camina. Arrastra los pies. Vaga. Camina. Arrastra los pies. Vaga. Camina. Arrastra los pies.

Tiene los miembros entumecidos, la mente embotada, el corazón molido. Sopla un viento seco que le restalla en el pelo. Pero no le llega nada. Mecánicamente, se limpia la barbilla. Eso es. Limpiar. El río. Se dirige al Jalón. El lugar donde una vez batió un récord de rebotar piedras contra la superficie, donde se baña en verano mientras vibran las cigarras. Así que vaga. Camina. Arrastra los pies. Ya lo divisa. Corre raudo, caudaloso, averdosado. Se aproxima a la orilla. Lo contempla un instante. Y sigue adelante. Se adentra en el cauce. Hasta el medio. Se le moja la ropa hasta las rodillas, apelmazándose en un peso helado, que estorba, de harina. Las aguas se arremolinan alrededor de sus pantorrillas. Son golpes puros y los necesita. Los puños líquidos se ensañan con ella. «Venid, venid. Eso es. Duro, pegad».

A medida que le van baldando los músculos, se le resienten, se le vuelven maleables, blandos, algodón en rama que, poco a poco, se va empapando, hasta caer en la tentación de vencerse y entregarse corriente abajo. La llama con su romanza acuosa. Y suena tan apetecible, tan melodiosa, tan consoladora... Zambullirse en sus venas fluviales... Que la arrastre para siempre. Cierra los ojos y permanece allí un buen rato, extraviada la noción del mundo, de sus sensaciones, de su voluntad. Va a conseguir rendirse. De un momento a otro. Pero un escalofrío le arranca un castañeteo de dientes. Y es solo eso, ese punzante malestar del cuerpo, lo que la disuade y la impulsa a buscar una piedra que la rescate del río. Allí se sienta. Las faldas caladas le besan las piernas. Las junta y tirita. Se palpa la herida que le han abierto. Los dedos se le tintan de sangre. La observa fascinada. Deja que se seque. No la enjuaga.

¿Por qué no ha reaccionado? ¿Por qué lo ha permitido? Por su memoria comienzan a desfilar compulsivamente los minutos previos al... a la... ¿Qué estaba haciendo ella? ¿Cómo lo ha provocado? ¿Qué ha dicho, qué...? Le ha alargado la mano, para que no resbalara, y... ¿Se suponía desde el principio que esto iba a suceder? Desde que la aceptó como su pupila... ¿Se trataba de un pacto que ella debió haber sobreentendido? Claro. Los conocimientos a cambio de... ¿Cómo si no iba a tener derecho a acceder a semejante riqueza? ¿Por eso se opusieron sus padres? Pero ella insistió. ¿De esta forma se castiga la ambición de una niña? Había sido una arrogante, había sido contumaz, una estúpida; la culpa era suya, había aspirado a universos que no le correspondían, a alcanzar las estrellas; había jugado a camuflarse entre los elegidos de la suerte, a manejar con una sola mano su destino. Si la hubiesen avisado de que el precio ascendía a tanto... A lo largo de todo ese tiempo, había deseado creer que ya comprendía el mundo, pero qué va. Solo era una desgraciada, una pardilla más de mala estrella. De las que estallan contra el suelo igual que melones maduros en cuanto intentan coger algo de vuelo. ¿Cómo no lo pensó? ¿Por qué se obstinó? ¿Soy una furcia?

Se permite un alarido que le rasgue la garganta como antes le han rasgado el coño. No se percata de que está llorando hasta que el cierzo, allí en sus mejillas, le congela las lágrimas. ¿Dónde ir? Entonces recuerda que durante el… durante la… ha estado repitiendo unas palabras, como si manoseara un talismán. «Quiero irme a casa, quiero irme a casa…». No, pero ahí no quiere ir. De hecho, quiere evitarlo a toda costa. Dar largas y rodeos. Que jamás se enteren. Lo único que se le ocurre es la casa de Leo. La frena cierto apuro, ya que, entre tanto, se ha echado la noche encima. Tal vez ya duerma, pero la domina una soledad tan abrumadora, tan inmensa, que no se siente capaz de afrontar otra cosa.

Así que vaga, camina, arrastra los pies. Hasta el palacete de los Lanuza, que está cerca. Una vez ante su puerta, hace de tripas corazón (si total, ya le han arrebatado lo más hondo de la dignidad), obvia el rostro contrariado del aya Isabel, que solo por sentido del decoro no le cierra en las narices, atraviesa la estancia principal, repta por las escaleras, franquea el umbral de la recámara de Leo, que se vuelve hacia ella en camisón. En su rostro, la sorpresa, luego la alegría. Y la alarma por sus ojos. Ha notado que le humean.

—¿Qué hacéis aquí? ¿Qué os ha…?

Se acerca con pasos vacilantes sin decir nada, se desploma sobre su pecho. Allí llora. Le enseña dos dedos. Manchados de sangre. Leo no pregunta. Pero la abraza.

—Si llego a cruzármelo, os juro que le rebano el pescuezo.

A Leo los dientes le rechinan de rabia y, aunque en la oscuridad no puede verlos, Vida sabe que tiene los ojos en llamas. Le ha hecho un hueco en su cama y ella, a trompicones, le ha contado todo debajo de las sábanas, como si fuesen dos niñas pequeñas susurrándose cuentos de brujas a la hora de dormir. Antes, su amiga le ha prestado un camisón para que entrase en calor, ha puesto delante de la chimenea su ropa mojada, le ha limpiado la sangre de los dedos en un aguamanil y la ha arropado con una manta de marta cibelina. Aún le pincha entre las piernas, acosadas por el fantasma de una punción, igual que los mutilados que siguen notando el rescoldo del miembro ausente cuando se avecina una tormenta o un cambio de aires. Siente el cuerpo vapuleado, con los huesos húmedos y rotos, pero se lo recompone un poco el reflejo tibio del fuego a través de la tela y la blandura del colchón. Leo le entrelaza los dedos.

—Qué horror, Vida. Me duele tanto como a vos. De verdad.

De vez en cuando, el relato se le ahoga en sollozos y naufraga en una convulsión. Otras, reitera una frase, como si necesitara corroborarla ante sí misma para acabar de creerse lo que le ha ocurrido.

—Ha sido eterno. Pero también muy rápido. Apenas unos minutos… apenas unos minutos…

Unos minutos resultan muy fáciles de suprimir, de olvidar. No cuentan nada en una vida. ¿Cómo es posible que alcancen a partirla? A ratos, le parece insoportable, repugnantemente vívido, y al momento siguiente, la pesadilla se le viene encima envuelta en una especie de paño translúcido, a través de cuyos poros la contempla con distancia y la certeza de que la ha protagonizado una desconocida. Mientras tanto, Leo le acaricia el pelo, se lo alisa con suavidad entre las yemas. Al fin, concluye la recreación y ambas se sumergen en un silencio congestionado. Y de pronto, con voz ronca:

—No os preocupéis. Que esto no se va a quedar así.

—¿Qué queréis decir?

—Que si por mí fuera, lo mataría con mis propias manos, y que, aunque eso no pueda ser, ese desgraciado, maldito bastardo, de cualquier manera va a pagar. Ya se encargará el Justicia de condenarlo a muerte. Mañana temprano acudimos a denunciar, porque debe transcurrir menos de un día y una noche para que la denuncia valga. Mi padre me lo contó.

El semblante de Vida se atiranta entero.

—No, no, denunciar, yo no…

Leo se encabrita.

—¿Por qué?

—No me apetecen más líos…

—¿De qué líos estáis hablando? —se indigna—. ¡Es justicia…! Sencillamente, no puede irse de rositas después de lo que os ha hecho. ¡Os ha forzado! No ha de quedar impune…

—Chis, ¡callad!

—¿Por qué? ¡No pienso…!

—¡Que cerréis la boca, os lo pido por favor! —Y únicamente el timbre de terror en la voz de Vida logra que Leo se muerda la lengua. Que refrene el tono.

—Está bien, no gritaré. Pero explicadme por qué no queréis denunciarlo. ¿No os parece lo bastante grave lo que os ha…?

—Pues claro que sí —le replica estrangulada—. Claro que me lo parece, Leo, pero lo último que deseo es que alguien se entere. Esto solo lo vais a saber vos. Se trata del socio de mi padre, ¿no lo entendéis? Si se aireara, echaría todo a perder… y además, es culpa mía…

—¿¿Culpa vuestra?? —Vida la nota revolverse, patear, hervir.

—Sí, Leo, culpa mía. Yo me empeñé en buscarlo, en pedirle que me adiestrara, en pasar mi tiempo con él. Y mis padres me advirtieron de que eso no resultaba conveniente, incluso me lo prohibieron… y yo erre que erre… Bueno, pues esto es lo que ha terminado por suceder, asumo las consecuencias, viviré con ello.

Leonor resopla en su cogote.

—Eso no es exactamente como lo pintáis. Que yo sepa, no lo buscasteis para pedirle que os forzara.

—¡Que no pronunciéis esa palabra! —suplica Vida tapándose los oídos.

Leo enmudece por un instante y la columbra entre las sombras rojizas, dolorida ella misma y rebosante de piedad. Continúa acariciándole la espalda para que se calme.

—Bueno, ¿y entonces?

—Entonces nada, ya me habéis escuchado. Me daría tanta vergüenza que trascendiera... Que lo descubrieran mi familia, mis vecinos...

—Vergüenza debería darle a él. Y se merece morir por esta canallada.

Vida menea la cabeza.

—Dejadlo correr, Leo. Lo prefiero así. Que no más lo sepáis vos. Guardadme el secreto, por favor.

—Menudo secreto... Se trata más bien de una carga.

—Sí, y necesito que alguien la comparta conmigo. Y sois la única en quien puedo confiar para eso. Estoy segura de que me apoyaréis, como siempre lo habéis hecho. ¿No?

Ella suspira.

—Si eso habéis decidido... Pero no me parece bien...

—Lo lamento, pero no me siento con fuerzas de más... ahora solo quiero dormir. Dormir durante días, durante meses, durante años...

—Sí, descansad. Y tranquila. Que todo va a salir bien. No voy a permitir que nadie más os cause ningún daño. Ahora, os encontráis a salvo.

—Gracias... —Y después de los nervios, de la tensión, del hierro candente, se le va aflojando la vida por las pendientes de un letargo inquieto.

Lo último que hará en la vigilia: agarrarse al pulgar de Leo, que permanecerá despierta la noche completa, velándola, consciente de que, en circunstancias normales, habría sido la mujer más feliz del universo por tenerla junto a sí, acurrucada en su cama y, sin embargo, allí está, con el pecho minado de volcanes al presenciar cómo su Vida se retuerce, cómo gime y cómo sufre en sueños. Hasta el alba, cuando se vista con una mirada como un pozo seco, que no se le borrará durante mucho tiempo, y se marche a su casa («Muchas gracias por el cobijo», le dirá con labios temblorosos antes de desaparecer por el umbral de la puerta y llenarle los ojos de alfileres); esa casa donde, tan pronto ponga un pie, su madre le cruzará la cara de un bofetón y le montará un escándalo memorable. Que dónde ha pasado la noche. Que en la calle solo la pasan las putas, esas a las que les agobia guarecerse bajo un techo decente. Que a la próxima, la echan del hogar. Vida aguantará los gritos, no se defenderá. A Vida, en una buena temporada, nada le va a importar.

Vagar, arrastrar los pies. Caminar.

—Los pies me duelen un poco para caminar. ¿Te importa ir a coger tú unas cuantas moras? Crecen muchas en la ribera del río.

Pilarín quería preparar una tarta para despedir a Noelia, que se marchaba de Alpartazgo. Finalmente, sus padres se habían conmiserado de ella y se la llevaban consigo al apartamento de la playa en el último tramo del verano «para que se despejara» antes de empezar el curso, con sus dos asignaturas peleonas colgando. La perspectiva de que me abandonase por una tumbona en Salou me mustiaba lo suyo. Llegó a sugerirme que me uniera a la expedición, pero me daba muchísimo apuro inmiscuirme en unas vacaciones familiares, de modo que decliné la generosa proposición y fingí que no me apenaba tanto perderla de vista, al objeto de no crearle un cargo de conciencia innecesario. «Ponte morena por mí», le dije. «Y me deseas caminos de leche y miel, ¿no?, que es lo que siempre le dices a la gente para despedirte», me replicó risueña. En cuanto a Pilarín, le dije que sí, que iba por los frutos del bosque para endulzarle la partida a aquella descastada.

Ya me disponía a salir cuando me retuvo una observación de la patrona del barco.

—No es que no confíe en tus habilidades para la tarea, Rebeca, pero ¿por qué no le pides al Velkan que te acompañe? De otra cosa no sé, pero de recoger fruta, va sobrado el muchacho.

Para no variar, se me encendieron las orejas.

—Pues por eso precisamente, ¿no? Estará harto como para emplear así también sus ratos libres. Le resultará un poco redundante.

—Bueno, pero ya no le queda mucho de deslomarse y por unas moricas de nada tampoco se va a partir el espinazo un mozo recio como él. Además, de lo que uno nunca se harta es de andar de palique con una chica guapa.

Meneé la cabeza.

—Menudo peligro tienes tú, ¿eh, Pilarín? En tus tiempos jóvenes debías de ser un trueno.

—¡Anda! ¿Y quién te ha dicho que ahora no?

—Pues también es verdad.

A fin de cuentas, a saber en qué se las componía en sus largas horas encerrada en la buhardilla. Y tenía, además, razón en otra cosa: los días de Velkan en Alpartazgo se agotaban. Yo misma ignoraba qué quería de él, ya que, si volvía a Rumanía, intentar cualquier experimento amoroso carecía de sentido, pero tampoco me resignaba a verlo evaporarse sin más, ni a que aquella bola de ilusión que me había crecido en el estómago no hallara salida por ninguna parte. De manera que aquel día llamé a su puerta.

Tardó en abrir. A punto estuve de girar sobre mis talones e irme, pensando con decepción que no había nadie. Pero entonces se oyó ruido de goznes y su silueta se recortó en el umbral con las mejillas coloradas y el pelo mojado. Se acababa de duchar. Y al encontrarme allí, como de costumbre, se alegró.

—¡Hola!

Le formulé la invitación para la tarde. Mientras se lo exponía, me iba haciendo cargo de que se parecía demasiado al plan que habrían organizado dos niños de nueve años. Habría entendido que me respondiese que no después de sus extenuantes jornadas. Pero dijo que sí.

Así que hacia el Jalón que nos encaminamos, provistos con una cesta que me encasquetó Pilarín, quien me guiñó un ojo al entregármela.

—¡Traedme muchas para que la tarta salga lucida!

Una vez allí, nos adentramos entre las zarzas que, en efecto, estaban cargadas de moras. La ropa se nos enganchaba en las espinas y nos pinchamos más de un dedo y más de dos. Pero pese a los arañazos, era divertido. Yo las arrancaba a las bravas y Velkan cortaba los pedúnculos con una pequeña navaja.

—Míralo, qué profesional.

—Claro, me dedico a esto, ¿no te acordabas?

Nos tomábamos el pelo y sentaba bien. El ambiente se hallaba traspasado por una luz cálida y dorada, vespertina, de cuando la canícula levanta el pie del acelerador y el atardecer se queda eterno y delicioso. Entre los arbustos se oía una miríada de zumbidos, zangoloteos, chasquidos. Ramitas, lagartijas, grillos. A Velkan la camiseta se le pegaba al cuerpo y yo no podía parar de mirarlo a hurtadillas. Ágil, fuerte. Sus movimientos seguros, desenvueltos.

Gracias a sus buenos oficios, con relativa rapidez llenamos la cesta, y las siguientes moras que acopió me las dio para que me las comiera. Los glóbulos oscuros, tersos, restallantes, que dejaban un regusto ligeramente ácido que raspaba la garganta.

—Cuidado, no te manches.

Exultante, me encogí de hombros para demostrarle que no podía importarme menos. Buscamos unas piedras que sobresalían entre la corriente, nos encaramamos a ellas y nos descalzamos para sumergir los pies en el agua. Estaba helada. Y transparente. Después de las bromas y el ejercicio recolector, en ese remanso de paz, permanecimos callados. Incliné la cabeza hacia atrás, sobre mi nuca, para que me alcanzaran los desvaídos, acariciantes rayitos de sol.

—¿Qué piensas?

Negué muy despacio, sonriendo y con los ojos cerrados de puro gusto.

—Venga, si lo dices, te regalo una.

Y me lanzó otra mora más, que cacé al vuelo. Me la metí en la boca, la paseé por mi lengua. Y cuando tragué:

—No sé. En que es todo tan raro.

—¿El qué?

—No sé... esto. Que la vida cambie tan deprisa. Que puedas estar años y años en un mismo lugar, rodeado de la misma gente... y que de un día para otro, vivas en otro país, que ya no escuches más las voces de siempre; esas voces con las que hablabas todos los días... Se olvidan enseguida las voces.

—Sí. Estoy de acuerdo. Yo, por ejemplo, creo que recuerdo cómo sonaban las de mis padres. Pero a la vez sé que no eran así. Que me las invento.

—Ya. La de mi nona Ruth también empieza a distorsionarse... Eso les pasaría a mis antepasados, ¿no? Cuando se marcharon de aquí. Y más en esa época, en la que no había modo de conservarlas en una grabación y la gente de a pie no se planteaba siquiera la posibilidad de viajar. En ningún momento habrían pensado que tendrían que irse, que se morirían en otro sitio distinto de aquel donde se habían muerto sus padres, sus abuelos... Debió de parecerles de ciencia ficción.

—Bueno, nadie está listo para eso, no antes, no ahora. De niño, nadie se imagina que... Aunque, a la vez, todo el mundo debería prepararse para...

—Para emigrar. Sí. —Amasé el río con los pies—. En realidad, le puede tocar a cualquiera. Nada garantiza que vayas a poder quedarte en tu casa.

—Y, además, ¿cuál es la casa de uno? ¿Dónde está?

—¡Exacto! —le apoyé con énfasis—. ¿Donde naces? ¿Donde te acogen? ¿Donde te quieren? ¿Donde te sientes feliz?

—Igual puedes tener más de una casa...

—O que vaya variando, desplazándose contigo...

Velkan asintió, escudriñando el fondo que se adivinaba tras la verdosa cortina de plata.

—¿Crees que la echarían de menos? —le pregunté a bocajarro, dispuesta a creerme que lo que él contestara contendría la verdad. La verdad absoluta. Porque la necesitaba. Para aferrarme a ella.

—¿Tus antepasados?

—Ajá.

—Seguro.

Sopesé un instante la respuesta, su rotundidad.

—Uno de ellos, al parecer, regentaba una carnicería. Lo averiguó Noelia. Fíjate, supongo que abandonarían el negocio que tanto les habría costado sacar adelante… Mosé se llamaba, aunque falleció antes de la expulsión. Tal vez fue mejor así: que no llegara a enterarse de lo que iba a suceder.

—Quizás.

Se abstrajo en una idea que estaba tomando forma y cuerpo en su cabeza.

—¿Y qué habrían opinado si enterarse de lo de Palestina? Que ahora son judíos quienes echan a otra gente de su casa…

Ojito con Velkan, jugando a abogado del diablo. Mientras arrojaba la hipótesis me observaba con los ojos entornados y los labios fruncidos. Inhalé aire. Aquel tema siempre me resultaba escabroso.

—Pues no lo sé. Tal vez estarían tristes al comprobar que su dolor fue estéril, que no nos sirvió para aprender nada. Pero tampoco hay que descartar que estuviesen a favor de oprimir a los palestinos. O que considerasen que se está ocupando legítimamente esos territorios. A fin de cuentas, me da la sensación de que pocas víctimas logran ser más fuertes que su pesadilla, ni mejores que su infierno, y que, por eso, acaban convertidas en verdugos con mayor facilidad. Así, el horror engendra más horror. De una injusticia nace otra más grande que intenta reparar la anterior. Quienes la cometen se sienten justificados por el sufrimiento que antes les causaron a ellos… Y la espiral se vuelve infinita.

Rumiando mi reflexión, muy concentrado, Velkan rebuscó en la cesta, extrajo una mora muy gorda y comenzó a desmembrarla grano a grano. Al ver que no agregaba nada, en un acto reflejo, le tendí la llave que guardaba en el bolsillo. Tiró la mora, se limpió los dedos en el vaquero, la cogió y se dedicó a examinarla con parsimonia y reverencia, acariciando la tija con extrema delicadeza. Al cabo de un rato, musité:

—Hubo un poeta español, Antonio Machado, que dijo que solo

nos pertenece la tierra en que morimos. Él murió en Francia. En el exilio. También tuvo que salir del país, por la guerra.

Velkan continuaba escuchando muy atento mis palabras y el rumor fluvial. Pero esta vez sí intervino:

—Qué triste. La tierra en que morimos… Sí, la tierra en que morimos. Y en la que nos entierran. Esa sí que no es de nadie más, solo nuestra, para siempre —mascó la frase, incorporándola a alguna parte de sí mismo; permaneció callado, caviloso un minuto entero, y entonces alzó la cabeza con viveza y señaló la quietud del atardecer—. Bueno, pero ahora estamos vivos y, justo en este momento, este trozo de tierra tan bonito nos pertenece. Es totalmente nuestro, porque aquí solo estamos nosotros dos… —Y palmeó la roca, salpicó unas cuantas gotas al aire, que rutilaron como un vestido de lentejuelas.

Le sonreí: «Sí».

Me devolvió la sonrisa. Me hacía bien estar hablando de esas cosas con él. Me gustaba mucho. Se había creado una conexión muy especial entre ambos, en el aire que nos circundaba. Podía palparla, casi física. Convencida de que no se presentaría una oportunidad mejor para tantearlo, para medir nuestras posibilidades, me decidí. Se me apresuró el pulso.

—¿Y tú? ¿Echas de menos tu tierra? ¿Ya te apetece regresar?

—Bueno, es bonito pasar verano en España. Conocer gente nueva, interesante. —Me abarcó en un gesto adulador, ante el que realicé una cómica reverencia, encantada y feliz—. Aunque sí, no sé… Rumanía me cansa un poco. Allí las cosas no van bien. Pero, en fin, siento ganas sobre todo por mi novia. Ella no muy contenta de que yo venir aquí.

Hasta los peces del Jalón tuvieron que oír cómo me derrapaba el corazón dentro del pecho. La sonrisa se me congeló en la cara y me vi en la obligación de fingir que la luz me molestaba para ponerme la palma de la mano a modo de visera y que él no se diese cuenta de que se me resquebrajaban las pupilas. Lo persuadí, precipitadamente, de que nos largásemos del río. A mí también me habían poseído de repente unas ganas muy locas. De ahogarlo.

—¡Que os ahogáis, animal!

La advertencia nace entre carcajadas. Estentóreas. Desmadradas. Ysmail ha atrapado al vuelo con la boca una de las peladillas que los muchachos se arrojan a puñados y que surcan el aire de la sinagoga como una andanada de pedrisco. Se lleva una mano al pecho, tose espasmódicamente y pone los ojos en blanco. Todos le hacen corro alarmados, se les congela la risa, creyendo que se les muere ahí mismo. David se le acerca por detrás y comienza a propinarle a su camarada palmetazos en la espalda para deshacer el atragantamiento. Si Vida estuviese aquí, sabría cómo actuar, le pasa por la cabeza en una ráfaga.

Pero entonces, cuando va a descargar el siguiente golpe, Ysmail se gira con presteza, le agarra la muñeca y, con un movimiento seco que aprovecha su desconcierto, lo tumba en el suelo, trocando sus boqueos en busca de aire por risotadas, mientras le rasca la coronilla con los nudillos a través de la *kipá*. El muy imbécil ha estado fingiendo el ataque de asfixia. Se ha tragado la peladilla sin masticar.

En cuanto los demás se dan cuenta, se suman a la mojiganga en un pispás, aparentando enfado, pero encantados en el fondo con que el comediante les haya brindado la oportunidad de lanzarse sobre él, revolcarse por el piso y trabarse unos y otros de piernas y brazos en un barullo fenomenal. Qué gusto que en esta festividad de Purim cualquier barrabasada esté permitida y, encima de todo, en la propia

190

sinagoga, el único lugar que siempre, desde niños, los tiene a raya; por eso, ahora lo alborotan y perturban con tanto mayor descoque.

A David, alguien (adivina quién en ese *totum revolutum* de manos) le pinza la nariz para obligarle a despegar los labios y le ensarta una peladilla, seguida de un chorretón de vino rancio. Él deglute a duras penas y se abalanza sobre las espaldas de otro alguien, que sale corriendo fuera del templo, llevándolo a horcajadas por todita la plaza. Se trata de Jacob. «¡Arre, caballo!», lo espolea David, pateándole el costado y estirándole del pelo. Uy, sí, qué bien la velocidad, y el aire en la cara, y sentir que uno es libre, y joven, y que está rodeado de amigos, y que el mundo puede resultar tan divertido. Hasta que su montura lo descabalga y los dos ruedan por el suelo, con los pulmones desfallecidos, atorados en carcajadas, con las nucas y las axilas sudadas. David se queda tendido, mirando sobre sí al frío cielo azul, que se despliega como una sábana. Con los brazos abiertos en cruz y la mente diáfana. Solo inundada por una vaga sensación de euforia que corrobora que sí, que por algo esa se llama la fiesta de las suertes. Porque qué suerte vivir si significa desmelenarse. Y que la risa sea la patria.

La tierra propaga la resonancia de los pasos de sus compañeros, que ya van abandonando de a poco la sinagoga, de vuelta a sus casas; entre ellos, Eleazar, quien ha estado absorto en una animada conversación con un grupito de jóvenes de su edad y que, pese a ello, ha encontrado ocasión para ir dedicando a su hermano rictus reprobatorios cuando la alharaca rebasaba demasiado el borde del tiesto. Ahora le grita en la distancia (su voz, inconfundible): «Venga, mangarrán, que hay mucha faena en el taller».

Se ha acabado el paréntesis hasta el año que viene. David cierra los ojos para reconcentrarse en ese momento, para amalgamarlo dentro del pecho. De repente, unos dedos se engarfian en los suyos y lo levantan de un tirón.

—Arriba, Azamel. Ya nos echan —le dicen mientras las bisagras de la puerta chirrían al entornarse.

191

Aarón, por detrás, le hunde las manos en los hombros con afecto. Así, acompasan las pisadas. Ysmail continúa zampando peladillas, muy ufano.

—Os va a dar un torzón, animal.

A modo de réplica, las mastica ostentosamente, sacrificándose las muelas en el alarde. La *kipá* se le ha descolocado y se columpia encima de su oreja. Aarón menea la cabeza.

—Mentecato.

Y entonces Daniel surge de la nada y, como un rayo, pasa por su lado y le arrebata las peladillas de los mismos umbrales de la boca, dejándolo rebozado en la más absoluta perplejidad. La mandíbula se le descuelga. Un segundo de humillación, de pasmo. Sin embargo, de inmediato:

—¡¡Al ladrón!!

Y se embala en su persecución, mientras el resto contemplan divertidos a los dos revoltosos, solo levemente interesados en cómo va a resolverse la pugna. Daniel le saca ventaja, más ágil y ligero como es. Durante la carrera, no desiste de comerse su botín, para provocar aún más a Ysmail, de constitución maciza y pesada, pero a quien le empuja el culo el amor propio. Por eso, bien pronto lo alcanza, lo placa y lo derriba. Se le sienta sobre las espaldas y le retuerce el antebrazo. Alza el puño victorioso, aunque entre tanto, a su presa, las peladillas se le han caído de la mano, directas al fango. Ya no son para nadie.

Eso, lo de menos. Lo importante, que ha demostrado que a él no hay quien le tosa. Y eso le chuta la generosidad suficiente para liberar al vencido y ayudarlo a incorporarse.

—Vamos, Daniel. ¿Qué os pensabais? ¿Que porque hoy el sayón ya esté ocupado, el robo de mis dulces os lo ibais a cobrar vos de balde? Pues nanay.

Y Jacob:

—¿Por qué está ocupado el sayón?

Daniel, que ha encajado la derrota con deportividad y se frota las espinillas, y se tienta la ropa, mojada tras su encontronazo con el limo, le explica:

—Cuando este animal y yo hemos acudido esta mañana a la sinagoga, lo hemos visto prendiendo al médico. Al parecer, se lo estaba llevando a declarar.

A David, que hace un momento atendía a la conversación con desgana, le crecen unas antenas.

—¿Al médico?

—Sí, a ese tal Ben Adret. Quién lo iba a decir, con lo refinado y modosito que aparentaba. El pasado invierno trató a mi madre de una pulmonía y cualquiera habría jurado que era un santo varón. Está claro que uno no se puede fiar de nadie.

—Pero ¿de qué le acusan?

Daniel e Ysmail intercambian una mirada de inteligencia.

—Pues hemos de admitir que nos entró la curiosidad porque hubiesen trincado a un tipo tan ilustre y nos quedamos merodeando a ver si nos enterábamos de algo. El caso es que pillamos a la moza que le cocina, que había salido a la calle un poco aturullada, y aprovechamos que estaba con la guardia baja por el susto para sonsacarle el chisme. Según nos contó, había escuchado los cargos que le imputan: ahí donde lo veis, el angelito ha forzado a una chica.

A David se le seca la boca y el corazón le enflaquece:

—¿A qué chica?

Uno de sus informantes carraspea. El otro baja la vista.

—Hombre, Azamel, aunque le tengáis ley, no os hagáis de nuevas, que estaba cantado. Pues a la Benveniste.

Día 3 de marzo, año MCDLXXII, Alpartazgo. Don Antón de Boninfant, lugarteniente del Justicia, presente don Pero de Moros, jurado, toma la información transcrita en virtud de los estatutos municipales.

Doña Leonor de Lanuza declara haber sido testigo de que Vida Benveniste, judía de catorce años, célibe, residente en la aljama de Alpartazgo, y a quien conoce desde hace mucho tiempo (por lo que da fe de la veracidad de su testimonio), llegó a su casa de improviso la noche pasada en visible estado de agitación, a punto de llorar y sin capacidad de habla, y que le enseñó dos dedos ensangrentados como prueba de que la habían forzado. Cuando la declarante le preguntó quién había cometido el estupro, ella respondió que Abraham ben Adret, que ejerce el oficio de médico en la misma localidad de Alpartazgo. La presunta víctima aseguró en todo momento que no había consentido en mantener esas relaciones sexuales, ocurridas en la vivienda del acusado, donde también pasa consulta, quien se habría prevalido para perpetrar el crimen de su posición de poder, dado que Vida Benveniste se halla bajo su tutela en calidad de aprendiz, asistiéndolo en el ejercicio de sus funciones profesionales. Leonor de Lanuza declara asimismo que la víctima le había manifestado de forma reiterada y consistente que Abraham ben Adret gozaba de su plena confianza, ya que nunca había hecho insinuaciones lascivas o mostrado en su conducta indicios sospechosos que hubieran podido servir a la supuesta víctima para precaverse; antes bien, su comportamiento siempre había sido, hasta la fecha, ejemplar, lo que había convencido a Vida Benveniste de la pureza de sus intenciones para con ella y hacía imprevisible el luctuoso desenlace y el engaño de que ha sido objeto.

Y así lo firma la declarante, doña Leonor de Lanuza, de quien parte la denuncia.

Día 3 de marzo, año MCDLXXII, Alpartazgo. Don Antón de Boninfant, lugarteniente del Justicia, presente don Pero de Moros, jurado, toma la información transcrita en virtud de los estatutos municipales.

Don Abraham ben Adret, judío de treinta y nueve años, que ejerce el oficio de médico en la aljama de la localidad de Alpartazgo, declara como acusado de forzar a la también judía Vida Benveniste, de catorce años. Un cargo que se ha puesto en su conocimiento, así como que, de probarse el citado delito, este se castiga por los fueros de Aragón con pena de muerte.

Abraham ben Adret admite que, hace aproximadamente un año, tomó a la presunta víctima como pupila para instruirla en el ejercicio de su profesión, en la cual lo ha estado asistiendo durante todo este tiempo, acudiendo puntualmente a su vivienda, donde también pasa consulta. Declara, además, ser socio del padre de la joven, Mosé Benveniste, carnicero en la aljama de la antedicha localidad. Preguntado sobre si ha mantenido relaciones sexuales con la supuesta víctima, ha respondido que sí, en una sola ocasión, la pasada tarde, tal como ha testificado la demandante, doña Leonor de Lanuza, pero asegura que estas fueron consentidas, dado que Vida Benveniste en ningún momento le manifestó que no lo deseara ni tampoco empleó violencia contra él para defenderse de aquello que, de otro modo, la chica habría considerado un ataque. Antes bien, asegura que la muchacha se mostró muy dócil y complaciente, que permitió que le diera la vuelta, que le subiera las faldas, que le bajara las calzas, le tocara los pechos a través de la ropa, e incluso, que le introdujera un dedo por la vagina antes de penetrarla, oportunidades todas en las que, de haberse opuesto a la cópula, ella podría haberle indicado que se detuviera, en cuyo caso él habría desistido, ya que en su ánimo jamás estuvo el forzarla, habida cuenta del aprecio que profesa a su familia y del vínculo societario que los une.

Preguntado acerca de los motivos por los que interpretó que Vida Benveniste quería mantener relaciones sexuales con él, contesta que previamente la había convidado a beber vino para celebrar los progresos que estaba realizando en su aprendizaje y que ella había accedido a acompañarle de buena gana, por lo que en el contexto de la alegría compartida, de la complicidad y confianza que se han forjado entre ellos durante este tiempo, y del talante de festejo que los embargaba, dedujo que la muchacha se le estaba ofreciendo. No en vano —añade el encausado—, si lo escogió en su día como maestro, no resultaba descabellado inferir que una chica tan ávida como la citada Vida Benveniste también pretendiese de él que la adiestrase en artes amatorias. Requerido para que aclare a qué se refiere al utilizar la palabra «ávida» a la hora de describir a la presunta víctima, Abraham ben Adret detalla que su pupila ha demostrado siempre un ansia desmedida e inusual por conocer cualquier aspecto de la realidad, en especial de la anatomía humana, y sobre todo de los órganos reproductores femeninos, así como una resolución impropia de una chica de su edad, la cual la impulsó a buscarlo cuando tan apenas los habían presentado, plantándose en la puerta de su casa para pedirle que la formara, sin que él le hubiera dado pie y sin denotar ella ni el más mínimo pudor o modestia. Petición insólita que, sin embargo, el acusado satisfizo movido por la generosidad y, una vez más, por la deferencia que dice sentir por la familia Benveniste.

Semejante disposición de carácter de la muchacha, la admiración hacia él que recurrentemente ha exteriorizado (sin ir más lejos, la misma tarde de los hechos, minutos antes de que se produjera el acto, cuando le dijo que no sabía cómo agradecerle todo lo que había hecho por ella), y el ambiente festivo en el que se hallaban por propia voluntad, le condujeron a pensar que Vida Benveniste deseaba experimentar el sexo de su mano. Deseo al que Abraham ben Adret reconoce haberse plegado tal vez con excesiva debilidad de temperamento (auspiciada por el vino), ya que es plenamente consciente de la inconveniencia de unas relaciones extraconyugales, pero sin que esto, en ningún caso, pueda equipararse con que él haya forzado a una joven, máxime cuando esta ya alcanzó hace un año la mayoría de edad. Un abuso que califica de repugnante y en el que niega haber incurrido jamás (en efecto, no consta ninguna denuncia anterior por análogas razones). Apela a su intachable trayectoria como galeno y miembro prominente de la aljama, en la sanación de cuyas almas ha invertido su vida entera, por lo que juzga un desatino la simple sugerencia de que haya intentado corromper a una sola de ellas.

Y así lo firma Abraham ben Adret, en condición de acusado.

Día 3 de marzo, año MCDLXXII, Alpartazgo. Don Antón de Boninfant, lugarteniente del Justicia, presente don Pero de Moros, jurado, toma la información transcrita en virtud de los estatutos municipales.

Mosé Benveniste, judío, residente en la aljama de Alpartazgo, donde desempeña el puesto de carnicero, padre de la supuesta víctima, Vida

Benveniste, y socio del acusado, Abraham ben Adret, afirma ignorar los sucesos que motivan la denuncia. Asegura que su hija no le ha comunicado en ningún momento que la hayan forzado, menos aún Abraham ben Adret, un hombre al que conoce desde hace muchos años, desde su época de estudiante, y que siempre ha profesado una gran estima hacia su familia, hasta el punto de asociarse con él cuando su negocio vivía horas bajas, y de prestarse a formar a la propia Vida Benveniste en el arte de la Medicina. Preguntado al respecto, Mosé Benveniste admite que ni él ni su esposa veían con buenos ojos que su hija adquiriera esos conocimientos ni que pasara tanto tiempo junto a un varón mayor que ella, pero que la susodicha insistió, y que fue solo y precisamente el inmejorable concepto que tenían de Abraham ben Adret lo que los llevó a otorgar finalmente su consentimiento. En el año en el que la muchacha ha estado adiestrándose con él, niega haberle oído queja alguna, sino que, antes bien, siempre se ha mostrado muy satisfecha, lo que despejó cualquier desconfianza o recelo por su parte.

En cuanto a la noche en la que, según el testimonio de doña Leonor de Lanuza, Vida Benveniste acudió a la vivienda de esta llorando y con los dedos manchados de sangre después de que, presuntamente, Abraham ben Adret la hubiera forzado, el declarante corrobora que no la pasó en casa, sino que llegó ya por la mañana, por lo que su esposa la reprendió con gran dureza y le exigió explicaciones, pero que Vida Benveniste no se las dio y que, desde entonces, ha permanecido callada y con la mirada perdida.

Y así lo firma Mosé Benveniste, en calidad de testigo y allegado de la presunta víctima.

Día 3 de marzo, año MCDLXXII, Alpartazgo. Don Antón de Boninfant, lugarteniente del Justicia, presente don Pero de Moros, jurado, toma la información transcrita en virtud de los estatutos municipales.

Vida Benveniste, judía de catorce años, residente en la aljama de Alpartazgo, y supuesta víctima de un delito de estupro, en virtud de la denuncia interpuesta por doña Leonor de Lanuza, declara conocer desde hace un año a su presunto atacante, Abraham ben Adret, médico en la mencionada localidad, y a cuyo lado se ha iniciado en las nociones de este oficio, a instancias suyas y solamente suyas, según atestigua. Corrobora la versión ofrecida por doña Leonor de Lanuza (que acudió a su casa la pasada noche, que le enseñó dos dedos manchados de sangre, y que la pasó allí), pero asegura que no quiere denunciar a nadie.

Preguntada sobre si Abraham ben Adret la ha coaccionado de alguna manera para que no testifique en su contra, lo niega. Preguntada sobre si en la vivienda del acusado bebió vino en su compañía, lo confirma. Preguntada acerca de si le manifestó al susodicho que no sabía cómo agradecerle todo lo que estaba haciendo por ella, lo confirma. Preguntada sobre si permitió que Abraham ben Adret la volteara, le subiera las faldas, le bajara las calzas, le tocara los pechos a través de la ropa y le introdujera un dedo en la vagina antes de penetrarla, asiente. Preguntada sobre si deseaba mantener prácticas sexuales con él, lo niega.

Preguntada acerca de si ella opuso alguna resistencia o si le indicó al varón que parara, lo niega. Preguntada sobre cómo pensaba entonces que iba Abraham ben Adret a colegir su rechazo, no responde. Se le informa del reciente caso acaecido en Huesca, en el que doña Constanza de Ayniello saltó por la ventana antes que consentir que Juan de Onna la forzara, heroico acto en el que quedó probada la negativa de la víctima y, por tanto, el delito. Vida Benveniste reconoce que ella no intentó nada en ese sentido para dejar patente su repulsa. Preguntada sobre si se considera una mujer ávida, afirma no comprender la pregunta. Preguntada sobre si obtuvo placer durante el acto sexual, se echa a llorar y no contesta.

Así lo firma Vida Benveniste, en calidad de presunta víctima.

Final y definitivamente, nada más que presunta. Por supuesto, Abraham ben Adret fue absuelto.

* * *

—¡Vida! ¡Esperad!

Leonor sale corriendo tras ella. La sefardí continúa andando, sin volverse siquiera, aparentando que no la oye.

—¡Por favor! ¡Un segundo! ¡Escuchadme, os lo ruego!

Nada.

Así que la agarra del brazo. Entonces Vida se gira y la empuja con una fuerza descomunal que la hace tambalearse. Le dedica una mirada llena de odio y Leonor se asusta, porque quien la mira es una extraña. Los ojos le relampaguean, inyectados en veneno. Todas las facciones torcidas, afiladas, deformes por la crispación. Y la desconocida ruge:

—¡Dejadme en paz!

—Vida, lo lamento, puedo explicarlo... —balbucea con la respiración entrecortada.

La otra suelta la risa que soltaría una gárgola, si las gárgolas se rieran.

—¿Explicarlo? ¿Qué me vais a explicar? ¿Que, para variar, habéis hecho lo que os ha dado la santa gana, usando vuestras influencias para que el Justicia pusiera en marcha el proceso aunque yo no hubiera dicho ni pío? ¿Aprovechar por enésima vez que sois la niña de papá para que todos bailen a vuestro son y se cumpla vuestra voluntad por encima del cadáver de quien sea...? Me dais asco.

—No, Vida, no. Fue por vos. Por el dolor que me... Por lo que os... Por la injusticia... Para que maten a ese hijo de perra...

—Pues, mirad por dónde, eso no solo no va a pasar, sino que habéis conseguido que ahora todo el mundo se entere, que mi familia me vaya a partir el lomo, que me convierta en una apestada, una buscona. En una puta. Que él retire su capital de la carnicería... Un desastre absoluto...

—Ay, Vida, lo siento. Lo siento mucho, lo siento tanto, de verdad... Yo creía que... —La voz se le desmiga. Depone la cabeza.

Y Vida, con una rabia contenida, glacial:

—Os lo advertí. Os lo avisé. Es más. Os lo supliqué. Os lo supliqué encarecidamente. Que no dijerais nada. Y en cuanto me di la

199

vuelta… Jugando a salvarme por pura vanidad, sin importar las consecuencias. Claro, como para vos el mundo es tan fácil, estáis convencida de que a los demás las puertas también nos aguardan abiertas de par en par, que a todos nos sonríe la misma suerte. —Y ladea el cuello, para obligarla a que la encare, y clavarle los ojos—. Leonor —ella le sostiene la mirada a duras penas, represando aún las lágrimas, que ya piden turno para salir—, ¿en algún momento pensáis en alguien que no seáis vos?

Y las lágrimas, ya sin control, ruedan mejillas abajo. Se sorbe. Y entre tartajeos:

—Per-per-dón…

Vida la agarra brutalmente por los pómulos y, antes de empujarla de nuevo y seguir su camino, le echa el aliento en la nariz:

—No quiero volver a veros.

Vida no ha vuelto a los olivos. Y en cambio, en su casa, el aire se ha vuelto irrespirable. Su madre ha de contenerse para no darle una somanta de palos. «¿No podíamos haberlo arreglado nosotros, en la aljama, con discreción, que has tenido que ir a cacareárselo a tus amigos los cristianos, para que vengan a entrometerse con su Justicia, y encima, que el veguer falle en tu contra, con lo que ha quedado probado para todo el que quiera saberlo que tú lo buscaste? ¡Justo en este momento! Cuando tu padre, aprovechando que las cuentas cuadraban otra vez en la carnicería, estaba pensando en candidatos para que hicieras una buena boda; en celebrar cuanto antes los esponsales para que pudiéramos empezar a prepararte el ajuar y casarte dentro de unos meses. ¿Quién va a querer comprometerse contigo ahora, dime? Y todo por andar enredada con ese hombre como una fulana, y mira que te lo advertí… y tú, erre que erre, aspirando a convertirte en sabia… Pues ya ves en lo que has quedado y, de paso, has arrastrado a tu familia. Agradece que no te echemos de casa, porque merecerías pudrirte en el arroyo».

Juce la mira con un ofendido desprecio, innegociable, que ha trasladado incluso a su novia Dulce, quien ya ni la saluda cuando coinciden en el lavadero o la panadería. En cuanto a su padre, es el que más le preocupa, porque se ha quedado totalmente hundido. Tan siquiera se pasa por la carnicería. De un modo tácito, parece haber delegado en su hijo esa responsabilidad que se le ha hecho grande, y él se atrinchera delante del fuego del hogar. Avejentado y lacónico, observa las llamas y cómo serpea el tiempo. Nadie logra arrancarle dos palabras consecutivas. Tampoco lo intentan en exceso. Optan por dejarlo en paz, macerando su ¿pena?, ¿culpabilidad?, ¿bochorno?, ¿humillación?, ¿derrota?

De manera que Vida deambula. Vaga, camina, arrastra los pies. No sabe dónde meterse ni qué hacer consigo misma. Se le figura que todos sus vecinos cuchichean a sus espaldas, pero sin disimulo ninguno, para permitirle tomar conciencia de que se ha convertido en un bicho de tres cabezas y cola dentada de los que se pintan en los bestiarios. El único remanso de cierta paz, donde se abstrae y juega a que se olvida, lo halla cuidando a Samuel. Al menos, en la cápsula de ese eterno niño las cosas continúan igual: en su sitio, con sus propias miserias, pero al margen de las del mundo de los mayores. Y, sobre todo, no la juzga. Para él, todavía es la de siempre.

A Ben Adret no se lo ha cruzado. Ha oído que se ha marchado a una casa que posee en Zaragoza, tal vez hasta que las aguas se despejen de lodo, pero ignora si se trata de una habladuría o de una realidad. Ella reza por las noches en la cama para no tropezarse con él nunca más, pero no pierde de vista que es mucho pedir.

Y entonces, esa mañana de una vida que ha seguido como siguen las cosas que no tienen mucho sentido, se topa con David, que se acerca a ella con la mano levantada para impedirle fingir que no lo ha visto. Ciertamente, no lo ha buscado desde la… desde el… incidente, aunque presupone que se habrá enterado. Y, por eso, la come la vergüenza.

—David…

—¡No os escapéis! ¡Dichosos los ojos, que no hay quien os pille últimamente!

Ella sonríe medrosa. Por el contrario, él luce radiante.

—¿Os apetece pasear por el río o estáis ocupada?

—No, no… Tengo tiempo.

—¡Estupendo!

No puede evitar agradecerle que esté sujetando para ella esa ficción de normalidad, como clavos entre los dientes. El Jalón también fluye normal, acostumbrado.

David enhebra su voz al rumor del torrente, con un parloteo distendido e insustancial. Que si su negocio, que si las telas, que si los encargos, que si los clientes, que si la tabarra que le da su hermano, que si las pequeñas miserias del Aarón, y del Jacob, y del Daniel… Hasta que Vida, que momentos antes lo ha encontrado consolador, ante su «¿Y qué hay de nuevo?», no aguanta más y le espeta:

—David, no hace falta este teatro. Imagino que estáis al corriente de lo que ha ocurrido, del… de la… —Se detiene en seco—. De que me han forzado.

—Sí. ¿Y qué? —replica él, con completa serenidad.

—Pues que no tenéis que aparentar, que no me debéis nada. Que si preferís apartaros, como el resto, lo entiendo perfectamente.

—Bueno, pero no estoy obligado. Solo si lo prefiero, ¿no?

—Sí… —titubea ella, desconcertada.

—Menos mal, porque el caso es que no quiero. —Y agarra un guijarro y lo arroja al agua.

Ambos permanecen unos minutos en silencio. El follaje flamea en torno a ellos, con un siseo.

—Vida, si necesitáis llorar, llorad. Si necesitáis gritar, gritad. Si necesitáis que ese hijo de mil putas esté muerto, pedídmelo.

Ella bufa.

—Eso mismo argumentó Leonor. Verlo muerto y ¿qué consiguió? Ya se ha comprobado: la catástrofe.

—Seguro que la movían las mejores intenciones…

Vida amaga una protesta, pero él la ataja.

—… pero falló en las formas. No lo manejó bien. Para estos casos, donde esté una hoz a tiempo, que se quite lo demás.

—Callad, callad. Lo que faltaba. Que alguien se manchara las manos de sangre por… Qué va. —Chasca la lengua—. Esto ya ha provocado suficiente dolor como para removerlo más. De todas formas, gracias por… ofreceros.

David hace un gesto restándole importancia.

—No os agobiéis. Era broma… en parte al menos. Por el contrario, sí hay algo que yo estaba barruntando pediros muy en serio.

Ella lo mira con franca curiosidad.

—Decid. Si está en mi mano…

—Pues sí, precisamente, en vuestra mano está, y en ningún sitio más que allí. —Y cogiéndosela, lo suelta—. ¿Queréis casaros conmigo?

Un segundo. Dos segundos. Tres segundos. Cuatro. Se pierde la cuenta. Vida se echa a reír.

—¿¿Estáis loco?? Ja, ja, ja.

Se palmea una rodilla. Se enjuga unas lágrimas que le han brotado. Las primeras en muchas horas que no ha destilado el desgarro.

—No me toméis el pelo, por favor. Os agradezco que intentéis animarme, pero tampoco os paséis con la broma.

Él la contempla impertérrito.

—No, no, poca broma. Más bien, ninguna. Se trata de una proposición en firme.

Ella entorna los ojos para penetrarle las intenciones.

—¿De verdad?

—De la buena.

Sacude la cabeza.

—Sé lo mucho que me apreciáis, David. Desde críos. Pero no es necesario que os inmoléis por mí, para salvar mi honra. Saldré de esto, con el tiempo… de alguna manera. No preciso de vuestra lástima para notar que estáis de mi lado.

—Por supuesto que estoy *de* vuestro lado, pero, además, también me gustaría estar *a* vuestro lado. Lástima dice… No os enteráis de nada. Tan inteligente como habéis demostrado ser con los libros y, en cambio, no tenéis ni idea de leerme a mí.

Vida lo mira fijamente. Con interés. Con calma.

—Leédmelo vos entonces. En voz alta. ¿Qué hay en vuestro libro?

Se rasca el entrecejo.

—En realidad, una historia bastante simple. De hecho, podría resumirse en… «Siempre». Que os quiero desde siempre y que quiero quereros para siempre. No hay mucho más.

Se encoge de hombros, con las palmas de las manos extendidas.

—Pues ya es bastante.

—Para mí, desde luego. Pero desconozco si para vos…

—¿Si basta?

—Eso.

Vida se aleja unos cuantos metros de eso, de lo que hablan. Su conciencia se encarama a la rama de un chopo para observar desde fuera ese instante tan preñado. Se trata de una de esas veces en las que te roban abruptamente las líneas del texto, el guion de lo previsto, y no te queda otro remedio que vivir en presente, en el filo de los segundos según transcurren, decidiendo sobre la marcha, en el vértigo, sin pistas, asideros, o referencias acerca de las palabras que debes pronunciar o los pasos que convendría dar. Cuando la existencia se convierte en pura apuesta.

Y allí, aposentada en la rama del chopo, se ve junto a ese hombre que es su amigo, con el que se siente bien, dentro de unas coordenadas claras. En territorio seguro, muelle, cartografiado, con una civilización asentada, próspera. Que ha funcionado. Y crece dentro de ella una pelotita de algodón, con un corazón empapado de aceite caliente. Y un cosquilleo reconfortante, ilusionado, se le difunde lentamente por los músculos, por el cerebro, por el pecho, y hasta la punta de los dedos. De las manos y de los pies. Porque esos ojos de carbón desde el primer momento la atrajeron. Y porque en alguna ocasión, incluso a pesar de los granos, se ha preguntado qué esconderá debajo de la ropa. Y —cae en la cuenta— cómo le sabrán los besos.

Allí, con las piernas de su conciencia meciéndose en la rama del chopo, deja que se descorche un pensamiento al que nunca se había molestado en dotar de contorno, de grosor: que David es un arcón cerrado que acaso le agradaría destapar. Ahora él ha desplegado la cubierta, ha desencajado los goznes, y la insta a que hurgue hasta el fondo, bien adentro. ¿Y por qué no? Quizás lo de la felicidad no resulte más complicado que eso: que zambullirse en un baúl. Y desvestir secretos que ya se conocen.

Así que abandona el refugio del chopo y regresa allí, adonde se dirime ese juego con las cartas sin marcar. Inspira aire.

—Pero a ver, me lo estáis preguntando totalmente en serio, ¿no? Mirad que luego no vale echarse atrás.

Esa advertencia risueña actúa como una espoleta que carga de chispas las pupilas de David. Y se le enciende en la boca una granada a un tris de estallar.

—Entonces, eso es que…

—Que sí.

—Que sí. Tal cual te lo cuento.

—Pero entonces lo soltó así, tan pancho, sin darle ninguna importancia.

—Como quien dice que se va a comprar manzanas.

—Qué fuerte… ¡Y menudo capullo! Con lo modosito que aparentaba… Una ya no se puede fiar de nadie.

Noelia estaba indignada de veras y eso me consolaba un poco. Mínimamente.

—Pero vamos a ver, entre vosotros no había pasado nada, ni se te había declarado ni nada parecido, ¿no? —arguyó Pilarín, devolviendo el drama a su justa medida, con el calzador de las verdades incómodas.

—No… —admití malhumorada—. Y estás metiendo el dedo en la llaga, Pilarín. Porque lo que más me enrabia de todo esto es, precisamente, que no tengo motivos para ponerme rabiosa. No puedo dirigirle ningún reproche ni enfadarme con él porque lo has clavado: la película, al parecer, me la había montado yo sola en mi cabecita.

—No, no, no, no —intervino Noelia, propinando a la mesa toquecitos compulsivos y enérgicos con el índice, como un taquígrafo epiléptico—. Eso no es tan así como lo pintáis. Aquí el señorito Velkan estaba tonteando con mi buena amiga la Rebe de una manera califiquémosla de descarada, que yo lo presencié. Cualquiera incluso mucho menos pánfila que ella se habría hecho ilusiones.

—¡Muchas gracias, defensora!

—De nada —me replicó con una sonrisilla sardónica—. No, pero ahora en serio… Lo de comportarse como un calientabragas está muy feo. Feísimo.

—Tú siempre tan fina y sutil, hija mía… —terció Pilarín con los ojos en blanco.

—Que sí, mujer, que soy más bruta que un arado y más basta que la lija del cuatro. Asumido. Pero que ya me conozco yo a esos individuos, que te van engatusando y jijí, jajá, todo buen rollo y miraditas por aquí y pajaritos por allá, y en cuanto huelen que la cosa se pone seria, ¡zasca! Te salen con la monserga de «Uy, no, no, si yo tengo novia y un adosado en Cuenca», y encima logran que pienses que estás paranoica, y chiflada, y que has sacado las cosas de quicio… ¡Anda y vete a escaparrar, Mari Carmen!

Pilarín se levantó a coger el vaso de leche del microondas y me lo alargó. Aprovechó para apretarme el hombro.

—Mira, Rebeca, te haya dado falsas esperanzas o no, y aunque sea una penica como otra cualquiera, ¿lo bueno de esto? Que el mozo se marcha ya mismo, con lo cual te vas a evitar encontrártelo por ahí y seguir soñando despierta. Así te vas a olvidar de él en un periquete, ya verás.

Expresada en esos términos, la perspectiva resultaba bastante halagüeña y el desencanto, manejable.

—¡Más razón que una santa, oh, preclara Pilarín, sabia entre las sabias! —exclamó Noelia, ejecutando una especie de danza tribal de adoración en torno a una sacerdotisa, quien se la sacudió de encima con una risotada en absoluto esotérica y mascullando un «Mírala, qué gansa»—. Si no lloraste por el Yorgos ese, ¿vas a penar ni medio minuto por este otro? Ni hablar, reina mora. Y para empezar con el proceso de desintoxicación, ¿sabes qué vamos a hacer? Pues que no te vas ni a despedir de él, para ahorrarte las sensiblerías *made in* Hollywood e impedir que lo mitifiques como un caballero de brillante armadura alejándose a lomos de un Alsa. Nada de caminos de leche y miel para él.

Ese planteamiento tan tajante me formó un bolo en la garganta. Tal vez no estaba preparada para ese desapego.

—Hombre, igual quedará un poco maleducado, ¿no? —objeté.

—No se merece menos ese mamarracho —pontificó.

Busqué instintivamente con la mirada el consejo de Pilarín, pero su única aportación consistió en esa filosofía tan Ikea de «Oye, tú misma».

La resolución de Noelia, por el contrario, me arrastró.

—Sí, sí, ese pavo te debe una fiesta. ¿Ya no te acuerdas de la juerga que nos dejamos de correr por su culpa, porque se cruzaron en nuestro camino a mamporrazo limpio con los nazis del pueblo? Pues ha llegado la hora de que te lo cobres. La noche antes de que se pire, tú te hallarás en la capital de jarana, y cuando bien tempranito él se esté yendo de Alpartazgo con viento fresco, vas a estar durmiendo la mona y recuperándote del meneo que te hayas pegado con algún pavo de buen ver. Y ancha es Castilla, y más ancho mi salón. ¿Qué te parece?

Su seguridad y la lisa sencillez que presentaba el plan, sin fisuras ni enredos emocionales, aliñado con un regusto de venganza, resultaba sugestiva y me plegué. No confiaba en que, en esos momentos de confusión mental, despecho y sentimientos despellejados, mi criterio fuese el más atinado, conque le cedí el mando a la Parra, tan práctica y mundana en estas lides. De modo que, cuarenta y ocho horas después, vislumbraba a Velkan en el comedor por última vez, sin participarle al interesado el pequeño dato de que no nos íbamos a volver a ver. Su imagen (sosteniendo una bandeja, cogiendo una naranja; luego —podía anticiparlo— serían esos pequeños detalles concretos los que me perseguirían, los que más costaría borrar) me inundó de melancolía. Pero me apresuré a invocar a la mentada novia, allá en Bucarest. Así logré disipar en parte la morriña, además de aligerar el peso de la traición que me disponía a cometer. Él alzó una mano y me sonrió, como de costumbre, aunque no se acercó, supongo que convencido de que esa noche habría oportunidad de charlar un rato y decirse adiós con todas las de la ley.

No way. A eso de las siete de la tarde, Noelia y yo escapábamos en su coche por la gatera de atrás rumbo a Zaragoza, con una farra épica por horizonte. Allí nos esperaba su amiga Clara, a la que habíamos dado plantón en la anterior ocasión. No nos guardaba rencor. Lo previsto se cumplió punto por punto. Bailamos sin mesura, bebimos chupitos de lo más fuerte, uno detrás de otro, nos desternillamos a propósito de nada, Noelia se subió a la barra alegando que estaba permitido y que, a las que se atrevían, les regalaban una consumición (oferta que nunca se demostró); y solo en lo más farragoso de la borrachera, yo estropeé un poco el jolgorio general con el lloriqueo de que, probablemente, a Velkan ni siquiera le importaría que yo no estuviera en el hostal para despedirme, y que, por tanto, castigarlo con mi ausencia no tenía el menor sentido. Juraría que Noelia y Clara respondieron que él se lo perdía y pronunciaron una serie de palabras malsonantes, acompañadas de una sarta de gestos obscenos. Me acabé riendo. En los días siguientes, no pregunté a Pilarín si Velkan había querido saber dónde andaba yo aquella noche y, en caso de que así fuera, cómo había reaccionado ante la noticia de mi espantada. Prefería quedarme basculando en el formol de la duda.

El único retazo que conservo de aquella velada es que la culminamos, como Noelia me había prometido en su día, en el piso de Clara situado en la privilegiada calle Alfonso. De la vivienda no recuerdo nada, pero sí que a través de la ventana se atisbaba un trozo de fachada iluminada del Pilar.

Ah, y que cuando las otras dos dormían, muy de madrugada, me encerré en el baño y me masturbé. Aunque viese doble, debí de meterme cuatro dedos a la vez.

A la vez que la observa (más bien, que la caza con los ojos), Leonor se arrima cuanto puede a los muros de la judería para tratar de pasar desapercibida. Se ha enfundado en su indumentaria más discreta, pero, aun así, le da la sensación de que todos la miran y que le recriminan que esté allí. Esas también son calles de Alpartazgo a fin de cuentas. Parte de su casa, por ende, y, sin embargo, le parece que pertenecen a otro mundo. No se siente cómoda. Le han empezado a sudar las palmas de las manos. Teme toparse de frente con David. O que Vida se gire de repente y la descubra desprevenida, antes de que, antes de... ¿Antes de qué, por los clavos de Cristo? En realidad, ¿qué diablos está haciendo? ¿Acaso ha perdido la cabeza? Quizás, porque, desde luego, ya no es suya. Se la ha apropiado ese pensamiento que zumba, y que aturde, y que hiere, como un remolino de abejas.

La aterradora idea de que no vuelvan a verse. Eso le dijo la última vez. «No quiero volver a veros». Y, no obstante, ahí está ella. Por enésima ocasión, desobedeciendo, pasándose los deseos de los demás por su santa voluntad. Precisamente, lo que Vida le echó en cara, el motivo de su odio. Pero es que, ¿cómo le va a hacer caso? En eso no, por favor. En todo menos en eso.

Ya no aguanta más. Ahora. Ahora que tuerce ese recodo, aprovechando que hay un callejón (no más que un patio abandonado, de tapias derruidas y maleza descastada), ha llegado el momento. El momento de embalarse en una corta y sigilosa carrera para alcanzarla, agarrarla por la muñeca y empujarla al callejón, llevársela por delante mientras ahoga un grito, sin permitirle procesar lo que sucede.

Lo logra. El factor sorpresa ha convertido a Vida en una presa fácil, que, pese a unos pataleos iniciales, la está mirando ya de hito en hito, boquiabierta, desde el rincón más retirado del cuadrángulo, reducida contra la pared, fuera de la vista de los viandantes.

—¡Leo! ¿Estáis loca? ¡Casi me matáis del susto! ¿Cómo se os ocurre…? Por un instante he pensado que se trataba de…

—Lo siento. ¡Pero no chilléis!

—Insisto. ¡Estáis loca! ¿A qué habéis venido?

— …

—Apartaos, dejadme salir. No tengo tiempo para estupideces.

—No.

Y le corta el paso. Vida resopla.

—¿Qué?

—Pues que… —La Lanuza, asombrosamente sin palabras, se retuerce los dedos.

—Os dije que no quería volver a veros.

—Exacto. Ahí está el problema. En que yo no estoy de acuerdo.

—¡Ja! Esto es increíble. No respetáis nada en absoluto.

Y pese al reproche, por debajo de la indignación, Leo lo detecta: el rescoldo de la admiración. El atávico, el de siempre. Y le invade la certeza de que, pase lo que pase, Vida nunca podrá librarse de esa fascinación por ella, de esa pulsión con raíces inescrutables y aleatorias más fuerte que sus propias intenciones o que las circunstancias. El ingobernable sentimiento de que alguien te caiga en gracia, aunque no lo merezca. Tomar conciencia de que ejerce sobre Vida ese poder sin proponérselo, solamente siendo, tal cual (esa magia), la envalentona.

—Pues no. No respeto esa burrada de partir peras con vos. Y si para manifestároslo tengo que no respetar la judería, pues ya lo veis: aquí me hallo. —Y con las cejas señala las fachadas que asoman por el filo de la cerca. Añade con una expresión ensoñada, con súbita nostalgia—. Se trata de la segunda vez que entro aquí. ¿Os acordáis de la primera? También fue por causa vuestra.

Vida profiere un sonido embarullado, a medio camino entre la risotada y el bufido.

—Sí. Claro que me acuerdo. Como para olvidarlo. Cuando vinisteis con Isabel a devolver el anillo de oro. En un principio, cuando mi madre nos pilló, al lado de vuestra casa, no dijisteis nada de que yo lo había sisado para que no me castigara y luego...

A Leo le cruza de pronto los labios una sonrisa maligna y, en un arrebato, aprisiona a Vida contra esa tapia que se alza detrás, hincando la cadera en la suya, y le esparce todo el aliento por la tez para decirle:

—Os equivocáis de medio a medio. No callé aquel día para ahorraros castigo, sino para tener una excusa que me permitiese volveros a ver. Bien, pues en esta ocasión, ídem. No me aseguré tanto entonces de que nos encontraríamos de nuevo para ir ahora a perderos de vista. No, hombre, no.

Vida no se desase de esa tenaza, no se zafa del atropello. Está anestesiada. Únicamente la contempla, con curiosidad, calibrándola. La halaga. La enternece. La apabulla. La desquicia. La asusta. Demasiadas emociones las que le suscita esa persona. ¿Cómo consiguen convivir en un espacio tan pequeño? No sabe muy bien cómo manejarlas. Se encoge de hombros. Que equivale a rendirse un poco.

—Bueno, ¿qué queréis?

Leo la suelta, se separa al fin unos centímetros. Se le agolpa la esperanza. Y la ilusión.

—Que retornemos a la normalidad, al olivar, a vernos cada día, a contarnos lo que nos ocurre, lo que pensamos... A ser amigas.

A Vida se le escapa una sonrisa que huele a triste. Y a misericordia ante eso que le pide. Porque ella ya ha averiguado que no resulta posible andar hacia atrás.

—Las cosas han cambiado mucho, Leo. Y muy deprisa. Es muy raro que puedan transcurrir tantísimos años en los que todo siga igual y que, de una forma tan repentina, ¡zas!, se dé la vuelta y ya no sepas cómo vivías antes.

—No os comprendo.

—Pues… como si te metieran en una barrica, totalmente a oscuras, y te lanzaran por una ladera, y tú solo rodaras y rodaras, de un lado para otro, golpeándote, mareada, sin enterarte de dónde está la coronilla, dónde los pies, el norte, el sur, arriba, abajo… Y, después de muchos vuelcos, por fin la barrica se parara, y reptases hacia fuera y, desorientada por completo, salieras a una ciudad que no has pisado nunca, en la que la gente habla una lengua desconocida, y tuvieses que quedarte allí porque no tienes ni idea del camino que hay que tomar para regresar al punto de partida. Y ni siquiera recuerdes cómo era vivir allí o, incluso, cómo eras tú allí… —Tras la parrafada, Vida se detiene a reunir aliento, sorprendida de haberse logrado explicar. La comparación le ha nacido sola.

Aun así, Leo la mira con la nariz fruncida, la cabeza ladeada, como los perros cuando se desconciertan. De modo que Vida se excusa.

—Es difícil de entender si no lo has sentido…

—Ya, pero eso, ¿en qué se traduce? ¿Cómo planeáis vivir de ahora en adelante, en esa ciudad extraña, de idioma indescifrable? ¿No quepo yo allí, en una ciudad entera? ¿Esa ciudad entera excluye al olivar, a…?

—Tal vez no, pero será distinto…

—Bueno, no tiene por qué, quizás…

—Voy a casarme con David.

Leo retrocede. Noqueada. Como si la hubieran estampado desde lo alto de la susodicha colina contra un suelo de piedras.

—¿Qué?

Vida le elude los ojos.

—Sí —barbota.

Y su amiga comienza a caminar muy lento por el cuadrángulo. Alelada. Atónita. Con la frente inclinada. Arrastrando los pies. Hasta arribar al muro opuesto al suyo. Se apoya allí. Le falta agarre. Le falta tierra. Y con voz incrédula:

—Que os casáis. Vos. Con David.

—Me lo pidió.

—Y respondisteis que sí.

—Ajá.

—¿Por qué? ¡Y no me digáis que le queréis!

—… Le quiero.

A Leo comienzan a correrle mejillas abajo unas lágrimas de aguacero. Silenciosas, pero torrenciales, incesantes, iguales que dos cortinas de agua.

—Pero le queréis, ¿cómo? ¿Como un amigo?

—Sí, por supuesto, y también… como hombre.

—Como hombre.

—En efecto.

Leo se muerde los labios.

—¿Deseáis yacer con él?

—¿Qué clase de pregunta es esa? Bueno, eso acostumbran a hacer los esposos, ¿no? —se impacienta Vida, ruborizándose levemente.

Leo se escurre hasta sentarse entre los matojos.

—Esto se debe a… a la denuncia, ¿verdad? Os casáis con él para limpiar vuestro nombre, ¿a que sí?

Vida se posa las manos en el nacimiento del pelo, y se lo alisa hacia atrás.

—A ver, Leo… Se han mezclado muchas cosas. Y sí, no voy a negar que la petición de matrimonio ha llegado en un momento tan… Bueno, en el más oscuro de mi vida, cuando me encontraba en… en una ciénaga. Mi padre está fatal, mi madre y mi hermano no me perdonan, y nadie me iba a dar una oportunidad. Me habían condenado. Tachada de aquí a la eternidad. Y entonces va David, el loco de David, y me sale con que quiere casarse conmigo… otra forma de decirme que está de mi parte, que vamos juntos en esto, y que a su lado sí hay hueco para mí. Y eso significa tanto que…

—Pero no podéis adoptar semejante decisión simplemente porque creáis que se trata de la única alternativa que se os va a presentar para convertiros en una mujer respetable de cara a la gente, para evitar sus habladurías. Qué importa lo que chismorreen, que se muerdan la lengua y se envenenen...

—No entendéis nada. Se trata de mi vida, Leonor. Según vos, ¿qué se supone que debería hacer, eh? ¿Seguir yendo a los olivos cada jornada de aquí hasta que me muera, a subirme a las ramas en vuestra compañía? ¿Que en eso consista todo el plan, el futuro? ¿En pretender que nada cambia?

Ella se seca la cara con el dorso de la mano.

—No, no digo eso. Solo que no tenéis por qué casaros ahora, justo cuando os halláis, como habéis reconocido, en el peor momento, el más vulnerable, con la mente nublada, cuando menos libre sois.

—Leo, aunque no sucediese ahora, ese paso, el de unirme a un hombre, lo daría más tarde o más temprano... Sois consciente, ¿verdad? —Y, desde el otro extremo del patio, la barrena con los ojos, para cerciorarse de que comprende a qué se refiere, que ambas están hablando en la misma frecuencia—. Ignoro cómo os imagináis vuestra vida, pero si lo que esperáis se limita a esperar... a que esperemos, tanto vos como yo, algo que sencillamente es imposible, y que dejemos correr los días en un presente que jamás va a conducir a ninguna parte... Bueno, no contéis conmigo para eso. Hay-que-cre-cer —recalca silabeando—. Y junto a David puedo intentarlo. —Leo ha comenzado a respirar por la boca y Vida prosigue—: Si, tal como afirmáis, deseáis lo mejor para mí, deberíais alegraros. Porque he tenido la inmensa suerte de que precisamente me lo haya pedido el hombre al que más quiero. Vos, que lo conocéis, mejor que nadie sabréis que me hará feliz.

Las dos permanecen en silencio lo que parece un eón. Se oyen gritos alegres en las calles y algún trino en el alero. Una lagartija se escabulle entre los guijarros. Ellas se rehúyen las miradas. Al cabo de unos minutos, Leonor, tras sorberse la nariz y emitir una especie

215

de suspiro, se levanta de las matas donde había naufragado y, despacio, se dirige hacia la salida del callejón. Allí, vuelve la cara hacia Vida, que la observa muy atenta, y se despide:

—Que qué espero de la vida, me preguntáis. Que sé que os hará feliz, decís. Ni idea. Solo sé que, a fin de cuentas, nunca debí esperar más que cerdadas de una cerda judía.

PARTE II

Se acurruca un poco más en el lecho. Estira los dedos de los pies. Al principio, solo es consciente de eso. De lo blando del colchón de borra. Del placer de dislocar sus propias articulaciones. Abre los ojos. Y se da cuenta. Se ha despertado en otra vida. Pero ¿de verdad? ¿O solo en sueños?

Alarga la mano y nota el bulto detrás de sí. Cálido. Como una montaña. Que respira. Él. David. Por un momento, le entran unas ganas terribles de reír ante lo absurdo. Y la cabeza le pierde pie, resbalando en caída libre por un túnel estrecho y oscuro que atraviesa un gran espacio atiborrado y, a la vez, muy vacío, que es el tiempo. Y que conecta esas dos pupilas negras, dúo de tizones ardiendo en un chiquillo, que se le clavaron en la fiesta de las fadas de Samuel (que ya ha cumplido cuatro años), con ese par que ahora permanecen ocultas, encerradas tras los párpados de un hombre que duerme y ronca muy suave a su lado. Su marido.

Abandona la posición de costado y se queda tendida sobre sus espaldas. Prende la vista en el techo y le asalta la sensación de que se va a poner a bajar, a bajar, ineluctable, hasta aplastarlos a ambos. Parecido a lo que han hecho con ella los acontecimientos. Arrollarla. Igual que una estampida de toros salvajes. De repente, David estaba en casa de sus padres, pidiendo su mano, y doña Oro soltaba un grito sofocado. Se alegró; por una vez, se alegró de veras. Y por la noche, cuando ya su prometido se había marchado, la miró fijamente, a través de las llamas bailongas de una candela para escrutarla mejor, y masculló entre dientes aquello tan suyo: «No sé cómo te las apañas —y sonaba a reproche—. Algunos nacen con *mazal* y ventura, y otros…». Pero sonreía.

Su padre apenas emergió de la indiferencia. Le concedió a David su venia, su plácet, para lo que quisiera. Eso incluía a su hija. Y luego, la redacción apresurada de la *ketubá* porque nadie estaba para perder el tiempo en exigencias o remilgos. Solamente deseaban casarse. Al menos, ellos. Por la rama de los Azamel sí se elevó una voz discrepante. Envuelta en un estrépito de cerámica rota cuando David la llevó a su casa para comunicarle el compromiso a Eleazar, y al Ortiga se le hinchó una vena en el cuello no más los vio y escuchó sus propósitos; se le cuajaron los ojos de cólera y estampó contra el suelo una vasija que le pillaba a la mano.

—¡Los enamorados! ¿No os enteráis, hermano, de que estáis haciendo el ridículo, paseándoos por ahí con esa furcia colgada del brazo? ¡Todos se ríen de vos, y de paso de mí, y con razón, y encima ahora pretendéis convertirla en vuestra esposa, meterla en nuestra familia! ¡Por encima de mi cadáver, vamos! ¿No sabéis que ya no es virgen, que la muy puta fornicó con el médico? Y tú, bruja, ¿qué hechicerías has empleado con este tonto para sorberle el seso…?

David no le dejó continuar. Se abalanzó sobre Eleazar y lo empotró contra la pared, oprimiéndole la garganta con el antebrazo.

—¡Pedidle perdón de inmediato, mal nacido! Os guste o no, me voy a casar con ella, va a ser mi esposa y la vais a tener que respetar. Ya no podéis trazarme el carril. He crecido. Como hombre adulto tomo mis propias decisiones. No me hace falta vuestra bendición, y si os empecináis en tratar así a mi mujer, estáis muerto para mí.

El otro no añadió más que unos tartajeos iracundos, hasta que, a instancias de la propia Vida, David aflojó la presión y los dos se marcharon de allí, ella con ojos asustados. Se descartó por tanto la costumbre de que los recién desposados se instalaran en el hogar del novio. Alquilarían una vivienda para ellos solos. Vida sí insistió en que David lo arreglara con Eleazar de tal manera que la entente les permitiera seguir trabajando juntos en un ambiente cordial (a fin de cuentas, se necesitaban recíprocamente para sacar adelante el negocio y ganarse el pan), aunque fuese a costa de que Vida se mantuviese en todo momento al margen. Así, el cuñado se encontraría en disposición de fingir que esa boda no se había producido, y que su hermano menor no había caído preso en las zarpas de una zorra.

El susodicho se resistió. «Ya no lo aguanto, Vida». Pero ella le recordó: «Hay que ser prácticos, amor. Y más os vale habituaros a este tipo de reacciones. No va a tratarse del único que airee mi deshonra y me llame puta. Va a haber más desprecios, más insultos, más vejaciones. Aún podéis echaros atrás. No olvidéis con quién os vais a casar». «Por supuesto que no lo olvido: con la mujer más guapa del mundo».

Y después del encontronazo, el espumarajo, el volcán, todo ocurrió muy deprisa. Había que fijar una fecha. «¿Para qué día del mes te tocan las flores?», le preguntó doña Oro. «Vale, pues entonces, una semana más tarde, el plazo suficiente para purificarte». Y de pronto, en el día 15 de *siván*, se hallaba flotando en el agua caliente y aromática del *mikvé*, que se le enroscaba en torno a los muslos, las caderas, la cintura, los pechos, con su hálito de canela. Le pareció la palma de la mano de un varón, una profecía, y se estremeció. Su madre la bañó con cuidado y le frotó la espalda de un modo afectuoso. Eso le infundió valor para volverse y musitar: «Tengo un poco de miedo». Ella apretó los labios y le replicó:

—Pues no hay por qué. De hecho, gracias a esta boda, vas a esquivar una flecha que sí debería asustarte de verdad. De modo que aplícate en hacer feliz a ese hombre.

Luego, la vistió con una camisa blanca y limpia, y a la mañana siguiente, ese mismo hombre estaba en su casa (el Ortiga se negó a que lo celebraran en la suya), introduciéndole un anillo en el dedo en presencia de sus padres y de su hermano («He aquí que tú estás consagrada a mí...»), y bebiendo vino con ella, y partiendo la copa con el pie, y le brillaban esos ojos negros suyos con auténtico fervor, y a Vida ese brillo le empañaba el corazón de ternura y de ganas de agarrarlo fuerte; y casi a continuación, los pocos amigos de él que habían asistido tañían panderos y los obligaban a bailar, y cantaban a voz en grito «Tres palomicas vuelan, por allí vienen y van, que por el amor van y vuelan, y vienen y van, vuelan en el azahar para los del buen *mazal*...»; y cuando fluyó el vino y se desataron, aquello otro de «Aquí se arrimó, así a la cama, a ver las almohadas, si eran de lana, y a ver a la novia, si era galana...».

Y sí, ya en la alcoba, la almohada era de lana, y David la desnudó con mucha urgencia. Y todo el deseo que había sentido por él, en abstracto, en fantasías, se vino abajo espachurrado, evaporándose al contacto con el suelo, como si fuese rocío y este quemara. «Quiero irme a mi casa», resonó en su cabeza a medio eco. La turbó notar que aquellos tizones ansiosos se posaban en sus pezones y en el vello de su pubis, dispuestos a prender allí. Le dio vergüenza.

Y en cuanto él se liberó el pene y se apostó entre sus piernas, tan prieto el tacto de una carne ajena contra la de ella, se acordó inevitablemente de... La evocación le violó la mente y no pudo soportarlo. Se contrajo entera y, hecha una bola, se orilló en el canto de la cama temblando. David lo entendió. Se le abrazó por la espalda, los tapó a los dos con una manta y jugueteó con su pelo, y le vertió para sosegarla susurros en la oreja. Solo cuando la creyó dormida, lo oyó que se restregaba contra el colchón, que jadeaba, y no tardó ni medio minuto en ahogar un resuello tan frustrado como voluptuoso. Nunca se lo agradecería lo bastante.

Después de eso, la tradición les prescribía siete días de castidad aunque no hubieran consumado su amor. Eso le dispensaba una tregua. Y la necesitaba, porque las cosas pueden cambiar mucho y muy deprisa, hasta el punto de borrar cómo vivías antes, lo mismo que le había dicho hacía no tanto a Leo (aunque pareciesen décadas).

Pensar en ella (no ha vuelto a verla) le hace sentir una piedrecita rugosa y puntiaguda entre el colchón y sus lumbares. Se remueve incómoda y, sin pretenderlo, choca con David, en esa octava mañana que ha transcurrido desde su boda. Los ojos se le entreabren, se despereza.

—Hola.

—Lo siento. No quería despertaros.

—No pasa nada.

Permanecen unos segundos mirándose, frente a frente, en esa crisálida del día que es la madrugada, dentro del capullo de la tibieza mutua, de la quietud íntima, de la proximidad cómplice. Y sucede un poco por mero campo gravitacional. Porque el calor llama al calor, lo mullido a lo tierno, y más en las cenizas ya exangües del sueño, cuando las barreras de la razón y el cálculo aún siguen bajadas. Y se enronquece la voz, y se enturbia la mirada. Primero se trata solo de una mano que arriba a una cadera y le da la réplica un pie que horada en la corva del compañero.

Y el simple aterrizaje se convierte en una caricia, una fricción, una insistencia, una huella. Y los labios se buscan, y se encuentran las lenguas. Y se gustan. E hibernan. Juntas.

Y se separan las piernas, y se unen las entrañas. Y encajan. Y se gozan. Creyéndose una.

Me había creído lo que no era. Por eso me había pasado (el desengaño). Por pensar que tenía al tipo detrás de mí, comiendo de la palma de mi mano. Eso repetí para mi coleto durante una temporada después de que Velkan se marchara. Pero después de la languidez, la vida en Alpartazgo siguió. Y vaya que si lo hizo. A pasos de desmesura: el pedacito de *hanukiya* sobre el que tan fortuitamente había miccionado mi amiga Noelia Parra resultó tratarse de todo un hallazgo, que puso tras la pista al departamento de Historia Medieval de la Universidad de Zaragoza. Un par de eminencias de estudios hebreos comenzaron a rastrear manuscritos de la época como posesos, y encontraron una mención velada a lo que podía haber sido una segunda judería situada en los límites de Alpartazgo. Tal vez una prolongación de aquella de la que siempre había habido constancia, la ubicada en el casco urbano del pueblo, donde yo misma vivía ahora. Una segunda judería que muy bien podría haber florecido en los descampados baldíos que circundaban la localidad.

Se pidieron permisos y subvenciones, y tras unos meses de burocracia, llegó un destacamento de arqueólogos dispuestos a excavar. El profesor (el vejestorio al que Noelia había acudido con el humilde trocito de metal) logró que la integraran en calidad de asistente en el equipo que iba a llevar a cabo los trabajos, como forma de reconocerle que hubiera levantado la liebre. Estaba pletórica. Y yo también,

224

porque sus frecuentes visitas al lugar de autos me permitían verla a menudo, a pesar de que hubiese reanudado las clases y la rutina en la capital.

—¿Quién me lo iba a decir, eh? Yo, la pequeña zote sin futuro, codeándome con los cerebritos y tal vez, si suena la flauta, esquivando la cola del paro. ¡Ahí la lleváis!

—¿A quién increpas, Noelia? —le preguntaba riéndome cuando le daban esos arranques de desquite y autocomplacencia.

—¡Yo qué sé! —contestaba con el semblante más risueño que nunca—. ¡A los que no confiaron en mí! En cambio, tú sí, Benveniste. ¡Me has traído suerte, morena!

—Yo qué te voy a traer… si te las arreglaste de lujo tú solita para ir a mearte justo encima de un resto arqueológico. Menuda puntería la tuya, guapa.

—Ya.

Y se desbordaba de satisfacción mientras juntas contemplábamos cómo la tierra muda, bajo las dentelladas de los picos, las palas y las rasquetas, se iba desvistiendo poco a poco, dubitativa en el trance de contarnos alguno de sus más preciados secretos.

El secreto ha sedimentado allí, en medio de ellos dos. Lo que se fragua entre los amantes cuando se cierra la puerta, a base de tocar, morder, frotar, lamer, succionar, acoger, murmurar, estremecerse, gritar, acariciar, correrse, explotar, se trata de una verdad universal, pero que cada quien interpreta a su manera, en combinaciones infinitas. Encuentros únicos e irrepetibles que, por eso, pese a ser el cuento conocido más viejo de la humanidad, quedan convertidos en un misterio para todo el que esté fuera.

Y entonces llaman a la puerta. Y ambos permanecen a la vez adormilados y atentos. Aflorando apenas de los efluvios del placer. Parece que el mundo real ha seguido su curso mientras tanto, constante en su broma y en su teatro. No mueven un músculo. Aguardan a que el ruido intruso cese. Pero los golpes persisten. Imperiosos sobre la madera. Vida hace amago de incorporarse. Los golpes persisten. David la retiene. «No os vayáis». El calor atrae al calor y lo captura. Ella le roza la línea del mentón y le sonríe. Pero los golpes persisten.

De modo que Vida se escurre por su lado del tálamo, se echa un ropón encima y sale a recibir a la interrupción. Es Juce. Trae el rostro cetrino. Más que de costumbre.

—¿Qué sucede, hermano? ¿Y esos mamporrazos? Nos vais a tirar la puerta abajo.

—Tenéis que venir. Nuestro padre.

—¿Qué?

—Que se ha muerto.

Vida retrocede de la impresión. Comienza a temblarle la barbilla. Se cuelga de él con los ojos, porque las rodillas le han flaqueado.

—¿Qué decís?

Él asiente.

—Pero… ¿cómo…?

—Durante el sueño. Madre se lo ha encontrado así al despertar.

Ella se agarra de la jamba con una mano y, con la otra, se amasa la frente, las pupilas fijas en punto muerto. Y así, en camisa y descalza, sigue a Juce hasta la casa que ayer era suya, y hoy es la de su infancia, y que, en lo sucesivo, será para siempre aquella en la que su padre murió mientras dormía.

Al llegar, halla a su madre de espaldas, una efigie un poco incrédula que custodia el cadáver, con los ojos desguazados. A él, el abrazo de la parca solo se le adivina en una rigidez en torno a la boca, pero el conjunto del semblante transmite paz. Qué alivio que no haya sufrido, que el aliento lo haya desposeído de puntillas para no inquietarlo. Vida se acerca y toma la mano yerta, descolorida. La piel ya se ha enfriado. Qué contraste con la carne palpitante, calefactora, en la que ella se ha enterrado esa misma madrugada. El hombre vivo y el hombre muerto. Semejante viaje entre extremos, que caben en un puñado de horas, la lanza al epicentro de un vahído. Catatónica, desde el terremoto que acaba de conmocionar su suelo, Vida verá a doña Oro empezar a adoptar providencias, ungida por el don del pragmatismo y asistida por Juce: convocar a los miembros de la *hebrá kadisá* para que laven y amortajen ese cuerpo que la ha dejado viuda; practicar la desgarradura en la ropa; avisar a las vecinas del óbito, para que esa primera semana del luto, en la que a ellos les está prohibido trabajar, los alimenten a base de huevos duros y lentejas.

Toda esa parafernalia para tapar que en esa habitación hay una persona que ha desaparecido, que ha salido de escena y que no va a volver a entrar en el siguiente acto. Su papel en la obra ha terminado. Vida logra percibirlo confusamente por detrás del fárrago del ritual. Es Mosé, su padre, quien más tiempo lleva apareciendo en sus recuerdos, el que yace ahí, inerte para los restos. ¿Cómo concebir algo así? Que no vaya a levantarse más, ni a respirar, ni a abrir los ojos. Que su voz esté condenada a perderse, porque, en un día no muy lejano, nadie se acordará de cómo sonaba realmente. La muerte, ese cuento tan viejo como el amor, encierra, al igual que él, un misterio. La muerte también calla un secreto, ante el que solo podemos decir: «¡Adiós, papá!».

«¡Adiós, nona!».

En el sueño, me despedía de mi abuela. Lo soñaba recurrentemente. Supongo que mi cabeza quería suturar la herida. La de no ser capaz de precisar qué le había dicho la última vez. Cuando me marché aquella mañana a una entrevista de trabajo y luego me la encontré muerta. Por haber perdido las llaves. ¿Me habría deseado ella caminos de leche y miel?

Me despertaba con el pulso agitado y el cuello del pijama sudado. Me quedaba mirando la pared blanca frente a mi cama, punteada por las lamas de la persiana, hasta que se me vaciaba la mente, y solo entonces me atrevía a intentar dormirme de nuevo. En aquella ocasión, ocurrió durante una siesta. Se había prolongado más de la cuenta. Me había acostado para un rato a eso de las cuatro de la tarde y el reloj luminoso de la mesilla marcaba las siete y media. Me levanté nerviosa. Recorrí de unas cuantas zancadas el cuarto, todo lo que este daba de sí, que no era mucho. No conseguí tranquilizarme, de modo que me dirigí a la cocina a beber un vaso de agua y, de paso, charlar con Pilarín, para que me ayudara a dispersar fantasmas. Aquella señora tenía la virtud de apaciguarme.

No la encontré. Abajo no había ni rastro de ella. Ni en el comedor, ni en el zaguán, ni en las demás habitaciones. Incluso me asomé por la puerta de la calle. Subí al primer piso. Esos cuartos también estaban cerrados. Empecé a preocuparme. ¿Dónde podía andar metida? Si nunca salía de casa… Entonces, me inundó la regresión, como una colada de magma frío. Esas sensaciones ya las había vivido yo antes. De pronto, volvía a encontrarme en el rellano del piso de Plaka, tocando el timbre con fútil desesperación, y aporreando la puerta, y apostada en el murete de la esquina observando la hiedra y escuchando a las cigarras desquiciadas, negándome a enterarme de nada. No, no, no podía ser. Otra vez la pesadilla no.

El miedo, con sus manos heladas, me empujó escaleras arriba, hasta el umbral de la buhardilla donde ella solía recluirse, pero exclusivamente por las noches. Yo nunca había merodeado por esos dominios.

—¡Pilarín!

Nada. Agucé el oído, por si al otro lado de la puerta se consumaba algún movimiento o el más leve indicio de vida. Nada. Golpeé con los nudillos, insistente.

—¡Pilarín!

Me la imaginé desvanecida, fatalmente acaso. Me poseyó el terror, el trauma. La imagen de la bolsa negra donde se llevan a los cuerpos. Y entré. Dispuesta a encontrarme cualquier cosa.

No había nadie. La buhardilla estaba desierta. Algo más aliviada, pero con el corazón todavía a mil revoluciones, permanecí allí idiotizada, mirando el espacio diáfano sin poder verlo en realidad. Solo un par de minutos después, comencé a hacerme cargo de lo que ofrecía la estancia. Y, ganada por la curiosidad, me dediqué a inspeccionarla. Se hallaba ordenada a la perfección, pulcra y nítida. No había abigarramiento. Penetraba una luz clara. Una zona de estar, con un confortable sofá-cama. Una alfombra trenzada a rayas azules. Un pequeño televisor. Una estantería de latón con unos cuantos libros y un cactus. Y, oh, sorpresa, un caballete. Con un lienzo a medias. Lo cierto es que, desperdigados aquí y allá, había un montón de útiles de pintura. Frascos alineados con pinceles impolutos de todos los tamaños. Un estuche con acuarelas. Lápices afilados. Carboncillos. Y cuadros.

Cuadros en sí, ya listos, ya terminados. Conque Pilarín nos había salido artista. Y bastante talentosa, por lo que denotaban sus creaciones. Muy bonitas. Al detenerme en ellas, y repasarlas una a una, fui cayendo en la cuenta de que seguían un mismo patrón. Eran versiones de una única obra.

Abstractas, desnudas, pero poderosas en su sencillez. Un fondo blanco con una raya en medio, que a veces aparecía más fina y otras, más ancha; que se desviaba a un lado o al contrario; con mayor rugosidad o menor cantidad de pigmento; menos larga o menos corta; en púrpura, en ocre, en amarillo, en negro. Rematadas algunas por manchones o por rociados puntillistas. Difusas o netamente delimitadas. Al óleo, al pastel o a la acuarela. Un aguafuerte incluso.

Al girarme, descubrí, apoyado en una buena porción de pared (casi la mitad), un lienzo oculto tras una sábana blanca. Dudé. Eché una ojeada a la puerta, y la adrenalina ante la posibilidad de que Pilarín regresara en cualquier momento y me pillara con las manos en la masa me hizo ver, de un modo meridiano, que esa podía tratarse de la última oportunidad que se me presentara de averiguar qué se escondía tras la tela. Y también me chutó la determinación suficiente para retirarla.

En efecto, la misma obra. Pero en un formato tan grande que apabullaba. En este caso, la raya era de un color rojo sangre, cargada de materia, gruesa como una soga, y prácticamente dividía la superficie de parte a parte. Resultaba impactante. Te obligaba a mirarla. Y no te concedía el beneficio de la indiferencia. Tras contemplarla durante un minuto, reparé en que había escritas un par de palabras en la esquina inferior de la derecha. El título. *La grieta*.

No sé por qué, leer aquello me desencadenó un repentino pudor, y me avergoncé de estar fisgando donde nadie me había llamado. De modo que me apresuré a tapar de nuevo el lienzo, procurando que ninguna arruga delatara mi escrutinio ni mi presencia ahí, y me marché de la buhardilla a escape. Convulsionada por haber profanado aquel refugio. Atestado de grietas.

Agrietada. Así se siente. Pese a que hayan transcurrido meses desde que su padre falleció. Si vertiesen agua dentro de ella, se le colaría por los intersticios, por las fisuras, y se echaría a perder. No se ve capaz de retener nada. Por eso, quizás, no se queda embarazada, pese a que David, casi cada noche, se derrama en su cuerpo. Él repite que no le importa. Que los hijos ya llegarán. Entre tanto, para ser feliz, le sobra y le basta con que hagan el amor y dormirse después a su lado. Y Vida, por eso, cada día le quiere más. Todo debería resultar así de sencillo.

Pero no consigue borrar de su cabeza que lo ha matado ella. Que si jamás se hubiese obstinado en plantarse delante de la puerta de Abraham ben Adret para pedirle que le enseñara su ciencia (y aún más, si jamás hubieran tenido que recurrir a él porque ella hubiese ayudado a reunir el capital por otro lado, pidiéndoselo a Leonor, según los deseos de su padre), Mosé Benveniste seguiría vivo. Su madre y su hermano nunca la han acusado. No hace falta. Porque quienquiera que hubiese formado parte del seno de esa familia se habría dado cuenta de cómo, cuándo y por qué aquel hombre había perdido las ganas de seguir tirando del carro, hasta el punto de que el alma se le secase como una hoja desprendida del árbol. Y ya se sabe: las hojas secas siempre se acaban quebrando.

Y no, no le han dicho nada, pero la compuerta que pareció abrirse entre su madre y ella cuando se casó con David se ha ocluido de nuevo. Las veces en que la visita, apenas hablan. No la ha visto llorar. No le consta que lo haga. Solo se afana en sus tareas, con su rigor habitual, y le encarga algún recado. Pero Vida intuye que no se debe tanto a que necesite esa hogaza de pan que le manda buscar, o ese pozal de agua que le urge, sino a que ansía quitársela de en medio el mayor tiempo posible. En lo que respecta a Juce, ha tomado por completo las riendas de la carnicería, y tan embebido se halla en el negocio y en su proyecto de casarse a no mucho tardar con Dulce que no le presta la más mínima atención, y ambos hermanos deambulan por veredas paralelas, sin que nada permita augurar un cruce.

Por eso, por el limo de la culpa, Vida no ha querido volver a rondar a la medicina, ha aparcado cuantos conocimientos recolectó en una circunvolución de su cerebro y ha arrojado la llave al mar, hasta sostener la ficción de que no aprendió nada de todo aquello que durante un año entero le espoleó la ilusión y el empeño. David, el único que la continúa tratando con naturalidad, el puerto en el que guarecerse durante la tormenta, ocasionalmente deja señuelos diseminados bajo sus pies. Acaso porque él, que la ha acompañado mientras crecía y ha mapeado sus entretelas, alberga la certeza de que solo una pasión como esa podría elevarla del pozo. «He oído que el hijo de los Chacón está resfriado y, al parecer, se le está complicando… ¿Por qué no os pasáis un rato, le echáis una ojeada y le aplicáis alguna de esas hierbas que tan bien van?». Cuando le zarandea delante de las narices estos reclamos, Vida finge que lo considera, que lo sopesa, al comprender lo que está intentando. Y para no desalentarlo, asiente y murmura: «Sí, luego tal vez». Pero luego, nunca va.

En su lugar, se dedica a cuidar de la casa que han alquilado, poniendo mucho ardor en asearla. Y en guisar con abnegación. Como ahora, que está removiendo en el puchero unas legumbres. El vapor le ha cubierto el rostro con una película tórrida. Su muñeca ejecuta movimientos circulares mecánicos al compás marcado por el cucharón. Las revueltas sufren un leve sobresalto ante el sonido de unos golpecitos quedos en la puerta. Por un instante, cree que se los ha imaginado. A veces le ocurre. Inventarse, hasta el punto de escucharlos, los redobles con los que Juce vino a anunciarle que se habían quedado sin padre. Las trompetas de Jericó.

Ya se dispone a reanudar el removido cuando ahí está otra vez el repiqueteo. Inhala aire, lanza una mirada aprensiva al potaje, suspira, se seca la cara con el mandil y se encamina a la entrada. Allí la espera un niño. Un rapazuelo de unos siete años, con la cara sucia y agujeros en la ropa, que se hurga sin disimulo la nariz. Vida se sorprende.

—Hola, ¿en qué puedo ayudarte?

Y el arrapiezo le contesta moroso, retorciendo el tobillo:

—Traigo un recado para la señora Vida.

—Sí, soy yo. ¿De qué se trata?

—En el convento quieren que vayáis.

—¿Cómo?

—Que tenéis que ir al convento. Os llaman.

Vida sacude la cabeza de puro desconcierto.

—¿Que me llaman? ¿A mí? ¿De un convento? ¿Qué convento?

—Ajá, ajá, ajá —asiente a todo el recadero—. Ese de allí. —Y señala vagamente en una dirección indeterminada—. El de santa Clara.

Vida no entiende nada.

—Esto es absurdo. Yo no conozco a nadie allí. ¿Para qué me buscan? ¿No me estarás gastando una broma, verdad?

—No, no —se apura el chicuelo—. Una monja me dio un real. —Y se saca la moneda y se la enseña muy ufano—. La monja que quiere que vayáis.

No la habrían desorientado más si la hubieran puesto a girar como una peonza y luego la hubiesen soltado en campo abierto. ¿Unas monjas cristianas le están pidiendo que acuda a su convento? ¿A ella? ¿Por qué? Las preguntas asaetean su mente, frenéticas por encontrar una respuesta en la que acertar blanco, pero nada. No hay pista, referencia o hipótesis a la que aferrarse. Solo una inmensa pared, lisa y muda, que repele cualquier tentativa de asalto. Y, sin embargo, Vida no se resiste a seguir indagando. Hay como una especie de imán en lo extraño que no le consiente pasar de largo.

—¿Y cuándo he de ir?

—Lo más pronto posible —dictamina el mocoso, satisfecho de comprobar que está cumpliendo su cometido, que se ha ganado la propina—. ¡Ah! Y cuando os presentéis y la hermana portera os pregunte quién sois, no podéis decir vuestro nombre de verdad, sino contestar que os llamáis doña Elvira Garcés.

—¿¿Qué??

La ha pasmado de pies a cabeza. La intranquiliza lo delirante del suceso. La doblega la curiosidad por el enigma.

El convento de santa Clara se levanta muy cerca de la ribera del Jalón. Un sencillo y austero edificio de dos plantas, en piedra tostada, guarnecido por una tapia que cela el claustro y el huerto, y un portalón con arco de medio punto por visera. Vida recaba aire en esa mañana nubla, de brisa empecinada, e imprime sus nudillos en la puerta. De inmediato, repara en la aldaba y también se vale de sus servicios. Aguarda. Unos momentos después, en la hoja de madera se abre una rendija enteca, pero que libera una voz tonante.

—¿Quién va?

Vida traga saliva e intenta sonar convincente.

—Doña Elvira Garcés.

La rendija entra en carnes.

—Sí. Adelante. Os están esperando.

Una monja bajita y maciza con un manojo de llaves en la mano le franquea el paso. Le niega tan deprisa la cara que no alcanza a vérsela. Sin perder un segundo, enfila un corto pasillo con andares resolutos y Vida trota tras ella. Siguiéndola, llegan a una enclenque salita desnuda, cuya única particularidad se cifra en que una reja recorre de extremo a extremo la pared frontera. Al otro lado, se vislumbra una estancia bastante más amplia y alargada, con un par de mesas corridas, sendos bancos y un púlpito elevado, encastrado en el muro, al que se accede por una escalerilla. El refectorio.

—Ahora voy a avisar de que estáis aquí.

Y la portera, tras poner en movimiento sus llaves una vez más, desaparece por una puertecilla. Vida permanece muy quieta, oyendo su propio pulso y la condensación de la humedad en las entrañas de la piedra. La expectación le brinca en el estómago. Sí, se halla nerviosa. De pronto, no comprende qué hace allí. Una judía en un convento de clarisas. ¿Por qué ha ido? ¿Nunca va a dejar de meterse en camisa de once varas? Diríase (y no erraría) que los problemas la atraen como la miel al oso. Cualquiera habría anticipado que no puede salir nada bueno de una encerrona semejante, y sin embargo, allí está ella. Puntual y voluntariosa en la boca del lobo. Se agobia, y se gira en busca del pasillo para marcharse por piernas. Pero un súbito chirrido en la punta opuesta del refectorio la retiene. Ahora ya no hay escapatoria.

La figura de una monja se está acercando despacito por ese comedor que parece no terminarse jamás. A través de la reja, solo le cunde para distinguir que es alta y espigada, y que el hábito le ondea en torno a unas pantorrillas bien torneadas. En los últimos metros, su zancada se vuelve presurosa. Tanto que, antes de que a Vida le dé tiempo a reaccionar, se ha abalanzado sobre la celosía y sus manos agarran los barrotes, y su rostro se ha pegado a ellos hasta tatuárselos. Cuarteada por los hierros conventuales, ahí está la cara de Leonor.

—¡Vida! ¡Habéis venido! ¡No puedo creerlo! ¡No sabéis las ganas que tenía de veros!

La voz se le agolpa en la garganta, festoneada de una alegría que brilla como una lluvia de serpentinas en la sobriedad del cenobio. Sus palabras llegan a los tímpanos de Vida, pero ella no acaba de entenderlas. Porque no entiende nada.

—¿Leo?

—La misma que viste y calza. No ha pasado tanto tiempo como para que no me reconozcáis, ¿no? —Está intentando sonar despreocupada y jovial. Pero la intranquilidad se le transparenta por detrás.

—Pero… ¿qué demonios hacéis aquí?

—Bueno, demonios aquí precisamente… De hecho, hacemos casi de todo excepto eso. No nos permiten invocarlos.

—Leo…

—Vale, sí. Lo lamento. Me dejo de estupideces. Más que nada porque no disponemos de mucho tiempo.

—¿Tiempo para qué?

A Vida se le disparan todas las alarmas. Oh, sí, la va a liar. Si no la conociera… Debería estar furiosa con ella y, sin embargo, la muy maldita ha conseguido (como de costumbre) despistarla hasta tal punto que ya ni se acuerda de por qué la odia. Al lado de *eso* (Leonor dentro de un hábito y una toca, a través de una reja), su enfado se ha tornado irrelevante. Muy pequeño.

—Bueno, lo primero de todo, Vida, antes de explicaros nada, quería pediros perdón por lo que ocurrió la última vez que… Y no os lo pido porque ahora necesite vuestra ayuda (aunque soy plenamente consciente de que lo parece), sino porque me he arrepentido hasta el infinito de haberos dicho esa guarrada. Yo sí que me porté como una cerda, especialmente porque no lo pensaba. En absoluto. Bueno, eso ya lo sabéis vos, ¿no? ¿Cómo iba a pensar eso? Pero estaba tan… dolida.

—¡¿Dolida!? ¡¿Qué os había hecho yo para que os sintierais así!? ¡Yo sí que tendría que estar dolida!

—¿Lo estáis?

—¡Pues sí! ¡Me dolió en el alma! —Y al gritarlo, Vida cae en la cuenta de que en efecto, que sí, que cuánto. Y le revientan en los ojos unas lágrimas inesperadas. Mierda. ¿Por qué se derrumba delante de ella? Leo la mira consternada.

—Perdón, perdón, perdón… Vida, no lloréis, por favor, y menos por mi culpa, que no lo soporto.

—Os aguantáis.

Y llora. Por muchas cosas. No se recata de que se le estremezcan los hombros, ni de respirar ruidosamente, ni de los gemidos.

Tampoco se seca los párpados. Leo asiste a su demolición, mortificada. En presenciar la pena le va la penitencia.

—Lo siento, lo siento, lo siento…

Sollozos. Espasmos. Laceración.

—Lo siento, lo siento, lo siento… Me convertí en un monstruo. ¿Qué puedo decir? Me comieron los celos…

—¿¡Los celos!? ¿Cómo los celos?

—Ya, ya lo sé… Es absurdo. Absurdo. Sin ningún sentido… Olvidadlo, por favor.

Pero, pese al ruego, habrán de transcurrir unos minutos eternos y densos hasta que Vida consiga dejar de llorar. Solo al cabo de un buen rato se le aminorará un poco el llanto. Y entonces se encontrará mejor, la verdad. Más ligera.

—Lo siento —reitera, machaca Leonor—. Lo siento muchísimo. Desde el fondo de mi corazón. Lo siento. Me desprecio por haberos causado esa tristeza. Y me va a costar perdonarme, os lo aseguro. Lo único que me queda es juraros aquí, en suelo sagrado, que no volveré a haceros daño mientras viva.

Y en su cara, incluso distorsionada por la reja, Vida detecta algo que no ha visto antes, sin precedente. No existe as en la manga, ni gato encerrado, ni plan alternativo. En esa cara, por primera vez, no hay red. De pronto, no le cabe la menor duda de que Leo está poniendo las dos mejillas a la vez. Y eso le mueve el suelo.

Para espantar esa sensación abrumadora, pregunta:

—Bueno. ¿Por qué me habéis mandado buscar? Y sobre todo, ¿¿cómo habéis llegado hasta aquí??

Ella suspira.

—No os lo cuento por ablandaros, ya que no lo merezco, pero tras esa horrible conversación de la que tanto me avergüenzo, yo también lo pasé mal, Vida. Me encerré en mi cuarto. Perdí el apetito. No empleaba el tiempo en nada, y mi padre me llamó a capítulo. Me advirtió que no podía llevar esa rutina de melancolía y molicie, que iba a enfermar, que seguramente él me había desatendido, pero que se disponía a ponerle remedio a la voz de ya. Que ya era hora… Que lo mejor era encontrarme un marido… Solo de oírlo, me entró tanto asco, Vida, tanto… No quería ver a nadie, ni hablar con nadie… solo deslizarme dentro de un hoyo y dormir allí enroscada unos cuantos años. ¿¿Cómo me iba a casar?? Por supuesto, me negué en redondo, y mi padre me contestó que de nada me iba a servir oponerme, que no se trataba de una proposición o una sugerencia, sino de una decisión que ya había tomado para mí. Así que protesté, me enrabieté, amenacé con matarme, rompí varias cosas… Bueno, ya me conocéis. Lo… persuasiva y… encantadora que resulto en ocasiones. Al final, después de mucho forcejeo y de pegarme una torta, creo que más por extenuación que por cualquier otra cosa, mi padre me planteó una encrucijada: o la boda o el convento. Me vi tan acorralada que elegí lo segundo. De manera que, ni corto ni perezoso, como si le molestara que rondase un minuto más por su casa, realizó una generosa donación a las clarisas a cambio de que me acogieran, y ¡aquí me tenéis! ¡A las puertas del cielo!

Y su voz, en un eco, se estrella contra la bóveda.

—Madre mía, Leo, me dejáis de piedra —musita Vida, intentando asimilar esa avalancha de información.

Conque no ha sido solo la suya. ¿Cómo puede trastocarse tanto una existencia, tan de repente, y precisamente la de su amiga? Y lo más importante, ¿cómo ha podido no enterarse mientras acaecía, si siempre lo habían sabido todo la una de la otra? Absorbida por lo que estaba cambiando en ella, ni siquiera se había parado a concebir que la vida también siguiera su curso para los demás, con sus remolinos, sus corrientes, y esos vertiginosos saltos de agua. Pues sí. Y, visto lo visto, cada una se las había tenido que apañar por su cuenta para navegarla.

—¿Y entonces?

—Pues entonces, que no soporto permanecer un día más aquí. Se trató de una forma de ganar tiempo, pero ya he comprobado que entre estos muros me asfixio. Me muero por respirar aire puro, y andar de acá para allá, y subirme a los olivos, y… Por regresar a mi libertad, en definitiva. Van aviados si creen que me voy a quedar enclaustrada lo que me resta de vida.

—Pero, en ese caso, ¿no os obligarán a casaros apenas saquéis un pie del convento?

—Cuando lleguemos a ese puente, ya cruzaremos ese río. Ahora la prioridad consiste en salir de esta cárcel cuanto antes. Y, para eso, os necesito a vos.

La ha encañonado con los ojos al decirlo. Y Vida no se los rehúye. Solo se muerde los labios. Menea la cabeza. Y suspira.

—¿Qué se os ha ocurrido?

—Está como las cabras —diagnostica David después de escucharla, con una boca que, por segundos, a medida que avanzaba el relato, se le ha ido abriendo de par en par.

—Ya la conocéis. Pero lo cierto es que a la condenada no se le pone nada por delante. Tiene recursos y mañas para absolutamente todo. —Y Vida no puede evitar que en su voz resuene un timbre admirativo, ante el que su marido se indigna—. Bueno, sin ir más lejos —y mientras lo evoca, le entra la risa—, ¿a qué no adivináis por qué había dado instrucciones de que me identificase en la puerta como doña Elvira Garcés y no con mi verdadero nombre?

—Sorprendedme.

—Pues porque la muy individua, para que me permitieran pasar (algo que obviamente no iba a suceder si me delataba el apellido judío), le contó a la abadesa la patraña de que había logrado entablar conversaciones con una noble, amiga suya de la infancia, tan adinerada como piadosa, y que la iba a convencer de que donara una escandalosa cantidad al convento. Pero que, para eso, precisaba reunirse con la pía doña Elvira *in situ*, a fin de que se prendase del lugar y corriese a transferirles a las clarisas sus dineros. Claro, en cuanto lo oyó, a la buena de la abadesa le faltó tiempo para autorizar la visita y procurar que transcurriese en medio de todas las facilidades, en la más estricta intimidad y durante el rato que fuese menester para encandilar a la rumbosa benefactora. ¿Qué? ¿Cómo os quedáis?

—Estupefacto, para qué nos vamos a engañar. Resulta asombroso el descaro que se gasta esa criatura.

Vida se lleva a los labios el vaso en el que se está tomando una manzanilla y por las comisuras se le cuela una sonrisa. No resulta menos asombroso que se trate de la más auténtica que David le ha visto en semanas. Pero eso, él se lo calla. Le consuela imaginar que esa noche la encontrará de particular buen humor para retozar. Y, por el momento, se limita a revolverse en la silla y carraspear:

—¿Y ya no estáis enfadada con ella? Mirad que se portó muy mal, y eso os indica de lo que es capaz cuando quiere morder…

—No se me olvida, David. Pero si la hubieseis escuchado… Parecía sinceramente arrepentida, mucho…

—Sí, sí, ahora palabritas de miel. Sin embargo, bien que os soltó entonces toda la ponzoña, que poco más y se envenena, la muy víbora.

—Ya… Leo tiene muchos defectos. Lo sé. Y ella es la primera que lo sabe. Entendedme, no voy a tirar por la borda tantos años de amistad por un calentón, por un arrebato. Un mal día y unos comentarios desafortunados los puede tener cualquiera.

—Claro. Sacadle la cara si así os sentís mejor, pero, una cosa, ¿no os acordáis de que también fue ella la que acudió a la justicia con la denuncia del forzamiento, pasándose por el forro el minúsculo detalle de que le habíais pedido que se quedase quietecita?

—Ay, David, de verdad… Que sí, que quizás estéis en lo cierto. No obstante, prefiero pensar que aquello, y aunque se equivocara (vos mismo lo dijisteis), lo hizo únicamente para ayudarme.

—Y ahora vos la vais a ayudar a ella —concluye él.

Vida le busca uno de los antebrazos que ha cruzado y se lo tantea, aunque evita mirarlo.

—No me funcionaría el corazón si la dejara pudrirse ahí.

* * *

Y ahí está de nuevo. A las puertas del convento de santa Clara, según lo convenido. En esta ocasión, luce el sol, pero nota las palmas de las manos frías. Jamás pensó que algún día se vería haciendo algo así. La vida pone pruebas y orquesta situaciones la mar de extrañas. Venga, cuanto antes. Valor y descaro.

Llama directamente con la aldaba. Nada. Tañe otra vez. Unos pasos. El revoleo metálico de unas llaves. La rendija cauta.

—¿Quién va?

—Buenos días. Soy Elvira Garcés. Espero que me recordéis.

La hermana portera se cuadra en el umbral. Ahora, sí le da la cara. En ella campea la perplejidad.

—Claro que os recuerdo, pero la hermana Leonor no me avisó de que fueseis a venir.

—No, es que, veréis, no estoy buscando a la hermana Leonor. Me gustaría hablar con su reverenda madre, la abadesa.

La monja frunce el ceño.

—¿Así? ¿Totalmente de improviso? Es un tanto irregular... Como comprenderéis, nuestra reverenda madre siempre anda muy ocupada.

—Lo entiendo perfectamente y disculpad. Si no puede recibirme, regresaré en otro momento, pero me trae un tema bastante... delicado.

Y de pronto, a Vida se le vuelve transparente lo que le está pasando a la portera por la mente: se le ha iluminado con la sospecha de que, acaso, esa señora de alta alcurnia esté allí para formalizar la donación que apalabrara con Leonor durante la visita anterior. Resultaría de una torpeza imperdonable ponerle trabas a ese espíritu generoso. De modo que, en un instante, ha aparcado de una tacada los óbices, y también a sí misma, para franquearle el paso a doña Elvira. La conduce por el breve pasillo ya conocido y desembocan en la salita de la reja, pero ahora la introduce en un escueto despacho que comunica asimismo con el refectorio. Por esa puerta desaparece presurosa, en pos de la abadesa.

El gabinetito se halla provisto únicamente de una mesa cojitranca, dos sillas de esparto y un crucifijo reducido a la mínima expresión (dos palos que se cruzan) colgando en la pared enjalbegada. Vida se sienta y sume las manos heladas entre los muslos para templárselas. No hay marcha atrás. Ya ha empezado la función. Ay, Leo, Leo. Debería repasar lo que va a soltar, pero prefiere emblanquecer la cabeza para no alterarse más de la cuenta. Y entonces, el chirrido de los goznes. Ahí está. Una mujer alta y robusta, de cutis algodonoso pese a que ya no cumplirá los cincuenta, nariz fina y ojos grises que le lanzan una mirada inquisitiva. Vida se levanta de un respingo e inclina la testa. La abadesa esboza una parca sonrisa.

—Bienvenida, doña Elvira. Sentaos, sentaos.

Y ella hace lo propio en la otra silla. Vida obedece. De repente, no se siente capaz de despegar los labios. Su anfitriona parece percibir su nerviosismo y conmiserarse de él. En ello se le trasluce que, pese a habérsele encomendado asuntos divinos, también se desenvuelve con garbo entre los de la máquina del mundo terrenal.

—Y bien, doña Elvira, ¿en qué podemos ayudaros? Me informaron de que recientemente ya tuvisteis oportunidad de honrarnos con vuestra presencia dentro de estos santos muros. Confío en que os sintierais como en casa.

Y, aunque todavía no haya abierto la boca, Vida entrevé su momento. Si no lo espeta ya, no se atreverá más tarde. Conque salta hacia delante con toda la impedimenta.

—Pues la verdad es que no, reverenda madre. Lamento decíroslo con esta brusquedad, pero no me sentí precisamente así. Más bien al revés.

A la monja se le desencuaderna el gesto. En efecto, sus preámbulos de dulzona cortesía no esperaban semejante zambombazo. Pese a la voladura, intenta a duras penas recoger los añicos de yeso y cristal que se han desperdigado por todito el despacho, y mantener incólume la fachada de que la situación sigue bajo control.

—Oh, doña Elvira, no imagináis cuánto me apena escuchar eso. ¿Puedo saber por qué?

—Veréis, reverenda madre —y Vida trata de acicalar su voz con un histerismo emotivo, quejumbroso—, hace mucho tiempo que conozco a doña Leonor de Lanuza, de lo que supongo que os encontraréis al corriente. Crecimos prácticamente juntas y siempre nos hemos profesado un sincero cariño. Por eso, no dudé en acudir aquí cuando me llamó. Incluso estaba decidida a contribuir a la gran labor que lleváis a cabo, ya que ella parecía tan contenta con su nueva vida. De ahí mi absoluto pesar cuando descubrí que se trataba de una trampa.

—¿Una trampa? —se sobresalta la abadesa.

—Sí, reverenda madre. Vi a mi antigua amiga tan cambiada… Ignoro si se deberá a la clausura, pero lo cierto es que la pobre doña Leonor… mi querida Leonor… ha perdido el juicio.

—¿Cómo? ¿A qué os referís, por amor de Dios? Yo trato con ella a diario y se me antoja que está muy cuerda. Tiene un temperamento fuerte, lleno de ímpetu, incluso un tanto veleidoso, no lo negaré, pero se halla por completo en su cabales…

—Que no, reverenda madre, que no, que os está engañando, que no os dais cuenta del peligro —la interrumpe Vida, meneando la cabeza enérgicamente, en medio de la mayor aflicción.

—Doña Elvira, no comprendo…

—¡Que tenéis a una zorra metida en el gallinero!

Ante la detonación, la abadesa se tienta el seno. Por una vez, se queda muda. De la impresión. Tarda unos cuantos segundos muy largos en ensamblarse de nuevo. Inhala aire.

—Bien, doña Elvira, si fuerais tan amable de expresaros con total claridad, os lo agradecería. Estáis vertiendo unas acusaciones muy graves contra una hermana nuestra y necesito hacerme cargo con meridiana precisión de qué estamos hablando exactamente vos y yo.

Vida se humedece los labios. Zapatea el suelo. Le esquiva la mirada a su interlocutora. Se le empaña, muy afectada.

244

—Odio verme en la obligación de relataros algo tan mortificante para mí y para Leonor, pero mi deber como cristiana no me permite no alertaros, por mucho que implique poner en evidencia a mi amiga… y a su pecado. —Suspira, como recubriéndose de arrojo ante un penoso martirio—. Resulta que, cuando vine el otro día, la noté muy inquieta mientras conversábamos… muy excitada. Al principio, lo achaqué al novedoso ambiente del convento, que tal vez le estuviera costando adaptarse, y que por eso anduviese con la sensibilidad a flor de piel. El caso es que, de repente, me confiesa que vivir rodeada de tantas mujeres, tan juntas, en tan estrecha convivencia, le ha despertado ciertos instintos… —Vida paladea la palabra, para que cale en lo más profundo de la reverenda madre—. Bueno, le pregunté qué significaba eso, porque no me estaba enterando de nada. Y entonces —deja que su voz se desfilache, hasta convertirse en un hilito muy fino y muy frágil, vacilante—, empezó a acariciarme los dedos a través de la reja, y también lo intentó con la mejilla, y me dijo, me dijo que… que me amaba. —La abadesa entorna los ojos—. Yo no quise entenderla. Le repliqué que claro, que éramos grandes amigas y que yo también la quería mucho, por más que nuestros caminos se hubiesen separado al ingresar ella en la vida monacal. Pero no me escuchó. Insistió en que no, que no estaba aludiendo a un amor fraternal y puro, sino a una pasión que la avasallaba… al deseo, al deseo carnal. Un deseo aberrante, abyecto. Me quedé paralizada por esta confidencia, lo cual aprovechó para pronunciar una ristra de palabras y de frases obscenas, lujuriosas, que me herían igual que puñales… Apenas me alcanzaba para oír algunos ecos de lo que estaba vomitando por la boca. ¿En qué momento mi bienamada Leo se había transformado en esta depravada, que escupía una infamia detrás de otra, a cada cual más corrompida? Ni siquiera logré contestarle, ni reconvenirla, porque me había quedado completamente anonadada. Me marché a trompicones y, poco a poco, fui saliendo del aturdimiento. Esa noche, lloré por el horror que me causaba la situación y… y también me persuadí de que no podía sentarme de brazos cruzados, que debía reaccionar, avisaros… porque ignoro de qué maldades y per-versiones no será capaz encerrada aquí, entre tantas hermanas ino-centes que ni siquiera conciben a qué bestia se enfrentan.

Vida opta por concluir con la contundencia de una premoni-ción, que se prende en el aire entre ellas dos como un miasma vis-coso y fatal. La abadesa permanece callada, pensativa unos instantes, atusándose una ceja. Y entonces, se saca del hábito una campanilla y la pone a repicar. A su reclamo, asoma la cabeza por la puerta la sor portera.

—¿Sí?

—Traed, por favor, a la hermana Leonor.

—Enseguida, madre.

En el intervalo de espera, la abadesa se entona la garganta y se di-rige a Vida en estos términos:

—Es tremendamente preocupante lo que me habéis contado. Necesito esclarecerlo con la versión de la propia Leonor. Confío en que esta confrontación no os provoque más trastorno del soportable.

—No, no. No hay problema. Considero justo que se le dé oca-sión de explicarse. Yo misma respiraría aliviada si toda esta pesadilla tuviera una justificación lógica y razonable. Que se hubiese tratado de un malentendido, o de una enajenación pasajera…

La cortan:

—Leonor, pasad.

Vida acompaña la trayectoria ocular de la monja, que se ha po-sado justo detrás de ella, en una Leo que acaba de aparecer, impeca-ble en su hábito, y que rezuma ingenua sorpresa.

—Elvira, ¿qué hacéis aquí? No sabía que ibais a venir.

Vida finge que le aparta la mirada. La voz de la abadesa suena ás-pera y severa.

—Vuestra amiga me ha estado refiriendo un infausto episodio que, al parecer, protagonizasteis entre las paredes de esta santa casa y que, de resultar verídico, merecería la más firme de las condenas. Agradecería que me lo aclararais.

Un rubor lacado se le sube a Leonor a las mejillas. Parece auténtico de un modo incontrovertible, que no admite enmienda.

—¿Se lo habéis contado?

Vida asiente imperceptiblemente y remolonea con la vista en el suelo, como si no pudiera sostenérsela. No le cuesta. Siempre ha sido una mirada tan intensa y tan fija la de Leo que Vida suele acabar bajando la suya o apartándola con pudor. Alberga el temor supersticioso de que, el día que se la aguante, alguna jarra se caerá en alguna parte y estallará en pedacitos.

—Bueno, entonces, no sirve de nada negarlo. Es cierto, madre. Asumo la culpa. Dije lo que dije y siento lo que siento.

—¿Y qué sentís?

—Pues que... que la amo. De una manera que no se debe. Pero la amo.

Y hay tal acento de verdad en su tono, una perla de énfasis que brilla, y destella, y ciega tanto, que Vida tiene que alzar la cabeza para contemplarla. Los ojos de Leo se le clavan. Esta vez, ella no se los rehúye. Y nota que se le inquieta la sangre. Duran así engarzadas, fundidas, unos segundos muy densos, hasta que Leo sigue hablando.

—La amo, la amo y... bueno, también a otras. Las deseo. Ansío tocarlas, acariciar su piel... Se trata de un hambre voraz, repugnante pero irrefrenable, que me posee entera y me nubla el entendimiento igual que un fuego malo. Un tormento al que he intentado rebelarme, pero que me devora.

Al otro lado de la puerta, en el refectorio, comienzan a percibirse pasos y murmullos, el frufrú de las telas de los hábitos. Parece que ha llegado la hora de comer de la congregación, pero sus señales de vida no pasan de constituir un apagado ruido de fondo al que permanecen ajenas las tres mujeres, concentradas en su drama.

—¿Y desde hace cuánto experimentáis ese execrable apetito? —inquiere la superiora con honda preocupación.

—Desde que entré al convento.

La abadesa frunce la boca, con un nubarrón negro criando tempestad en el entrecejo. A lo lejos, comienza a oírse la letanía de una monja, que está leyendo en el comedor. La reverenda madre retoma la palabra.

—Bien, esto es lo que haremos. Niña, hemos de extirpar ese demonio que os ha echado raíces en el alma. A vos, doña Elvira, en nombre del cariño que siempre os ha unido, os ruego que no aireéis nada de este luctuoso suceso. Aquí curaremos a vuestra amiga para que regrese al seno del Señor. A partir de mañana, vendrá un sacerdote experto en exorcismos, y con eso y penitencia, conseguiremos sacar el mal de vos. Aún estamos a tiempo.

Vida le dirige a Leo una subrepticia mirada de alarma. Eso no lo habían planeado. Comprueba que el semblante le ha palidecido, pero continúa entera.

—Me temo que no, madre. Me temo que ya no estamos a tiempo.

—¿Por qué?

—¡Porque ya no quiero curarme!

Y antes de que Vida y la abadesa tomen conciencia de lo que está ocurriendo, Leo ha salido como una exhalación por la puerta que comunica con el refectorio. Ambas la siguen alarmadas y lo que ven las cuaja en el sitio.

Leo, que prende a la primera monja que encuentra. Leo, que la agarra por los hombros y que la voltea. Leo, que le sujeta los carrillos. Y Leo, que le come la boca.

La estupefacción. El silencio que se apodera del comedor.

Leo, que lo aprovecha para abalanzarse sobre otra monja. Leo, que la inmoviliza. Y Leo, que le planta un beso. Con idéntico ardor.

Gritos. Revoloteo. Platos volcados. Carreras. Pasmo. El horror.

A Leo, que la persiguen. Leo, que se escabulle. ¡Al ladrón!

Leo, que atrapa a su siguiente víctima. Leo, que vuelve a usar los labios y la lengua. Hábitos en polvorosa. Desmayos. La histeria. Un follón.

Leo, que ya las ha morreado a todas. Leo, que no ha indultado a ninguna. Leo, que es expulsada del convento. ¡Fuera ya, Leo! ¡Ni un minuto más aquí dentro!

Leo y Vida caminan a buen paso hacia el palacete de los Lanuza. Entre las dos transportan las escasas pertenencias que ha podido empacar en los cronometrados instantes que le han concedido entre amenazas y órdenes de que cogiera la puerta y se largara con viento fresco del cenobio. Leo va ligera y exultante, canturreando como un hatajo de panderetas. Vida todavía no procesa lo que ha presenciado.

—La que habéis liado, amiga. ¿No se os ha ido un poco la mano? A ver si os van a excomulgar o algo peor…

—Quia. Mi padre les cerrará el pico con un buen pellizco. Y transigirán. Como siempre que se trata del vil metal.

—Esa es otra… Vuestro padre… Os va a asesinar…

—Montará en cólera, sí. Pero, para que no trascienda, pagará y ancha es Castilla. ¿No os dais cuenta de que no le conviene a su reputación semejante escándalo?

—Qué fácil lo solucionáis todo los ricos…

—No creáis. Hay algo que sí me preocupa.

Esto último sorprende a Vida de veras. ¿Leo preocupada por algo? Se gira hacia ella. En efecto, su semblante refleja una súbita, honda inquietud.

—Contadme.

—Veréis… Ha sido al besar a las monjas. He notado algo raro…

—Hombre, es que lo que habéis hecho, muy normal…

—Ya, pero, alboroto aparte, me refiero a una sensación que he tenido especialmente perturbadora.

—¿A cuál…?

—Ay, me azora un poco confesarlo… —Agacha la cabeza y se frota la mejilla contra su propio hombro—. Esto, que… Bueno, que…

—¿Que qué? ¡Qué angustia! ¡Soltadlo ya!

—Pues que… ¡ay, no! Qué apuro.

—¡Madre mía, arrancad!

—¡AAAH! ¡Está bien, vos lo habéis querido! ¡Pues que, de todos los besos, el que más me ha gustado es el que le he plantificado a la más vieja! ¡A la hermana Inés, con sus buenos ochenta años! ¿Contenta? —Y muy asustada—. ¿Estaré enferma?

Vida se la queda mirando, atónita, sin saber qué decir o qué pensar. Hasta que a Leo le revientan esos carrillos donde se ha estado guardando unas carcajadas salvajes, arrolladoras, que la llevan hasta las lágrimas y el dolor de costillas. Vida duda si matarla o morirse de risa con ella. Al final, se decanta por lo segundo.

La segunda judería de Alpartazgo estaba aflorando poco a poco y, sin embargo, no era poco lo que revelaba. Unos muros que podían corresponderse con los de una pequeña sinagoga, los restos de un *mikvé*, fragmentos de cerámica esmaltada que procedían de las vajillas usadas por los moradores del lugar, vestigios de los alimentos que habían consumido, y que denotaban inequívocamente su condición *kosher*; los cimientos de algunas viviendas, sus tejas, su naufragio de adobe. El acervo al completo agazapado bajo la tierra, aguardando su momento para volver a la fiesta. Noelia andaba entusiasmada. La verdad, todo resultaba tremendamente emocionante. Comprobar que el pasado no se muere tan fácil.

—Ay, Benveniste, ¿¡te imaginas, tía, que de repente aparece una casa enterita, con su puerta incluida, con su cerradura en su sitio, y metes la llave de marras, y va y se trata de la tuya, la de tus viejos viejísimos, que ha estado esperándote intacta hasta que vinieras a decirle «Ábrete, Sésamo»!?

—Tú has visto muchas películas. —Me reía yo para rebajar su optimismo salido de madre—. Aunque la casa se hallara situada en esta nueva judería, a estas alturas, estará hecha papilla... ¡como para reconocerla!

—Claro que sí, hija mía, tú no albergues esperanzas, que, al parecer, son fatales para la salud. No se te vaya a formar una úlcera de la ilusión.

Y se burlaba de mí llamándome ceniza cada dos por tres. A ella, no había quien la bajara de su nube. Y yo me alegraba sinceramente. Sin embargo, en eso, en el contraste entre la actitud de mi amiga y la mía, notaba que algo no iba bien. En efecto, todo, repito, resultaba emocionante en extremo. Y precisamente por ello, cabía intuir que en mí había un problema inmenso, soslayable si así lo decidía, pero que no se reabsorbería por sí solo. Lo que había ocurrido con el descubrimiento de la *hanukiya* superaba de largo las expectativas que cualquiera se habría permitido alentar. Había sido magia. Una pirueta del destino en plena pista de baile. Casualidad de precisión. Un inconcebible golpe de buena estrella. Y aun así, ¿qué?

Siendo muchísimo, lo máximo a lo que aspirar, no me llenaba. Y me aterrorizaba, porque sabía que no había nada más. No podía haberlo. Entonces, ¿qué hacía yo en Alpartazgo en ese punto de mi vida? ¿Cómo se suponía que debía actuar de allí en adelante? Tenía techo, aunque fuese en un enclave de paso. Tenía trabajo, aunque fuese mediocre. Tenía amigos, aunque fuesen una señora de setenta años y una loca que, como le entrase la venada con ese juguete nuevo de la arqueología, se piraría más pronto que tarde a algún yacimiento de, yo qué sé… de Samarcanda, por decir algo. Tenía una llave de quinientos años, aunque fuese sin su casa y sin su puerta. Lo tenía todo. Y no tenía nada.

Esa conciencia de provisionalidad, de ser una interina en mi propia existencia, me agobiaba y me había agujereado el estómago. Por ese hueco se me colaban, camino del desagüe, todas las sensaciones bonitas que me tocaría estar experimentando; aquellas cuyo poso debería estar acogiendo en mis tripas y en mis ganas de levantarme por las mañanas. De alguna forma, sentía que no estaba viva de verdad. Y eso le agua la felicidad al más pintado.

De manera que hice una cosa de la que me avergüenzo profundamente. Los sufrimientos y los enredos, el caos doloroso, acuden cuando no somos felices, porque los conjuramos. Y cuando no nos encontramos satisfechos con el presente, tiramos de nuestro pasado, por si en él quedara algún átomo de alegría que rebañar. Una partícula de dicha que el tiempo nos adeudara, que nos hubiésemos olvidado de cobrar en su momento, y que, ante la carencia actual, no estuviésemos dispuestos a condonar: un día, uno más en mi monótona rutina, rescaté de la agenda de mi móvil el teléfono de Yorgos, con quien no me había puesto en contacto desde que me marché de Atenas. Lo observé durante un buen rato. Los guarismos oscureciendo la pantalla. Lo miré y remiré hasta perder la noción de lo que significaba. Me lo aprendí de memoria. Lo borré. Lo volví a guardar. Y solo entonces, de repente, en un impulso, le mandé un mensaje. ¿Lo bueno? Que, al remover lo estancado, me quité un peso de encima, como si sacudiera las migas de un mantel. ¿Lo malo? Lo que le escribí: *Te echo de menos.*

Cuando lo releí, con cada una de las letras en la bandeja de enviados, me asusté muchísimo. Ya la había liado bastante por hoy. Y por unas cuantas semanas más. Me atemorizaba tanto la respuesta que bloqueé al pobre destinatario. Ojalá hubiese cambiado de número.

—El número exacto, lo desconozco. Pero van a ser unos cuantos.

Leo ha regresado a la vida seglar. Y va a casarse. Con premeditación e inminencia. Pero aún ignora con quién. Vida ha cogido un puñado de tierra y deja que se deslice al suelo entre sus dedos, como el contenido de un reloj de arena. Ese día, ha vuelto a encontrarse con ella, como en los viejos tiempos. En esta ocasión, David no la ha acompañado, ha preferido quedarse en casa. A fin de cuentas, el único motivo que lo empujaba a formar parte de aquel trío improbable consistía en tener a Vida cerca. Ahora, la tiene tan cerca que hasta puede meterse cada noche en su cuerpo. No necesita más.

—Me asombra tanto que, después de la que armasteis, vuestro padre todavía consienta que elijáis vos a vuestro futuro marido y que os ofrezca una fila de candidatos en la puerta...

Leo se encoge de hombros.

—Al final siempre actúa como un hombre práctico. Y sabe que, si quiere la fiesta en paz, cuanto más conforme esté yo, mejor. Lo último que desea son más escándalos. Lo del convento ha podido taparlo, porque lo que ocurre dentro de esos muros no consta para el mundo. Pero si en mi matrimonio se produjera algún... percance, ya resultaría más peliagudo que no se hablara de ello.

—Aun así, él es totalmente consciente de que no estáis de acuerdo con la idea de una boda.

—Claro. Pero conserva la esperanza de que, si lo escojo yo, tal vez me acabe gustando el esposo.

—Bueno, quizás tenga razón. —Vida va a contarle lo que le gusta a ella de estar casada con David, pero logra callarse a tiempo.

Leo se detiene a mirarla con retadora incredulidad. No se digna a responder. Solamente pone los ojos en blanco, menea la cabeza, resopla y, con contundencia, tira una piedra para que se la trague el Jalón.

—Vida, por eso me gustaría pediros ayuda. Consideradlo como la segunda parte de la que me prestasteis para liberarme del convento.

—¿Ese plan incluye presenciar cómo perdéis los papeles en una nueva zapatiesta?

—No, esto va a ser mucho más discreto. Necesito vuestro criterio médico.

—¿Cómo? —Vida se tensa.

—Ya, ya me hago cargo de que no estáis muy por la labor de… Pero preciso de vuestros conocimientos.

—Yo no sé nada… —protesta.

—Mentira. Sabéis un montón de cosas. Nos lo contabais a medida que las aprendíais. Os convertisteis en la mejor. Y esa sabiduría ya la lleváis con vos para siempre, pese a que luego pasara… lo que pasó.

—Me he olvidado de todo.

—No os creo. Las pasiones no se olvidan.

Y en su acento hay tal seguridad que Vida no puede evitar observarla por el vértice del ojo.

—Leo…

—Vida… Me figuro lo difícil que os resulta, pero en serio que me hacéis falta. Solo os pido un consejo. Un consejo. Nada más. Os lo ruego.

La sefardí remueve con la palma de la mano la tierra que la circunda.

—¿Qué clase de consejo?

Leo suspira.

—Uno sobre qué hombre presenta más probabilidades de morir.

Vida aparta de inmediato la vista de la tierra para clavarla en Leonor. De hito en hito.

—¡¡¿¿Cómo??!! Leo... Leo, por favor, no pretenderéis matar a vuestro futuro marido, ¿verdad? ¿¿Habéis perdido el juicio?? Decidme ahora mismo que no, porque de ninguna manera pienso ser cómplice de un...

—¡Que no! ¡Por Dios! ¿¡Cómo se os ocurre!? ¡No, en absoluto! ¿En qué concepto me tenéis? Estaré desesperada, pero no soy ninguna asesina.

—Pues tal como lo habéis planteado...

—Nooo... Mirad, solo quiero... Entre esos pretendientes que me van a plantar delante de las narices, me va a dar igual uno que otro. Porque no voy a amar a ninguno. Sea como sea, haga lo que haga, diga lo que diga. Jamás. Así pues, lo he meditado, y el hombre más apetecible será aquel que antes vaya a dejarme sola, libre y tranquila. Se trata del único motivo capaz de decantar la balanza por uno. ¿No veis que si fallece y he logrado concebir un hijo con él, me convertiré en una respetable viuda y ya no les cabrá reprocharme nada, ni presionarme, ni decidirme más la vida? Pero, para eso, he de elegir bien, y he pensado que, quizás, un médico como vos pueda detectar síntomas... aspectos, pistas... indicios, que pasen desapercibidos para el común de los mortales, y que, en cambio, a vos os evidencien que esa persona sufre de una salud quebrantada, frágil. Que en sus entrañas ya existe un mal, aunque se encuentre agazapado o escondido todavía, que acabará con él más temprano que tarde. No digo que vaya a ser fácil, tal vez mi padre haya conseguido a unos candidatos fuertes como robles, pero, al menos... debo intentarlo.

A Leo le centellean las pupilas mientras detalla todo esto. Sí que está desesperada. Vida se masajea la frente. Increíble. Nunca cesará de sorprenderla.

—Pero, Leo, perdonad que os lo pregunte... Es que necesito entenderlo bien. Asegurarme de que de ningún modo aprovecharíais un punto débil para... para precipitar... incluso si todo se alargara más de lo que hubierais previsto... y os impacientaréis, o estuvierais harta o enfadada...

Leo la contempla sin parpadear.

—No pienso acelerarlo, os lo juro. Bajo ninguna circunstancia. Si luego ese hombre vive veinte años más, o hasta me sobrevive, pues mala suerte; lo asumiré. Pero si existe una remota oportunidad de que... de que se marche pronto... quiero jugar esa carta. La última que me queda.

Vida le retira la mirada y la concentra en la corriente del Jalón, tan ajeno a esas miserias humanas, tan indiferente a las revoluciones del alma. Se muerde los labios.

—Leo, lo que proponéis me parece muy delicado. La medicina resulta muy incierta y prácticamente imposible aventurar, cuánto menos garantizar...

—Lo sé, lo sé. Soy consciente de que, probablemente, no podréis hacer nada. Que equivale a apostar con el mismísimo azar. Que tengo todas las de salir derrotada. Y sin embargo...

Vida lo comprende:

—No os daréis por vencida hasta el final.

—Exacto... Es que... se trata de... de ser feliz. ¿No lo veis?

Vida reflexiona. La calibra. Tal como se afrontan las causas perdidas. Suspira. Se incorpora. Se distancia unos cuantos metros. Camina a lo largo de la orilla. Con las manos en la cintura. Agarra una rama que se inclina y la comba para verificar su flexibilidad. Patea un poco el tronco. Tararea una canción inarticulada. Leo, entre tanto, rehúye fijarse en su deambular, que la está sacando de quicio, e incluso haciéndola sentir violenta. De pronto, se avergüenza de lo que le ha pedido, pero no por eso se ha alejado del borde del precipicio. De hecho, continúa ahí, presto a engullirla, tras haber devorado su último recurso. Conque se abstrae en sus propias uñas. Limpias y alargadas. ¿Se resignará? ¿Alguna vez se acostumbrará? A que el resto de sus días transcurran bajo un yugo, al lado de alguien que jamás la conocerá, con un corazón que se le irá resecando y encogiendo como una manzana caída al suelo...

—De acuerdo. ¿Y entonces?

Ahí está de nuevo. Vida. Plantada delante, arrojando su sombra sobre ella. A Leo le cruza un resplandor por los ojos. No se lo cree. Titubea. Hasta que repara en la determinación que le ha esculpido las facciones.

—¡¡Gracias, gracias!!

Se arroja sobre su amiga, le entrelaza los brazos en torno al cuello y le besa la mejilla. Vida le oprime el codo. Para decirle que todo estará bien. Y permanecen así durante unos minutos, en silencio, embebidas en seguirle los pasos al río que fluye delante de ellas, con la barbilla de Leo apoyada en su hombro. Desde allí, para que nadie más se entere, le cuenta en voz baja lo que harán.

—¿Qué hace ella aquí, Leonor? ¿Por qué la habéis invitado?

—Porque es mi amiga.

—¿Y?

—¿Os parece poco motivo?

—Sí, y sobre todo si lo comparamos con otro atributo personal suyo: aparte de amiga vuestra, también es judía.

—¿Y?

—Hija mía, hija mía… no me encendáis…

—Si nunca os ha importado que…

—Pues ahora sí, ¡ahora sí! Y a vuestro futuro marido, que se encuentra entre los honorables caballeros cristianos que nos van a acompañar esta noche, seguro que tampoco le hace ninguna gracia.

—Pues a mi futuro marido más le vale acostumbrarse a su presencia desde ya, porque no pienso dejar de verla por…

—¡Leonor! —Y don Álvaro de Lanuza levanta la mano amenazadora, dispuesto a descargar el golpe; ella, por instinto, se protege la cara con el antebrazo—. No os obstinéis en seguir complicando las cosas, ni en estirar más de la cuerda, que la rompéis y no respondo…

—No voy a complicar nada. Os lo juro —sisea con sorda furia—. Simplemente, quería apoyarme en ella, porque estoy un poco nerviosa. Tantos hombres a la vez, que me pretenden… y saber que me voy a casar con uno de ellos, como habéis dicho, pues… Lo raro sería si me encontrara tan campante, ¿no? Necesito que me arropen, alguien cercano, de confianza. Además, ahora no puedo pedirle que se marche por donde ha llegado.

Don Álvaro de Lanuza se detiene a sopesar sus palabras. Su sensatez le ha sorprendido para bien. Y ver a su hija alterada a él lo tranquiliza. Porque eso significa que no guarda ninguna triquiñuela en la manga. Que, esta vez, no está jugando. Que el fuego es real. De modo que…

—De acuerdo. Pero que se quede calladita, como una estatua, y que no se le note el semitismo ni por asomo. ¿Estamos?

—Estamos.

—Bien.

El padre se aleja a grandes zancadas para supervisar los últimos detalles del banquete, creyendo que la deja enfurruñada, mientras, por debajo del farfullo y de la vista pegada al suelo, le culebrea una sonrisa subterránea.

De inmediato y entre brincos, se va a buscar a Vida, que la espera en el zaguán.

—Todo en orden.

Resolutamente, la prende del brazo y se interna con ella en el salón. Murmuran.

—Se ha molestado, ¿no?

—Sí, pero lo he convencido. Que rabie. Ha mandado que os hagáis la muda, pero, más bien, haced lo que os plazca.

—Leo, no he venido aquí a causar más trastornos de la cuenta. Me limitaré a observar y…

—Lo que prefiráis. ¡Mirad ese pollo! —Y amaga con arrancar un muslito de una fuente humeante que porta Isabel.

—Ojo, ¡esas manos quietas, que os las corto!

—Vale, fiera —se defiende Leo con sorna, levantándolas en el aire.

A Vida siempre le ha fascinado la camaradería con la que trata a su aya. Le parece imposible que alguien así se arredre por nada. Y, sin embargo, ella, que la conoce, le huele por debajo de la epidermis las larvas del miedo. Así que le sonríe, para infundirle confianza, y Leo le devuelve la sonrisa. Cómplice y agradecida. Un breve relampagueo en los ojos. «Me alegra que estéis aquí». Juntas pueden. ¿Cómo abandonarla a su suerte en esa estacada?

Con este argumento, procura ahuyentar de su cabeza la bronca que ha protagonizado horas antes con David. Lo cierto es que solo riñen a cuenta de Leonor. Él no entiende que se haya prestado a ayudarla.

—¡Esto es increíble! ¡Totalmente increíble! Vais a convertiros en compinche de un crimen porque ella os lo pide.

—¿¡Qué decís!? ¿Qué crimen?

—Pero ¿no veis que lo va a matar, al desgraciado que le señaléis? ¡Que se lo va a cargar! ¿No os dais cuenta? Si le indicáis que a aquel fácilmente se le romperán los huesos, lo mandará a cabalgar todos los días a ver si se cae y se descalabra. Y si el otro es propenso a coger pulmonías, no encenderá nunca la chimenea y lo obligará a sentarse por sistema donde más fuerte soplen las corrientes de aire.

—Con qué mala baba habláis… Me ha jurado que no hará absolutamente nada en ese sentido.

—¡Ja! ¿Y os lo creéis?

—En un asunto tan serio, de vida o muerte, ¡sí! ¡No tenéis ni idea de cómo es!

—No, la que parece que no os enteráis de una mierda sois vos. Cuando se trata de Leonor, estáis ciega. Completamente además. ¿No presenciasteis la que armó donde las monjas? ¿¡Qué más prueba necesitáis!? Esa mujer hará cualquier cosa con tal de salirse con la suya… Vale, muy bien, eso es. ¡Marchaos! Iros deprisa, no vayáis a llegar tarde. ¡Saludos de mi parte a esos buenos señores! —le ha gritado antes de que ella cerrara de un portazo.

«… Don Germán de la Cueva, para serviros». Unas voces la arrebatan de sus cábalas. Insensiblemente, se ha sentado en una cadiera del salón, frente por frente al fuego, y desde ese rincón contempla cómo se ha formado una pequeña comitiva en medio de la estancia. En ella figuran la propia Leo (y en verdad luce muy bonita y apetecible a la luz de los candelabros, con su porte espigado, su color trigueño y un dominio de la situación que le viene de cuna), su padre y cuatro hombres que han comparecido de repente, sin que lo advirtiera. Los cuatro pretendientes cortejando a la princesa del cuento. El susodicho don Germán, un hombretón robusto, de frondosa cabellera rojiza, revestido por una pelliza de pieles que le cierra en torno al cuello, y que se expresa con un tono estentóreo y unas risotadas muy francas. ¿Y los demás? Los examina.

Don Pedro Santángel, complexión atlética, ojos finos como ranuras, cabello prematuramente gris, mandíbula atractiva; apenas pronuncia palabra pero, cuando se da el caso, intercala una de cada cuatro con un carraspeo nervioso que le afila la garganta.

Don Diego de Aguilera, tocado por sobrevesta verde que no oculta su cuerpo de lacónicas hechuras. Un escurrido de pelo ralo y tez pálida, que se le encienden de rosa cuando ríe, algo a lo que sucumbe con harta frecuencia y con cadencia nerviosa. Y aspira un poco cuando ocurre.

Don Alonso Aznar. Natural de Navarra. La cabeza coronada de rizos. Poblada la barba. Negra como pecho de oso. Asiente con vigor a lo que escucha y entorna sus ojos redondos con aire considerado, justo antes de entronizar su propia opinión. Los dedos gruesos, cuajados de anillos. A Vida le llama la atención que, engastada en el meñique, lleve una perla.

Y aún falta uno, según hace notar don Álvaro. Responde al nombre de Jean-Jacques. Pariente del gran león don Carlos, duque de Borgoña, que tan inestimable alianza forjó con el rey Juan y sus huestes para aislar a Luis XI de Francia cuando la guerra en Cataluña contra los Anjou.

En cuanto llega, excusando la tardanza con su acento francés por un asunto de última hora que lo ha retenido más de lo esperado, ya están todos. Ninguno rebasa los veintitrés años y eso dificulta las cosas. Don Álvaro no ha escogido viejos para su niña díscola, quien, en el fondo, le tiene la voluntad más cautiva de lo que a él le gustaría admitir. Por debajo de sus imposiciones, y mientras no contraríe lo que es de recibo, no ha renunciado a la idea de hacerla feliz.

Van tomando asiento en torno a una mesa ya repleta de codiciables viandas. Pollo con almendras, buey acolchado en zanahorias, trucha, verduras, queso, dulces, vino. Los hombres se muestran obsequiosos y atentos con Leonor, que despliega una compostura henchida de gracia. Y entonces, busca a Vida con la mirada (pese a sus deberes de anfitriona, no la ha excluido de su campo de visión en ningún momento) y le lanza una significativa invitación con las cejas, al tiempo que se dirige a sus invitados con voz cantarina pero serena:

—Caballeros, esta noche nos va a acompañar en la mesa doña Vida, una muy querida amiga mía desde épocas inmemoriales. Espero que no les importe, pero es que es tan encantadora que no hago buenas digestiones sin ella.

Los interpelados celebran con galantería la ocurrencia (¡qué dama tan vivaracha e ingeniosa!) y siguen con la vista la dirección de su brazo, tendido hacia esa joven morena y de formas esféricas y rotundas que se está aproximando con timidez desde las sombras, hasta que la mano de Leonor se apodera de la suya y la conduce a una de las sillas, que don Alonso se apresura a separar de la mesa para que se aposente sin estorbo. Don Álvaro entre tanto contempla la operación, con los codos apoyados en el tablero y la barbilla pensativa sobre los dedos entrelazados. Su hija se ha cuidado de vestir a la intrusa, para que no desentone, con una de sus túnicas azules. Lo único de su guardarropa que seguramente le cabe, pero que ha logrado que le siente de maravilla, merced a un cíngulo que le ciñe la cintura y que pone de relieve unas caderas ubérrimas que parecen alzarla en volandas con un cimbreo por el que más de un aliento se rasgaría. Bien considerado, en verdad cinco varones pendientes de una chiquilla, por desparpajo que se gaste, podría haber resultado excesivo, mientras que la tal Vida tal vez ayude a repartir juego y confortar egos si alguno se queda descolgado de la conversación y de las atenciones de Leonor. Así que don Álvaro de Lanuza concluye que se ha tratado de una acertada idea sentarla a la mesa. Y se complace de ello.

En un santiamén, las manos se ciernen sobre los platos. Y entre bocado y bocado, la charla. De la corte, las batallas. De la industria de la muerte.

—¿Cómo fue el recibimiento en Barcelona tras la capitulación, don Álvaro? Vos estuvisteis allí —apunta Germán de la Cueva al desgaire, ensartando por detrás el halago al suegro.

—Espléndido, ¿verdad, Jean-Jacques? —Y el francés asiente mientras rechupetea un hueso de pollo con un farfullo poco descriptivo. Don Álvaro prosigue—: La fiesta duró dos días. Parece mentira que esos que aclamaban a Su Majestad fuesen los mismos que diez años antes se habían levantado en armas contra nosotros.

—Y que les queden ganas de celebración, con toda la riqueza que se ha destruido… A estas alturas, deben de estar arruinados —tercia don Pedro, con semblante circunspecto.

—La guerra es una sangría de caudales. Siempre digo que mata más el hambre del después que las espadas del ahora —pontifica don Alonso, blandiendo en el aire su meñique perlado.

—Bueno, aun así, las vidas que se han perdido por el camino también son muy lamentables —apostilla don Diego con su voz fina, justo antes de entregarse a una de sus risas nerviosas, a cuenta, quizás, de la interrupción que ha protagonizado.

—Por supuesto, pobres almas —le respalda Leo.

Y don Diego se sorprende sinceramente y le sonríe con absoluta turbación. Sonrisa a la que la dama corresponde, y que obra el milagro de elevar en el orfeón de los caballeros un réquiem unánime en memoria de las víctimas del conflicto.

—La guerra es la guerra —zanja don Álvaro con impaciencia.

Vida se muerde los labios para que no se le desate la sonrisa. No ha tardado ni dos segundos en cazar a Leo. Fijo que don Diego, con su hilito de voz, su color desvanecido y su cuerpo de escuchimizado le ha parecido pasto proclive para la enfermedad y, por eso, se ha decantado por privilegiarlo a él con sus favores. Le siega la deducción don Germán, que le está alargando una fuente con filetes de cerdo. Vida se envara y declina el ofrecimiento con un leve fruncimiento de boca y un gesto displicente, ante el que él retira el plato sin, aparentemente, concederle ninguna importancia. Don Diego sí se percata y, con gran deferencia, se interesa:

—¿No os sienta bien?

—Oh, no, no es eso. Simplemente, no me gusta mucho el sabor.

—Me alegro. Se trataría de una gran injusticia que os empachara cuando, según ha señalado doña Leonor, vos ayudáis a facilitar las digestiones. —Y, ante el chiste, se rinde a su propia risilla.

Ella sonríe.

—¿Y a vos? ¿Se os indigesta la comida a menudo?

—Por fortuna, no. Gozo de un estómago fuerte. Padezco más de los pulmones.

En paralelo a este intercambio de achaques, don Germán está insistiendo en su madera de líder, interpelando otra vez a don Álvaro.

—¿Y qué piensa hacer a continuación don Juan? Después de tantos años, se le antojará increíble haberse liberado de esa losa.

—Pero es incorregible. Y también incombustible. Se le ha puesto entre ceja y ceja recuperar los condados del Rosellón y la Cerdaña. Una espina que tiene clavada desde hace tiempo.

—El rey Luis no se lo va a poner fácil —sentencia Jean-Jacques, que ya ha dejado mondo el hueso de pollo.

—Ese hombre es Satanás —aporta don Diego, ya desentendido de las cuitas de su sistema respiratorio.

—Y un hijo de perra —se acalora don Alonso, justo antes de taparse la boca por la inconveniencia y disculparse con Leonor, tras la muda represión de don Álvaro. Ella le indulta con una sonrisa comprensiva y mundana, de quien no se escandaliza por el lenguaje grueso de los hombres vehementes.

—Según tengo entendido, por lo que se estipuló en el Tratado de Bayona, todo podría solucionarse si se restituyeran los trescientos mil escudos que el francés nos prestó al inicio de la guerra. Ese fue el trato en lo tocante a los condados, ¿no? —aventura don Pedro con aire mesurado y razonable.

A don Álvaro se le bosqueja una mueca de sorna. La secunda una risotada de don Alonso.

—Claro, ¿y quién va a pagarlos? ¿De dónde los sacamos?

—Eso es —coincide don Germán, imprimiendo a su voz una equívoca intención—. A los judíos resulta complicado esquilmarlos más. Andan roñosos últimamente. —Y se lleva la copa de vino a los labios con una maledicente sonrisa.

Don Pedro carraspea. Y enmudece. Leonor cruza una mirada de consternación subrepticia con Vida, que, por debajo de la mesa, se frota con el empeine la espinilla, y también se atusa una guedeja. Don Álvaro intenta reconducir el momento pantanoso.

—No, Su Majestad no pagará. Antes se enzarzará en una nueva contienda. Y si no, al tiempo.

—Pues ¡larga vida a Su Majestad! —prorrumpe don Alonso, perfecta excusa para meterse más vino gaznate abajo.

—¡Viva! —corean los demás.

Tras tragar, don Germán chasquea los labios con delectación. Y vuelve a la carga.

—De todas formas, don Pedro, vos, que os desempeñáis tan bien con las finanzas, estaréis de acuerdo conmigo en que se trata de una verdadera lástima que esa fuente de ingresos se haya visto tan depauperada, ¿verdad?

En el salón se forma un silencio grumoso, licuado solo por las succiones que Jean-Jacques asesta al siguiente muslito de pollo que ha atacado. Don Pedro fija la vista en el canto de su plato y aprieta la boca.

—En efecto. Una pena.

—Y eso, ¿a qué se debe? ¿Por qué le está yendo mal a esa gente, si siempre han sido tan espabilados? —inquiere don Diego con ojos cándidos y la culminación de una de sus risitas espasmódicas.

—Bueno, cada vez son menos, ¿a que sí, don Pedro? —espolvorea don Germán, ahuecando el aire con una mano.

—Sí —responde este, chocando de repente con violencia el culo de su vaso contra la mesa—, sí, cada vez son menos, porque hay familias, entre las que se cuenta la mía, que abjuraron de esa fe y abrazaron la verdadera. ¿Eso queríais oír, don Germán?

—Ah, no, no, Dios me libre, don Pedro —se exonera de inmediato, con un brillo desdeñoso y burlón en las retinas.

Vida permanece con la mirada flotante en un punto fijo, por mucho que una alarmada Leo pugne por rescatársela a tirones mudos. Don Álvaro intenta restaurar el orden en ese banquete que se le está escapando de las manos con un «Bueno…», pero no lo logra, porque don Alonso ya está interviniendo con un cachazudo:

—¿Cuándo fue eso, don Pedro? La conversión de vuestra familia, me refiero…

—En 1414, a raíz de la disputa de Tortosa. Se convirtió mucha gente en ese momento.

—Sí, esos debates religiosos resultaron muy convincentes, por lo que tengo entendido. Se ganaron muchas almas para Cristo. Se calcula que más de tres mil, ¿no?

—Loado sea Dios —aporta don Diego con su voz lábil, que se desmigaja como galleta.

—Esa se trata de la mejor forma de atraer a nuevos cristianos, con la palabra —arguye sorpresivamente Jean-Jacques, sacando a pasear las suyas después de haber rebañado el pollo—. Así, los nuevos fieles quieren profesar el cristianismo de una manera sincera, porque han visto la luz y se han persuadido de dónde arde la verdad. No como con esos actos bárbaros de aquellos *pastorellos* que hace un siglo iban masacrando judíos sin ninguna piedad por tantos lugares de Francia y luego también por aquí, por Aragón, diciéndose cruzados.

Eso sí que no sirvió de nada. Si hasta el papa los condenó… Se cazan más moscas con miel que con…

—¿Estáis seguro, Jean-Jacques? —le sale al paso don Germán, con una suavidad en el tono que lo vuelve capcioso, al tiempo que estira el cuello para recolocárselo dentro de la pelliza—. ¿Estáis seguro de que la labia de unos cuantos eruditos bastó para que tres mil gentiles renunciaran a todo aquello en lo que creían, que lo abandonaran sin chistar y corrieran a entregarse a una religión que desde el principio les ha causado tantos sarpullidos, hasta el punto de que mataran al Cordero? Lo juzgo ligeramente ingenuo. ¿No se debería más bien a la bula que promulgó Benedicto XIII al año siguiente, que los obligó a clausurar las sinagogas y a confinarse en sus barrios?

—Pues…

—Lamento mi cinismo, en serio. Nada me gustaría más que admitir que la fe verdadera se impone por sí sola, por la propia fuerza que irradia, a poco que alguien con una mínima elocuencia se tome la molestia de revelarla. Y que es capaz de iluminar a los ciegos con su simple proclamación… Pero me temo que las cosas resultan algo más complicadas, por la maldad y la obcecación de quienes no desean ver. Y la letra importa, claro que sí. Pero, por desgracia, en muchas ocasiones, sin sangre, no entra. Además, en lo que respecta a muchos de esos que, hipotéticamente, renegaron del judaísmo… ¿no os cabe una minúscula sospecha de que lo fingieran de cara a la galería y que, en la intimidad de sus casas, lo hayan seguido practicando en secreto, a sus anchas? Porque, a mí, y pese a que quizás me pase de desconfiado, no me extrañaría…

Tras esta alocución, los comensales se concentran en sus platos, en un silencio pegajoso. En especial, don Pedro, que no se atreve a despegar la vista de las rodajas de zanahoria, ante la velada insinuación de que… Y don Germán parece disfrutar de su apocamiento, porque vuelve a rejonearlo, irguiendo una vez más el cuello en la pelliza como una garza, de puro esponjado.

—Lo reconfortante, don Pedro, es que vos no habíais nacido

todavía cuando la disputa de Tortosa, y aún os quedaban unos cuantos años para llegar a este mundo, así que, pese a vuestra raigambre, siempre habéis vivido en el seno del Señor…

—Bueno, y aunque así no fuera, ¿qué? ¿Qué hay con eso?

Leonor. Ha sido Leonor. La que abruptamente lo interrumpe. La que ha brotado. La que despide fuego por los ojos y lo acorrala. Con voz de cimitarra.

—Leonor… —se alarma su padre. Pero don Germán lo aplaca; con un gesto magnánimo, le resta importancia. «Yo me encargo, don Álvaro, descuidad, que a esta potra os la amanso yo».

—Nada, mi señora. No pasaría nada. Dios me libre de insinuar lo contrario. Si, a fin de cuentas, nos hallamos en un reino muy tolerante, donde los judíos pueden sentarse con nosotros a la mesa, como ha hecho vuestra encantadora amiga doña Vida, y nadie tiene ni una objeción que poner.

Y desliga la mirada retadora de la de Leonor para ensartarla con alevosía en la sefardí. Sin conseguir sustraerse a su conjuro, los demás lo imitan. Y ella permanece hierática bajo ese foco cenital que le han encendido de improviso sobre el cogote, sin haberlo buscado. Tan solo hunde ligeramente la cerviz. Y barbota:

—¿Me disculpáis un momento?

Se levanta presurosa de la silla.

—Vida… —acierta a pronunciar, más bien a exhalar Leonor, absolutamente cariacontecida.

Y ya va a salir tras ella, pero don Álvaro le atenaza la muñeca y se la atornilla a la mesa. Le sisea:

—Ni se os ocurra dejarnos plantados…

Todos se afanan entonces en zambullirse en burbujeantes conversaciones embarulladas o aparte, para que la cena se enderece de una vez. Y también para obviar esos ojos de la anfitriona, que se han petrificado en hielo destellante, y que observan la puerta por la que ha desaparecido la judía sin tiempo siquiera de armarse una excusa. Sin embargo, contra todo pronóstico, cuando ya la daban por perdida en combate, al cabo de un par de minutos, regresa. Con perfecta compostura, semblante alegre, como si nada hubiera sucedido. Para no tensar más la situación, los circunstantes simulan que no la ven, continúan comiendo, pero don Diego y don Pedro esbozan una somera sonrisa, porque les ha inspirado lástima la chiquilla, y a Leonor el pecho se le inunda con una escorrentía de alivio. En un tris se halla de abandonar su sitial y abalanzarse sobre ella. Solo la retiene el gesto asediante y estrecho de su padre, que la está sometiendo a un escrutinio inflexible.

Es entonces, al ir a sentarse y pasar junto a don Germán, cuando Vida se trabuca en un traspié y cae sobre las anchas espaldas del caballero que, mala pata, justo en ese momento, se está llevando unas aceitunas a la boca. Con tan funesta fortuna que se le atragantan. «¡Ay, lo siento! ¡Mil perdones!». El malogrado comienza a toser compulsivamente, a atraerse el aire a la boca con un silbido angustioso, mientras a su alrededor se arrastran las sillas y sus compañeros se arremolinan, asestándole golpetazos en la espalda, en alterado galimatías, a medida que su rostro se va amoratando y el de don Álvaro poniéndose lívido.

La culpable se adelanta, escurriéndose por un resquicio entre los hombres alborotados, y le desabrocha la pelliza del cuello al obturado don Germán para franquearle la respiración. Con un movimiento seco y certero, le oprime en un punto del tórax, ese tórax que se ahoga y se contrae, y el pedazo de comida sale tan limpiamente como ha entrado. Así, en un visto y no visto, arregla el desaguisado que ella misma ha causado un instante antes. Todos suspiran descansados en cuanto el color le retorna al semblante en una mansa ola y sus toses son ya las de la resaca. Vida contempla su recuperación muy atenta, para verificar que arriba a buen puerto, y Leo la mira a ella con el ceño fruncido. Apenas consigue recabar un poco de aliento y volver a posar los pies en este mundo, que a punto ha estado de hacerle la cobra definitiva, don Germán la apunta con un dedo furibundo.

—¡Maldita! ¡Habéis querido matarme!

Vida agacha la cabeza.

—¡No! ¡De verdad! Ha sido un accidente…

269

—¡Mentira! ¡Habéis pretendido vengaros! ¿¡Y cómo no, si pertenecéis a un pueblo traicionero como el escorpión!?

—Don Germán, por favor… —intenta tranquilizarlo don Álvaro.

—No podéis culparla por un tropezón… —intercede don Diego, mientras don Alonso le recompone la pelliza sobre los hombros.

—Claro, ¿no veis que estaba nerviosa por lo de antes? —asevera don Pedro, sin resistirse a deslizar la pulla acusadora.

—¡Qué nerviosa ni qué niño muerto…!

—Don Germán —zanja Leonor—, ¿qué sentido tendría, si hubiese querido acabar con vos, que os haya salvado la vida al segundo siguiente? —Y le clava, terminante, la pupila.

—*Vraiment* —asiente Jean-Jacques, que se abanica la cara, perlada de sudor y todavía de susto.

Rezongando, al constatar que nadie en ese salón lo apoya, don Germán se reacomoda en su asiento. Sin más remedio que envainársela.

Al otro lado de la mesa, Vida lo observa con ojitos cautos y timoratos. Él le ladra.

—No esperaréis que, encima, os dé las gracias.

Ella deniega con la cabeza.

—No. Dios me libre.

El salón está oscuro. Se han apagado las velas. Solo flamea la chimenea.

—Pasad.

Leo se adentra en el aposento. Su padre se encuentra medio desplomado entre los cojines de la cadiera, embebido en el perreo de las llamas. No le indica que se siente.

—No me voy a andar con preámbulos. Estoy fatigado. Mucho. Realmente exhausto. Todo lo relacionado con vos, más pronto que tarde, se convierte en un avispero. Y, tal como me había imaginado, esta noche no se ha tratado de una excepción.

—Pero…

—No, dejadlo —le pide arrugando la frente, entrecerrando los ojos—. Dejadlo, por favor. No quiero ni quejas, ni protestas, ni tampoco discutir. Solo ponerle punto final a este asunto de una buena vez. No voy a perder más tiempo. Ya habéis conocido a los candidatos, y en plena apoteosis además. Así que, decid, ¿a quién preferís? ¿Con quién os vais a casar?

Leonor traga saliva. Y, sin dudar, responde:

—Con don Germán.

Hora y media antes. En la alcoba de Leonor de Lanuza.

—Pero ¿se puede saber a qué ha venido ese numerito de atentar contra don Germán? Bueno, aunque, ciertamente, os aplaudo y coincido de lleno: un completo cretino, y más con lo que os ha dicho. Menudo puerco… Se merece de sobra el susto que le habéis pegado. En fin, da igual. ¿Lo importante? Que creo que ya he decidido a quién voy a elegir…

—Leo…

—No, aguardad. Ya sé que me vais a recomendar que a don Diego. Yo misma me decanté por él en un primer momento, porque se huele a la legua que va a resultar enfermizo, el pobre… Y no parece demasiado terrible. Sin embargo, lo he pensado y…

—Leo…

—Un momento, por favor, permitidme acabar… Sin embargo, lo he pensado y… don Pedro. Me voy a casar con don Pedro.

—¡¿Cómo?! ¿¿Por qué?? ¿Cómo demonios habéis llegado a semejante conclusión? —se escandaliza Vida, repentinamente intrigada, a su pesar, por la declaración de la Lanuza.

Leonor sonríe con tristeza y se mira las puntas de los pies con cierta timidez morosa.

—Sí, no se me ha pasado por alto que hablamos de un atlético hombretón que derrocha salud… No soy estúpida. Pero, Vida, tengo mis razones.

—¿Cuáles?

—Pues que… —Se muerde los labios—. A ver cómo lo digo… Pues que es un judío converso.

—¿¿Y??

—Mirad, Vida —alega retorciéndose las manos—, con lo que ha pasado con don Germán, no se me escapa que no cualquier marido se va a encontrar cómodo, ni a mostrarse tolerante, con el hecho de que os… frecuente. Y esa es la prioridad para mí. Por encima de que se vaya a morir antes o después.

Las últimas palabras las ha pronunciado atropelladas y con la vista baja. Vida no da crédito. Estalla en carcajadas.

—Pero ¿os habéis vuelto loca?

—No, lo digo en serio.

—Es una absoluta chaladura. ¿Quién os garantiza que, por tratarse de un converso, se va a comportar de un modo más permisivo? ¡Al revés! Muchas veces, para ahuyentar las dudas sobre ellos, son los más intransigentes de todos. Y además, a mí no me metáis en el ajo. El plan iba de que os quedarais viuda pronto, ¿no? Bueno, pues en esa mesa, había alguien que cumplirá el propósito.

Leo vacila.

—¿Don Diego, no?

—No. Don Germán.

Leo se sienta, boquiabierta, en el borde de su cama.

—¿¿Cómo?? ¿Don Germán? ¿Nos estamos refiriendo al mismo? ¿Ese pelirrojo fuerte como un oso que, cada vez que se reía, hacía temblar la llama de los candelabros?

—Ajá.

Patidifusa:

—Pues ya me explicaréis, porque…

Vida toma aire.

—Mirad, lo de levantarme de la mesa y tropezar con él al regresar no ha sido ni una venganza por su comentario impertinente, ni un castigo, ni nada que se le asemeje. Solo quería una excusa para quitarle esa pelliza que llevaba y poder examinarle bien el cuello.

—¿El cuello?

—Sí. Durante la conversación, lo estiró un par de veces y me pareció advertir una cosa, pero enseguida volvía a desaparecer de la vista, oculto tras la ropa, y necesitaba asegurarme de…

—¿De qué?

—De que, en efecto, tiene unas marcas marrones en los pliegues, como una especie de costra, una culebrilla, que suele significar malas noticias.

—¿Unas simples marcas marrones? ¿Por qué? Serán una mancha de nacimiento o una cicatriz o…

—No. Las he visto ya en algún que otro paciente. Él me contó… él, vamos… Ben Adret… que les salen a la gente que orina dulce.

—¿¿Qué?? ¿¿Que orina dulce?? ¿Cómo demonios sabéis a qué les sabe…?

Vida se encoge de hombros con una parca sonrisa de autoindulgencia.

—Pues… ¿cómo imagináis?

—¡No me puedo creer que catéis el pis! ¡Qué asco!

—Sí, o se huele, en la mejor de las circunstancias. Pero bueno, el caso es que, aunque se desconoce por qué, esa gente está enferma. Existe algo en su cuerpo que no funciona, quizás los riñones, y aunque se les receten ciertos cereales y aceites para mitigarlo, él… Ben Adret —y cada vez que lo menciona, a Vida le duele al tragar, como si se le hubieran inflamado las amígdalas— me dijo que tienen mal pronóstico… Al cabo de un tiempo, esas personas se mueren. Otro de los síntomas consiste en una sed excesiva. Y ¿no reparasteis en que don Germán estaba todo el rato bebiendo vino?

—Bueno, don Alonso también… A mucha gente le gusta…

—Sí, pero don Alonso no tiene esa culebrilla marrón en el cuello —concluye Vida, sin ahorrarse la ufanía.

Leo se queda cavilosa, calibrando a su amiga, la sonrisa exánime.

—Pero, Vida, ¿sois consciente del camino que me estáis marcando? Casarme con ese imbécil integral... Él sí que no consentirá que nos veamos —apunta con un súbito timbre desesperado, al tiempo que estruja el cobertor.

—Eso es lo de menos —le responde posando la mano sobre la suya y apretándola—. La separación solo durará una temporada. Un pequeño sacrificio a cambio de vuestra libertad.

—¿Y no resultaría preferible probar con don Diego?

Vida se encoge de hombros.

—Esa decisión os corresponde a vos. Le he preguntado durante la cena y me ha contado que padece de los pulmones... pero resulta más incierto. Lo mismo puede fallecer mañana que vivir treinta años más. A él no le aqueja una dolencia clara, definida. A don Germán, sí.

Leo se muerde los labios, con un nubarrón oscureciéndole la frente. Muy seria.

—Vida, ¿y si luego no ocurre? ¿Y si no...? Me habría condenado yo sola a un auténtico infierno. Porque él es, con diferencia, el peor de todos ellos. Me da miedo...

—Lo entiendo —replica Vida cabeceando—. Es natural que os lo dé. Y por eso entenderé si ignoráis mi consejo y no hacéis una apuesta tan arriesgada. Yo solo puedo deciros que creo que la ganaréis.

—¿Estáis segura?

—Sí.

Leo se debate en una última resistencia.

—Lo juráis por... —Un rapto de inspiración, al divisar un alero bajo el que protegerse en mitad de la tormenta—. ¿Por el blasón de mi casa? Como cuando éramos niñas y juntas nos merendábamos el mundo...

Vida asiente, con una sonrisa que refleja la de ella y que, en realidad, es un abrazo. Leo se deja envolver por él. Un suspiro rendido.

—Vale. Confío en vos.

—Confía en mí, pelma.

—¿Me estás hablando en serio?

—Que sííí… ¡Que lo he visto! Él a mí no, pero no hay duda, vamos. ¿Cómo voy a no reconocerlo?

A Velkan. Noelia lo había visto. Por Alpartazgo. Esa misma mañana. Por mucho que me resistiera, resultaba plausible. Aunque pareciera mentira, había llegado de nuevo la campaña hortofrutícola. Había transcurrido un año desde la otra vez. Mis suspicacias a la hora de creérmelo obedecían, más que a la improbabilidad, al tiempo que necesitaba para asimilarlo. Una prórroga.

—En esta ocasión, ha debido de encontrar sitio en el hospedaje de los temporeros, porque rondaba por esa zona.

—Bueno, me alegro por él. Así estará en mejores condiciones y Pilarín no tendrá que organizar ningún apaño para darle techo —apunté con mi tono más razonable y maduro. Incluso, profesoral.

Pero a la Parra no se la engañaba tan fácilmente y menos con esa burda careta. Se carcajeó en mis narices, pegando un sorbo a su cerveza.

—Ya, claro. Y ahora me vas a contar la milonga de que no vas a rabiar en el caso de que no aparezca por el hostal para saludar y presentar sus respetos. Que lo único que te preocupa es su bienestar laboral. Venga, Benveniste…

No me asistía la caradura suficiente para negarle la mayor.

—Hombre, sería un poco maleducado de su parte no dejarse caer a decir «Bien va», después de todo lo que se lo curró Pilarín para que…

—¡Pero que no me hagas comulgar con ruedas de molino! ¡Que a ti su sentido de la cortesía te la pela profundamente! Que lo que te cabrearía es que no fuera a interesarse por ti…

Me llevé una oliva a la boca y la mastiqué a conciencia. Contesté con mi voz más inexpugnable:

—Tampoco podría culparlo. Yo no me despedí de él cuando se marchó. A instancias tuyas además. ¿Lo recuerdas?

—Claro. Como que se lo merecía… De todas formas, estoy prácticamente convencida de que acudirá. ¿En qué clase de universo se privaría de pasarle revista al culo más respingón de Alpartazgo?

—Qué boba…

Y, sin embargo, la boba tenía razón. Al día siguiente por la tarde, se plantó en el hostal con una bolsa llena de cerezas para Pilarín. «¡Cuánto me alegro de verte, Velkan! ¡Qué amable!». Con ella se mostró efusivo, y a mí, que simulé prestarle atención, pero sin abandonar por ello mi fregoteo de unos cacharros, me sonrió con una cordialidad irreprochable. No obstante, la sonrisa se la estaba sujetando a los labios con alfileres. Entre la indiferencia pretendida y la tensión real andaba el juego. Delicioso todo. Se me revolvió el estómago y me subió un sabor acre a la boca. Pilarín fingía no percatarse. Hasta que Velkan, después de una cháchara insustancial y endeble, en la que estuvo suministrando datos aleatorios sobre su año fuera de Alpartazgo, y tras confirmar que Dragos le había acompañado, pero que Ionel no a causa de una hernia, se quedó sin excusas para permanecer más allí, dado que Pilarín tampoco echó gasolina adicional a aquella hoguera de lugares comunes. Entonces, esbozó con la mano un gesto dudoso y frío de despedida y, con la promesa de que regresaría algún otro día, se encaminó a la puerta y se esfumó por ella, mientras yo continuaba atareada con la vajilla y, a remolque y distraída, musitaba un «¡Hasta luego!».

De repente, en mi campo de visión (de cuyo contenido, reconozcámoslo, tampoco estaba siendo consciente, recibiéndolo apenas a través de una bruma) se coló la mano plisada de Pilarín, que giró el mando del grifo para cortar el chorro. Alcé los ojos hacia ella. «¿Qué?».

—¿Cómo que qué? ¿Eso es todo lo que le vas a decir al muchacho?

Me encogí de hombros.

—Tampoco tengo mucho más tema de conversación que sacarle.

—Ay, Rebeca, Rebeca… ¿Por qué te complicas de esa manera?

Me impacienté. Y a la defensiva:

—Yo no complico nada.

—Mira, se notaba a la legua que no ha venido a traerme cerezas. Quizás, si hablas con él, te enteres de algo jugoso que te incumbiría saber. ¿No has oído aquello de que hablando se entiende la gente? ¿No te lo enseñaron en la facultad, ni tu nona? Porque en castellano se trata de un refrán muy popular y, si tanto lo repite la gente hasta el sol de hoy, algún motivo habrá…

—Vale, vale, Pilarín, que te embalas…

—Tú te has alegrado de verlo, que yo no me chupo el dedo… Ha pasado mucho tiempo, ¡un año, fíjate tú! ¡La de novedades que pueden suceder en trescientos sesenta y cinco días! Y un hecho vale más que mil palabras. Y el hecho, en este caso concreto, se resume en que ha acudido aquí derechito, derechito apenas ha puesto un pie en el pueblo… ¿No te pica la curiosidad? ¡Inténtalo al menos!

—Pero, intentar ¿¿el qué??

—Pues… ¡sonsacarle algo! —exclamó con una mueca traviesa.

Resoplé con escepticismo. Artificial, por supuesto.

—De acuerdo. Y, si lo «intento», ¿te callarás?

—Te lo juro.

Qué lista Pilarín. Y qué buena. Me estaba dispensando ella la excusa para que hiciera lo que en verdad deseaba, pero sin obligarme a admitir lo que no me atrevía: que el deseo era mío y nada más que mío. Suspiré. Rendición. Me sequé las manos con un trapo y salí a la puerta. Divisé la silueta del hombre al final de la calle, remontando la cuesta. En una breve carrera, lo alcancé.

—¡Velkan!

Se volvió. Nos separaban un par de metros. Había metido las manos en los bolsillos. Alrededor de nosotros, empezaron a encenderse las farolas.

—¿Qué?

No parecía dispuesto a ayudarme por medio de ninguna locución extra. Eso sí, me miraba con consideración. Y, como no se me ocurría nada, se lo espeté:

—¡Que qué bien que estés aquí! —Me puse roja. Menos mal que el ocaso me cubría las espaldas.

Al fin, se le cayeron los alfileres de los labios. Y, sin embargo, la sonrisa, aunque tímida y pequeña, seguía prendida en ellos.

—Yo también estoy contento —respondió.

Y satisfechos con la declaración mutua, por el momento sin agregar explicaciones, cada mochuelo regresó a su nido.

En un nido. En eso se ha convertido su vientre. Unos pocos meses han bastado. Posa la mano en la incipiente curvatura. Al hacerlo, y sentirla, no puede evitar una sonrisa. De incredulidad. Madre. Ella. Leonor de Lanuza.

Sabía que podía ocurrir en cualquier momento desde que Germán le metió el pene entre las piernas y eyaculó allí, dentro de la oquedad, en su noche de bodas. Vida se lo había explicado previamente con pelos y señales. Cuando le detalló cómo al hombre se le pondría la verga dura y enhiesta, que empujaría con ella y que notaría un desgarro, se asustó. «Pero no os preocupéis», le había dicho, «que aunque vuestro hueco os parezca tan estrecho y diminuto, se ensancha. Y cabe, de verdad». «Esperad, esperad. Pero ¿qué hueco?» «Por el que salen las flores». Ya, pero… jamás lo había palpado, no lo conocía, ni había introducido nada en él. Ni siquiera era consciente de que existía. «Pues, tal vez, no sobraría que lo explorarais antes, para que os encontréis más preparada». Ella se había mordido los labios. Y se había lanzado al vacío con la pregunta como única cuerda. Un remolino en el estómago y la cabeza en blanco. «¿Me enseñáis dónde está?».

Por un momento, imaginó que se levantaba las faldas. Y se le abrió la carne, le eclosionó la piel, se le erizó la sensualidad, al prefigurar que la mano de Vida amerizaba en la repentina, inédita humedad que borboteó allá en la base de su ser, donde se anudaban el tronco y las extremidades inferiores. El núcleo que la sostenía y que, ante la simple mención, se aflojó muy deprisa, amenazando con desbaratarla y dar con su estructura corporal en el suelo, convertida en un amasijo de cera blanda y derretida.

Sin embargo, Vida no la tocó. Sin cesar de mirarla, en silencio, se señaló una coordenada, un poco más atrás de donde sus muslos, al confluir con su pelvis, se remansaban en una uve. «Podéis tantear con la punta del dedo, y comprobar que es elástico». Con cierta decepción, ella asintió y le dio las gracias. Pero luego no le hizo caso. ¿Por despecho? ¿Pereza? ¿Desinterés? No se paró a analizarlo.

Así que fue Germán el que le situó esa cavidad en el mapa de su anatomía. No necesitó de muchas prospecciones. Su miembro, que tan apenas entrevió bajo su panza, rechoncho y rosado, despuntando sobre una fronda de pelo tan rojo como el de su cráneo, embistió allí y se franqueó el camino, mientras Leonor lo observaba desde fuera, con una frialdad y un sentido práctico con los que se sorprendió a sí misma. «Es necesario. Este señor tiene que ponerme un bebé en la barriga para que, un día no muy lejano, yo me quede libre y tranquila y me dejen en paz». Asistió a la escena de la que era protagonista a distancia, desde arriba, y constató con cierta incredulidad lo ridícula que resultaba. Aquel varón al que casi no había dirigido la palabra y visto solo en un par de ocasiones, afanado con el culo al aire en arremeter contra un agujero que acababa de descubrir que llevaba agazapado en su cadera toda la vida, sin ninguna utilidad aparente. Bueno, pues aquel don Germán, su sobrevenido marido, se debatía allí en mecánicas sacudidas, igual que un topo excavando su madriguera, con la misma torpe ceguera, sin manosearla como había temido ni pedirle más besos que un seco choque en los labios que juzgó el trámite de saludo. Desde ese momento, intuyó que le gustaba más el apellido de su padre que su carne de mozuela.

Al principio, sintió un pinchazo agudo en los cimientos de su vientre, que se volvió dolor sordo, sostenido, hasta que se habituó a él y casi se anuló, cediendo el turno a una aspereza, una fatiga, un sinsabor, una molestia. Más le asombró que, pese a que se había juramentado para soportar una larga y trabajosa penitencia, esta se acabó rapidísimo. De tanta paciencia se había avituallado, que menuda extrañeza cuando, en tres minutos mal contados, su esposo empezó a convulsionar, a bufar, y reventó en medio de un resoplido. Percibió por dentro el impacto de un líquido caliente y pegajoso, que le goteó por las ingles cuando él sacó esa polla que en lo de desinflarse y achicarse no tardó más tiempo que el de coser y cantar. ¿En eso consistía? ¿Semejante alharaca para eso?

Pues sí, y pese a que el escaso misticismo de ese apretón veloz y sudoroso parecía desmentirlo, servía para engendrar nada menos que una vida. Así se depositaba esta en la tripa y se arrancaba a crecer. De hecho, Germán lo logró tras cumplir con el sonrojante ritual seis o siete veces, en un plazo bastante acotado. El primer mes que le faltaron las flores, creyó que acaso fuera una coincidencia. De lo contrario, ¿tan sencillo? Con lo que le estaba costando a Vida, quien se lo había confesado con rubor y una china dolorida en el fondo de los ojos. David y yo lo intentamos. Nos amamos. Y los hijos no vienen. El segundo mes de ausencia no tuvo más remedio que responderse a la pregunta: sí, tan sencillo.

Al saber que un niño se estaba formando en sus entrañas, se le abalanzó al ánimo una sensación que no esperaba. Nunca lo había considerado más que un paso para encaminarse hacia la vida que deseaba. Lo había concebido en abstracto. «Un día pariré un hijo». Jamás se había consultado sobre lo que sentiría. Y se trataba de una marea de ternura, que iba subiendo poco a poco, pero de una forma inapelable, rumbo a una pleamar capaz de juntarse con el cielo y besar la luna.

¿Un niño? ¿Una niña? ¿Con qué nombre le bautizarían? Aún se hallaba a medio año de conocer su carita y, sin embargo, ya le quería. Sutiles muy al inicio, y más agigantadas y notorias a medida que transcurrían las semanas, iba advirtiendo las huellas de la transformación en su cuerpo, y a cada cambio que se producía, notaba que aquel se volvía más generoso. Y que adquiría poder. Poso. Sazón. Plenitud. Gravidez. Además, las emociones le aleteaban a ras de piel. Por eso, necesitaba a Vida con una intensidad renovada y distinta. Más reposada, pero más profunda. Ella se estaba portando de maravilla. En cuanto le comunicó la noticia, se alegró tanto y de una manera tan sincera como si el embrión le perteneciera. Carne de su carne y sangre de su sangre. La envolvió en uno de esos abrazos tan cerrados que solo pueden darse con el corazón abierto.

Y volcó en su gestación todas las nociones y destrezas de comadrona que había aprendido y luego aparcado bajo siete llaves, sacándolas ahora a relucir desde la ceca de una ilusión fresca, como moneda de nuevo cuño. Le prescribía el modo de elevar los tobillos para que no se le inflamaran. Le preparaba mejunjes para cortarle los vómitos. Le explicaba cómo aplicarse friegas en las lumbares para cuando se le rellenara la tripa. Le aconsejaba sobre posturas en el trance del parto y le ilustraba acerca de contracciones y cordones umbilicales. En verdad parecía que era a ellas a quienes unía ese cordón. Pocas veces la había sentido tan cerca y por eso vivía extremadamente feliz. En proporciones obscenas. Ni siquiera le inquietaba demasiado que su marido no emitiera todavía señales de una salud renqueante a causa de su supuesta orina dulce.

A ello, a su felicidad sin fisuras, también contribuía que viese que la propia Vida estaba asimismo más contenta que en mucho tiempo. A rebufo de su embarazo, todas las facultades médicas a las que había sometido a un sueño profundo reverdecieron de un tirón. A partir de ese revulsivo, y en un tránsito completamente natural y espontáneo, cuando ahora David le comentaba que el hijo de los Chacón andaba atorado con un cólico, sí acudía presta para aliviarlo; y si al cuñado de los Núñez lo aquejaba un resfriado, se perdía por ahí a buscar las hierbas precisas a fin de descongestionarle los pulmones con una cataplasma. Incluso ayudó a que dos partos llegaran a buen puerto; y luego se lo contaba a ella con una energía y un brillo en los ojos que a la Lanuza le caldeaba el pecho.

Sin ir más lejos, esta tarde en la que Leo posa su mano en la concavidad de su vientre con incrédula sonrisa, están juntas. Una de tantas. Don Germán, ufano por el primogénito venidero, y con la excusa de que Vida sabe cómo manejar la preñez de su joven e inexperta esposa, no se opone terminantemente a que la judía merodee por el palacete, siempre que procure hacerlo cuando él se encuentre fuera y, por consiguiente, en disposición de fingir que no se entera. De modo que la luz tibia las baña, mientras se arriman lo más posible a la ventana, en inquebrantable paz doméstica, la una que teje, la otra que se regodea en el precioso instante, en la contemplación de su redondez primeriza, y también de la mujer a la que tanto quiere. Antes han charlado con animación. En ese momento, no hace falta. Solo disfrutan de su recíproca y silenciosa compañía. Solo esporádicamente se arrullan con un canturreo, con una frase suelta, con una broma extraviada. Una burbuja que nadie puede desequilibrar.

Y entonces, unas botas en las escaleras de piedra. Ruido de metales. La puerta que se abre tan de improviso que desplaza una masa de aire. Ambas se vuelven sobresaltadas y se topan con la imagen de don Germán, que jadea en el umbral tras haber subido aprisa. El rostro perlado de sudor. Enmarañada la barba bermeja. Trae barro en las suelas. Vida se encoge entre sus propios hombros, pero él ni la mira.

—¿Cómo vos aquí, mi señor? —inquiere Leo con una sombra de fastidio—. Creía que hoy no llegaríais tan temprano.

—Bueno, es que han cambiado los planes, mi señora. Hay jaleo. Ella frunce el ceño.

—¿Qué clase de jaleo?

—Una algarada.

—¿Una algarada? ¿Cómo, dónde, por qué?

Y los mezquinos ojos espejean y, por fin sí, atracan en la sefardí.

—Menos mal que estáis aquí, doña Vida, porque han entrado en la aljama a cuchillo.

* * *

Corre, corre. Las plantas de los pies le retumban en las sienes. Corre, corre. Un puño de hierro le oprime el pecho. Le siega el aire. Pero corre, corre. Una mezcla de sudor frío y caliente le embarga el cuerpo. El caliente del esfuerzo. El gélido del miedo. Un sudario. Que te paraliza los pasos y, sin embargo, ¡corre, corre! Estira más las piernas. Aunque los músculos te duelan. Aunque el corazón te estalle. Aunque te ahogue la sangre. Corre, corre.

La voz maligna que anuncia: «Han entrado en la aljama a cuchillo». Ay, mi hermano; ay, mi madre. Ay, amor de mi vida. Sus fantasmas desfilando, con velos rojos que se enredan en los ojos. Esos ojos que aún no están llorando, pero que ya ven venir las lágrimas, a la vuelta de la esquina. Por eso temen. Cuando lo único que puedes hacer todavía es… corre, corre.

David, mi amor, no os muráis. Que no os maten. Por favor. Que tengo por delante muchas noches para amaros. Que, sin vos, van a convertirse en páramo y estepa. No me dejéis hueco en la cama, ni estériles los besos, ni el alma en llaga. No os marchéis de esta manera. Os lo ruego. Necesito más piel vuestra. Y que pasemos mano a mano esta primavera.

David, mi amor, no os llevéis con vos al niño que aún no me habéis dado. Que juntos tenemos que criarlo. No os vayáis de mi lado. Por favor os lo pido. No me condenéis a los recuerdos, no os mudéis al olvido. Que no quiero perderos. Que mis dedos quieren más despertares en vuestro ombligo. Que quiero ese nombre en mi vida. Que aún quiere pronunciarlo mi boca. No la obliguéis a renunciar a él. En serio, os lo suplico.

David, mi amor, ¿qué hago para convenceros de que soy hogar, de que no abandonéis el nido? ¿Cómo logro que os quedéis conmigo? Para reteneros, ¿qué argumentos uso? Contádmelos y yo os los digo.

Pero la desgracia es muda. No se apiada con la magia. No la ablandan los sortilegios. La desgracia no se sienta a parlamentar con el amor.

No entiende tus razones. Por eso, Vida, no le implores.
Solo corre, corre.

Ruidos. Una onda creciente. Que se acerca. Alarido de guerra. Bisagra que cruje. Puerta que cede. Cristal que se rompe. Mesa que vuelca. Estrépito. Humo. Una tea.

En las caras, al principio, una franca sorpresa. Enseguida, el espanto. Llevan estacas. Acero de punta en blanco. Mandíbulas bastardas, que amedrentan, que berrean, que han desenvainado. Borrasca de piedras. Cuerpo a tierra. Por allí. Por allá. Dispersaos. Que no se escape ni uno. A esta, agárrala por el pelo y arrástrala por el suelo. A aquel, deslómalo, machácale los dedos. No le respetes ni un hueso. Ahógalo en ese cubo. Estrangúlalo con el cordel. Cerdo judío. Judío de mierda. Que Satán te despanzurre, cabronazo infiel. Arrasa esa casa. Destruye este taller.

Rebánale el cuello. ¿Que si puedes corromper a la morena? ¿Por qué no? Y si te apetece, a la pecosa, también. Y a ese niño que llora, aferrado a su pelota, no le dejes crecer. Calcina ese tejado. Es de paja y arderá como la pez. Oh, mira, estos puercos tienen oro a espuertas… qué raro, ¿verdad? Un escupitajo. ¡Arramblad con él!

Y, por aquí, por este callejón, ¿qué hay? ¡Telas! ¡A pegarles fuego! Y tú, sastrecito, ¿qué nos vas a hacer? Ah, ¿que con esa vara de medir puedes con los tres? Ja, ja, ja. Eh, no os lo perdáis, que se está poniendo bravo. Estate quietecito, no te vayas a caer. Y dale un beso al cuchillo, anda, que no te va a doler.

Para cuando Vida llegue en su corre que te corre a la aljama, David ya no será más que un cadáver frío con la tripa rajada.

Y en la cabeza de ella, solo ese grito que clama «Quiero irme a mi casa, quiero irme a mi casa».

Le ha cerrado los párpados. Tras ellos, se han apagado para siempre los tizones. Esos tizones negros que desde el primer día la miraron con amor. Anoche mismo se amaron. Y se han despertado a la vez esa mañana. Al verla desperezarse, él le ha sonreído, le ha besado la mejilla, le ha dicho que está preciosa. Y ahora, ¿qué? Su cuerpo, inmóvil, encima de una tabla. Su madre, que, al igual que su hermano, por fortuna se ha salvado, la sostiene por el hombro mientras llora. Por la muerte pero, sobre todo, por lo incomprensible.

La turba ya se ha retirado. Tras ellos, la judería se ha quedado hecha trizas. Comercios asolados, viviendas quemadas, heridos. Difuntos. Total confusión. Un silencio incrédulo, tumefacto, hinchado de pus. Lo intentan drenar con algún llanto, pero todavía son aislados, débiles, no bastan. Apenas están tomando conciencia de la pesadilla. El hogar de todos los días se ha revestido de un significado distinto y amargo. La desgracia que algunos sitios encierran tarda un tiempo en revelarse. Algunos miembros del consejo y los adelantados se han lanzado a las calles para efectuar un recuento de los daños y de los fallecidos. También han acudido donde los lugartenientes reales para denunciar el ataque, dado que la comunidad judía, como propiedad del monarca, se halla bajo su protección.

Comienzan a llegar personas a casa de Vida, todas con el susto y el trauma metido hasta el tuétano. Entre ellos, Ceti, de la mano del pequeño Samuel, que se le abraza a las rodillas. Ella le acaricia la cabeza, pensando a retazos que menos mal que no lo han matado: se trataba de una presa demasiado fácil. Al parecer, se escondieron en unas tinajas. A las historias de los supervivientes todavía les gotea el horror por las costuras, por los cuatro costados. Juce, sin ir más lejos, para ahuyentar a los agresores y defender a su madre y a Dulce, que se encontraban en la carnicería con él, tuvo que amenazarlos con un cuchillo descomunal, sin la menor certeza de si sería capaz de hundirlo con el tino y la saña suficientes en una barriga o en un pecho humanos. Por suerte para él, resultó suficiente la pose mal encarada que adoptó y el aire fiero que sorpresivamente le sobrevino y que prometía, con irrebatible convicción, una truculenta sangría. Así disuadió a los cobardes y los puso en la tesitura de buscar víctimas más desvalidas y peor pertrechadas. En cuanto se marcharon, el cuchillo se le cayó de la mano de lo mucho que le temblaba.

El siguiente en aparecer es Eleazar. Recién enterado de la noticia, ha venido a escape desde Zaragoza, adonde había partido la víspera para tratar allí una compraventa. Por eso David se hallaba solo en la tienda en el momento de la matanza. Se prosterna ante él, su hermano menor. Se abraza a su tronco y le abre las compuertas a unos gemidos guturales, de bestia acorralada. Era su niño, lo único que tenía, y se lo han arrebatado a sus espaldas. La visión del hombre roto encoge el alma.

Vida lo contempla a través del escozor caliginoso de esas lágrimas aún tan tiernas que no calman. Entonces le tocan por detrás, en el hombro. Una mujer apurada, que se retuerce una muñeca.

—Disculpad que os moleste en este momento. Lamento infinitamente vuestra pérdida. Pero, señora, me han dicho que vos sabéis sanar, y hay tantos heridos que cualquier ayuda…

—¿Cómo os atrevéis? Valiente desvergüenza… ¿No veis que está… que su esposo…? —se encrespa doña Oro, atragantándose de la indignación.

Pero Vida la ataja, solo con un gesto, que deja a su madre perpleja: «Hija mía…». Se sorbe las lágrimas, da un paso adelante y asiente a la mujer, a fin de indicarle que se encuentra dispuesta a seguirla, a enderezar lo que se ha torcido, a sellar cuanto se haya partido. Él lo habría querido así. Y ella quiere hacer lo que sea para olvidarse de que se ha ido.

Se lleva las lentejas a la boca y las mastica despacio. Las traga. Y no le saben a nada. Es lo que le pasa últimamente al mundo. Que se ha desleído. Ha extraviado el color. Se ha vuelto insípido. Cuesta atravesar las horas, que han adquirido una densidad distinta. Todas las sensaciones le llegan atenuadas, a través de una gamuza que la mantiene insensible. Excepto por las noches. Por las noches, la soledad la desencuaderna en canal, le aprieta las entrañas hasta dejárselas exhaustas y traerle consciencia de los huecos de su cuerpo, de que a través de ellos corre el viento, de que le pertenecen al vacío. Por las noches, el mundo le duele. Hasta límites insoportables, lancinantes. Entonces llora. Y ni siquiera sabe muy bien por quién. Si por ella, por su padre, su marido, por aquellos que todavía no han venido y ya no lo harán. Por la felicidad pasada que, tal como la conoció, no va a volver. Por lo que pudo haber sucedido.

Traga las lentejas. Las corvas le molestan de tenerlas flexionadas. Le apetece estirar las piernas, pero el luto impone comer sentado. Tampoco le importa añadir una capa de sufrimiento más a la amalgama. De hecho, en cierto modo, incluso la alivia que, en este caso, se trate de un dolor físico. Le provoca un extraño, malsano placer. Así que se recrea en las agujetas, se aferra a ellas. Y mastica más lentejas de corcho, de cartón. Llaman a la puerta.

Qué hartazgo que la vida prosiga, que agite y blanda en el aire sus reclamos, como sonajeros. Suspira. Duda si abrir. Bah. Continúa mascando. Pero los golpes insisten. Y cada nuevo aldabonazo en la madera le pellizca y le irrita la serenidad, esa que ahora le resulta tan esquiva. Por eso, no puede permitirse tan a la ligera que se la alteren. De modo que se levanta. De todas maneras, las piernas abotargadas se lo agradecen. Gira la hoja. En el umbral está Leonor.

Verla la catapulta al momento previo a que le escacharan la alegría. Allí, en su palacete, aquella última tarde, todavía le encontraba sentido a la vida. Y entonces llegó don Germán y, con sus ojuelos perversos fijos en ella, dijo: «Han entrado a cuchillo en la aljama». Y no necesitó más que esas palabras para que todo se arruinara. Por eso, le asalta la tentación de comenzar a hablar con Leo donde las interrumpieron, hasta lograr persuadirse de que la brutalidad de entre medias no ha ocurrido, que aún resulta posible empalmar el pasado de justo antes con alguna clase de futuro, el que sea. Que aún se puede suturar la herida.

Pero qué va. Por la mirada de Leonor entiende de golpe que no. Y al entenderlo, cuando la otra la abraza, su cuerpo se pone rígido. Por puro instinto. Entre tanto, ella ya le está susurrando al oído:

—Vida, ¿cómo estáis? Cuánto lo siento, de verdad…

Y entonces, el cortafuegos se alza solo, directo desde la víscera:

—¿Qué hacéis aquí?

Leo se aparta brevemente a escudriñarla, su barriga entre ambas. Y con cierto desconcierto, un balbuceo:

—Pues… quería acompañaros…

No se lo permite. Le pisa la lengua. Con saña.

—¿Pero no veis lo peligrosa que es la aljama? No deberíais haber acudido. Uno sabe cuándo entra, pero no si va a salir indemne para contarlo.

—Vida… —intenta terciar Leo, con el ceño fruncido.

—¡Ah, claro! —prosigue ella, puro sarcasmo en rama—. ¡Que no había caído! Que vos gozáis de bula papal para moveros por donde os plazca, sin riesgo de que os despeinen ni un cabello, ¿a que sí?

Leo la contempla con ojos estremecidos, ya muda, tratando de descifrarla. De descifrarla mientras Vida agrega:

—¿O es que vuestro maridito os tiene al corriente de cuándo van a asaltar la judería, para que ese día no os vengáis de paseo y, gracias a sus labores de pregonero, estáis al tanto de que hoy no toca?

Ahora sí reacciona. Porque Vida le ha clavado un mordisco de cristal en plena mano. Barbota sin aliento:

—¿¿Cómo?? Dios bendito, ¿¿pero qué salvajada estáis diciendo??

La sefardí le sostiene la mirada. Impertérrita y desafiante. Ni siquiera ella sabe por qué ha excretado eso. Esa teoría hiriente. Esa acusación demoledora. Hasta el momento, no había parado mientes en tal hipótesis, no la había ni bosquejado. Y, sin embargo, ahí se la ha encontrado. Lista para que la escupiera, para ser enarbolada.

—Bueno, vuestro esposo es influyente, igual que vuestro padre. Se enteran de lo que se cuece, de modo que, ¿por qué no de una posible revuelta? Y qué casualidad que justo esa tarde me hubieseis llamado para que me reuniera con vos… En cuanto a vuestro don Germán, que tanto nos odia, a los míos, a mi gente… no había más que verlo cuando entró a anunciárnoslo. Relamiéndose, que solo le faltaba chuparse los dedos. Disfrutando como un cochino en una pocilga…

—Pero eso no significa que lo hubiera planeado, ni mucho menos que me hubiese avisado a mí —se sofoca Leonor—. Simplemente, es un cretino, no os estoy contando ningún secreto. Y aun así, vos me sugeristeis que me casara con él.

—¡Ja! —un estallido de vitriolo—. Sí. Porque se trataba del marido que menos os iba a durar y, fijaos qué gracioso, al final se ha muerto el mío antes. —La voz se le quiebra, le relampaguea la mirada—. Tal vez, Adonay me está castigando por ayudaros, por haberme prestado a semejante… Ya me lo advirtió David y yo no le hice caso. Lo que no pude ni imaginar es que él fuese a pagar las consecuencias, que él fuese a expiar mi pecado…

—Vida —suplica la Lanuza atribulada, deshecha—, no os torturéis, no había forma de…

—Siempre es igual, Leo —le espeta ella. Y, al hacerlo, se le transparenta un cansancio telúrico, infinito, que hunde sus raíces en la cuna del mundo y que pesa lo que una losa—. Siempre pasa lo mismo. Desde nuestro primer encuentro. Desde que robé aquel grano de cebada para vos. Desde que no os pedí ayuda cuando debía y entonces recurrimos a Ben Adret…

—¿De qué estáis hablando?

—Ahora ya no importa —replica con un manotazo—. El caso es… que jamás he querido aprender, ni escarmentar, ni he escuchado a los que me querían sinceramente y me prevenían acerca de… A base de buscar vuestra felicidad, me he ido labrando mi mala estrella. Todo con tal de anteponeros. Anteponeros frente a lo que fuera… Y, por ese camino, por ese camino equivocado y retorcido, hemos llegado hasta aquí.

La voz ronca. La mirada devastada. Aquella con la que le recoge el guante Leonor no hiela menos la sangre. Un glaciar.

—Sí. Eso parece. Hasta aquí hemos llegado. A un punto en el que pensáis que soy capaz de callarme que van a arrasar una judería sin intervenir, sin oponerme, sin alertar. Cómplice perfecta de una masacre. Una masacre en la que mataron a David.

—Bueno, nunca os cayó muy bien, ¿no? Confesasteis que le teníais celos, conque, más bien, lo considerabais un obstáculo; y las dos sabemos cómo soléis quitaros de en medio los obstáculos... —A medida que lo pronuncia, ya se está arrepintiendo; incluso en mitad de su dolor, Vida percibe que se ha aventurado demasiado lejos y, sin embargo, no logra frenar.

Tras el estampido, se quedan en silencio, un silencio que es una zarza. Cosido a espinas. Resulta dolorosísimo permanecer ahí, pero se han enganchado, por la piel, por el pelo, por las ropas, y no pueden soltarse. Tan siquiera lo intentan. Hasta que Leonor replica, muy suave:

—Ya... eso creéis. Lo que demuestra que no me conocéis en absoluto, que no tenéis ni idea. Y que, por tanto, lo que hemos vivido juntas hasta el día de hoy no ha sido más que una mentira. Monstruosa y gigantesca.

Hay un impulso en el sistema nervioso de Vida que le grita que se apodere inmediatamente de la mano de su amiga y que le diga que no. Que no lo siente de verdad. Que lo único que siente es rabia, porque siempre había estado convencida de que Leo era un talismán. Un hada o una bruja; un espíritu mágico en cualquier caso, capaz de arreglar el caos, de protegerla, de cuidarla, con solo chascar los dedos, con articular una palabra. Y, en cambio, la ha descubierto impotente frente a lo peor. No ha conseguido evitarlo, y ahora no le brinda ningún remedio, solo un pésame de mierda, inútil, vano. Eso la subleva. Y también siente que debe arremeter contra la persona que más le importa. Que necesita alejarla de manera que, al fin, la dejen sola. Porque no soportaría otra pérdida. Y la de ella, la que menos. Por eso, es preciso ahuyentarla. Para que, de una vez por todas, se vaya y ya no vuelva.

Estas cosas siente Vida, pero ni las escucha, ni las comprende, ni se da cuenta. Así que su mano no se mueve. Indolente, un peso muerto a lo largo del costado. Que no hace nada por detener a Leonor mientras la ve —en efecto— irse. Irse a su casa. Su casa huera. Su casa destechada. Su casa desapacible. A encerrarse, sin embargo, allí; «Que no quiero hablar con nadie». A enterrar la cabeza en la almohada. A hincar en ella los dientes. A hincharse los ojos de llanto. A llenarse de mucosidad la nariz y de sal la lengua. A empaparse el corazón de pena. Porque, coño, cuánto duele que el amor no sepa quién eres. Tanto como la risa de una hiena.

Por su parte, Vida se meterá en su propia casa huera, desapacible y destechada, a terminar de comerse sus lentejas de duelo, de corcho, de cartón. El siguiente bocado estará helado. Pero, de todas formas, no le importará. Igual que, a partir de ese momento, la vida en general.

Noelia Parra

Hey, no me importa demasiado, xo cm stás, hija de Satán?

Rebek

Bien, y tú? Dónde te metes?

Noelia Parra

Por Zgz city… Y a ti, ya te ha metido Velkan lo que debe dnd tú ya sabeh??

Rebek

Perdón??

Noelia Parra

Q ya sé que se dejó caer x el hostal, tal cm predije 😏 😶

 : A ver, Benveniste, que estuve el otro día en Alpartazgo con los de las excavaciones, y me pasé un momento por el hostal a ver si te pillaba. Habías salido a hacer unos recados, pero Pilarín me contó que el muchacho había ido a llevaros unas cerezas. Tía, está claro que lo que quería era otra clase de fruta.

😶 😶 😶

Rebek

Qué lengua más larga tiene Pilarín.
La tía parece Matías Prats presentando el telediario…

Noelia Parra

Oye, no la culpes. Culpable tú x privarme del chisme… Si no fuese gracias a ella, no me enteraba de una 💩

Rebek

No hay nada de lo que enterarse.
No ha ocurrido nada.

Noelia Parra

😤 *Bueno, pues si hay alguna novedad, q sea a mí a la primera a la que informes, perra rancia…*

Rebek

Que sí, pesada. Pero, de todas formas,
veo difícil que pase nada…

Noelia Parra

🐍 *Hombreee, ¡ya tardaba! El célebre optimismo existencial de Rebeca Benveniste. Claro que sí, querida, ¡confianza para el futuro en ese cuerpazo que te gastas! Pues mira, aunque tú me tengas penando en la más absoluta y miserable ignorancia, yo sí tengo noticias frescas para ti. ¿No te da un poquito de vergüenza que nuestra relación esté tan descompensada? Algunas tanto y otras tan poquito… En fin, que, aprovechando que estos días estoy rondando por la universidad, me he acercado a los archivos y he encontrado una referencia sobre tu apellido que igual te resulta interesante. Al parecer, no eres la única Benveniste que va por ahí golfeando y rompiendo corazones… Hasta aquí puedo leer. Voy para allá el viernes. Ya te cuento entonces.*

Y en efecto, vino el viernes. Y verla me alegró un montón. Tal como yo misma había pronosticado, en ese tiempo, no me había vuelto a cruzar con Velkan. Profecía autocumplida. Así que estaba un poco de bajón. Necesitaba estímulos, pizcas de sal y toques de salsa en mi monótona vida. Quedamos esa misma noche en el bar de su tía. Ahí, en nuestro campamento base, me relató con sus acostumbrados ojos entusiastas y sus expresiones hiperbólicas que, hurgando en una colección de documentos de un notario hebreo de Alpartazgo, que se había conservado en notable buen estado, se había tropezado con el acta matrimonial de una supuesta antepasada mía.

Le había tomado una foto con el móvil y me la estuvo mostrando, haciendo zum en la pantalla. Se me antojó bastante ilegible, máxime cuando llevaba el protector del teléfono todo rayado, pero ella ya se había habituado a bucear en ese tipo de testimonios escritos, a la nomenclatura y las fórmulas empleadas, así que me lo iba interpretando conforme mis dedos se desplazaban a lo largo y ancho del cristal templado. Databa de 1473. La contrayente se llamaba Vida Benveniste y, cuando se desposó, contaba quince años.

—Por la fecha y la edad de la chica, podía tratarse perfectamente de la hija o de la sobrina de aquel Mosé del que te hablé, el carnicero malogrado, ¿te acuerdas? —A mi amiga le brillaba la sonrisa a causa del cuento que se había montado en la cabeza. Me reí de ella:

—Anda, que ya le estás inventando a la chiquilla toda la parentela.

—¿Y por qué no? Tampoco resulta tan descabellado…

Continuamos explorando la pantalla.

—Mira. Aquí. —Noelia me señaló un punto—. Al parecer, la tal Vida se casó con un fulano que respondía al nombre de Azamel.

—¿Sí? ¿Estás segura? —me extrañé—. Qué raro. Porque Azamel es un apellido… y muy frecuente, por cierto.

—Ah, ¿sí? Pues eso no lo sabía yo, fíjate… Bueno, claro, de hecho, hay una palabra emborronada justo antes pero, al confundir el apellido con el nombre, pensé que se trataría de cualquier otro término…

—Ah, ya… ¿Y no se distingue nada? Por curiosidad, por enterarnos del nombre completo, ya que estamos…

—A ver, déjame ampliar…

Y acercó el documento cuanto permitía el zum, aunque perdiera resolución, y se lo aproximó a las narices como una abuela con presbicia, sacando la lengua por una comisura de la boca. Había que quererla. Y al cabo de unos segundos…

—¡Sí! —soltó de repente; en la mesa de al lado, dieron un respingo y se giraron a mirarla—. ¡Lo tengo! ¡La inicial!

Contagiada por su emoción, le sonreí.

—¡Bingo! ¿Y era...?

—¡Tatachán!

Me cucó un ojo y se comió una patata frita antes de proclamar que el nombre de aquel Azamel, esposo de Vida Benveniste, empezaba por «E».

—Eeeesto… Vida.

—¿Qué?

Su madre está ahí con ella. Cuidándola. Recurrentemente, le cocina platos y se los lleva. Le hace recados. Y, en ocasiones, véase esta de ahora mismo, simplemente la llama para que acuda a casa y se sienten juntas frente al fuego, y tejan o hilvanen, mientras el tiempo transcurre. En ese devenir, no le dice apenas nada. Pero la acompaña. Como si el revés de que ambas hayan quedado viudas hubiese derribado cierta empalizada que se había ido erigiendo entre madre e hija —quizás desde tiempo pretéritos, imposibles de rastrear—, lo cual permite incluso que, de cuando en cuando, la mano de doña Oro aterrice en la de Vida y se demore allí unos segundos; la constatación fehaciente y carnal de que la tiene de su parte.

Carraspea.

—Sé que se trata de un tema delicado, pero, hija, pronto van a cumplirse tres meses de la muerte de David…

Las manos de la joven abandonan la lana sobre el regazo. Se envara.

—¿Y?

—Pues que, por si se te ha olvidado, el *Deuteronomio* dice algo al respecto de casos como el tuyo…

—¿Casos como el mío? No entiendo.

Doña Oro suspira.

—Una mujer que enviuda sin descendencia, y cuyo finado marido tuviera un hermano soltero, sin ningún compromiso matrimonial anterior...

—El levirato —farfulla Vida con los labios secos. Traga saliva muy quedo—. Ni soñarlo.

—¿Acaso Eleazar está comprometido con alguien?

—¡¡No pienso casarme con esa ortiga!! —Y al levantarse de golpe, vuelca la silla.

Los ojos con los que mira a su madre se han convertido en dos brasas. Pero ella no se inmuta. Con paciencia inusual, endereza la silla.

—Hija. Lo impone la ley. Si no lo haces con él, no podrás contraer nupcias de nuevo.

—¿Y a mí qué? No me importa en absoluto.

—De acuerdo, y entonces, ¿quieres contarme de qué vas a vivir?

Un bolo de acíbar se le sube a la boca, envuelto en frustración y en lágrimas condensadas. Porque acaban de restregarle una verdad pútrida, humillante, por la cara.

—Madre...

—No, Vida —replica doña Oro, suave pero inapelable—. Alguien habrá de mantenerte. David no te legó prácticamente nada. ¿Qué te iba a legar, si el pobre no era más que un muchacho? Y tu hermano... bastante esfuerzo le pone con ayudarme a mí... Además de que va a formar un hogar con Dulce. Todavía eres muy joven, te resta mucha vida por delante y necesitas procurarte un sustento. La única salida que...

—No, mamá, por favor, no... —Las lágrimas se han vuelto líquidas. Las primeras ya le rebasan los párpados—. Por favor, cualquier cosa menos eso.

—Vida...

—¡Odio a ese hombre! —Y arroja al fuego la lana que languidecía en su regazo. Comienza a arder y a consumirse.

Doña Oro se reencuentra de repente en esa barbilla que tiembla con la de aquella niña de dos años que un día se cayó en plena calle mientras corría sobre sus piernecicas de algodón y se despellejó las rodillas, y entre el desconcierto y el dolor que le provocaban los rasponazos, abrió su boquita, donde titilaban los dientes de leche, antes de romper a llorar y tenderle los brazos, totalmente desamparada, pero segura de que la recogería.

Por ello, esta madre no se siente con fuerzas para defraudar, tampoco ahora, la confianza de ese ser vulnerable que se vuelve hacia ella, una vez más con las pupilas arrasadas, pidiéndole que la incorpore. Que la rescate.

—Ay, hija mía… Te metes siempre en unos embrollos… —Y suena un viso de indulgencia, de dulzura en el reproche—. No sé cómo te las apañas para andar constantemente… Está claro que algunos nacen con *mazal* y ventura y otros… En fin, sí que habría una solución: que convenzas a Eleazar de que no te reclame como esposa, y que tú lo liberes a él de su obligación para contigo mediante la *halizah*.

—Ay, mamá —Vida que se derrama en una fuga de alivio—, por eso no habrá ningún problema. Si existe alguien que odie más a una persona que yo a él, es él a mí. De verdad. Me detesta. Va a rehusar unirse a mí en menos que canta un gallo…

Y el corazón de la madre se alboroza con un callado brinco cuando en la barbilla temblorosa, por detrás de la huella de las lágrimas, ve aparecer la sonrisa de su cría.

—¡Ni harto de vino me casaría con vos!

—Pues de eso se trata. De que tenéis que manifestarlo públicamente.

Ha abordado a Eleazar en el taller de las telas, porque le pareció violento presentarse en su casa y, además, presupuso que el otro muy bien podía negarse a abrirle la puerta, tanta es la manía que le profesa. Regresar al escenario del crimen, al lugar donde David pasó sus últimos minutos, le estruja el cerebro, los pulmones, el estómago, le acribilla con agujas los pies. Resulta sofocante, abrumador, nauseabundo. La empuja físicamente al borde del colapso. A una voladura nerviosa. Han limpiado la sangre a conciencia y, sin embargo, le parece olerla todavía; un hálito ferruginoso y penetrante que le pone a patinar la cabeza.

Ha hallado al Ortiga encaramado a un taburete alto, con un lienzo extendido sobre la mesa. Lo ha marcado con unas líneas al carboncillo y, a lo largo de esas guías, navegan las tijeras. Cuando ella ha traspuesto el umbral, le ha echado un vistazo fugaz y, de inmediato, ha hecho voto sagrado de ignorarla, enfrascándose aún más en el corte.

—Eleazar —lo ha llamado.

Nones.

—Eleazar.

Caso omiso.

—Eleazar.

Que si quieres arroz, Catalina.

El tejido se ha desgarrado antes de que el beso de las tijeras lo alcanzara. Vida lo ha agarrado por el extremo que colgaba de la mesa y ha estirado hasta rasgarlo.

—¿¿Qué creéis que estáis haciendo, loca??

Ahora sí. Pero han empezado mal. Fatal.

—¿Queréis escucharme, por favor?

—¿Qué narices pasa? —ha gruñido el cuñado con colérica impaciencia. Ha agarrado el pedazo de tela inservible, lo ha convertido en un gurruño, lo ha tirado al suelo. Y luego ha decidido desquitarse con el bodoque pateándolo.

—Tranquilizaos, os lo suplico.

La ha asustado encontrarlo en semejante estado de ánimo. El menos proclive a razonar, el más incivilizado. Sin duda, la muerte del hermano le ha agriado más ese carácter atrabiliario que siempre ha lucido. Por eso, Vida se ha forjado el propósito de mostrarse más diplomática, dúctil y apaciguadora que nunca. Se juega demasiado en este desfiladero.

Él se ha presionado el tabique de la nariz con un par de dedos y ha cerrado los ojos. En verdad, los llevaba enrojecidos y picantosos. Esa pausa, esa pataleta, parece haberlo serenado un poco.

—No me gusta que me distraigan.

Toda la excusa que se encontraba dispuesto a ofrecer.

—Me imagino. Y lo siento —le ha correspondido Vida—. Pero es que me trae un asunto urgente que solo puedo tratar con vos.

Eleazar la ha mirado al fin, de lleno, reconociendo su presencia. La curiosidad ha resuelto por él. «Decid». Ella ha reunido aire y ha parado un instante los ojos en las vigas. Las ha envidiado. Tan sólidas y adormecidas, sin capacidad de padecer por mucho que sujeten la carga de la techumbre.

—A ver, Eleazar, han transcurrido ya tres meses desde que a vuestro hermano lo mataron…

Y, ante la simple mención, el Azamel mayor se ha arqueado como un gato escaldado. Pero eso no ha detenido a Vida, quien ha seguido desgranando lo que prescribe al respecto el *Deuteronomio*. La cantinela de que la viuda sin hijos ha de desposarse con el cuñado disponible, a fin de que este perpetúe el linaje del hermano fenecido y que su nombre no se borre de Israel, de modo que, en su caso, el hipotético primogénito de ambos debería llamarse David…

Es al llegar a estas alturas del diálogo cuando el Ortiga ha saltado con la galante declaración de que no se casaría con ella ni harto de vino. «Mejor. Menos mal. Qué peso me quitáis de encima». Pero Vida no lo trasluce para no encismarlo. Se limita a explicarle cómo deben proceder para que los dos salgan ganando. Se lo ha aprendido a pies juntillas. ¡Pues anda! Como que no puede permitirse ni un paso en falso… «A ver, Eleazar, que estipula la ley que, públicamente, delante de tres ancianos de Alpartazgo, he de recriminaros por vuestro rechazo a edificar la casa de vuestro hermano a través de mi humilde persona. Que, para ello, hemos de reunirnos en el patio de la sinagoga, que vos habéis de calzaros el pie derecho con un zapato de cuero del que yo os habré de despojar, para, a continuación, arrojarlo lejos de mí y escupir en el suelo, mientras pronunciamos unas palabras rituales en hebreo que obrarán la virtud de liberarnos a los dos de este compromiso fatídico. Así de sencillo. ¿Entendido?».

Eleazar entorna los ojos. La suspicacia se los trueca en un par de ranuras. «¿Me vais a humillar, descalzándome y escupiendo delante de mí?». Vida sabía antes de comenzar a hablar que el principal escollo se erguía en esa breña. Por eso va abastecida de argumentos. Que no se trata más que de una formalidad. Una ejecución mecánica en la que ya no resuena la intención denigrante con la que iba cargada al principio. Que constituye una práctica muy común. Precisamente porque es un acto práctico, y eso debería bastarles para convencerse de tomar la decisión. ¿Qué supone desprenderse de un zapato y una mota de saliva en la tierra frente a una vida entera de aguantarse?

A él le cruza las pupilas una ráfaga siniestra. «Esto os conviene más a vos que a mí, ¿verdad? Que necesitáis esta ceremonia para volver a casaros... Todavía se encuentra removido y húmedo el mantillo en la tumba de mi hermano y ya estáis impaciente por ir a revolcaros con el próximo... Qué puta sois». Vida tiene que incrustarse las uñas en las palmas de las manos para no lanzarse sobre ese pestilente gorrino y rastrillarle con ellas la jeta. ¿Cómo pudieron él y David gestarse en la misma matriz? En lugar de eso, inspira, intentando que el injurioso término que le ha disparado con encono —y con el que ya la han obligado a identificarse en tantas ocasiones— no le arranque esas lágrimas que siente punzar como cristal triturado detrás de las córneas. Eso busca. La está provocando. Quiere que entre en ebullición, quiere que se rebaje. Quiere verla llorar. Pues una mierda.

—Eleazar —le suelta con un tono de témpano—, no pretendo casarme con nadie a corto plazo. Pero, en algún momento, y por mucho que me pese, seguramente no me quedará otro remedio por una cuestión puramente económica. A vos y a mí, por desgracia, ya no nos une nada, y no lo digo porque os aprecie, sino porque ojalá vuestro hermano siguiera con nosotros. No hay nada en el mundo que desee más. Creedme o no, lo que prefiráis —le espeta al percatarse de que el muy canalla está enarcando las cejas—, a mí me da exactamente igual. Solo os estoy demandando que me dejéis marcharme de vuestra vida y continuar con la mía. Os consta que David me amaba, así que, aunque solo sea por no traicionar su memoria y acatar lo que él mismo os pediría, concededme este favor.

Y tal vez se deba a que los ojos de Vida en ese instante se han afilado al nivel de un alfanje que no admite réplica. O a que le han mentado al hermano y una parte de él anda cruda en esa materia, como un pan sin cocer. O al invocado sentido del pragmatismo, que le canta las bondades de que la cuñadita se largue de sus aledaños de una buena vez. El caso es que recoge el trozo de tela desgarrado y se lo entrega a ella mientras accede:

—Arregladlo todo. Y deshaceos al salir de esto que habéis roto.

El sol espejea de plano en el patio de la sinagoga, sobre la tierra clara. El servicio matutino de ese miércoles acaba de concluir y algunos se han quedado con el fin de presenciar la ceremonia. Han preparado un par de bancos. El uno, destinado a los tres ancianos que ejercerán de jueces. El otro, a los dos asistentes que han escogido como testigos y que revolotean por allí. Vida ha llegado ya. La acompañan su madre y Juce para arroparla. Bueno, no tiene a nadie más si lo piensa.

Opta por no hacerlo (pensarlo), porque, si no, se siente un poco vacía por dentro. No en vano, ha acudido ahí a cortar una ligadura más. Su cosmos se ha ido disolviendo muy deprisa. Quizás por eso, nota el cuerpo inconsistente, deleznable, y especialmente la cabeza, muy ligera. Aunque esta última sensación puede deberse a que la víspera no ha probado bocado, tal como decreta la ley de la *halizah*. Mira en derredor. Buscando a Eleazar. Le sube por la tráquea una gárgara de ansiedad. ¿Dónde se ha metido? Ya está por vencer la hora convenida. De hecho, los tres ancianos ya asoman por la puerta, dispuestos a aposentarse en el banco. ¿Dónde demonios estáis, Ortiga? La última vez que lo vio, para despacharle las instrucciones que a ella le habían suministrado y concretarle la hora y el lugar, lo encontró tranquilo y atemperado. Colaborador inclusive. ¿Y si no aparece? Solo de abocetar la idea, se le pone una comezón en el estómago que la revuelve entera. Y el grito íntimo ya conocido, y cada vez más insistente, le clavetea en la cabeza: «Quiero irme a mi casa, quiero irme a mi casa». En la otra punta del patio, se topa con las pupilas de su madre, que intenta confortarla con una sonrisa dubitativa y tirante. Uno de los ancianos carraspea y le dirige una mirada inquisitiva. Ella se esfuerza por aparentar serenidad. Si huelen tu miedo ocurre como con los perros: que te muerden.

Y entonces, ¡oh, sí! ¡Alabado sea! Eleazar que arriba. Tiene que contenerse para no abalanzarse a su cuello del alivio y de la alegría, y, al mismo tiempo, para no echarle un broncazo leonino a cuenta del mal rato. En lugar de eso, lo espera con compostura de muñeca. Él la ignora y se dirige directamente a la asamblea. Se le nota una tensión en el cuello, que va a más a medida que bisbisea con ellos. Tras el intercambio de frases, sacan el zapato. El que reservan para estas coyunturas. Confeccionado en cuero de un animal puro, provisto de varias correas que Eleazar se anuda en torno a la pierna, después de que los jueces hayan inspeccionado su pie derecho a fin de constatar que lo ha limpiado con esmero. Ya calzado, comienza el rito. Debe andar delante de la pequeña congregación que se ha arremolinado en el patio, ávida de pasatiempo.

Entre tanto, Vida reitera para sus adentros la fórmula que habrá de entonar tres veces después de aflojar las tiras, sostener la pierna de su cuñado con la mano izquierda, quitarle la sandalia y arrojarla unos cuantos metros más allá, justo antes de dejar caer un esputo. Por nada del mundo querría equivocarse y, en definitiva, está de los nervios, la locución es farragosa y hay que enunciarla en hebreo. De modo que salmodia «Así se hará a aquel hombre que no edifique la casa de su hermano, y su nombre será en Israel "la casa del que ha desatado su zapato"». Venga, de nuevo. «Así se hará a aquel hombre que no edifique la casa de su hermano, y su nombre será en Israel "la casa del que ha desatado su…"». Eleazar ha terminado con la caminata. Llega su turno. Le indican con un gesto que se acerque. Se sitúa frente a él. Lo confronta con los ojos. Hasta ese momento, no se habían entrecruzado sus miradas. De pronto, le recuerdan demasiado a los tizones de David, queman igual, y le sobreviene un vahído. No puede desplomarse justo en ese instante. Traga saliva. Y, por alguna extraña razón, le parece percibir que él también. Su nuez que sube y baja por detrás de esa loma de barba negra y cerrada.

En sus oídos, aterriza desde lejos la voz de uno de los jueces. «Mi cuñado se niega a levantar un nombre a su hermano en Israel; no se casará conmigo». Se supone que ella tiene que repetirlo. La garganta se le ha secado. Las palabras se resisten a salir. El pecho le trepida. Oh, Dios mío. Pero entonces, como si una autómata hablara en representación suya, abre la boca y ahí está: la consigna que la hará libre. «Mi cuñado se niega a levantar un nombre a su hermano en Israel; no se casará conmigo».

A continuación, Eleazar ha de corroborarlo con un «No deseo llevármela». Y lo dice. Lo dice. ¡No desea llevarme con él! Puede decirlo más alto, pero no más claro. ¿Lo habéis escuchado todos? ¿Sí? ¡Pues más os vale, panda de majaderos!

Y ahora, el culmen, la piedra angular de la ceremonia. Cuando Vida se agacha de rodillas y prende la punta de la primera correa para desenlazarla y… Unos dedos se han posado de repente sobre los suyos y la detienen. Levanta la cabeza confundida para averiguar de dónde han surgido, tan de improviso, tan inoportunos, y comprueba que son los de Eleazar, que la está observando muy fijo, los tizones ardientes sobre ella, y que va y suelta:

—Me desdigo. Sí que deseo llevaros.

Si Eleazar tuviese un amigo, uno tan cercano que le costase menos desnudarse frente a él que ante sí mismo, y este lo cogiese en un aparte después de lo acaecido en la sinagoga, y lo sentara delante de un vaso de vino, y le pidiese por favor que le aclarara a qué había venido esa pata de banco, «si no queríais verla ni en pintura y ahora vais a hacerla vuestra esposa»; en ese caso eventual, el Ortiga le confesaría que cuando la divisó aquella mañana de miércoles en el patio, descubrió que los rayos de sol se le reflejaban a ella en los cabellos y que se quedaban enganchados allí, brillando mucho. Nunca había caído en la cuenta. No ya de que el sol pudiera refulgir en la melena de Vida, sino en la de cualquier mujer. Y lo sacudió una epifanía.

Una extraña pero innegable certidumbre de que si siempre la había odiado tanto se debía en realidad a que la deseaba como a nada. Y esa fuerza oscura, poderosa, que se le arrastraba por el plasma, lo asustaba igual que un demonio. A partir de que a él y a su hermano los dejaran huérfanos, había resuelto que se cargaría el peso del mundo sobre las espaldas. Y en esa determinación inconmovible de atlante, no cabía ni una brizna, ni un pellizquito de debilidad. ¿Y qué era el deseo sino la mayor, la más cruenta, la más aplastante entre las debilidades?

Por eso, en lo sucesivo, la declaró su enemiga, y se dedicó a aborrecerla con abnegación y con constancia. A considerarla un peligro que tanto más crecía cuanto más se le meneaban a ella las caderas al andar, que acechaba insobornable apenas él distinguía en la calle sus rasgos de almendra, y que, por ende, convenía apartar con contundencia y premura, sin brindar oportunidad a que la mancha en el pecho se extendiera. Las malas hierbas han de arrancarse de cuajo para que no te devoren.

Por eso, temía por David al sorprenderlos juntos, como si estuviera jugando con una víbora y se la colocara cada noche junto al cuello en la almohada. En una ocasión, su hermano le reveló que, cuando estaba con Vida, lo asaltaba la sensación de que la chica se echaría a volar cuando menos lo esperase, y que nadie lograría seguirla hasta donde se escondiera, ya que era un pájaro libre e ingobernable que poseía un mundo propio al que marcharse. Él bufó y le preguntó por qué diablos se juntaba con una mujer así, tan complicada, tan irredenta, a lo cual le replicó que a las «mujeres así» resultaba imposible olvidarlas. Luego, la evidencia compareció para reconocerle que tenía razón, que sus miedos habían estado fundados todo el tiempo. ¡Iban a casarse! Pero ni mascó bilis, ni se subió por las paredes, ni se dio de cabezazos contra ellas por proteger al muchacho de esa bruja —admitiría ante su amigo, a esas alturas ya con el corazón expuesto en la picota—, sino porque necesitaba ser él quien se consumiera en su caldero.

Por eso la llamó puta: porque iba a convertirse en la puta de otro y no en la suya. Por eso se negó en redondo a que vivieran bajo el mismo techo. Porque, de saberla tan próxima, ¿qué fuerza humana le habría impedido tirar abajo la puerta en el momento más insospechado y penetrarla por cada orificio de su cuerpo? No existía tal fuerza. No existía.

Por eso sufrió como un galeote. Por eso se arriesgó a enemistarse con su hermano, aun cuando se tratase de la persona a la que más quería. Por eso le retiró a ella el saludo, la palabra. Para convencerse de que no compartían plano espacio-temporal.

«Por eso, amigo mío, cuando Vida acudió a mi taller para decirme lo que pretendía: que nuestros caminos se deslindaran definitivamente, me pareció que al fin el cielo había atendido mis súplicas, que se acabaría el tormento, que podría borrarla de mi piel y de mi polla. Por eso me presté a la *halizah*, dispuesto incluso a que la muy zorra me humillara públicamente, descalzándome y escupiéndome. Cualquier afrenta la reputaba válida si servía para terminar. Y entonces, esta mañana de miércoles, en ese patio, he visto el sol relumbrando en su pelo, y así es como he visto también que aquello que siempre he deseado con cada fibra de mi ser sin contármelo a mí mismo se encontraba de pronto allí, al alcance de la mano. Que lo conseguiría, amigo, con solo evitar que ella me quitara un zapato. Y por eso ha ocurrido».

Se le ocurrió continuar rastreando al tal E. Azamel. A Noelia le hizo gracia haberse topado con ese cabo de soga y resolvió tirar de él a ver si averiguaba algo más, no fuera a ser que en el otro extremo aguardara atado un mirlo blanco. Que la hubieran involucrado en las excavaciones arqueológicas la había motivado tanto que, contagiada por el ambiente en el que ahora se movía, cualquier excusa valía para enrolarse por su cuenta en investigaciones abstrusas a través de los vericuetos de la naftalina, fiada en el éxito de sus hallazgos anteriores y espoleada por la convicción optimista de que había nacido para eso. Y ese entusiasmo arrollador, hasta cierto punto inocente, de los diletantes rindió sus frutos. Nada se le puso por delante, ni siquiera el rigor, y así, sin que la oprimieran los corsés de la cautela intelectual, los protocolos académicos, o las dudas razonables, con su sola audacia, determinó que había hallado otra miga de pan del reguero que E. Azamel, cónyuge de Vida Benveniste, había dejado esparcido por la historia.

Encontró el mismo apellido, acompañado de un nombre cuya inicial se correspondía con la del acta de matrimonio: Eleazar para más señas. Dio con él en un nuevo documento notarial que dormía el sueño de los justos en el fecundo archivo que mi incombustible amiga había convertido en su segunda residencia. O en su bar de cabecera. En este caso, se trataba del asiento de una compra efectuada en 1487. Eleazar Azamel había adquirido un terreno en Villaluenda de Jalón, el pueblo contiguo a Alpartazgo, a apenas diez minutos en coche.

—Fijo que se trata del mismo pavo. Del marido de tu tataratarabuela.

No sonaba demasiado aventurado. Coincidían en el apellido, en un posible nombre; aquellas fechas, no tan distantes entre sí, bien cabían en el decurso de una vida corriente, sin necesidad de una anómala longevidad; y entre los habitantes de ambas poblaciones necesariamente tuvo que haber trasiego a causa de su cercanía.

—Vale, supongamos que es la misma persona…

—¡Lo es!

—Bueno, a ver…

—¡Que lo es, Rebe, carajo! ¡Aguafiestas, no, gracias!, ¡no los queremos!

—Ay, de verdad, qué paciencia hay que tener contigo… Pero vale, de acuerdo. Lo es.

—Ajá.

—Les iba bien, ¿no?

—Y tanto. El Azamel se rascó el bolsillo, te lo aseguro. El predio no le salió barato.

—Mira tú…

—Y todo para construirse un nidito de amor con tu parienta.

—¿Ah, sí? ¿Para una casa?

—Afirmativo. En el documento se especifica que la tierra no es cultivable, así que solo podía destinarse a construcción…

Y entonces venía lo mejor de todo. ¡El bendito contrato aportaba unas coordenadas «superdetalladas» de la ubicación del solar! Por un momento, en mi cabeza desfilaron una ristra de guarismos de geolocalización de Google Maps, y aluciné. Pero me vi en la obligación de rebajar expectativas cuando la Parra me aclaró que lo que aparecía era una mención al «camino de los curtidores» —y, oh, sí, en Villaluenda de Jalón, a día de hoy, seguía habiendo una calle así denominada—, además de precisarse (dato definitivo donde los haya) que la parcela lindaba con «el salto escalonado del río». ¡Y efectivamente, mujer de poca fe! ¡Resulta que Noelia Parra conocía de buena tinta el referido salto de agua, que no por nada había peregrinado verano tras verano de su adolescencia a las fiestas patronales de Villaluenda de Jalón para pillarse una cogorza en los botellones que se organizaban, cómo no, en la ribera del río, para que luego las parejas en celo pudieran meterse mano entre la fronda, alejados de miradas indiscretas! Así pues, tenía el paraje cartografiado hasta la náusea de la minucia.

—Bueno, pues ya sabes qué paso toca a continuación, con toda esta preciosa información que te he puesto en bandeja, ¿no?

—Pues… admito que no sé qué decirte.

—Ay, Benveniste, ¡que no hacemos carrera contigo! Habrá que dejarse caer por esa parroquia a probar las llaves, matarile, rile, rile, ¿o qué?

—¿En serio piensas que la casa de mis antepasados sefardíes sigue ahí, montando guardia donde tú hacías botellón?

—Mira, moza, de verdad que no entiendo a qué has venido a Alpartazgo y cómo le echaste ovarios para plantarte aquí si luego todo son problemas y partidos que ya has perdido antes siquiera de jugarlos… ¡Ese espíritu! ¡Un poco más de rasmia, Rebe, por Dios!

Ya suspiraba para concedérselo —que sí, que iríamos—, cuando Noelia se apoderó sorpresivamente de un pañuelo que yo llevaba al cuello y, sin darme tiempo a intercalar una sílaba, lo pasó por detrás del suyo, ejecutando una rápida lazada para unir los dos extremos e introducir por ahí el brazo, a modo de cabestrillo. Me dejó atónita.

—¿Qué narices…?

Pero ella no me miraba a mí. Miraba al frente. Con una sonrisa de querubín.

—¡Hola, Velkan!

No sería verdad… Acompasé mi trayectoria ocular a la suya. Y sí. Ahí estaba él. En mi campo de visión. Tan abstraída andaba con la conversación que no había reparado en que la muy taimada me había internado durante nuestro paseo por las calles adyacentes a la posada de los jornaleros. Con la solapada intención de que nos topáramos con el caballero en caso de que rondara por allí. Le había salido bien la añagaza; lo que no acertaba a comprender... Pero ya habían entablado charla.

—¿Cómo os va?

—Muy bien, Velkan, muy bien. Aunque fíjate... Me he luxado el brazo y me han mandado reposo, que lo inmovilice... —dijo señalando con la barbilla y aire lastimero el cabestrillo que había improvisado dos segundos antes con mi fular. Menuda cara más dura. Yo alucinaba mientras la escuchaba desplegar su trola. Aun así, opté por no delatarla con un rictus incrédulo, curiosa como estaba por los derroteros que tomaría la comedia. ¿Que se proponía la muy lianta?

—Oh, vaya. Qué faena... —terció Velkan, sinceramente preocupado.

—Sí, una jodienda, pero qué se le va a hacer. Ya se me curará. ¿Y tú? ¿Qué tal?

—No me quejo. Vuelvo de trabajar ahora.

—Qué bien. A descansar entonces.

—Sí... ¿Y tú, Rebeca? ¿Cómo estás?

Me estaba interpelando a mí. Expresamente a mí. Con timidez adorable. Con cortesía. Con invencible interés. Me disponía a abrir la boca para soltar alguna banalidad cuando mi polivalente y metiche amiga me obstruyó la contestación.

—Pues está que se muere de la emoción y, a la vez, frustrada perdida.

—¿Y eso? —preguntó Velkan con auténtica intriga.

Me quedé callada, con cara de habas. Tan intrigada como él. Por supuesto, ella no se amilanó. La respuesta se hallaba más que lista.

—Porque resulta que hemos descubierto el lugar donde pudo situarse la casa de sus antepasados, la de la llave.

Los ojos se le redondearon a Velkan de par en par. Exclamó:

—¡Pero eso es genial!

—¡¿A que sí?! —se enfervorizó Noelia—. ¡Una pasada total y absoluta!

—Bueno… —intenté matizar, al ver cómo al pobre se le había iluminado el semblante del entusiasmo. Noelia me pegó un pisotón. Y, al vuelo, me arrebató la palabra.

—… La pena es que la supuesta casa no estaba aquí, sino en el pueblo de al lado, en Villaluenda de Jalón. Me habría gustado llevarla allí inmediatamente, pero con el fastidio del brazo, no puedo conducir, y ella no tiene carné. Por eso está que se sube por las paredes. Y sobre todo, cuando el coche está con el depósito de gasolina ya a punto, que, vamos, nada más le falta que le metan la cuarta marcha y arrancar…

En ese momento empecé a barruntar por dónde iban a silbar los tiros. Velkan se rascaba la cabeza. Había caído en la trampa, claro.

—No sé si sirve o si queréis, pero a mí no me importa…

—¿Lo dices en serio, Velkan? —saltó Noelia, sin permitirle terminar el ofrecimiento, simulando encontrarse al borde de un colapso de alivio.

—Claro…

—¡Ay! ¡Qué maravilla! Si no fuese por el brazo malo, te abrazaría. ¡Qué majo! ¿Verdad, Rebe? ¡Solucionado el problema!

Yo, por mi parte, al borde del colapso de la vergüenza, asentí. ¿Cómo no?

—¿Cuándo te apetece ir, Rebeca? —inquirió él, encantador hasta rabiar.

Sentí que Noelia me acribillaba con los ojos. «Ni se te ocurra recular ahora que tú tienes al tío en el bote y yo el brazo en cabestrillo, cacho perra». Suspiré muy tenue.

—¿Te viene bien mañana?

—A partir de las seis, perfecto.

—¡Fenomenal! —chilló ella para cerrar el trato, no se fuera a malograr por alguna metedura de pata mía de última hora—. Pásate a las seis y cuarto por el hostal, que el coche está aparcado al ladito, y nos recoges allí a la señorita y a mí para la excursión.

Cuando nos distanciamos lo suficiente, la Parra se desembarazó del pañuelo y me lo colocó de nuevo, con una primorosa solicitud que supuraba recochineo.

—Quita esa cara de remolacha, anda, que no te favorece —me conminó con voz aflautada.

Yo no alcé la mía, sino que se lo pregunté muy calmada.

—¿Quieres escuchar un refrán sefardí que te incumbe? «El amigo que no ayuda y el cuchillo que no corta, si se pierden, poco importa».

—Oh, ¿no me estarás insinuando algo, querida?

—¿Cuánto has tardado en preparar este numerito?

—Oh. Lo he improvisado. Totalmente espontáneo. Un rapto de inspiración.

—Ya...

Seguía sonriendo, totalmente impertérrita.

—Oh, no, no, Rebe, no hace falta que me lo agradezcas. ¿No ves que yo me conformo con que nos lo pasemos genial?

Velkan llegó puntual a las seis y cuarto. Noelia, su cabestrillo y yo lo esperábamos en la entrada, con el coche aparcado delante, prácticamente con las llaves en el contacto. Nos saludó con la mano y una sonrisa radiante. Ya se dirigía hacia la portezuela del conductor, cuando Noelia salió con un plañidero:

—Chicos, creo que no os voy a acompañar... Llevo un rato con una migraña que no puedo con mi vida... Estaba a ver si se me pasaba, pero no remite... Así que casi mejor que me quedo.

—Oh, vaya —barbotó Velkan con expresión circunspecta.

Yo le endosé una mirada asesina, ansiosa por clavarle el cuchillo del proverbio sobre los amigos poco cooperadores. Fue difícil conciliarlo con un tono de voz atento y comprensivo:

—Pues si te sientes mal, lo dejamos sin problema para otro día…

—¡Oh, no, no! ¡Qué va! Encima que Velkan ha venido hasta aquí, el pobre… No quiero ser un estorbo. Ni hablar. Os presto el coche y vais vosotros tan ricamente. Ya me contáis luego qué se cuece por allá. Faltaría más.

Menuda encerrona. Debería haberla previsto, conocedora de cómo se las gastaba mi socia. Y yo parecía nueva. La eterna pardilla. Sin embargo, sí sabía, y a la perfección, que no iba a ceder, de modo que decidí no alargarlo. Al fin y al cabo, acabaría haciendo el plan que se hubiera trazado en esa cabeza que, más que cabeza, era jaula de grillos. Suspiré.

—Bueno, si no te importa perderte el paseo…

—Me fastidia, claro, pero más me fastidiaría retrasarlo… Estoy impaciente por enterarme de si resiste algún rastro sefardí por ahí, como las bombillas Duracell, que duran y duran…

Mientras parloteaba con sus metáforas publicitarias, interrogué a Velkan con la mirada. Lo último que deseaba era forzarlo a la expedición en caso de que le incomodara que la realizáramos a solas. Sin intercambiar una sílaba, me otorgó la venia. Así que dije:

—De acuerdo.

—Claro que sí, iros sin remordimiento, que yo os la cuido entre tanto.

Pilarín, que había aparecido en el umbral. Ya estaba reunido todo el elenco. Seguro que se habían conchabado a mis espaldas. Ya ajustaría cuentas y unas palabritas con ellas más tarde. Por el momento, no me quedaba más remedio que agachar las orejas y subirme al coche. Copiloto de Velkan. Que arrancó. Nos despidieron agitando las manitas con cara de santas. Las odié un poco. Pero también les di las gracias.

Nos alejamos despacio. Velkan con la vista fija al frente. Por el rabillo del ojo, observé sus dedos entrelazados en el contorno del volante, los nudillos ligeramente velludos, las uñas recortadas con pulcritud. Adivinaba una suave y firme presión sobre la circunferencia almohadillada. ¿Cómo acariciarían esos dedos? Carraspeé y me obligué a ahuyentar semejantes dilemas existenciales. Prendí la radiofórmula, me refugié en la contemplación de la ventanilla: al otro lado, las casas más rezagadas de Alpartazgo antes de coger carretera. Qué mal que no fluyera la conversación, aunque el viaje no sobrepasara los diez minutos. Cómo taladra el silencio cuando no se busca. Se convierte en el más molesto de los invitados, ese que te coloniza la casa en las madrugadas soñolientas sin que logres desalojarlo ni con agua caliente.

—¿Cómo estás? —terminé por lanzar a la desesperada, como alternativa a abrir la puerta y lanzarme yo misma por el arcén al más puro estilo «Jerónimoooo».

—Bien, ¿y tú? ¿Nerviosa?

¡Mira qué bien! ¡Una hendidura a la que aferrarse, una escotilla por la que escapar!

—Lo cierto es que no. No creo que vayamos a encontrar nada. Pero Noelia se empeñó y por no quitarle la ilusión… Total, para que, a la hora de la verdad, se haya rajado…

—¿Habrías preferido que ella venido?

Tragué saliva. La pregunta era capciosa. Titubeé. ¿Corrección política, diplomacia, no meterme en terreno pantanosos? Al final, lo reconocí:

—No.

Al responder, no lo miré. No me atreví. Él sí despegó un instante las retinas de la luna. Fingí no concederle importancia. Me hice la loca. «Sabes que estooooy colgando en tus manooooo…», decían berreando en la canción que sonaba en la radio. Villaluenda de Jalón, decía en *mute* el letrero que dejamos atrás. Habíamos llegado al pueblo.

—Busquemos el río —le indiqué, con un aire muy neutro, muy profesional.

Él enfiló hacia allá el morro del coche con la misma neutralidad, con idéntica profesionalidad. Las calles se hallaban tan átonas, tan sin gas como un refresco esbafado. Aparcamos sin mayor problema. Nuevamente en silencio, alcanzamos la orilla del Jalón. Había que localizar el salto de agua. Comenzamos a pasear a lo largo de la ribera, que cantaba con voz de cristal. El follaje murmuraba a instancias de la brisa. El chasquido de las espiguillas al quebrarse. Los pájaros que tarareaban. Velkan iba con las manos dentro de los bolsillos, concentrado en el caminillo arenoso y angosto que se desenrollaba delante de nosotros.

—¿Mucho trabajo hoy en el campo?

—Sí.

—Pues gracias por ofrecerte a traerme aun así. Estarás cansado.

—No hay de qué. Me apetecía.

Unos cuantos pasos más callados.

—Es el mejor plan desde que yo aquí —añadió.

—Ya. Siento no haberte propuesto más cosas. Este año no hemos coincidido mucho.

Se encogió de hombros como si hubiese sido un mero accidente. Me revestí de valor.

—¿Hasta cuándo te quedas?

—Hasta martes próximo.

Qué ganas de llorar. Caí en la cuenta entonces. De qué forma más tonta me había obstinado en desperdiciar el tiempo con él. Apenas si lo había saludado y dentro de cuatro días ya se estaría marchando. Se iba con carácter irremisible, en esa dimensión en la que ocurrían los acontecimientos reales, y no en la nebulosa de las comeduras absurdas de tarro. Me aguardaba por delante un año entero sin verlo, y eso si volvía a verlo, lo cual ya suponía esperar mucho de la suerte. Tenía que haber hablado antes con él, aclarar el asunto, tantearlo, como me había aconsejado Pilarín. Si le hubiera hecho caso, otro gallo me cantaría, pero así, con mi *modus operandi* habitual, pues lo de siempre: me tocaba penar por no haberme tragado el orgullo, por haberme atrincherado en la inacción, en la inercia, en la zona de confort, y…

—¡Ahí está!

El índice de Velkan me remolcó de mis cavilaciones abruptamente, señalándome un punto en el que el cauce del Jalón se desparramaba en sucesivas terrazas. Asentí. Vale. Solo podía tratarse de ese salto de agua. Y ahora, ¿cuál era el terreno colindante, aquel en el que el supuesto marido de mi tataratatarabuela había edificado una casa para construir su nido de amor? Ambos, de un modo tácito, dirigimos la mirada al otro lado de la calzada. Había un restaurante. *Casa Ortiga*, rezaba el cartel sobre la puerta, donde también se perfilaban un cuchillo y un tenedor cruzados sobre fondo turquesa, igual que un escudo de armas. Fachada de piedra, balconcitos de barandillas forjadas, contraventanas de madera, geranios en el alféizar. Qué encantador. ¿Sería posible que…? ¿Que mis antepasados se hubieran asentado allí? ¿Que mi llave hubiese abierto en su día una puerta justo en ese lugar?

Traspusimos la cortina de tiras de plástico que celaba la entrada y nos adentramos en un bar estrecho que desembocaba en un comedor. Todo desierto. Había pasado de largo la hora de comer y aún restaba bastante para la de cenar.

—¿Hola? ¿Hay alguien? —voceé.

Se oyeron entonces unas pisadas en unos peldaños crujientes. Detrás de la barra, se guarecían unas escaleras que buceaban en un sótano o una bodega, y de ahí provenían los ruidos. A nivel de suelo, emergió de súbito la cabeza de un señor. Nos escrutó desorientado.

—¿Qué quieren? Estamos cerrados.

—¿Nos podría servir un café?

Desconozco por qué agarré por esa tangente. Se lo pensó unos instantes.

—Bueno…

Velkan me consultó con la mirada y yo con la mía le repliqué «Sígueme la corriente», aunque no albergaba ni la más remota idea acerca del desvío por el que iba a tirar. Marchaba sin hoja de ruta. Según surgiera.

Nos acomodamos en una de las mesas del bar, adosada a la

pared. Un café solo. Otro, con leche. El hombre frisaba la edad de jubilación. Superaba con holgura los sesenta. Calvo, barrigón, cejas espesas, piel curtida. Empezó a trajinar en la cafetera y a trasvasar el contenido de varias jarritas de leche a diferentes temperaturas. Velkan y yo lo observábamos sin terciar nada, hasta que se acercó con una bandeja y un par de tacitas, con varios sobrecillos de azúcar blanco y moreno a guisa de guarnición.

—Aquí tenéis, pareja —nos espetó con jovialidad.

—Me llamo Rebeca y él, Velkan —dejé constar, al tiempo que depositaba tres euros sobre el tablero.

El hostelero parpadeó, desconcertado por una declaración así, propia, una de dos, de una cándida niña de cinco años, o de un mafioso dispuesto a embaucarlo en negocios turbios, dependiendo del lado por el que se tomara.

—Ah.

—¿Y usted? ¿Cómo se llama? —proseguí, implacable.

—Pues… —receloso ante mi ansia de información, vaciló sobre si revelar un dato tan comprometido—. Me llamo Vicente.

—Ah. ¡Encantada, Vicente! Venimos de Alpartazgo.

Esa puntualización geográfica lo relajó. No se jugaba los cuartos con completos forasteros.

—Uy, ¿y cómo les va a nuestros vecinos?

—No se quejan.

—Buena cosa.

—Yo trabajo en el hostal.

—Ah, sí. Lo conozco. Así que eres de la competencia… ¿Y hay mucha faena?

—Poca.

—Qué ruina… —De pronto, al buen hombre lo asaltó una sospecha que le justificó en un momentín todo nuestro extraño diálogo—. No habrás venido a pedirme trabajo, ¿no, moza? Porque ya te haces cargo de que aquí tampoco atamos a los perros con longanizas precisamente…

318

—No, no, qué va. Estoy muy contenta —lo tranquilicé.

Sin embargo, su deducción le había parecido tan plausible que no se resignó a renunciar a ella de inmediato ni totalmente:

—Bueno, pues no le estarás buscando colocación a tu novio, ¿verdad? —Y apuntó a Velkan con la barbilla.

El aludido sonrió con cautela y bajó la vista, yo me azoré. Tuve que luchar por rebajarme el rubor de la cara. Menuda pava estaba hecha. Juzgué engorroso e innecesario enredarme en explicaciones de que no éramos pareja, de modo que ¡carretera y manta!

—No. Solo estamos de visita. Por airearnos un poco. No hace mucho que vivimos en Alpartazgo, así que no conocemos demasiado la zona. Nunca habíamos estado en este restaurante, pero nos ha parecido que lo tienen la mar de curioso, y por eso nos ha apetecido entrar.

Nuestro interlocutor no permitió que lo apabullase el halago, pero hinchó levemente el pecho palomo y se echó el trapo de cocina sobre el hombro, como quien se impone una banda de honor de alguna orden de caballería perteneciente a un imperio todopoderoso y antiquísimo.

—Cuidamos el negocio, sí, señor. No nos sacará de pobres, pero llevamos con él toda la vida.

Eso me interesaba, sí. El tema del tiempo.

—¿Desde cuándo es toda la vida?

—Pues desde que nací. Y desde que mi madre nació. Y desde que lo hizo mi abuelo. Y también mi bisabuelo. Los Ortiga llevamos aquí toda la vida —repitió, para que no cupiera confusión alguna.

—Un montón de generaciones.

—Exacto.

—Ya. Pero no sabrá exactamente el año, ¿o sí?

El señor se mosqueó. Enarcó su espesa ceja.

—¿El año?

—Sí. Una fecha concreta. Igual encontraron una piedra con la fecha de fundación de esta casa… —aventuré para conjurar la más atractiva, sencilla y peliculera de las opciones: que el tal Vicente exclamara de repente «¡Ah, sí, pues ahora que lo mencionas, maja!»; que se perdiera escaleras abajo hacia ese mismo sótano del que había salido y regresase con una escritura vetusta y cubierta de polvo que atestiguara que la edificación de la casita en cuestión la había acometido en 1487 un tal Eleazar Azamel, con el loable objetivo de consentir entre aquellas cuatro paredes a su esposa, doña Vida Benveniste; en cuyo caso yo le espetaría: «Pues, estimado don Vicente, con gran dolor de mi corazón, ya puede ir ahuecando el ala, porque soy Rebeca Benveniste, legítima heredera y último eslabón de la estirpe de los Benveniste de toda la vida, y he vuelto quinientos años después a recuperar esta casa en la que ustedes, los advenedizos de los Ortiga, han acabado únicamente por azar y solo Dios sabe cómo; poseo una llave que lo confirma y estoy dispuesta a utilizarla, conque no me obligue a...». (Se trataba de una broma, obviamente; no me asistía ni la potestad ni el afán de desahuciar a nadie.)

Huelga especificar que Vicente se limitó a mirarme como las vacas al tren.

—¿Mande?

El propio Velkan me escrutaba con cierta prevención. Intenté envalentonarme, aunque la tentativa estuviese, a ojos vista, condenada al fracaso.

—Que si sabe cuándo construyeron esta casa...

—Uf, ni idea. Un porrón de años.

Bendita precisión.

—... O cuánto tiempo lleva su familia aquí.

Al fin, nuestro camarero se exasperó, cansado de trompicar por ese bucle dialéctico.

—¿A dónde pretende ir a parar? ¿Pues no le estoy diciendo que toda la vida?

—Rebeca, vámonos. Es tarde —intervino Velkan.

Me estaba rescatando. Los miré alternamente al uno y al otro con impotencia. Y me rendí. Me bebí el contenido de la taza de un trago. Me quemé la lengua.

—Gracias por el café, Vicente. Un placer charlar con usted. Hasta otro día.

Nos levantamos, abandonamos el bar, con la suspicaz mirada del hostelero abotonada en la espalda, y nos encaminamos al coche, bordeando el Jalón en sentido opuesto. Me sentía estúpida, y eso me ponía furiosa.

—No pasa nada, Rebeca —me consoló la voz de Velkan, cálida y aplomada.

—Por supuesto que no pasa nada. ¿Qué iba a pasar? Podría haberlo augurado cualquiera: que no pasaría nada. Esto me sucede por dejarle a la Parra que me líe. Lamento haberte hecho malgastar el rato.

—No pasa nada.

En eso parecía resumirse la tarde: en que no pasara nada. Nada, nada, nada. Él continuó:

—Ese hombre no sabía. Es normal. La gente normalmente no conoce su historia.

—Ya.

—Pero eso no quiere decir que esa casa no estar donde estaba la casa de tus antepasados, o que no ser incluso la misma, aunque reformada, claro…

—Da igual. —Se había apoderado de mí un humor de perros. La frustración, el enfado conmigo misma, me carcomía las tripas.

Caminamos en silencio, hasta que Velkan, como me había ocurrido a mí antes, en el viaje de ida, se animó a agujerearlo con cháchara ligera, juguetona.

—El hombre ha pensado nosotros novios —comentó con sonrisa traviesa.

Craso error. Lo que hervía dentro de mis cráteres se juntó con el marco —el susurro del río, el follaje, la brisa— y me recordó demasiado a aquel otro escenario en el que, un año atrás, él me había confesado de puntillas, medio a la chita callando, que tenía pareja. Me planté en mitad del camino.

—¿Por qué no me lo contaste? Y luego, ¿por qué me lo contaste «así»?

Se giró hacia mí sin entender.

—¿Cómo?

—Lo de tu novia.

Bastaron esas cuatro palabras para que emitiera un suspiro que equivalía a reconocer «De acuerdo, ha llegado el momento». Lo que significaba que ya había mantenido esa conversación cientos de veces en su cabeza. Aun así, por si coleaba alguna duda, se lo pinté bien claro.

—¿Por qué crees que ni siquiera me despedí de ti el año pasado? ¿Por qué crees que este casi ni te saludé cuando apareciste en el hostal? ¿Por qué crees que no te he buscado, que han transcurrido los días sin que tan apenas nos hayamos visto, eh? Tú, ¿por qué crees?

En primer lugar, Velkan se disculpó. Jamás se había propuesto jugar con mis sentimientos, me dijo. Simplemente, se le había escapado de las manos. Cierto: tenía novia cuando aterrizó en Alpartazgo. Pero estaban fatal. ¿Sabía yo lo que suponía marcharse año tras año de Rumanía, por largas temporadas, a deambular por Europa, pendiente de acudir allá donde te llamaran, para deslomarte, sin rechistar, con un apretón de incertidumbre en los intestinos, dejando a la zaga a la persona que quieres, sin apenas medios para contactar con ella; irte consciente de que no te enterarás cuando se levante triste, de cuándo recibirá una buena noticia, o de si se acordará de ti lo suficiente? ¿Había experimentado yo —lo había sentido raspándome la garganta— el gargajo de rabia que nace de que tu país esté hecho mierda y que te expulse, que te notifique a gritos que no te guarda un sitio, que ya puedes espabilar, arriesgarte fuera, o de lo contrario pudrirte allí, morirte de hambre, de desolación, de asco? Pues cuando eso acaece, sucede también que las anclas que has hundido en ese suelo comienzan a temblar, las cadenas se someten a una prueba que excede lo tolerable, se estiran hasta el límite, hasta la desintegración, hasta volverse cisco, transformarse en polvo. Y entonces, puedes tener una novia e ignorar al mismo tiempo si realmente la tienes. Y puedes querer a alguien, pero no discernir si aún compartís alguna esperanza más adelante o si solo te duele un recuerdo. Todo el territorio es encrucijada. Cuando te quedas sin casa, atrás siempre se queda algo de ropa tendida, todavía mojada.

Lo habían obligado a hablar en términos de supervivencia; el abismo lo había arrinconado entre la espada y la pared, y con la punta de su acero hincándosele en los riñones, había amanecido de buenas a primeras en un lugar extranjero, en una lengua ajena, en medio de un campo de fruta que jamás habría elegido y para el que no estaba listo, y así, recién desembarcado, le habían partido una botella en la cabeza. Le habían arrancado la sangre. Con el pretexto de que se trataba de un foráneo, un intruso, y de que, como tal, no valía absolutamente nada. Por eso los ciudadanos de verdad, los de derecho propio, gozaban de la autoridad de ofenderlo, de menospreciarlo, de devorarlo a insultos, de barrer con él el suelo, de romperle el cráneo. Porque no pertenecía al terruño, porque nadie le había invitado, porque sobraba. Pues claro que sí. Pero ¿acaso pensaban que él había acudido por gusto?

Y, al principio, te indignaba que se atrevieran a tratarte así. Porque no te identificabas en modo alguno con ese guiñapo ensangrentado que mordía el pavimento. Pero si te arrebataban las coordenadas, los referentes, la brújula, en mitad del zarandeo brutal del barco, resultaba mucho más fácil instilarte ese veneno y convencerte al fin de que habías degenerado en excremento. Que eso eras, en resumidas cuentas. Y su gran victoria, el triunfo de los otros, consistía en que empezaras a comportarte en consonancia: como un extraño para ti mismo. Que te extraviaras en ese descenso a la mina, a la cantera, a la pocilga, a la batalla, al inframundo. A aquel sitio correoso donde las piedras se rapiñaban con las uñas, hasta despedazártelas e implarlas de mugre.

Y en esa rebatiña, en ese fango, se había encontrado conmigo. Oh. Una amiga. Alguien con quien hablar. Con quien reír. Con quien dar un paseo. Una mano tendida. Un oasis. Que te devuelvan la fe en que aún te ven. Ay, sí, qué paz. Y había intentado hacer las cosas bien. Incluso con una vida como la suya, que se encontraba patas arriba. Pero luego, yo ni siquiera me había dignado a dedicarle un adiós. Le había dolido. Porque sumaba una fragilidad más a sus arenas movedizas. Le confirmaba por enésima vez que su realidad no pasaba de mentira. Y, a pesar de ese desgarro, de esa disolución en la que andaba metido hasta las cejas, yo le salía ahora con la murga de que el desplante, la negación, el nuevo desarraigo, se debía a la frivolidad de una comedia romántica. A un sainete. ¿En serio creía yo que él tenía espacio en la mollera para esas cosas?

Contrapregunté.

—¿Has terminado?

Asintió enfurruñado.

—Perfecto, porque te recuerdo que yo también me marché de mi país hecho mierda. Que tampoco allí había hueco para mí. Que me iban a echar de mi casa. Que dormía abrazada a un paraguas. Y que me vine a este pueblo con una mano delante y otra detrás, sosteniendo una llave mohosa. Bueno, pues a pesar de esta lista de calamidades, ¿qué quieres que te diga? A mí sí me queda espacio en la mollera para esta «frivolidad»: que me joda en el alma que el chico que me gusta no me cuente las cosas tal cual son. Y creo que a ti también te importa, por mucho que vayas cacareando lo contrario.

—¿Sí? ¿Eso crees?

—Sí.

—¿Por qué?

—Porque las personas somos así de imbéciles. O de maravillosas. Tú eliges.

—Vale. ¿Y si elijo contarte ahora las cosas como son?

—Por favor.

—Pues ahí va: me enfadé contigo. Mucho. Porque no te despediste. Ni un «caminos de leche y miel» para mí. Pero en cuanto pisé

Rumanía, lo primero que hice fue dejarlo con mi novia. Porque tú estabas dentro. No me he olvidado de ti ni un día. Quería volver a verte. Más que nada, Rebeca. Por eso vine. Por eso estoy aquí. Así que… hola.

Entre tanto, habíamos llegado al coche. En el asiento trasero, hicimos el amor como animales.

Como un animal en una jaula. Un avecilla, un gusano, un ratón. Solo ve barrotes. No hay nada más allá. Atrapada. Asfixia. El horizonte castrado. Y la pregunta insidiosa de «¿Así y aquí se acaba todo?». Por delante, Vida solo distingue una procesión de días que se parecen a una fila de hormigas ciegas, a una reata de esclavos, a una tundra de destierro donde han proscrito la risa. Ya no es que no tenga esperanza. Es que, por primera vez, ni siquiera se siente capaz de concebirla.

Como un animal se portó en su noche de bodas. Cuando ella le suplicó que la olvidara, que se acurrucaría en el suelo y dormiría allí sin molestarlo en lo que a ambos les restara de vida. Pero qué va. La desnudó a tirones, le separó las piernas a la fuerza, aunque pataleara y llorase; le impidió cubrirse, se regodeó en su desnudez con lascivia hiriente, se escupió en la mano, se la restregó en la vulva, y comoquiera que continuara debatiéndose, le pegó un revés que le abrió el labio inferior. A Eleazar no le importaba la sangre embarrando las comisuras, la costra, la tumefacción, porque tampoco intentó besarla. Entonces Vida se quedó quieta, porque entendió que rebelarse solo traería más golpes. La vez anterior, no defenderse había supuesto su condena (o eso le dijeron), pero, en esta ocasión, se resistiera o no, tanto daba: jamás se consideraría una violación, porque ese hombre que la penetraba con saña, por la vagina, por el culo, por la boca, era su marido. Su propietario legítimo.

Su imagen se confundía con la del fantasma de Abraham ben Adret. Los dos se superponían. ¿Estamos condenados a que un destino fatal haga su bises con nosotros, hasta apresarnos en una irrevocable historia sin punto de fuga; una historia que siempre se revela fiel a sí misma por mucho que se cambie de máscara? Aquellos contornos idénticos y desdoblados la marearon. La inundó un sudor frío y acre que le bañó el cuerpo entero. Sufrió un vuelco en las tripas, que se le retorcieron. Y como la otra vez, vomitó. Eleazar se apartó con asco.

—Qué cerda eres. Recógelo.

Se detuvo unos instantes a recobrar el aliento y él no se lo consintió. Le tiró del pelo. «Que lo recojas». Se arrastró desnuda a por agua. Su marido la observaba mientras frotaba las manchas, humillada, con la piel húmeda y enrojecida. Apenas terminó, le arrebató el cubo, lo arrumbó en una esquina y la cogió por la cintura.

—¿Qué creías? ¿Que con esa treta te ibas a librar?

La empujó contra una pared y la obligó a sujetarse allí, de espaldas, le empinó las nalgas y volvió a poseerla por el ano a base de bien, con unas arremetidas feroces, con una furia renovada que le provocó una fisura (notó gotear la sangre, en un surco viscoso a lo largo del perineo), al tiempo que le susurraba con voz ronca:

—Qué puta eres. Eres una tremenda zorra. Y no sabes lo mucho que me excita que seas tan furcia, tan puta...

Vida había cerrado los ojos con fuerza. Pero no le bastó. Si con Ben Adret la tortura no había durado más que unos minutos, con el Ortiga se prolongó hasta el alba, y de ahí en lo sucesivo, se repitió casi todas las noches. En ocasiones, también a mitad del día. Él regresaba en el momento más inesperado del taller, la acorralaba en cualquier rincón y se saciaba. Y ay de ella si no la encontraba en casa. Su cólera hervía como una marmita. De esa cólera le habló a su madre a la mañana siguiente, cuando Vida acudió a su casa para regurgitar aquel bautismo de horror. Doña Oro la escuchó en silencio. Su semblante se tensó y se tiñó de grana ante la mención del guantazo, pero solo le dijo: «No le provoques y tendrás la fiesta en paz. Hasta donde me consta, tu marido no frecuenta la bebida, de modo que, si tú no lo encolerizas, no será el vino quien lo haga».

Animales. Animal ella. Animal él. La presa y su depredador. Vida lo piensa al contemplar al pequeño Samuel, que se revuelca por el suelo en un juego extraño y excluyente, pendiente de sus propias manitas. Babea. Alarga los dedos. Se prenda de un rayo de luz que entra por la ventana y rebota en una bandeja. Cuidarlo es una de las pocas tareas que aún le está permitida. Por supuesto la medicina, esa que había retomado hacía no mucho con ilusión y brío, clausurada. Solo el pequeño Samuel. Vanguardia de ese hijo que aún no ha llegado y que, ahora, desea que no llegue nunca. No así. No con ese hombre.

Precaución con lo que deseas, Vida. Que una vez apeteciste un grano de cebada y nació ese niño, Samuel. Ahí comenzó todo. Entonces se forjó tu mala estrella. Tú te la labraste.

Por primera vez y de verdad, Vida desea morirse. Y no se precave de ese deseo.

El deseo nos había colmatado, de pies a cabeza; con el aluvión de las ganas acumuladas, y también con el habernos echado de menos, con la angustia inminente de perdernos de vista, y con los malentendidos y el ansia viva por superarlos y salvar la distancia, y llegar así a comprendernos el uno al otro: ese que es el gran afán de los amantes. La utopía.

Después de la carne, y la piel, y el sudor, y la caricia, y los gritos, el viaje de vuelta a Alpartazgo lo realizamos en silencio, solo con una sonrisa tonta, el cuerpo saciado y la mirada en paz, al frente. Aparcamos cerca del hostal y él se despidió de mí con un beso en la mejilla, leve como un tul. Para dármelo, me sostuvo la barbilla con suma delicadeza y eso fue lo que más me gustó. Nuestros ojos se encontraron y estaban anegados en chispas.

Regresé a mi habitación convencida de que podría salir volando y evité toparme con nadie, a fin de no tener que explicar ni contar ni compartir. De momento, quería guardarme las sensaciones intactas para mí, sin desgastarlas con palabras, sin rasparlas al convertirlas en relato. Porque eso significaría hacerlas manejables. Y a mí no me apetecía manejar nada, solo sentirlas en su plenitud, en su efervescencia. Qué placer. Casi mayor que el que me había provocado el propio Velkan al besarme el cuello o lamerme el clítoris. Dormí igual que una bendita, al calor de la inesperada certeza de que la vida merecía la pena.

Eso sí, a la mañana siguiente, Pilarín intentó tirarme de la lengua mientras desayunaba, canturreando un guasón «Aquí huele a tórtola». A ella logré escamotearle el chisme con una cara imperturbable, de sueca nacida en el corazón de Estocolmo. Sin embargo, en cuanto apareció Noelia en busca de su coche, no me quedó otro remedio que rendir cuentas (y entonces sí me atraía la idea, porque, disipada ya la esencia pura de aquel instante, participárselo a alguien lo volvía más real justo cuando más lo necesitaba para su supervivencia; precisamente, en ese punto crítico en el que ya se hallaba en puertas de transmutar desde el estado sólido del presente al gaseoso del recuerdo).

—¿Cómo fue ayer, Rebe? —me dijo con el mismo ímpetu que si me atracara.

Me permití juguetear con ella.

—Muy bien, ¿y a ti? ¿Qué tal tu insoportable jaqueca?

Me sacó la lengua.

—Venga, déjate de rollos y cuéntame todito todo con pelos y señales. ¿Qué hay al lado del salto del río?

—Pues nada. Un restaurante que, según su propietario, lleva allí toda la vida, pero sin concretarnos una fecha. Me puse a interrogarlo y casi llama a la Policía creyendo que lo estaba acosando. Fin de la historia. Un chasco.

—Pero, Rebeca de mis amores, ¿qué le preguntaste exactamente? ¿No te lo camelaste antes para preparar el terreno? A ver si al final voy a tener que ir yo para que aprendas de la maestra…

—No te lo niego. Pero desaprovechaste tu oportunidad de mostrarme tus dotes con eso de embarcarnos a Velkan y a mí en un viajecito a solas. Y, por cierto, ahí hay mucha más tela que cortar que con el tema sefardí…

Se le redondearon los ojos como ensaladeras.

—No me digas, no me digas, Benveniste, que…

Asentí. Lanzó una exclamación eufórica e incrédula. Con las manos, formó una tienda de campaña delante de su boca. Estaba alucinando.

—¿A qué estás esperando para redactarme un informe sin ahorrarme detalle, por escabroso, truculento o indiscreto que resulte? ¿Cómo, cuándo, dónde, en qué postura?

—Solo te diré que adoptamos todas las precauciones para no estropear la tapicería del asiento trasero de tu coche.

Profirió un chillido.

—¿En mi coche? ¿En mi coche, pedazo de sinvergüenza?

Por un segundo, me entró el apuro. Quizás me había extralimitado usando su Opel Corsa de picadero. Su expresión radiante y su chorro de risas bien pronto me quitaron el susto.

—¡¡Me flipa!! Qué perra. ¡En mi coche! ¡Qué honrada me siento de que hayáis consumado allí vuestro amor! ¿Te importa si coloco en el asiento una placa conmemorativa para que quede constancia de la efeméride?

—Qué boba...

—Hey, no me insultes ni en broma, que me debes una y muy gorda... ¡En mi coche! ¡Cómo se las gasta la mosquita muerta en cuanto le sueltas un poco la cuerda! ¡Ahora sí creo en los milagros!

Las dos estábamos encantadas. Yo ligeramente más cuando recibí un mensaje de Velkan con un montón de emoticonos que dispensaban corazones a diestro y siniestro, y la afirmación de que no paraba de pensar en mí, que no me apartaba de su cabeza, que ardía en deseos de volverme a ver. Nos citamos esa tarde en el bar de Consuelo (aunque yo abrigara la firme intención de que después nos perdiésemos por ahí para repetir el escarceo de la víspera). Cómo molaba enamorarse.

Bajo el influjo de ese cóctel de hormonas benéficas, que un habilidoso barman me estaba agitando en el torrente sanguíneo, me encaminé a su encuentro, decidida a proponerle una locura. Sabía que en tres días se marchaba del pueblo. Pero no podía. No podíamos separarnos. No en ese estado de cosas. ¿Y si no cogía ese autobús? ¿Y si intentaba conseguir aquí un empleo? Entre todos le ayudaríamos. ¿Y si me iba yo con él a recoger fruta por Europa? Total, ¿cuál era ya mi meta en Alpartazgo? Por la mente se me pasaron infinidad de planes, a cada cual más descabellado, sin que me decantara por ninguno. Daba igual. Estaba dispuesta a planteárselos uno por uno, comentarlos en sus últimos pormenores y escoger el mejor, el más conveniente para los dos. Juntos.

Para cuando llegué al bar, por las venas me hervía una ilusión enorme. ¿Y si allí, esa tarde, comenzaba el resto de mi vida? Le pediríamos a Consuelo que nos guisara unas perdices. En la boca, se me coló una risa muy floja. Él ya estaba en el local, sentado en una mesa del rincón. Se le iluminó el rostro al divisarme. Qué reconfortante, qué chute de confianza coincidir con alguien en el mismo grado de encoñamiento. Así se sentía que las cosas habían ocupado su sitio y que encajaban al fin. Que el mundo poseía un mecanismo oculto que, cuando funcionaba, lo hacía legible, que lo dotaba de sentido.

Nos saludamos mediante un parco movimiento de las manos para no montar el escándalo entre los viejos que jugaban al mus después de olvidar a qué sabe el amor, cómo aúlla, el olor de su aliento y la consistencia de su vientre. Eso sí, al cabo de la primera consumición, simulé ir al baño y Velkan me siguió. Nos besamos dentro del estrecho cubículo del lavabo de señoras y nos magreamos atropelladamente por encima de la ropa. Antes de que nuestra ausencia se alargara hasta los límites de lo sospechoso, nos recompusimos y salimos con una sonrisa que nos habría delatado igualmente a poco que alguien se hubiera fijado. Tomamos asiento de nuevo y, tras la efusión, juzgué que se trataba del momento más apropiado para exponerle las perspectivas de futuro inmediato que me había ido fraguando. No cabía más brillo en esos ojos que se sentaban frente a mí.

Ya me disponía a despegar los labios cuando me tocaron por detrás, en el hombro.

—Rebe.

Me giré. Solo gracias a la silla no me caí. Era Yorgos. Allí. Con el pelo más largo, mueca tímida y una sudadera desteñida.

332

Incongruente en ese lugar. Mi exnovio ateniense. Tragué saliva. Los pensamientos me patinaron.

—¿Yorgos? —para cerciorarme de que era él—. ¿Qué haces aquí?

Señaló a Velkan con un expresivo gesto de las cejas. Lo miré a mi vez y reaccioné. Sí. El asunto requería de más privacidad que la que nos procuraría el cogollo de un bar con mi ligue en medio.

—Un segundo, Velkan… —acerté a pretextar, mientras el aludido me observaba con curiosidad, de seguro extrañado por mi súbita tez blanca.

Ya en la calle y sin cortapisas, repetí la pregunta: «¿Qué haces aquí, Yorgos?».

La esquivó. Se aclaró la garganta con una risa nerviosa.

—¿Quién es ese tío?

—Un amigo. Pero tú, ¿por qué…?, ¿desde cuándo…?

—He llegado este mediodía. En un bus desde Zaragoza. He volado esta misma mañana. Busqué por Internet un sitio donde alojarme y encontré un único hostal. Con los pocos habitantes que tiene el pueblo, pensé que, además de hospedarme, podría preguntar por ti y que probablemente me indicarían cómo localizarte. Al registrarme, le he contado a la patrona que somos viejos amigos y que había venido a darte una sorpresa. Se ha puesto muy contenta y se ha prestado a ayudarme en el acto. Lo que no esperaba es que me dijera que vives allí, en el propio hostal. Menuda potra la mía, ¿no? Aunque bueno, supongo que resulta bastante lógico que a dos forasteros griegos se les ocurra dar los mismos pasos al aterrizar aquí.

Me dejó abrumada con su relato, pero, por encima del asombro, me pinchó el repentino dolor de que me hubiese llamado forastera con tanta naturalidad. ¿Lo era?

Intenté apaciguarla (la punzada) contraatacando con otra pregunta, la que de verdad me interesaba: «¿Por qué estás aquí? ¿A qué has venido?». Me escudriñó con ojuelos temerosos, en los que, no obstante, destellaba una punta de desafío. Volvió a aclararse la garganta para ganar tiempo. Se sacó el móvil del bolsillo.

—Por esto. —Me lo sostuvo delante de las narices.

Lo reconocí al instante. Mi mensaje. El que le había mandado hacía unas semanas en horas bajas. Por si acaso no me sonaba, lo leyó en voz alta:

—«Te echo de menos». Traté de contestarte —continuó abundando—, pero comprobé que no recibías mis mensajes. Me asustó que te hubiese sucedido algo. No sé… Escribirme semejante declaración y desaparecer… De modo que, en cuanto pude cogerme unos días libres en el trabajo, decidí plantarme aquí, aunque no tuviera manera de avisarte. Para averiguar qué te había pasado y, sobre todo, para decirte que yo también te echo de menos.

Se me encarnaron las orejas. ¿Cómo la había liado tan gorda? Me parecí la persona más despreciable del planeta por haber confundido a Yorgos de esa forma, por haber jugado con él, aunque, por otro lado… qué innecesaria esa respuesta tan desproporcionada por su parte. ¿Te envían un mensaje de tres palabras y te subes a un avión? ¿Por qué presupuso que me hallaba en aprietos como una damisela desamparada, incapaz de valerme sin el socorro de los demás? ¿Por qué no achacó el SMS a un simple rapto de debilidad, de los que nos sobrevienen a diario, y que no justifican ni remotamente que por su causa te cambies de huso horario? Me acometió la rabia, consciente, sin embargo, de que no procedía culpar a Yorgos. Al menos, no por entero. Así que, exasperada, entoné unas disculpas:

—Lamento muchísimo haberte preocupado, Yorgos. No lo pretendía. Te escribí en un día de bajón, en un impulso… y luego me avergoncé y te bloqueé para evitar enfrentarme a ti. Ya, ya sé que es un comportamiento totalmente inmaduro, imperdonable, pero ni por asomo imaginé que traería estas consecuencias, que te empujaría a acudir aquí. Pensé que, sencillamente, lo ignorarías.

Entonces, enrojeció él. Su semblante al completo. Incluidos sus ojos. A punto de entrar en ignición.

—Ya veo… porque así habrías actuado tú si hubieras estado en mi lugar: ignorándome, ¿no?

Formulado en esos términos, resultaba repulsivo. Me asqueé.

—Lo siento en el alma, de verdad —reiteré, intentando apretarle el antebrazo en un ademán compasivo, que él eludió como si se le acercara un bicho.

No obstante, aún se agarró a la última hebra de esperanza que ondeaba en aquel escenario de guerra. Lo preguntó crispado, pero, por detrás, latía una súplica, un deseo de creer.

—Y de que me eches en falta, mejor ni hablamos, ¿no?

Dije lo peor que se podía decir: nada. Me encogí de hombros. Con una expresión compungida, cargada de remordimientos y que, empero, no dejaba ni un resquicio a la posibilidad. Inequívoca. Indubitable.

—Vale —zanjó él resoplando—. Ya he hecho suficientemente el ridículo. Perdóname por ser tan imbécil y haberte molestado. Me voy esta misma tarde. Lo único, ¿te importaría no aparecer por el hostal hasta que me haya pirado, para que pueda recoger mis cosas tranquilo y con cierta dignidad? Concédeme ese margen.

Titubeé ante su petición.

—Claro... si prefieres que no te acompañe...

—Sí. Lo prefiero —confirmó tajante.

—De acuerdo...

Y se marchó. Tan rápido como había llegado. Por lo que a mí concierne, regresé dentro del bar, descolocada por lo que acababa de ocurrir, con mal cuerpo, sintiéndome un trapo. Velkan me aguardaba con mal disimulada impaciencia. A esas alturas, debía de pensar que me habían secuestrado. Al notar mi aire descompuesto, me preguntó con sincera inquietud:

—Rebeca, ¿qué pasa? Ese chico, ¿malas noticias?

Se lo vomité. De principio a fin. No escatimé detalle. Vacié el tintero. Y, por desgracia, no debido a una honestidad incorruptible, sino porque necesitaba imperiosamente que alguien me entendiera, que me asegurara que, a esa flaqueza, podía haber sucumbido cualquiera, que eso no me convertía en el peor gusano de la historia, ni siquiera en una mala persona. Y albergaba el secreto anhelo de que ese alguien fuera Velkan; el único que lograría convencerme de veras. Y hasta consolarme.

Por eso, cuando terminé el relato y vi dibujarse un rictus reprobador en sus labios (los que había besado en el baño hacía una hora, que ahora semejaba un milenio), se me cayó el alma a los pies.

—Estuvo mal, Rebeca —dictaminó con sequedad. Y no agregó nada más.

Ese veredicto tan descarnado resultaba demoledor. No presentaba fisura alguna por la que adentrarse a rebatir, ningún punto débil donde hincar el diente. Supuraba verdad en toda su escueta y lisa extensión. Tan inapelable. Se me formó un nudo en la garganta. Ya que no la había en sus palabras, escruté sus pupilas en busca de absolución, y lo que encontré me remató. En el reflejo que me devolvían, yo ya no era más que una mala pécora. Para no llorar, apuré mi bebida de un trago. Permanecimos un rato más en silencio. Todos los proyectos que iba a desgranarle acerca de nosotros dos se evaporaron. Habían perdido el sentido. No me gustaba cómo me veía ahora a través de él. De hecho, no lo soportaba. Y a Velkan no parecía gustarle yo, ni que soportara haber descubierto esa parte de mí.

Incómodos, nos despedimos transcurridos unos minutos y cada uno se fue por su cuenta. En los tres días siguientes, no quedamos. Me enfadó que se mostrara tan despiadado, tan intransigente, tan cruel. Sí, estaba mal lo que le había hecho a Yorgos, pero tampoco había matado a nadie. ¿No podía tratar de comprenderme? Me desahogué con Noelia; me contemplaba con ojos atónitos mientras se lo contaba. «Hija, qué fuerte lo tuyo. En tu puerta tienes una fila de tíos más larga que la del paro. Asúmelo, eres una de esas chicas por las que un hombre cruza el Mediterráneo, conque no desesperes, que Velkan meditará, se dará cuenta de lo que va a perder y reculará».

Tres días después, recibí un mensaje suyo. Pero no decía que me echara de menos. Solo ponía: «Me marcho de Alpartazgo. Que te vaya bien». Y ni rastro de los caminos de leche y miel.

Caminos de leche y miel. Eso te desean siempre quienes te rodean. Pero ¿qué es eso? ¿Cómo se llega a ellos? No son más que una fábula que nos cuentan. Una entelequia para que no reparemos en que el mal está por todas partes. Una pantalla que impide que lo miremos directamente a la cara, porque entonces nos quemaría las retinas, igual que el sol. Y nos volveríamos locos.

Vida lo piensa mientras amasa una cuerda entre las manos. Con la que desciende el cubo al pozo. Gruesa, áspera, le pican las palmas. Se las deja un poco en carne viva. Aprieta un nudo. La atiranta. Se la imagina, se la imagina... En la otra punta de la estancia se encuentra Eleazar. Dormita. Una dura jornada en el taller. Trae buenos dineros. Le va de maravilla. Y, por ende, a ella también, según creencia popular. La risa bajita que le entra sabe a almendra amarga.

Golpes. No en su cuerpo. En la puerta. Se dirige hacia allí, cauta. Abre. Un mozalbete sin resuello. No le suena de nada. Se habrá equivocado de casa. «¿Qué hay?».

—¿Vida Benveniste?

Sí. Solía ser esa. Vacilante, asiente.

—Necesito que vengáis conmigo.

¿Por qué? ¿Para qué? La perplejidad. Y, de pronto, su cerebro la reconoce. A la perplejidad. Ya la ha experimentado antes. Esa escena le recuerda demasiado a otra de su pasado. La única persona capaz de

337

mandarle un emisario hasta los mismos umbrales de su hogar para ponerla en jaque y sacudirle la vida es…

—Leonor de Lanuza os llama.

Tate. Ahí estaba, volviendo a la carga. Pero no puede ser. Hace tantos meses que no… Pertenece a un mundo que se le ha olvidado. ¿Y semejante descaro? Marca inconfundible. Aparecer de repente, sin invitación, y succionarla, incluso en la antesala de la noche si hace falta. Pero esta vez no.

—Lo lamento, pero no me es posible.

Sin contemplaciones, se dispone a cerrar en las narices al mozalbete, quien, ni corto ni perezoso, introduce un pie en el hueco entre la hoja y la jamba para impedir que complete su amenaza de deshacerse de él y de la petición que porta.

—Por favor. Os lo ruego. Urge. Tenéis que acompañarme.

—¿A qué?

—A salvarla.

Vida se queda tiesa. Inmóvil. Traga saliva.

—¿Salvarla, de qué?

—Se ha puesto de parto. Y el niño viene mal. La madrina que la asiste dice que es cuestión de vida o muerte. Ella no para de gritar vuestro nombre y de repetir que solo confía en vos. Que os necesita para traer a su hijo al mundo. Así que… por favor. —Al muchacho se le entrecorta el aliento. Le centellean los ojos de la tensión.

—¿Qué está ocurriendo aquí? —La voz de Eleazar surge ceñuda a la espalda de Vida—. ¿Qué haces aquí, chico? ¿Qué quieres?

Él se apresta a responder, pero Vida le arrebata la palabra de la boca. Lo ha decidido en un instante.

—Nos vamos.

El Ortiga la mira de hito en hito.

—¿Qué?

—Debo atender a una paciente —le aclara con una calma terminante.

Su marido suelta una risotada incrédula.

338

—¡Ni lo soñéis! —le espeta agarrando la puerta para encajarla en el marco de un golpetazo.

Ella lo detiene. Le imbrica los ojos, retadora, y le replica muy suave:

—Ya veréis cómo sí.

Ambos permanecen en suspenso un momento. Midiendo fuerzas. Eleazar, desconcertado. Vida, innegociable. Tanto, que lo empuja para que se aparte y poder salir. Él no protesta. Está como hipnotizado por el pulso que están sosteniendo. Y algo lascivo y perverso dentro de sí le susurra «Déjala, déjala que se marche. Déjala que te dé una excusa para luego molerla a palos. Pensando que la castigas, después te la follarás más duro y mejor». Solo siguiendo este dictado no la intercepta y se limita a jurarle «Me las pagarás», observándola mientras ya se aleja.

Se alejan, en efecto. Ella y el recadero. Caminando aprisa. No nota el suelo en las plantas de los pies, porque apenas si lo pisa. Ese suelo por el que corrió en sentido inverso unos meses atrás cuando la avisaron de la matanza en la judería. La historia, que se divierte plagiándose a sí misma. Rápidamente, su mente desecha a Eleazar, el desafío, las represalias, y se entrega a Leo. La distancia que las ha mantenido ajenas, cada una en su compartimento estanco, se esfuma de repente. Porque está en peligro. En peligro de irse al otro barrio y no volver. La mera idea le sube a la cabeza como una arcada. La siente por dentro del cuerpo, igual que un rayo que le hubiera caído desde lo alto y se lo estuviese recorriendo entero, eléctrico y dañino, sin hallar una escapatoria. Tú no, Leo. Tú no. No te me mueras, Leo, que eso sí que no lo aguantaría. Esta vez tengo que llegar a tiempo. Esta vez sí, por Dios. A tiempo.

Abandonan la judería, vuelan por las calles, no intercambian una sílaba, casi no respiran. Únicamente se apresuran, espoleados por la pelona. El palacete de los De la Cueva. Cruzan las puertas. Se abalanzan sobre la escalinata de piedra. Segunda planta. La estancia, en una semipenumbra contrarrestada por las candelas. Y atestada de gente. Don Germán en una esquina, escoltado por dos hombres y el propio don Álvaro de Lanuza, los cuatro con semblantes preocupados. Varias sirvientas que revolotean a tontas y a locas, remedando una bandada de pollos decapitados. En la orilla de la suntuosa cama, la comadrona, que se persigna. Cuando irrumpen (y todos se giran a escrutarlos), está invocando a santa Margarita. Entre las sábanas, acostada, sudorosa, lívida y despeinada, con el rostro contorsionado en un vía crucis, Leo. Vida, ignorando al resto, se precipita hacia ella y la agarra de la mano. Ante el contacto, entreabre los ojos, que hace un momento mantenía cerrados por el esfuerzo absorbente de empujar, como un Sísifo tratando de coronar la cumbre de la colina con su perenne piedra. Y al verla:

—¡Vida!

Le afluyen nuevas lágrimas a las mejillas, pero estas no manan del calvario, sino del alivio, de la esperanza, de la ilusión.

—¡Ay, menos mal! ¡Habéis acudido! —exclama mientras le aprieta los dedos, con tanta fuerza que le crujen. Vida le sonríe.

—Claro que sí. Me han dicho que os estáis portando como una leona. Como siempre, vamos.

Leo le devuelve una sonrisa, pálida y triste.

—Pues a mí no me lo han dicho, pero sé que me voy a morir y quería despedirme de vos, y pediros que me perdonéis y… ¡¡aaaaaaah!! —Un alarido le viola la boca.

Cada contracción, una cuchillada.

—Chis, chis, callad, menuda estupidez. Aquí no se va a morir nadie —le rebate Vida, que consulta con una mirada a la matrona, quien boquea impotente a su lado, al borde del lecho.

Al notar la interrogación muda de la recién llegada, la mujer, en la cuarentena, de cabellos grises, mandíbula cuadrada y manos finas (la más experimentada que han encontrado, y bien recomendada) se inclina en su oído y le bisbisea para enterarla de los antecedentes:

—Va fatal. Las caderas son demasiado estrechas. Y creo que el niño viene al revés. No lo va a lograr.

A Vida la desarbola este diagnóstico. Posa las pupilas en Leo, que jadea, bufa, se desencaja, sufre, las manos crispadas estrujando las mantas. Debe olvidarse de que se trata de ella. No puede permitir que la arrollen las emociones con su remolino descarnado y confuso. Concentración. Serenidad. Sangre fría. Recordar lo que enseñaban los libros. Lo que le enseñó su admirada Trotula.

—Leo —la llama.

Ella la mira, los ojitos hinchados, escocidos e implorantes.

—Vamos a dar un paseo —le sugiere con un tono cantarín, como si se la hubiese tropezado un día cualquiera de su infancia en la orilla del Jalón.

La partera, y la propia Leo, esbozan un gesto desorientado. Pero Vida no se arredra, y con una seña imperiosa indica a un par de criadas que la sujeten por las axilas y la levanten. Al hacerlo, se caen rodando las reliquias bendecidas y los corales que le habían colocado encima de la barriga para auspiciar el alumbramiento. Don Germán se adelanta con una queja, con una ristra de objeciones.

—¡Ni se os ocurra! Está muy débil. ¡La vais a agotar! ¡No consentiré que pongáis en peligro la vida de mi hijo con vuestros ardides de judía!

Y la judía en cuestión le sale al paso, se lo corta y le sisea muy seria:

—Con todos mis respetos, don Germán, si Leonor continúa ahí tendida y no intentamos esto último, no habrá vida de vuestro hijo que poner en peligro. Ni la del bebé ni la de vuestra esposa. Se acabó.

Hay tal tono de autoridad en su voz, tan resoluta y tan grave, que el señor bravío flaquea. Por detrás, Leonor plañe:

—Germán, dejadla hacer. Me lo habéis prometido.

Él claudica con un suspiro indigestado. Entre tanto, las dos fámulas ya la han afianzado sobre sus pies.

—Leo, ¿podéis caminar? —inquiere Vida. Ella da un pasito.

—Eso creo —contesta hiperventilando.

—Vale.

Vida ocupa el lugar de una de las criadas, el brazo de Leo sobre sus hombros, y unidas, enlazadas, comienzan a andar por la habitación, despacio pero sin pausa. Un paseo arriba. Un paseo abajo, en tanto los presentes las observan en silencio. La madre inminente se sujeta el vientre y va emitiendo resoplidos profundos al compás que le marca su amiga.

—Me duele.

—Ya, corazón, ya. Pero se terminará pronto. Va a salir fenomenal. Unos pasitos más y está listo.

Y sí, al cabo de unos minutos, Vida le palpa la barriga y concluye:

—Ha llegado el momento... No, pero a la cama, no... Don Álvaro —el padre de la parturienta alza la cabeza, sorprendido en su angustiado rincón—, ¿os importa sentaros aquí, un poco apartado, y que se recueste contra vos, de espaldas e inclinada?

El padre se extraña ante el requerimiento, pero repara en el rictus dolorido de la hija y se presta, ateniéndose punto por punto a las instrucciones de la comadrona. Toma asiento, la sujeta fuerte. Sobre sus rodillas, los brazos desmayados de ella, que se apoya en él. Por un instante, a don Germán lo asalta la tentación de reivindicar que a él le corresponde ejercer ese papel como padre de la criatura. Pero, por un lado, recuerda que no está de acuerdo con los métodos obstétricos de la sefardí y, por otro, que no conviene disputarle abiertamente nada al suegro, de modo que se calla.

Vida se sitúa en un escabel frente a Leo y le separa las piernas. Le iza el camisón para comprobar cómo va dilatando, y sucede lo que menos había calculado en medio de ese manojo de angustia: la visión de su vulva la estremece. Ha contemplado muchas otras antes, claro. Pero esto es distinto. ¿Por qué es distinto? No lo entiende. Quizás se deba a la impresión de estar accediendo a la intimidad de ella en su mismo núcleo, en su expresión más sensible y expuesta, donde los extremos de lo vulnerable y lo omnipotente se tocan y cierran el círculo. Casi como asistir a la creación de sus pensamientos, o al misterio de un latido cardíaco, o descifrar la composición química del olor exacto de su cuerpo. Excesivo. Se le embota el cerebro, presionado por las sienes, por una oleada de calor. Para recobrarse, se prende a las pantorrillas desnudas de Leo, pero el tacto de su piel enfebrecida y perlada no ayuda a arreglarlo. Y entonces, cede al impulso invencible y posa los dedos en su entrada, en sus labios, en su clítoris. En su glorioso coño.

Y lo acaricia, muy suave, de puntillas, una ráfaga, un roce. Leo parece haber percibido esa mínima vibración por debajo del terremoto en sus entrañas —una línea de comunicación que permanece abierta entre ambas, en un estrato muy hondo y a salvo de lo demás—, porque fija sus ojos en Vida un instante. Con ellos la taladra, la turba más todavía, porque los tiene llenos de cosas, y todas sin atemperar, en estado puro: el miedo, el deseo, la expectación, el descubrimiento, la conciencia plena de que acaba de llegar algo, acaso una llave, que llevaba esperando desde siempre, que durará lo que una estrella fugaz y que pasará, y que luego nada. Ambas se dedican ese segundo al margen y no a merced de la corriente salvaje; flotan, flotan, respiran por encima del agua, lo comprenden, lo aceptan, se pliegan, estallan y, acto seguido, se vuelven a zambullir, a dejarse arrastrar.

Vamos, Vida, no te derrumbes ahora.

—¡¡Vamos, Leo, empujad!!

Aaaaaah.

—Eso es. Así. Muy bien. Otra vez. ¡¡Empujad!!

Aaaaaaaah.

—Venga, descansad un momento, coged aire y ¡¡empujad!!

Leo solloza.

—No puedo.

—Por supuesto que podéis, que en peores nos hemos visto.

Ella exhala una breve carcajada.

—¿Como cuando me sacasteis del convento?

—Por ejemplo. ¿Qué supone parir comparado con besar a una monja de ochenta años?

—Ja. A sor Inés.

—Sí. A esa.

—Pues una minucia.

—Totalmente una minucia. De modo que, ¡¡empujad!! ¡Por sor Inés!

—¡Por sor Inééés!

Y ante el pasmo y la censura de los concurrentes, ellas explotan en carcajadas.

Sin embargo, a pesar de la animación, del bálsamo de los buenos recuerdos, del aliento de Vida, Leo desfallece poco a poco, vencida por un esfuerzo tan ímprobo como estéril, que le va agotando el cuerpo y mermándole la voluntad. El niño está atorado, y Vida sabe que no puede resistir dentro mucho más. Empieza a practicar maniobras sobre la tripa tozuda, oprimiendo con sus codos, con sus brazos, con su torso entero. Empujando ella en lugar de Leo.

—Me voy a morir, ¿verdad? Como le ocurrió a mi madre cuando nací yo. Contadme la verdad, Vida. Si me la contáis vos, puedo soportarla.

—La única verdad es que a esta criatura la vamos a traer entre las dos al mundo, Leo. Os lo juro. Aunque sea lo último que haga. Así que aguantad, que ya la traemos. —Y la agarra de las manos para transmitirle sus fuerzas sin guardarse ninguna, para empujar al unísono y ganar la guerra.

Un grito exangüe. Más bien un estertor. Otro empujón. Un llanto desgarrado, de cansancio, de rendición. Una arremetida desesperada. Y entonces, Vida la atisba. Una coronilla que emerge entre esos labios mayores estirados hasta lo inconcebible. ¡El bebé se ha recolocado! Se le agolpan fuegos artificiales en la garganta.

—¡Leo! ¡Lo tenéis! Ya llega, os lo prometo.

—¿Sí?

—¡Sí! Puedo verlo desde aquí. Ya está. Pan comido. Lo habéis logrado, leona. ¡Vuestro hijo está naciendo!

—Ay.

La cabecita completa, los hombros, el resto del cuerpecillo, las piernas, todo levemente amoratado. ¡Y está llorando! ¡Está llorando!

Con un gimoteo constante. Buena señal. Vida había temido de veras que llegara muerto. Lo recibe igual que a un frágil tesoro sobre una terna limpia que se había dispuesto en las rodillas. Tras él, sangre y líquido amniótico, que salen propulsados al bacín de latón que habían situado debajo. Y por fin, la placenta. La otra partera, que ha asumido su condición subalterna y auxiliar, mera guardiana del material quirúrgico, le alcanza a Vida unas tijeras pasadas por el fuego y con ellas, esta corta el cordón umbilical. Lo anuda con destreza en la barriguilla del bebé. Para siempre, su ombligo. Al atarlo, comprueba que se trata de un varón. Se lo muestra y tiende a Leonor, que, feliz y adormecida, se ha desplomado como un saco de paja entre las piernas de su padre. Este intenta enderezarla, le acaricia la frente y los cabellos trigueños empapados, y rebosa de satisfacción y orgullo ante ese nene, heredero de su estirpe y de su casa, que lo ha convertido en abuelo. No obstante, no pierde tiempo y toma a su hija en brazos para acostarla en el lecho. Necesita reponerse, descansar en la blandura de una nube.

Vida, tan ufana que no cabe en sí, se dispone a lavar y fajar al recién nacido, pero la manaza de don Germán la detiene.

—Un momento, ¿no pensáis presentarme a mi hijo?

—Claro —balbucea—, pero iba a cubrirlo…

Él deniega con la cabeza y una sonrisa cruel. Se apodera del niño sucio y desnudito. La crueldad de la sonrisa se trueca en ternura al comprobar que en el cráneo de papel crece una pelusa rojiza, émula de su barba. Lo acuna entre los brazos inmensos, lo arrulla, y le susurra que se va a llamar Santiago. Se pasea con él por la estancia, a zancadas reposadas y elásticas. Vida aguarda con paciencia, y cuando considera que el padre ya se ha solazado y recreado lo suficiente con el descubrimiento del primogénito, y que este corre riesgo de enfriarse, demanda su devolución. Pero don Germán deniega de nuevo.

—Antes debo inspeccionarlo. —Y alegando esto, aproxima al bebé a una de las candelas más llameantes, y bajo su luz, escudriña de cerca y desde todos los ángulos el minúsculo y arrugado pene del neonato.

Vida frunce el ceño. ¿Qué demonios está…? Al cabo de unos segundos (por mor de las dimensiones del miembro, la tarea no puede prolongarse mucho más), se da por conforme, incluso aliviado, y se dirige hacia uno de los hombres que han pululado durante el parto por el dormitorio, quien se adelanta con prudencia.

—Don Miguel, no resultarán necesarios sus servicios. El niño ha nacido con el prepucio íntegro. Aun así, le pagarán a la salida, por las molestias.

Y tras esta solemne declaración, el tal don Miguel tributa una breve genuflexión, felicita al padre debutante y se larga discretamente. Solo entonces don Germán deposita al pequeño en el interior de una cuna ya preparada para que Vida, al fin, lo faje.

—¿Os asombra lo que habéis presenciado? —le pregunta con sorna.

Ella prefiere hacer oídos sordos y seguir a lo suyo, bañando al bebé y ciñendo el lienzo en torno al cuerpecillo, que se retuerce y garrea en esos primeros vaivenes de la vida. Aunque se le escapa por completo el significado de la escena, sí sabe que él la va a provocar. Y en efecto, no se recata de explicárselo:

—Pues veréis. Me han contado que, no con escasa frecuencia, algunos niños vienen a este valle de lágrimas sin capuchón en el glande. Oh, ¿os escandaliza mi vocabulario? No creo, ¿no? ¿Acaso no sois médico? El caso, que, *a posteriori*, esa pequeña malformación puede convertirse en un problema colosal, ya que, en un momento determinado, podría acusarse a ese varón de haberse sometido a prácticas heréticas… judaicas, en concreto. ¿Cómo lo denomina vuestro pueblo? Circuncisión, ¿no? Bueno, en ese estado de cosas, un cristiano precavido como yo decidió que su hijo no se enfrentaría jamás a una situación tan delicada, ni tampoco a la afrenta de ver la pureza de su fe cuestionada. De modo que cité a un notario para que, llegada la tesitura, recogiera en un acta que el niño había nacido así, con esa anomalía, ahorrándole más adelante enojosas comprobaciones, y más en estos tiempos tan convulsos que nos ha tocado vivir en materia de religión. Por fortuna, mi hombrecito ha nacido entero. —Y concluye componiendo una sonrisa de las suyas, cruel y radiante—: ¿Qué opináis? ¿No soy un padre modélico, que vela por el bienestar de su retoño ya desde su primera bocanada de aire?

Vida termina de envolver al pequeño Santiago, dedica a don Germán de la Cueva una mirada humeante de desdén, y simplemente le espeta con voz monocorde:

—Sois el padre que cualquiera desearía.

Esto dicho, coge al bebé en los brazos, lo aprieta contra su pecho y pasa de largo, encaminándose al lecho en el que dormita Leonor. La otra partera le está administrando un reconstituyente caldo de gallina y huevo, en el que remoja rebanadas de pan.

—Sois joven y fuerte y os recuperaréis pronto, descuidad —la reconforta entre tanto.

Al constatar que Vida se aproxima, se aparta y las deja solas. La sefardí se sienta en el canto del colchón de plumas y le aprieta el antebrazo a Leo, que le corresponde con una expresión de paz infinita. Se allega a su criatura al seno. Lo acaricia, maravillada de que esas manitas, con los diez dedos que suman entre las dos, y esos ojitos cerrados, y esa boquita que bosteza sin cesar, los haya creado ella. Y por eso, ya lo quiere. Haga lo que haga. Venga lo que venga.

—Es increíble. Como un milagro.

—Lo es.

Un silencio.

—Gracias por todo, Vida.

—No hay de qué. Estoy muy feliz.

—Yo también. Y, por favor, perdonad a ese cretino.

—Bah. No tiene importancia, Leo. Si fui yo la que os recomendó que os casarais con él. Así que más lo siento yo.

—Lo verdaderamente importante es que todo ha salido bien.

—Ya. Menos mal.

—Porque estabais vos.

—Porque estábamos juntas.

Se sonríen.

—Qué suerte, ¿no?

Ni un par de decenios después, ninguna precaución resultaría bastante para demostrar ante el tribunal de la Santa Inquisición que uno no se había sometido a prácticas heréticas. Judaicas en concreto, como vaticinó don Germán la noche que su primogénito desembarcó en este mundo de la mano de Vida Benveniste. Comadrona habilidosa como ninguna, a la que Leonor de Lanuza le suplicaría apenas dos décadas más tarde que, por favor, se quedara; que hiciera lo que fuese para no tener que abandonar Sefarad. Convertirse. Bautizarse. Cambiarse el apellido. Ante lo que ella admitiría:

—Eleazar quiere que nos pongamos Ortiga.

PARTE III

—El ombligo está cicatrizando a la perfección. Y ya he encontrado a la nodriza perfecta para que lo amamante. Acudirá esta misma tarde.

—Muchísimas gracias, doña Vida.

La noble inclina la cabeza con deferencia y se atrae al bebé al regazo. Doña Vida. Ahora la llaman así. Tiene veintisiete años y un prestigio como comadrona que la precede allá donde va. Se cuenta ya por más de una década su trayectoria intachable, en la que, las más de las veces, se las apaña para sacar adelante esos partos en los que las vidas de la madre y del hijo parece que se largan de este mundo. En esos trances aciagos, doña Vida Benveniste exhibe un talento natural que la impulsa a presionar donde debe, a forzar el movimiento en el instante preciso, a transmitir el consejo y la fuerza que supondrá la diferencia entre morir o nacer. Y por eso, porque todo el mundo quiere que las cosas salgan sin tropiezo y a pedir de boca, su reputación se ha extendido por los contornos de Alpartazgo y ha llegado hasta la misma Zaragoza, desde donde la reclaman con frecuencia los miembros de la corte para que ayude a las mujeres de la aristocracia aragonesa a parir con bien y fortuna, véase esta doña Mencía de Torrellas, a la que se le atoró el niño. Tinta china hubo que sudar para que no se le malograra.

Cuando la criatura asomó la cabeza, y cuando más tarde respiró, en esa casa se derramaron lágrimas de alegría, se sirvió vino para todos y se juró agradecimiento eterno a doña Vida. Ella, por su parte, sintió una vez más ese recóndito y compacto júbilo que la colma con cada nuevo alumbramiento que culmina con éxito y que no deja de ser un desafío que se regenera a perpetuidad, como si empezara siempre de cero, como si no la respaldaran las decenas de ellos que ya ha comandado desde aquel tan anfractuoso de Leonor de Lanuza, quien, días después, con la vagina aún tierna, se plantó en la aljama y la requirió para que socorriese a una prima suya, primípara también, que se encontraba en un brete muy similar de pelvis angosta y crío reacio a comparecer. Eleazar, que, a su regreso del parto de Leo, se había cuidado de desarbolarla en el suelo de un bofetón y tomarla por detrás con encono, puso el grito en el cielo, pataleó, intimidó, intentó impedir que se marchara con su amiga. Pero esta se cuadró en la puerta con la rigidez de un alabardero, lo perforó con una mirada gélida y le espetó:

—Estamos dispuestos a pagar muy bien el servicio.

—Me da igual vuestro sucio dinero. Yo ya gano mis buenos reales con mi negocio y no necesito en absoluto que mi mujer vaya correteando de acá para allá para mantenernos.

Y entonces Leo se le acercó con un descaro que a la propia Vida le sobrecogió y le echó el aliento en la cara:

—Quizás cese de iros bien el negocio si no autorizáis que doña Vida —se trataba de la primera ocasión en la que alguien se refería a ella en esos términos de respeto— se venga conmigo en el acto. Ignoro si os halláis al corriente, de modo que solo por eso os concederé el beneficio de la duda y tendré la cortesía de poneros en antecedentes: Su Majestad aprecia a mi familia con auténtico fervor. La nuestra es una relación muy estrecha y muy profunda, que se remonta a mucho tiempo atrás. Para que me entendáis, hemos estado a disposición de la Corona en las duras y en las maduras. Conque fácilmente imaginaréis el enojo que le causaría al rey enterarse de que habéis obstaculizado la salvación de mi prima. Y hasta donde yo sé, vuestro taller, vuestro patrimonio, e incluso vuestra propia persona le pertenecen a don Fernando, ¿o no?

El Ortiga se quedó mudo. Y Vida, fascinada. Al hombre que a ella la baldaba a palos, que proyectaba un peligro continuo y real sobre sus hombros, a aquel cancerbero temible, Leo podía manejarlo igual que a un pobre pelele con solo unas palabritas pronunciadas en tono cortante. Qué sencilla le resultaba la realidad. En su caso, la existencia se parecía demasiado a un juego de pelota a una única mano. El poder, la riqueza, la clase, la cuna estaban de su lado y se confabulaban para permitirle encararse desde sus cincuenta kilos y su cutis de porcelana con un oso de recio pecho y recia barba, capaz de derribarla de un revés y salir del lance no solo incólume, sino victoriosa.

El hecho de que se prevaliera de la posición cautiva del judío respecto al monarca para doblegar la voluntad de Eleazar le tejió a Vida una película de repugnancia en el fondo de la lengua. Porque, a fin de cuentas, aquel argumento también la incluía a ella. Era su gente, su familia, sus vecinos, los que colgaban y oscilaban a merced de esa potestad, los que serpeaban bajo ese yugo que les recordaba la antigua deuda contraída, el pecado atávico, el estigma indeleble, el designio maldito de su pueblo; aquel que siempre les haría vivir de prestado. Y, sin embargo, con todo y con eso, Leo la rescató.

La Lanuza tenía muchas conocidas de su entorno, de su edad y con la maternidad en ciernes. Acaudaladas, inexpertas y asustadas. La buena fama de aquella joven comadrona corrió entre ellas. Vida encadenó unas cuantas intervenciones impecables y el boca oreja comenzó a surtir su magia propagadora. Leonor le enseñó a montar a caballo y puso a su entera disposición a uno de los corceles de sus nutridas cuadras para que pudiera desplazarse con comodidad y premura allá donde la necesitaran. Los halagüeños resultados y el espíritu gregario convergieron en un círculo virtuoso por el que casi se convirtió en una moda, o en un signo de distinción, contar con los oficios de aquella sefardí diestra, resoluta, instintiva, guapa y afectuosa. Y la presión de ese grupo social privilegiado se impuso a la animosidad de Eleazar, la quebrantó. La amenaza de Leo aún resonaba en sus oídos y en su miedo. Con el rey Fernando no se atrevía. Le excitaba dominar a Vida. Pero más le excitaba la prosperidad de su boyante negocio. Máxime ahora, que había adquirido una parcela en el pueblo colindante, Villaluenda de Jalón, donde planeaba construirse en el futuro una casa mejor, donde vivir con holgura y refinamiento. No podía frustrarlo con una bancarrota.

De modo que se contentó con un acuerdo tácito por el que se limitaba a rechinar dientes y a continuar ostentando las prerrogativas sobre su esposa exclusivamente en el catre (aunque, a medida que se acostumbraba a su presencia, cada vez se parecía más a un ejercicio mecánico, desprovisto de pasión y también de violencia), mientras ella exprimía su carta blanca para acudir allá donde la llamaran, a ejercer una profesión que, por cierto, les reportaba, como había prometido Leonor, no pocos dineros (los cuales, obviamente, él se dedicó a administrar).

Pero Vida no se queja. Porque a ella le basta con el reto de cada barriga a la que evita zozobrar, con cada cordón umbilical que logra atracar en buen puerto y anclar a la vida. Le sobra con el agradecimiento de los padres cuando suspiran aliviados de saber a su hijico en tierra firme tras procelosas travesías por un líquido amniótico revirado. El rostro resplandeciente de doña Mencía de Torrellas y de su esposo, don Guzmán, al contemplar a su primogénito vivito y coleando, es toda la recompensa que necesita. La han elevado a una consideración tan alta que gustan de conversar con ella expansiva, confiadamente, de igual a igual.

—Doña Vida, por favor, apresuraos para volver a casa, que hoy las cosas están revueltas por Zaragoza. Os pondremos escolta —la conmina don Guzmán mientras ella se lava las manos en una jofaina y despacha instrucciones a una criada de la pareja.

—¿Qué ha pasado?

—Al parecer, esta noche han atentado contra Pedro Arbués.

—¿El inquisidor?

—Eso dicen.

—Madre mía. Pero ¿cómo?

—Cuando rezaba. Ante el altar mayor de La Seo. Varios hombres cayeron sobre él y lo acuchillaron por sorpresa.

Las dos mujeres intercambian una mirada de horror.

—Qué espanto —tercia doña Mencía—. ¿Y cómo está?

—De momento, ha sobrevivido… Aunque dudo que por mucho tiempo. Las heridas pintan mal.

—Pero ese hombre, ¿no iba siempre protegido? Porque ya han intentado matarlo dos veces…

—Sí. Cuentan que suele llevar una cota de malla debajo del hábito, pero los atacantes debían de hallarse al corriente, porque lo han apuñalado en el cuello.

—Virgen Santa, qué atrocidad.

Vida resopla.

—Menuda salvajada. De todas formas, se veía venir que algo así iba a ocurrir más tarde o más temprano.

—Sí, claro —coincide don Guzmán—. Nadie lo quería en Aragón.

Y Vida asiente vigorosamente. Exasperada.

—Es que, ¿quién le manda al rey Fernando instaurar la Inquisición aquí?

—Supongo que a instancias de doña Isabel, que le tiene tanta ley a ese tribunal… —apostilla doña Mencía.

—¡Aragón no es lo mismo que Castilla! —remacha su marido.

—¡Exacto! —corrobora Vida, y prosigue indignada—. Además, ¿qué pretende conseguir? ¿Amedrentar a todos los judíos? ¡Qué memoria más corta la suya! ¿Ya no se acuerda de que fue un judío el que devolvió la vista a su padre? A la hora de pedirle ayuda, su fe no planteó ningún problema, pero ahora, bien que parece haberlos, ya que lo paga de esta manera… —Suena dolida, la voz le cojea de amargura.

—Le amargaron la existencia al tal Arbués —nos explicaba Noelia a Pilarín y a mí, sentadas las tres en una de las mesas del comedor. Estaba redactando una de las cartelas informativas. ¿Cartelas informativas? Sí. Todo había sucedido muy deprisa. Las excavaciones de la segunda judería de Alpartazgo habían concluido hacía cosa de un mes y medio, dejando tras de sí un reguero de vestigios: los cimientos de una sinagoga, de varias viviendas y material menudo para parar un tren. ¿Qué hacer con semejante arsenal?

A Parra «Polvorilla» se le ocurrió exponer los objetos encontrados y realizar visitas guiadas al yacimiento, ni más ni menos. Habló con el Ayuntamiento para que pidieran una subvención al efecto y lo organizaran junto al departamento de la universidad; convenció a uno de los profesores implicados en la investigación de que asumiera el mando de las visitas y compartiese voluntariamente su saber con los curiosos que se acercaran a conocer *in situ* el pasado sefardí del pueblo; montó una colecta de micromecenazgo (y recaudó 5.768 euros); y, por supuesto, ella se ofreció a redactar los textos de los paneles explicativos, a diseñar folletos, a rellenar formularios y completar trámites, a crear un perfil en redes sociales desde el que armar ruido, a llamar a los medios de comunicación para que se interesaran por el prodigio, y en fin, a no dormir si el proyecto así lo demandaba.

¿El resultado? Que marchaba. Se estaba documentando a fondo, empollando hasta los más ínfimos detalles, y los compartía con nosotras para foguearse, antes de que fuese un turista japonés quien la metiese en un atolladero con una pregunta rebuscada y/o impertinente.

—Pero ¿por qué no querían a ese Arbués?

Sonrió. Esa, se la sabía.

—Porque la nobleza aragonesa veía peligrar los fueros del reino con la presencia de la Inquisición. A fin de cuentas, era la única institución que podía actuar indistintamente en la Corona de Aragón y en la de Castilla. De modo que se la liaron parda.

—¿Cómo? —le consultó Pilarín. Le estaba encantando aprender. «¡A mi edad!», solía exclamar con un brillo somarda en los ojos.

—Pues, por ejemplo, los de Teruel les negaron la entrada en la ciudad...

—Ah, mira, para los inquisidores no les interesaba existir, ¿eh?

Noelia soltó una carcajada.

—Ja, ja, ja. La verdad es que no. Y no les culpo. Les montaron un «No pasarán» en toda regla. Pero, claro, las autoridades no iban a consentir esa resistencia como si tal cosa. Así que los excomulgaron. Por rebeldes.

—¿A todos?

—A todos toditos.

—Jesús.

—Entonces, recurrieron al papa, a la Diputación General de Aragón, que les dio la razón, les reconoció que no había motivo alguno para que los considerasen herejes. Respaldados por ese aval, se quejaron al rey... Pero el Fernandito, como quien oye llover. Ni corto ni perezoso, plantificó a las tropas castellanas en la frontera para forzar el apoyo a los inquisidores y, con ese jarabe de palo, lo logró. Se implantó en esta tierra el Santo Tribunal y comenzaron las torturas y los autos de fe.

—¡Hala! ¡Que viva la Pepa! En fin, una penica como otra cualquiera...

—Sí… Una delicia. Pero claro, a los judeoconversos, que tenían bastante poder y bastante influencia, se les hincharon las narices y decidieron tomarse la justicia por su mano. Una noche de septiembre de 1485, cogieron al Arbués por banda, mientras rezaba nada menos, y… le rebanaron el pescuezo.

—Dios bendito. ¿Y acabaron con él?

Noelia cabecea.

—Ajá. Estuvo agonizando dos días y terminó por palmar.

—¿Y qué pasó luego?

—Los asesinos escaparon…

A escape, Vida se guarece entre unos arbustos y devuelve. Justo a tiempo. No le apetecía nada hacerlo delante del palafrenero al que, tan amablemente, la han encomendado los Torrellas en su regreso a Alpartazgo. Ahora ya está allí; su guardián se ha marchado. Y ya no le cabe ninguna duda. Los síntomas, clarísimos. Los ha visto demasiadas veces. Está embarazada. Sabía a la perfección que la primera falta no concluía nada. La segunda la escamó. Pero los vómitos, los mareos, la sensibilidad en los senos, ya no le dejan margen para atribuirlo a ninguna otra causa. Tantos años sin conseguirlo, primero con David y después con Eleazar, la habían persuadido de que era estéril. Pues resulta que no. Se limpia la boca con unas hierbas y el dorso de la mano. Lleva el pulso desacompasado. Qué confusión. No distingue lo que siente. Siempre había deseado ser madre. Al principio de su matrimonio con David, bien que había sufrido por ese vientre que mes tras mes la desengañaba, anegándose en sangre. Con verdadero ahínco, había rezado cada luna para que su ropa interior aguantara limpia un día, y al siguiente, y uno más, hasta que se tornara evidencia que el amor que se hacían por las noches había arraigado en su tripa y que se había quedado a crecer allí. Por eso, en cuanto sorprendía la mancha en la tela, apenas percibía la humedad roja y viscosa entre el vello púbico, la tripa se le llenaba, sí, pero con una astilla. Y le entraban unas ganas de llorar inmensas y abrumadoras, porque una voz empezaba a repetirle machaconamente que ella no era un buen lugar para la vida.

Por el contrario, ese dolor, ironías del destino, se convirtió en un bálsamo cuando cayó en las garras del Ortiga. En aquella época de palizas, de sexo sórdido, de desesperación, antes se habría matado que concebir un hijo suyo. Suficiente dolor y ponzoña albergaba como para multiplicarlos en una prolongación de su materia. No preñarse se trató del único consuelo que le rozó la cara en aquellos días cavernosos. Con el paso de los años, a medida que ella se fue adueñando del resto de las parcelas de su vida, y la convivencia con Eleazar se transformó en un secarral árido, sí, pero en el que los alambres ya no pinchaban hasta el fondo de la carne, a ratos basculó entre, por un lado, la inclinación a seguir así, apalancada en ese *statu quo*, acunada por la calma chicha, y por otro, un arrebato imprevisto que de pronto le brotaba y le pedía cumplir el viejo anhelo de ser ella la que meciese a una criatura en los brazos, arrojada al centro de un remolino que le conmocionase las entrañas como un cambio brusco de estación.

Daban igual estos dilemas, estos vaivenes que parecían nacerle desde el mismo claustro materno. Porque la naturaleza decidió por ella (¿y cómo no?). Infértil. Yerma. Baldía. Tierra de rastrojo y no de simiente. No hay niño que valga. Y aunque esto le provocó una secreta saudade por esas cosas que nunca van a suceder, también se resignó. Por eso, ahora ¿qué? «¿Qué sientes? ¿Lo quieres o no lo quieres, Vida?».

Entre tanto, ha llegado al palacete de los Lanuza. La casa de Leonor. Sí. Donde vive. Tiene que devolverle el caballo. Descabalga. Nota una ráfaga de aire que se desplaza en su dirección. Unos pasos que se acercan al galope. Potopom, potopom. Una centella se le echa encima, se le abraza a la cintura. La ha divisado desde la ventana y ha bajado corriendo. «¿Cómo estás, Santiago?». Le acaricia la cabeza, cubierta por una mata de pelo zanahorio. Sí. La pelusilla que ella vio asomar hace doce años entre los muslos de Leonor no iba de farol. Pelirrojo el heredero de los De la Cueva y De Lanuza. La viva estampa de su padre. Qué avalancha de orgullo habría puesto el pecho de don Germán en trance de reventar. Y, sin embargo, solo pudo disfrutar de su vástago un año y medio antes de que comenzara a perder peso y color, a padecer tiritonas, de que se le ulceraran los pies sin que nadie lograse atajar el mal («Orina dulce», diagnosticó desolado el físico que lo atendió, firmando la sentencia de muerte) para, finalmente, abandonar este valle de lágrimas, como él solía denominarlo, en una caja de pino.

Cuando esto aconteció, después del funeral, Vida y Leo se miraron fijamente a los ojos durante mucho rato, releyéndose las cláusulas del pacto en las pupilas, aceptándolo, asimilándose, y luego jamás volvieron a sacar el tema. Leonor de Lanuza era viuda. Y libre. Justo lo que se había propuesto.

Regresó al hogar de su padre y allí se dedicó a criar a su retoño, a su Santiago, este chiquillo vivaracho que a Vida la llama «tía» y al que no se le ocurre pasatiempo mejor que adorarla. Pues ¿acaso su madre no le ha repetido centenares de veces que, gracias a su guía, él encontró el camino para venir a este mundo? «Te habías perdido, hijo, y entonces, ella encendió una lucecita, y así te orientaste y llegaste ya derechito, derechito».

—¡Ah, sí! ¡Ya me acuerdo de la lucecita! —exclamaba Santiago en esas ocasiones.

Vida se enfadaba, medio en broma, medio en serio. «¿Por qué le contáis esas patrañas? Se va a creer que a los partos hay que llevar velas».

—¿Y qué preferís que le diga? —le replicaba Leo divertida, hurgándose los dientes con la punta de la lengua—. ¿Que me rebuscasteis allá abajo y que, de una caricia, me lo arrancasteis de entre las piernas?

Y su mirada chispeaba tanto en esos instantes que el recuerdo acababa por resultar demasiado nítido para Vida, que se turbaba y optaba por callarse.

Precisamente, aparece ahora en la puerta, detrás de su hijo, se recuesta en el marco y los contempla a ambos con una paz y una dicha inabarcables. Enseguida se encamina hacia ellos y coge al caballo del ronzal para conducirlo a los establos.

—¿Cómo ha ido?

—Muy bien. La criatura está sana y ellos, muy felices y agradecidos.

—Me alegro.

—Aunque también algo preocupados por lo que ha pasado esta noche en Zaragoza.

—¿El qué?

—El atentando contra Arbués.

—Ah, sí. Algo he oído. Mi padre esta mañana ha andado con trajín por eso.

Vida le consulta con una pizca de inquietud.

—¿Creéis que habrá repercusiones?

—Dependerá de si…

Pero Santiago les impide continuar con sus cuitas de adultos. Está tirando de la mano de su tía. Para mostrarle algo.

—¡Os va a encantar! ¡Ya veréis! ¡Venid conmigo!

Leonor pone los ojos en blanco.

—Oh, eso… Está de un pesado… Lleva así desde ayer.

—Chis, ¡pero no contéis nada, mamá! —la reconviene él con gesto adusto, sellándose los labios con un dedo—. ¡Que es una sorpresa, hombre!

Ambas mujeres, divertidas, se dejan arrastrar por el nervio infantil hasta un rincón de las caballerizas, fresco y fragante por la penumbra y los enormes haces de paja. La vista al principio no discierne nada.

—¿Preparadas?

—Me tenéis en ascuas —le contesta Vida aparentando una gran expectación.

—Venga, hijo, desembucha ya, que tu tía no tiene todo el día.

—¡Tachán!

Santiago se aparta ejecutando una cabriola para desvelar el enigma que lo trae loco. Se trata de una perra blanca, pegoteada de costras, cansada, con los párpados abotargados y el abdomen distendido. Acaba de parir.

—¡Se coló anoche para dar a luz a sus cachorros y yo la descubrí! Eran dos, pero uno se murió. Queda el otro, el más bonito.

Y el crío se agacha para recoger una bolita blanca que le tiende a Vida al borde del colapso.

—¿A que es precioso?

Ella lo observa de cerca. No se ajusta a ese adjetivo. Un pedacico de carne arrugada, ciega, con el pelillo apelmazado y húmedo, las orejas aún sin desplegarse, un hociquito rosado, como a mitad de cocción. No obstante, confirma rotunda:

—Precioso.

—¡Pues es para vos! —estalla Santiago, presa de un desbordante entusiasmo, eufórico porque a Vida le haya gustado.

Ella titubea.

—Pero no puedo… ¿No ves que debe estar con su madre? Tan chiquitín… Primero hay que destetarlo…

—Vale. Os lo guardamos aquí hasta entonces, y luego, para vos —se aviene sin arredrarse. ¡Dificultades a él!

Vida se gira hacia Leonor en busca de auxilio. Ella se encoge de hombros.

—A mí no me involucréis. Ha sido idea suya. Y yo no lo quiero para nada. Ya sabéis que los perros y yo no…

La sefardí se detiene en la pelotita blanca, de lomo apenas moteado aún de negro, que gime muy bajo, un gañido imperceptible, y que mueve una patita trasera espasmódica, débilmente, despacio. Y después, repara en los ojos suplicantes y ansiosos de Santiago, que parecen preguntarle «Pero ¿no os había gustado?». Vida cae en la cuenta de que no estaba emocionado por el cachorro, sino por el hecho de regalárselo. De modo que no encuentra coraje para decepcionarlo:

—De acuerdo. En ese caso, guardádmelo muy bien, que en cuanto el perrito ya no necesite leche, vendré a por él.

Una sonrisa resplandece en el rostro del niño.

—¡Perfecto! Lo cuidaremos mucho mientras tanto, ¿a que sí, mamá?

—Vive Dios que a cuerpo de rey. Como en una fonda. Di que sí.

Arrancado este compromiso, y satisfecho por ello, Santiago devuelve al pequeño chucho a las mamas caninas.

—¿Cómo lo vais a llamar?

—Mmm… Vela.

—¿Vela?

—Sí, ¿no es blanco? Como la vela que encendí cuando nacisteis para que no os perdierais.

Leo no reprime una carcajada, Santiago se esponja igual que un pavo real. Y, dado que cuando uno alcanza cénit vital, resulta preferible ahuecar el ala a fin de no estropearlo, porque, en resumidas cuentas, la situación solo puede ir a peor, sabiamente, se va corriendo con la música a otra parte. Dejándolas solas.

—Pues hala, ya os ha endilgado un perro.

—Aclarádmelo, por favor. Esa afición por liarme, ¿se hereda? Porque con el enredo este que me acaba de armar, ese tunante me ha recordado horrores a vos.

Leo le posa, comprensiva e indulgente, una mano en la escápula.

—Y vos, ¿siempre vais a respondernos que sí a los enredos que os armamos?

Vida le dedica una mueca, entrecerrando los ojos. ¿Cómo escapar cuando te conocen de esa manera?

—No, en serio, si no os apetece el perro, no os apuréis. Ya se me ocurrirá algo para convencer a Santiago de que estará mejor en otra parte.

—No, no, qué remedio. Me lo llevaré —objeta, echando una mirada compadecida al pobre Vela: está venteando el aire, tratando a tientas de engancharse a la teta. Se sonríe. Pero los labios se le

364

ensombrecen. Porque se acuerda—. Oye, Leo, cambiando de tema y volviendo a lo de antes… Si os enteráis de algo más de lo de Arbués a través de vuestro padre, avisadme, que me he quedado con la mosca detrás de la oreja…

—Claro que sí, mujer, no os preocupéis. Yo os mantengo informada.

—La información corrió como la pólvora, sin embargo, y todo el mundo activó el modo busca y captura de los atacantes. Con más ahínco todavía cuando Arbués falleció. No me preguntéis por qué, pero, a pesar de la manía que le tenían, en cuanto se murió, la gente se escandalizó muchísimo. De pronto, se convirtió en un mártir —proseguía Noelia.

—¿Y los atraparon? —inquirió Pilarín, que había empezado a morderse una uña y que doblaba inadvertidamente una de las esquinas de la cartela a medio hacer.

—Pues claro. Si se pusieron en un plan sabueso para seguirles el rastro que no veas. Los detuvieron, sí, sí, y cuando comprobaron que los conversos estaban detrás del complot, cundió la indignación general. Bromas del destino. A la hora de conseguir su objetivo, que era atizar el odio contra los judíos, Arbués resultó valer más muerto que vivo. A partir de ahí, el Católico liquidó las resistencias a que se implantara la Inquisición en Aragón, y se desató una persecución contra las principales familias de cristianos nuevos que duraría hasta la misma expulsión. Y antes, desde luego, los fueron desalojando poco a poco de la administración aragonesa. A los asesinos, por lo pronto, les infligieron un castigo ejemplar.

—¿Qué les hicieron?

—Bueno, lo primero, los sometieron a autos de fe... —Entonces,

Noelia frunció el ceño y se mordisqueó la punta de la lengua—. Espérate, que esto lo voy a consultar, que no me lo he aprendido de memoria y tampoco os quiero contar un cuento chino para dármelas de Enciclopedia Larousse y dejaros engañadas.

Solté una franca carcajada y Pilarín cruzó conmigo una mirada pícara.

—Consulta, hija, consulta.

—No te cortes —la apoyé con retranca.

Abrió una mochila que colgaba del respaldo de su silla y sacó un volumen manoseado, a rebosar de separadores en colores fluorescentes. Lo esgrimió triunfante en el aire. Y nos aleccionó:

—Jerónimo Zurita. Historiador y cronista mayor del reino de Aragón. Sabía lo que no está escrito. Y además, lo mismo le daba que no lo estuviera, que, para escribirlo, ya estaba él.

Dicho y hecho, comenzó a pasar las páginas del libro de tres en tres. Las tenía tan baqueteadas como interiorizadas. Enseguida localizó el pasaje que despejaría nuestra curiosidad.

—Ajajá. Aquí. —Y se dispuso a leer en voz alta, repasando las líneas con el dedo índice a medida que nos las desgranaba—. Dice que a los autores del crimen y los instigadores se los juzgó y ejecutó entre el 30 de junio y el 15 de diciembre de 1486. Nueve ajusticiados en persona, trece quemados en efigie —lo que hacían con aquellos que ya habían muerto o estaban desaparecidos—, a cuatro más los castigaron por complicidad y dos se suicidaron por el temor a las represalias. Uno de estos últimos, un día antes del tormento, encerrado en su celda, rompió una lámpara de cristal y se comió los fragmentos.

—¡Madre mía, qué espeluznante! —rezongó Pilarín.

A mí me dio grima solo de pensarlo.

—Y eso que aún no habéis escuchado cómo mataron a uno de ellos. Le cortaron…

—¡Ni lo vamos a escuchar! —la interrumpió Pilarín tajante—. Ya hemos oído bastante para formarnos una idea de lo que pasó: una auténtica escabechina. Una penica como otra cualquiera. No hace falta recrearse con detalles macabros y morbosos.

Noelia alzó los hombros y cerró el manual de golpe. Volvió a coger la cartela y alisó la esquina que Pilarín había plisado.

—Vale, vale, *miss* Melindres. Ya me callo.

Callada, más bien muda, se queda Vida cuando ve las manos cortadas y clavadas en la puerta de la Diputación, detrás de un velo intermitente de moscas. Está acostumbrada a los cadáveres por su oficio, por supuesto, pero no preparada para esos trozos de carne sanguinolenta, mutilada, de uñas ennegrecidas, que penden de unos clavos en la hoja de madera. Se le revuelven las tripas. Llevan varios días colgadas ahí. Por la ciudad todavía corre fresco el relato de lo que ocurrió. Te lo contará con pelos y señales cualquiera al que le preguntes.

A uno de los asesinos le habían amputado las manos y, muñones mediante, lo habían arrastrado hasta la plaza del mercado, donde lo decapitaron y descuartizaron. Sus miembros se hallaban ahora esparcidos por diferentes calles de Zaragoza. A la luz de la virulencia con la que habían procedido contra los homicidas, parecía justificada la reacción de los Torrellas cuando Vida había intentado visitarlos unos meses atrás. Su miedo a que los relacionaran con una judía había resultado visionario.

La comadrona había acudido a la capital con el fin de revisar a una paciente y pasó cerca de la casa de don Guzmán y doña Mencía. Aunque el bebé ya no necesitaba sus cuidados (las últimas noticias eran que se criaba sano y gordo, y que la madre se había recuperado por completo), decidió llamar a su puerta para interesarse por ellos y charlar un rato, dado que, en su día, había cobrado un sincero afecto a aquella pareja tan cumplida y acogedora. Le abrió una criada a la que conocía a la perfección (la de veces que le había sostenido la jofaina para que se lavara las manos después de que ella trasteara con los flujos de doña Mencía), y Vida, sonriendo de oreja a oreja, se explicó jovialmente:

—¡Buenos días, María! He venido a ver a los señores Torrellas. ¿Están?

Y ya casi adelantaba un pie, persuadida por el hábito de que no existía impedimento, cuando María se cruzó en el umbral de modo tal que se lo obstruyó. Cuál no fue la sorpresa de Vida ante el gesto pétreo de su rostro, en el que no se traslucían signos de siquiera un reconocimiento, cuánto menos de afabilidad, y que acompañó de estas secas palabras:

—Lo lamento mucho. Ahora mismo ignoro si los señores se encuentran en casa. Voy a comprobar. Aguardad aquí, por favor.

Vida se quedó anonadada y solo tuvo reflejos para barbotar:

—De acuerdo.

María se perdió zaguán adelante con rictus de velatorio, y regresó al cabo de unos minutos pertrechada de una excusa grotesca:

—Pues no, no están en casa.

—Oh, vaya. ¿Y sabéis cuándo volverán?

Vida había seguido indagando simplemente por hurgar, por ganar tiempo antes de asumir el desplante, y desde luego que esperaba una evasiva. Pero no que le contestaran:

—Tal vez nunca más.

Se quedó helada, tiesa. Se le agolparon unas lágrimas detrás de las retinas. Por la incomprensión, por el estupor, por el mazazo. Logró aguantarlas. En vez de darles pista, tragó saliva y farfulló.

—Oh, qué pena. Ya no os molesto más entonces.

Se giró con una torpeza apresurada, sin entenderse con sus propios pies. Al marcharse, no pudo evitar lanzar un vistazo a las ventanas de la mansión. Habría jurado que, en una de la planta superior

—en concreto, la que correspondía a la recámara donde había ayudado a parir a doña Mencía—, una cortina se movió.

Los desaires no se pararon en los Torrellas. El clima de recelo y aprensión se instaló por doquier. En las siguientes semanas, muchas familias cristianas que se habían disputado los servicios de Vida dejaron de requerirla, de comprometerla, le retiraron el saludo y la confianza, y solo aquellas inmersas en embarazos más críticos pusieron los elementos en la balanza para calibrar cuánto compensaba y, únicamente tras arduas deliberaciones, se arriesgaron a contar con ella; pero, eso sí, desde una frialdad absoluta, que no se permitía ni la más mínima concesión susceptible de interpretarse como camaradería, agradecimiento o aprecio. Se comportaban con una precisión quirúrgica, enfundados en guantes asépticos. Saca al niño rápido y toma tu dinero.

A Vida esto la devastó. Si ella no había cambiado, ¿por qué los demás sí? Se desahogó con Leonor, claro. La que la había introducido en ese mundo que ahora le volvía la espalda con semejante crueldad y ligereza. «Panda de hipócritas, de cobardes, de cretinos», dictaminó la Lanuza echando bilis por la boca. Pero no se detuvo mucho tiempo en la ira. Más bien, y como de costumbre, pronto urdió el golpe de efecto, de mano, la jugada maestra. Un plan.

—La próxima semana, don Fernando vendrá a Zaragoza y ha convocado una recepción a la que está invitado lo más florido y granado de la corte. Y vos me acompañaréis como la ilustre dama que sois por méritos propios. —Vida comenzó a izar una negativa, pero Leo la atajó de plano—. Para bien o para mal, mi apellido puede mirar por encima del hombro al de cualquiera de esos cagalindes. Nosotros marcamos la pauta. Así que veremos cómo se atreven a trataros en adelante si vos y yo nos paseamos por ahí cogidas del brazo.

—A vuestro padre no le va a hacer ninguna gracia.

—A mi padre le importa ya entre poco y nada. Seguramente ni aparecerá. Con chochear con Santiago tiene más que suficiente. Además, ¿sabéis que la reina Isabel está encintísima de su quinto hijo? El día menos previsto se pone de parto. Bueno, pues en el último, el de la infanta María, les nació además otro niño, pero muerto, así que el rey está sensible con el tema de los alumbramientos complicados. ¿Qué mejor pretexto para presentaros y que entabléis conversación? Vuestro prestigio os precede. ¿¿Os imagináis que acabarais asistiendo a la mismísima reina??

Pese al optimismo desbocado de su amiga, que se entregaba con una facilidad pasmosa a construir castillos en el aire, la perspectiva de ese sarao con la alta sociedad zaragozana repelía profundamente a Vida. Se le formó un globo de desazón en la boca del estómago. Y, sin embargo, no cesaba de asombrarse por la generosidad de Leo. ¿Qué ganaba ella con eso? Nada. De hecho, se exponía a lo contrario. Sin duda, se trataba de incondicionalidad pura y dura. Contra viento y marea. Conque, al final, le dijo que iría.

El día señalado, Vida se atavió con una hermosa túnica roja que le había regalado Eleazar. Pese a todos los magníficos atuendos, en tejidos nobles, que él se dedicaba a confeccionar, ella vestía de una manera muy sencilla, en colores sobrios y con patrones básicos, y no pedía nada especial del taller. Esa prenda constituía una excepción con la que su marido la había querido agasajar en un rapto de buen humor. Apenas la había lucido desde el obsequio. Había dormido el sueño de los justos en el fondo de un baúl. Pero, en esta ocasión, juzgó que se trataba de la indumentaria más apropiada, la más elegante. Eso sí, no la ciñó con un cinto que llevaba a juego para no poner de manifiesto ninguna redondez que delatara su estado, por muy incipiente que fuese. No se lo había revelado a nadie, ni siquiera a Leo, y al que menos, a Eleazar. No acababa de esclarecer las razones que subyacían bajo ese mutismo, ya que, más temprano que tarde, el secreto se volvería insoslayable. Aun así, por el momento, callaba.

Al deslizarse la túnica por la cabeza y contemplarse en el espejo, se halló favorecida, poderosa. De improviso, le sedujo la idea de verse rodeada en un salón por aquellas familias prominentes, y que no les quedara más remedio que admitir que estaba guapa. Y de impresionar a

Leo. Ensayó varias posturas y se sintió a gusto en esa envoltura suave, en ese color vívido y llameante... Ay, no, no, ¡no! El color. Súbitamente lo recordó, y la inundó un malestar que olía a quemado, a tizne. La mirada se le extravió en la lámina de cristal. El memorándum que el inquisidor Tomás de Torquemada había redactado para la reina Isabel, con el ánimo de que corrigiera algunos desmanes que acaecían en sus dominios y que se había divulgado por todas partes. Entre otras muchas restricciones, contenía algunas leyes suntuarias tocantes a la vestimenta de los judíos. Prohibidos para ellos la seda, el pelo de camello, los dorados. Y el rojo.

Por un instante, le acometió la asfixia. Le subió una oleada de calor al rostro. Por un instante, sucumbió a la tentación de postrarse ante el Ortiga y rogarle sin recato que, a cambio de su sumisión total, buscara de urgencia en su tienda algún aderezo que no desmereciese a la corte real y que fuera de otro color. Qué bochorno. Qué agobio. ¡Aparte de esa túnica proscrita, no poseía nada lo suficientemente lujoso como para codearse con el monarca! Ese monarca... Ese monarca —de repente cayó en la cuenta— que era justo quien permitía y auspiciaba que le vedaran vestirse de rojo.

Estalló en carcajadas amargas. Y pensar que, por un instante, la había angustiado no estar a la altura de semejante cabronazo. Qué boba. Ja, ja, ja, ja. Volcó sus fuerzas en serenarse. Aspiró aire. Luchó por aquietarse el pulso. Se concentró en la imagen que le mostraba el espejo. Se guiñó un ojo. Volvió a encontrarse favorecida, poderosa, guapa. Otra bocanada de aire. Y adoptó una determinación. Hasta sus consecuencias más extremas si hacía falta. Se dejó la túnica puesta.

Cuando Elezar la pilló saliendo, frunció el ceño.

—¿Con esa ropa vais a un parto? La vais a estropear y la tela es muy cara...

—No. No me la pongo para eso. Acompaño a Leonor a una recepción que brinda el rey Fernando a sus cortesanos, aprovechando su paso por Zaragoza.

Ante esta respuesta, la última que habría imaginado, Eleazar se la quedó mirando, meditabundo, entre la rabia, la admiración y el descoloque. Todavía no se explicaba cómo había conseguido escalar tan alto esa mujer a la que periódicamente se beneficiaba por detrás. Bueno, había medrado por culpa de la amiga, que si no, de qué... En cualquier caso, le frustraba mucho y, a la vez, también le excitaba. En fin, esa amalgama de sentimientos contradictorios que siempre le había suscitado Vida. Se limitó a bufar:

—Habladle bien a Su Majestad del taller, por favor. A ver si nos encarga algo o nos escoge como proveedores. Que sois muy capaz de no decirle ni pío.

—Probablemente no me surja oportunidad de...

—Bueno, bueno, por si acaso.

Para no discutir, Vida asintió y se encaminó a la puerta. Antes, pasaría por casa de Leonor y partirían juntas a caballo.

En cuanto enfiló la calle, Vela se le enredó entre los pies. Fiel a su palabra, ante el alborozo de Santiago, había recogido al cachorro unas semanas atrás, y este la seguía a todas partes. Aparecía de repente en los rincones más insólitos, un remolino de pelos y ladridos aún desmañados, dispuesto a provocarle un tropezón con su frenesí entusiasta.

—¿Qué te ocurre, Vela? No puedes venir, bonito, quédate.

Por toda réplica, el perrillo la observó desde abajo, inasequible al desaliento, con las fauces abiertas en una expresión que se asemejaba a una sonrisa, con la lengua colgando, regando el suelo de babas. Lo apartó con el empeine e intentó continuar camino por su cuenta. En vano. A saltitos, Vela se precipitó a sus pantorrillas, consagrado en cuerpo y alma a la absorbente causa de no despegarse de ella. Y ¿cómo negociar con tu propia sombra? De manera que Vida claudicó:

—Bueno, como veas. Pero luego te tendrás que quedar con Santiago. A Zaragoza sí que no puedes venir.

Profirió una breve carcajada. De vez en cuando, se sorprendía parlamentando con el chucho y le entraba la sospecha de que estaba loca de atar. Lo cierto es que Vela parecía escucharla.

De esta guisa, arribaron al palacete de los Lanuza, y Leonor y Santiago los recibieron entre grandes fiestas y alharacas. El niño se alegró sinceramente de reencontrarse con el cachorro, y su madre le encomendó que paseara y jugara con él. «Permitidnos vivir a nuestras anchas un rato, anda». Ella, por su parte, condujo a la recién llegada a sus aposentos, donde estaba terminando de arreglarse.

—¡Estáis radiante! —la alabó mientras la instaba a que girase sobre su eje para apreciarla mejor y Vida obedecía entre risas juguetonas, livianas, llenas de alegría, de ganas, de chisporroteo—. ¡No os conocía esta túnica! ¡Es preciosa!

—Ya. La tenía guardada.

Y entonces, a Leo se le achicaron esos ojos que mantenía fijos en la tela desplegada en toda su extensión.

—¿Qué sucede? —inquirió Vida. Pese a que ya lo sabía perfectamente.

Leo tartamudeó:

—Bueno, que... la-la túnica... quizás no estéis al corriente, pe-pero... creía que los-los...

—¿Que los judíos tenemos prohibido el color rojo según el memorándum de Torquemada? ¿Igual que la seda, los complementos dorados y de pelo de camello?

—Sí, eso —respondió ella aliviada por haberse ahorrado una declaración tan violenta. Y tras el alivio, entornó los ojos con suspicacia—. O sea, que sí que estabais al tanto...

—Obviamente.

—¿Y entonces? ¿Qué...? ¿Cómo pretendéis...? Os va a resultar difícil ganaros de nuevo el favor de esos petimetres meapilas si os plantáis allí con una prenda vetada por la Inquisición... y con más cara que espalda, por cierto.

—Leo. Os voy a hacer una pregunta. Muy seria. De manera que os suplico que la contestéis con idéntica seriedad.

—Claro que sí. Decid —la invitó, animosa y preocupada.

Vida se tomó una pausa, como si reflexionara.

—Si llevo esta prenda, ¿seré la mujer más hermosa de toda la fiesta?

Con esa simple pedorreta, se pinchó la solemnidad a la que ambas se habían acogido. A Leo se le escapó una sonrisa incontenible. Y aseveró.

—Seríais la mujer más hermosa de la fiesta incluso con un saco de arpillera.

—Ya, pero… ¿todavía un poquito más hermosa con la túnica? —insistió Vida melosa.

Y Leo se rindió al juego, a la chufla.

—Sí. Definitivamente mucho más hermosa todavía.

—Vale. Eso intuía yo. En ese caso, Leo, no me importa nada más. Los planes han cambiado. Ya no me interesa recuperar mi reputación ante esa gente, ni venderles mi valía como comadrona, ni… No… Qué va. Esta noche, solo quiero ser la mujer más bonita de la fiesta. ¿Qué os parece? ¿Lo entendéis?

Ella suspiró y asintió. Aunque aún se resistió:

—Ya, pero ¿estáis segura, Vida? ¿Completamente segura? Sabéis que podría haber repercusiones que ni siquiera atis…

—Leo, Leo —la interrumpió con dulzura—. Miradme. —Así lo hizo, dócil, derretida, resignada—. Y respondedme, ahora sí, de verdad: si os hallarais en mi lugar, ¿cómo actuaríais?

Se mantuvieron la mirada. Un salto a un vacío lleno de honestidad. Y admitió:

—Pues me pondría encima el camello entero.

Vida asintió a su vez, muy despacio.

—Eso es. Esa es mi leona. No esperaba otra cosa. Y no me siento con fuerzas para nada distinto. De hecho, únicamente habría una persona en el mundo capaz de disuadirme.

—¿Quién?

—Vos… Sí, vos, por supuesto. A fin de cuentas, vamos juntas, y si creéis que esto os perjudicaría de cualquier modo, solo pedídmelo y me quitaré la túnica en el acto.

Se observaron en silencio. Un silencio en el que bullía un montón de ropa blanca que acababan de escurrir con las manos y que las aguardaba, lista, limpia y descamada, para que la tendieran al sol. Leo se volvió entonces hacia una arqueta que había sobre la mesa, la abrió, rebuscó dentro y sacó una gruesa pulsera de oro macizo, refulgente. Se colocó delante de Vida y, con auténtica sacralidad, se la cerró en torno a la muñeca, mientras las dos no dejaban de contemplarse y tragaban saliva.

—Ahora ya sí que no podéis ser más bonita.

Y sí, en la recepción, en medio de la profusión de los oropeles, los brocados, los tapices, las mesas repletas de viandas, la suntuosidad de los cortesanos y el aura imponente del rey Fernando, la irrupción de esa judía marcada en rojo y oro causó cuchicheos, miradas de través, maledicencias y resquemor. A mitad de velada, Leonor logró aproximarse, siempre con ella prendida del brazo, hasta las inmediaciones del soberano, quien, con inmaculada cortesía, las saludó e inquirió por la salud de don Álvaro de Lanuza.

—Se encuentra perfectamente, Majestad, y os envía sus mejores deseos. Y hablando de salud, ¿os han contado que mi amiga doña Vida practica la medicina con una maestría sin parangón? En concreto, acompaña a las mujeres en los partos más dificultosos, y se cuentan por decenas los niños que ha salvado. No la hay más diestra en todo el reino.

Ante las enfáticas alabanzas de Leonor, Fernando II de Aragón escrutó a Vida desde sus ojos penetrantes, sopesándola, fijándose, paladeando los detalles; ella bajó la vista con respeto y se estremeció. Por un instante, pareció que él iba a agregar algo, pero en el último segundo se contuvo y no despegó los labios. Se limitó a musitar:

—Enhorabuena, doña Vida.

Y se giró en busca de otros invitados. Leo le apretó el codo.

—No pasa nada —le susurró.

Entonces, sin pararse a pensarlo, arrebatada en una vorágine, Vida se evadió de una atónita Leo y salió despedida hacia la regia figura. Le tocó levemente en el hombro. Él se volvió sorprendido.

—¿Me regaláis un momento de vuestro valioso tiempo, Majestad?

Todavía arrastrado por la sorpresa, y acaso por la curiosidad, don Fernando permitió que lo condujera a un aparte, donde le preguntó a bocajarro:

—¿Le importó el color de sus ojos a la hora de intervenirlo? ¿O no lo tuvo en cuenta?

El rey parpadeó muy deprisa. Cabeceó desconcertado.

—¿Qué?

—A Cresques Abnarrabí. ¿Le importó? ¿Le puso pegas a vuestro padre por el color de sus ojos? ¿Se negó a operárselos por verdes, o por azules, o por castaños?

—No compren...

—No. Está claro que no. No os preocupéis, Majestad, y disculpad, que ya no os molesto más.

Y dejándolo con la palabra en la boca, regresó a por Leonor, a la que le dijo temblando:

—Vayámonos de aquí, por favor.

Por eso, ahora, meses después, escudriña las manos cortadas de uno de los asesinos de Pedro Arbués, colgadas con clavos en la puerta de la Diputación. No cabe duda. Se han convertido en escoria. Todos ellos. Sin excepción. Sin remisión. Ella ha acudido a Zaragoza a atender un parto. De una judía, huelga aclararlo. No. Ya no se junta con los cristianos.

—Los cristianos y los judíos, en fin, se fueron distanciando cada vez más y más, y cebando desconfianza los unos hacia los otros a partir de ese detonante: el asesinato de don Pedro Arbués —concluyó Noelia su lección de historia antes de mandarnos al recreo. Ambas la aplaudimos.

—¡Erudita!

—¡Te lo sabes al dedillo!

Ella misma se marchó con sus cartelas museográficas y la música a otra parte. A mí me apetecía quedarme un rato charlando a solas con Pilarín, pues necesitaba algo de esa serenidad que tan bien sabía restaurarme. Desde la partida tan escabrosa de Velkan, el embarazoso episodio con Yorgos, o mi lastimosa actuación donde los Ortiga, andaba tarumba perdida. Si siempre me había cuestionado mi estancia en Alpartazgo, en esos momentos, más que nunca. Sin embargo, Pilarín, de usual tan paciente y predispuesta en materia de cháchara, anunció que tenía «cosas que hacer». Tentada estuve de preguntarle incrédula que el qué, pero a tiempo caí en la cuenta de que hacerlo rayaba con la grosería. Se encaminó a su buhardilla y pensé que, quizás, la había poseído una venada de inspiración y que se disponía a pintar una de esas extrañas rayas que atestaban su guarida y de las que yo aún me acordaba con curiosidad de cuando en cuando.

Por eso, me extrañó verla salir al cabo de un rato. ¿Dónde demonios iba? De tiendas, seguro que no. ¿A un compromiso social? Menos todavía. Y entonces, cedí a una flaqueza deshonrosa; justificada, en el peor de los casos, por un soberano aburrimiento y una falta total de alicientes, y, en el mejor, por la intriga sincera que nos suscitan las personas que admiramos. Sea cual sea la explicación, se tradujo en que la seguí. La idea cruzó osada por mi mente y, en milésimas de segundo, sin pararme a analizarla, me agarré a su cola fugaz para que me remolcara. Aguardé en el hostal unos segundos, los precisos para otorgarle ventaja, pero no los suficientes como para que se me escabullera. Tras cerrar la puerta, ya en la calle, la distinguí delante de mí y, manteniendo una prudente separación, la rastreé con la misma eficacia y tenacidad que un servicio de inteligencia ruso. Por fortuna, a la buena mujer ni se le pasaba por la imaginación la sospecha de que una perturbada fuera pisándole los talones, conque resultó fácil: ni una sola vez volvió la cabeza. La verdad, no reparé en exceso en el camino que llevábamos. Me bastaba con que no desapareciera de mi campo de visión. Y así, de estas trazas (ridículas, asumámoslo), llegamos al cementerio. No lo conocía. No se me había muerto nadie en ese pueblo. Al menos, en los últimos quinientos años. Estaba perimetrado por un murete de piedra, una cancela coronada por un Cristo crucificado. Pilarín entró. Y ahora sí la perdí de vista.

¿A quién había ido a visitar? ¿A sus padres, después de tantísimo tiempo? Aunque tal vez aquel día se cumpliese el aniversario de alguno de ellos. ¿A sus hermanos? No, en cierta ocasión había mencionado que era hija única. Una noción del pudor me impelía a largarme de allí cuanto antes. Bueno, ya has comprobado a dónde ha venido, ¿qué más quieres, Rebe? ¿Qué más te da a quién llore, a quién no olvida? Pero, por otro lado, me había adentrado hasta allí, ¿no? ¿Iba a abandonar a mitad, sin enterarme del verdadero motivo que dotaba de sentido a aquella fúnebre excursión? Los muertos nos proporcionan tanta información de sus vivos...

De manera que me aproximé con cautela a la reja y pegué la cara entre los barrotes. Desde ese punto, se me escapaba el ángulo que contenía a mi presa. Así que empecé a escorarme, un poquito, un poquito nada más, a ver si de esa forma… Al principio, mis movimientos resultaban prácticamente imperceptibles. Pero tampoco me permitían abarcar nada. Hasta que me confié, me confié… y me apoyé demasiado en la verja, con la mala suerte de que Pilarín no la había encajado bien y se venció hacia delante propulsada por todo mi peso. Mierda, mierda. A la que me di cuenta, estaba dentro del recinto, igual que una cochinilla adherida a aquel columpio que se balanceaba al rechinante compás de sus bisagras. Ahí ya no tuve problemas para atisbar a Pilarín. Y ella tampoco para atisbarme a mí. Nuestras miradas se entrechocaron de golpe. Se encontraba acuclillada en una esquina del camposanto, ante una discreta lápida. Mi presencia la hizo incorporarse con la rapidez seca de un resorte. Se me acercó. Yo me puse del color del pimiento.

—Rebeca —farfulló patidifusa—, ¿qué estás…?

—Lo siento, lo siento infinito. —¿Para qué enredarme en excusas emperifolladas y baratas? Se lo solté—: Te he seguido.

La boca se le quedó abierta.

—¿Por qué? —acertó a preguntar.

—Pues porque… —En blanco. No había ningún argumento válido, razonable o de recibo. Conque se lo reconocí con desconsuelo—. Ni idea.

Debería haberse enfadado. Una persona normal se habría enfadado. Pero ella se limitó a mirarme con compasión y decir:

—Ay, Rebeca, estás loquica perdida, ¿eh?

—Sí, yo qué sé qué me pasa. Supongo que, como no tengo ni vida, ni casa, ni nada que se le parezca, intento apropiarme de la de los demás. Y así voy metiendo las narices donde no me llaman y la pata hasta el corvejón. Lo lamento, Pilarín. Discúlpame. No pretendía molestarte. Me marcho.

Ya me giraba, cuando noté que me retenía agarrándome por la muñeca.

—Anda, Rebeca. Ven aquí. Ya que estás, hazme compañía.

Me indicaba el rincón donde la había sorprendido y obedecí, ahora yo la sorprendida. Ambas nos colocamos frente a la lápida, apenas un rectangulito de mármol sobre la tierra. Ante su asentimiento, leí la inscripción:

—«Jaime López, 26 de septiembre de 1962 / 3 de enero de 1964».
Le consulté en silencio. Y respondió:

—Mi hijo. Mi Jaime.

De inmediato, me anegó una piedad que era un torrente. Un torrente que me rebasó el pecho, que me subió a la garganta en forma de lágrimas y que me dejó muda. No me atreví a agregar nada. Ni tan siquiera a mirarla. Su hijo. Su hijo Jaime. Que murió con un añito y cuatro meses. Ni eso. Ni llegaba. Me estremecí.

Debió de percibirlo, porque me apretó el antebrazo, como si ella se dispusiera a consolarme a mí. Ante su contacto, logré balbucear:

—Lo siento. Lo siento muchísimo.

—No te preocupes, Rebeca. He tenido casi medio siglo para acostumbrarme. Y en ocasiones, ya casi lo consigo.

—¿Cómo ocu…?

Esbozó un ademán señalándome un banco de lajas de piedra que había adosado al murete. Nos sentamos allí. Estaba frío. Ella llevaba una chaqueta sobre los hombros, con las mangas colgando, vacías, sin brazos. Empezó a hablar muy despacio. Y en un tono bajito que jamás pensé que oiría en sus labios.

—Siempre me acordaré de las fiestas del Pilar de 1961. No había cumplido ni veinte años y no sabía nada de nada, pero me creía ¡buf! mayorcísima. Unas amigas nos empeñamos en ir a Zaragoza para disfrutar de la jarana. Yo no había estado antes, y Julia, que sí —un montón de veces—, no se cansaba de repetir que eran las mejores fiestas del mundo. Así que yo, cabezona, me puse erre que erre con mis padres, que no me dejaban, y no paré hasta que cedieron. Todas las del grupito ablandamos a nuestros respectivos, conque el sábado, para allá que nos llevó el padre de Luisa, un hombre más majo que las pesetas y que, además, tenía coche. Más endomingadas que para qué, más guapas que un pincel, y que no cabíamos de nervios y de orgullo, apretujadas unas encima de las otras en el asiento de atrás y en el del copiloto, que, para más inri, me tocó a mí. Me acuerdo perfectamente. Porque allí delante yo me sentía aquella noche la reina del mambo. El señor nos aparcó en la misma puerta de la feria y quedó en recogernos a las doce en punto, igualico que a la Cenicienta. Y nosotras salimos como una estampida de cebras, de esas que se ven en los documentales, corre que te corre, que parecía que se nos acababa el mundo.

»El recinto estaba precioso. Llenico de guirnaldas, de luces de colores, y las atracciones… Madre mía. Yo alucinaba. Nos montamos en todo. La noria. La casa del terror. Los autos de choque. El tren chu-chú. El látigo. A mí me entró la risa de tantas vueltas, una risa muy loca, porque me daba la sensación de que la cabeza se me iba a separar del cuerpo, volando. ¡Qué maravilla! Pero Luisa se empezó a encontrar fatal. Muy pálida, con una flojera enorme en las piernas. Cuando nos bajamos, la acompañé a un rincón apartado, entre unos arbustos, y le retiré el pelo de la cara justo a tiempo, porque vomitó. Y mientras vomitaba, yo me seguía riendo, convencida de que eso también formaba parte de la fiesta. Que no era más que una consecuencia de disfrutar, un síntoma de que estábamos vivas. Vivas viviendo a tope. Y en ese momento tan poco apropiado, apareció un chico de la nada. Se pispó de la vomitina, y nos preguntó si nos pasaba algo. Luisa no podía ni menearse del mal cuerpo, pero yo continuaba eufórica y me presenté con un desparpajo que no veas… Que me llamaba Pilarín, que mi amiga, Luisa, y que se había mareado en el látigo, pero que ya se recuperaba. Él nos contó entonces que estudiaba Medicina, que si necesitábamos su ayuda, que nos recetaba algo… Pero, según lo decía, yo como que entendí de repente que, en realidad, estaba diciendo otra cosa, una cosa distinta. Era la primera vez que me ocurría algo semejante y, sin embargo, no me cabía la menor duda. De pronto, como que tuve la corazonada —y habría metido la mano en el fuego, sin ningún miedo a quemarme— de que a él, los vómitos de mi amiga Luisa le daban exactamente igual. Que su único objetivo consistía en hablar conmigo todavía un rato más. Y yo noté que a mí me apetecía lo mismo, tal cual. Y me subió un calorcito así por el pecho y habría jurado que se me encendieron los ojos. Y cómo no, se me avivó aún más la risa.

»Porque Tomás, que así se llamaba, me pareció guapísimo. Pero guapo, guapo de verdad. Con el pelo ondulado y los ojos grandes y oscuros, y tan alto, y tan amable, y estudiante de Medicina nada menos. Regresamos donde el resto de mis amigas, que nos esperaban a los pies de la noria, y él se ofreció a acompañarnos, "por si Luisa volvía a indisponerse", dijo. Y yo ahí, con la certeza de que solo quería rozarme el brazo. Como que, de sopetón, una lo sabe. Por pazguata que sea, como era mi caso. Además, y modestia a un lado, no me extrañaba ni lo más mínimo, porque me había pintado un poco los labios de rojo, y de ahí yo deducía que debía de encontrarme irresistible. Cuando nos reunimos con ellas, mis amigas le ofrecieron un poco de palique, y Luisa, más reanimada, le agradeció su preocupación, pero la conversación del corrillo fue decayendo, nosotros dos nos fuimos apartando pasito a pasito, y empezó a surgir un vínculo muy bonito: cosas que yo había pensado en alguna ocasión y que creía que nadie más, pues resulta que él también. Y así todo el rato. Una anécdota detrás de otra. Y nos comprendíamos a la perfección en cada detalle, en cada historia que nos contábamos. Los minutos pasaban tan en el fondo del reloj que yo ni los sentía.

»Me enamoré rapidísimo. Por primera vez. Tan encantados estábamos de habernos conocido —"Menuda suerte la nuestra", nos dijimos— que, a la que nos dimos cuenta, habían transcurrido varias horas sin que lo hubiésemos notado siquiera. Y entonces, encima de nuestras cabezas, el cielo comenzó a inundarse de luces, porque resulta que estaban lanzando fuegos artificiales. Qué hermosura, madre mía. Haciendo así, una especie de serpentinas, de todos los colores, dorados, rosas, verdes, que se abrían de sorpresa, igualico que dientes de león, flotando sobre el fondo negro. Y Tomás agachó la cabeza para alcanzarme a mi altura y me besó. A mí se me vació el cerebro en un santiamén. Solo existían nuestras bocas en ese momento. Tan cálidas, tan junticas la una y la otra. Me daba la impresión de que habíamos nacido para eso. Para estar besándonos desde el principio de los tiempos. Qué bien lo hacía él. Qué bien besaba. Y qué delicia que me sostuviera allí entre sus brazos, qué a gusto, qué gozada.

»Cuando a las doce en punto nos recogió el padre de Luisa, yo no pisaba el suelo. Antes de despedirnos, le había anotado mis señas, y Tomás prometió que me visitaría en Alpartazgo. Pero, en cuanto me separé de él, me entró un pánico terrible, porque, de repente, me pareció imposible. Que fuese a venir, que fuera a cumplir su palabra. ¿Y si no lo volvía a ver nunca más? Yo no tenía forma de buscarlo. Aquella noche, ya en mi cama, me acosté con el corazón que me dolía y no distinguía de qué. Si de la felicidad absoluta que acababa de sentir o del dolor de que solo hubiese durado unas horas y no volviese a experimentar algo así al lado de nadie. Sin embargo, Tomás cumplió. Llegó dos días después a Alpartazgo en una motillo que se había agenciado. No imaginas —bueno, o quizás sí— la alegría, la alegría tan tremenda. Que me faltaba cuerpo para aguantármela. Me abalancé sobre él, sin que me importara nada. Ni la vecina que pasó justo en ese instante por la calle y que me miró fatal. Me la refanfinfló, que yo estaba que me comía el mundo, lo que se me pusiera por delante… Y por supuesto a Tomás.

»Sus escapaditas se repitieron, acudía al pueblo aproximadamente una vez a la semana. Me lo llevaba al río y nos besábamos durante horas, y cada vez charlábamos menos, y cada vez su mano escalaba más alto a lo largo de mi muslo, primero por encima de la falda y, después, cuando ya nos habituamos y cogimos confianza, pues por debajo. Y en una de estas, nos acostamos. Y le pillamos el tranquillo, y nos acostamos de nuevo. Y así varias. Hasta que en el mes de diciembre no me vino la regla. Y me asusté. No le conté nada. Me convencí a mí misma de que serían nervios, o tantos cambios como estaba soportando mi anatomía. Pero en enero tampoco. Y andaba con el tembleque de un flan. Y con muchísimo miedo. Y una mañana vomité. Como había vomitado Luisa en la feria. Y... ay. Le revelé mis sospechas a Tomás. Se puso blanco. Me preguntó muchas veces si estaba segura. Me llevó a un médico amigo suyo para que me examinara y nos confirmó que sí. Que me había quedado preñada.

»El jarro de agua fría fue de aúpa. Lloré y lloré, me aterraba decírselo a mis padres. Me iban a baldar de una paliza. Tomás intentó consolarme, me prometió que encontraríamos una solución. Al cabo de unas semanas, apareció en Alpartazgo con un fajo de billetes. A través de un contacto suyo, me había conseguido una cita en una clínica de Londres. Para que abortara. Y eso terminó de horrorizarme. Miré el fajo de billetes. Lo que significaban. Y me negué. Pero, siéndote totalmente franca —Y el aliento se le entrecortó, boqueó para atraerse el aire—, no me negué porque no quisiera... deshacerme del niño... sino porque la situación me abrumó. Lo que suponía mentir a mis padres y subirme a un avión, y volar a una ciudad enorme y desconocida —yo, que nunca había salido del pueblo—, donde no hablaban mi idioma, y encontrarme en una clínica, con todo ese material frío y puntiagudo y cortante, que me meterían por dentro... Me pareció excesivo, algo a lo que no podía enfrentarme. Y, sobre todo, me dio tantísima rabia que la solución que me había prometido Tomás consistiese en eso... Que lo que él entendía por arreglar los problemas implicase obligarme a pasar por eso... en lugar de... de decirme que estaría a mi lado, y que... Yo misma comprendía el inmenso inconveniente de traer en ese momento un hijo al mundo, cuando él no había acabado la carrera, que eso trastocaba todos sus planes... Pero me sublevaba que ese hombre al que yo quería tanto se nos quitara de encima, a mí y al bebé, con un montoncito de dinero.

»Así que le contesté que no. Que no iba a abortar. Que seguiría adelante con el embarazo. Él me observó muy serio, me pidió que me mostrase razonable, que lo meditase bien, que si no veía que me iba a arruinar la vida, que se trataba de una gran oportunidad que no a todas las chicas se les presentaba, que no la desperdiciara… Yo me obcequé. Me mantuve en mis trece. Y entonces, volteó sus cartas. Aunque, a esas alturas, por su expresión y por el tono de su voz, yo ya sabía lo que escondían. Que si decidía continuar, estupendo, pero que no contara con él. Que, a partir de ese día, se desentendía por completo. Que no tenía ni la más mínima intención de compartir conmigo la crianza de ese hijo. Me entró tal furia que agarré las perras que me había ofrecido y las tiré al río. Al Jalón con ellas. Y le grité que se marchara, que largo de aquí, que para mí estaba muerto para siempre jamás. Bueno, se lo gritó mi orgullo. Porque en cuanto me hizo caso y se fue por donde había venido, sin añadir apenas nada más, me derrumbé. Qué fuerte eso, que no tuviera nada más que decirme. Que lo que habíamos vivido se resolviese de esa manera. Y que fuese capaz de dejarme sola, sin ningún interés por conocer a nuestro niño… Me parecía un cuento de terror, te lo juro. Y aún debía afrontar el trago de descubrírselo a mis padres.

»Bueno, te ahorraré el numerito, porque para qué… Una penica como otra cualquiera. Por fortuna, en el aspecto físico, solo hubo un bofetón de por medio. A cambio, me apoyaron. Me permitieron seguir en casa con la gestación. A fin de cuentas, y por suerte, en el plano económico, no había demasiadas dificultades en casa. Una boca más resultaba asumible. Y de cara a la galería, formaron una muralla para aislarme del pueblo, para defenderme y que nadie se atreviese con una voz más alta que otra. Eso sí, de puertas para dentro, la convivencia se volvió complicadísima, porque estaban ariscos y secos como un gato furo. Sin embargo, en cuanto nació Jaime, gran parte del enfado se les olvidó. Porque era una ricura de crío. Tan gordico, con unos papos, y un color… Y dormía del tirón ni sé la de horas. Parecía un obispo a punto de ser canonizado. Después de tanto sufrimiento, el nene me lo compensó de cabo a rabo. Hasta borré a su padre de mi mente. ¿Se había esfumado? Pues fenomenal, peor para él. Una penica como otra cualquiera. Si conocerlo había servido para que yo recibiera a aquel bendito, a aquel rayo de sol, pues miel sobre hojuelas. Sí que me arrendaba la ganancia, sí. Estábamos los tres loquicos de contentos con la criatura. Mi madre lo apañaba, lo bañaba, ¡y la de carantoñas que le hacía, porque además el Jaimico se reía una barbaridad, que había salido de un espabilado y de un risueño el mozo…! Mi padre le compró un montón de jugueticos… Hazte cuenta, el primer nieto, y tan inesperado. Ellos, que solo habían tenido una hija. Pues lo llevábamos en palmetas y entre algodones.

»Bueno, pues no bastó. Porque un día le empezó una fiebre, imaginamos que por un resfriado o algo similar, pero cada vez más alta, cada vez más alta, un grado detrás de otro que aumentaba en el termómetro… Menuda angustia. Y el pobrecico, cómo lloraba. Corrimos al hospital, a Zaragoza… Pero nada… en unas pocas horas, se nos murió. De meningitis. Angelico mío.

Le estrujé la mano. Yacía abandonada, inerte sobre el regazo.

—Lo trajimos de regreso al pueblo para enterrarlo. Acudió muchísima gente al funeral. Muchísima. Todos peleándose por darles el pésame a mis padres, que estaban destrozados. Y a mí, claro. Mis amigas, familiares, los vecinos… Todos tristísimos, porque, figúrate, una desgracia de ese calibre, tanta pena… El caso es que, en cierto momento, yo me aparté un poco del cortejo, porque necesitaba tomar el aire. Y, al volver, me tropecé con un corrillo de amigas mías, por detrás; ellas no me vieron. Por eso, las oí que comentaban «Esto ha pasado por lo que ha pasado… Dios la ha castigado por puta».

La mano inerte, abandonada, se estremeció en el regazo. Se la estrujé todavía más.

Guardamos unos instantes en completo silencio. Mirando al frente. A la copa de un ciprés que había plantado junto al muro. Cuando volvió a alzarla, la voz le sonaba a lágrimas. Y estaba arañada.

—El caso es que me lo creí.

A partir de ahí, Pilarín se recluyó en su madriguera. Traicionaba su encierro autoimpuesto para lo mínimo. Transcurrieron los años. Fallecieron sus padres. Heredó la vivienda. Se encastilló en ella. Mucho antes de convertirla en un hostal, se atrincheró en la buhardilla. Y un día, por aburrimiento fundamentalmente, por hastío de existir, comenzó a pintar. Encargó telas, pinceles, pigmentos. Pero solo le nacía dibujar una cosa. Una línea. Una simple raya partiendo el lienzo. Una grieta. ¿La que le había resquebrajado la vida?

—¡No! ¡Qué va! —Se rio—. ¡No soy tan masoquista, al contrario! ¡Una grieta por la que escapar! A otros lugares. A otros mundos. A otras historias… Esa grieta me recuerda que, si me asomo a través de ella, las cosas podrían ser diferentes, en otra parte, ocurrir de otra manera… —Asentí apretando los labios. La entendía. La grieta—. En fin, hay algo que hace tiempo que te quiero contar, Rebeca. Algo que yo aprendí y que, quizás, a ti te pueda resultar útil, ya que te reconcome tanto lo del desarraigo.

—¿El qué? —le pregunté anhelante.

Y me sonrió antes de levantarse.

—Que quedarte donde has nacido no significa necesariamente que estés en casa. En realidad, hija mía, casa puede ser… pues cualquier sitio.

En el sitio donde se ha sentado, aparece de pronto una inmensa mancha de sangre. Repara en ella al levantarse. Eleazar también. Los ojos se le desorbitan de horror. La interroga con la mirada. Vida no sabe qué responderle. La ha paralizado el miedo. Y, de pronto, unas cuchilladas en el vientre. Se dobla sobre sí misma. Se pone en cuclillas. Unos garrampazos le recorren el abdomen de punta a punta y le desembocan en la rabadilla, donde le infligen un latigazo justo antes de desatarse de nuevo. Vuelta a empezar. Y sigue sangrando.

Eleazar se acerca a Vida.

—¿Qué os ocurre?

Intenta tocarla, pero ella lo detiene con un ademán. Resopla. Soportando los embates del dolor. Por desgracia, ya lo ha visto muchas veces. Es consciente de que la promesa de bebé se ha desprendido de su tripa y que la está expulsando. Repta hasta la cama, imprimiendo en el suelo un reguero, y se arrebuja allí, debajo de una manta. Se cubre con ella la cabeza. No quiere luz, ni sonidos. Solo acurrucarse y que remitan los calambres, y que se seque la sangre y dormir días enteros. Pero el Ortiga la destapa. Está verdaderamente alarmado. Le pregunta:

—Que qué os ocurre.

No la va a dejar en paz hasta obtener una contestación, de modo que... Suspira, y le explica con voz agotada, pastosa:

—Estaba esperando un niño, pero ya no.

Él sacude la cabeza anonadado.

—¿¿Que qué?? ¿Que estabais esperando un niño? ¿Cómo…? ¿Desde cuándo…? ¿Por qué no me lo habíais dicho? ¡No teníais derecho a ocultarme…

Ella le interrumpe, le impone silencio llevándose un dedo a los labios. Le clava la pupila en el blanco del ojo. Eleazar, entre jadeos entrecortados, se calla. Y Vida decide no callarse:

—No, no os confundáis. Erais vos quien no tenía ningún derecho. Sencillamente, porque no os quiero.

Él frunce los labios, se amarra la mano a la espalda a fin de no descargársela en el carrillo y suelta la manta con despecho.

Sumida en la oscuridad, Vida se dedica a cerrar los párpados y a concentrarse en ese núcleo de su barriga que se está troquelando. En la punzada. En el dedo sin uña. ¿Quería a ese niño? Después de tanto tiempo, ¿realmente lo deseaba? ¿De alguna forma no lo habrá…?

No cenará. Vadeará la noche. Una noche angustiosa y febril, con paredes que exudan sangre y vísceras abalanzándose sobre sus sienes. A la mañana siguiente, no comerá. Perderá la noción de la realidad, del camino del sol. Y un día, apartará la manta, saldrá de debajo, se incorporará. Aún con la sangre encostrada entre los muslos. Eleazar tampoco ha limpiado los goterones del suelo. Traspasará el umbral de la puerta. Se sentará en un poyete de la calle. Notará un aliento cálido en las espinillas. Bajará la vista. Vela. Babeando, jadeante. Observándola con devoción, como al más valioso tesoro de la tierra. Lo cogerá en brazos y se lo acomodará en el regazo. Se pondrá a acariciarlo igual que si le fuera en ello la vida, con un compás metódico y concienzudo, a lo largo de todo el cuerpo palpitante, de su pelaje suave y largo.

—¿Me has echado de menos, bonito? Yo a ti, sí. Mucho. Muchísimo.

Inadvertidamente, se lo irá apretando contra el pecho, mientras el perrito le lame las manos. Luego las mejillas. Y por último, el llanto.

Cuando su marido regresa del trabajo y la encuentra ya aseada, compuesta, con la mesa preparada para comer, y le dirige una mirada ahíta de rencor, Vida le previene:

—Eleazar, os ruego como un favor que hoy no me toméis. Después de lo que ha pasado, podríais provocarme sangrados y resulta peligroso.

Él bufa. Sardónico. Con asco.

—No pienso volver a tomaros ni a yacer con vos. ¿Para qué? Si habéis sido capaz de matar a mi semilla...

Y, por una vez, Vida no puede sino darle la razón. Entonces cae en la cuenta de por qué se había negado a contarlo y, sobre todo, a Leo. En el fondo de su corazón, tenía la certidumbre de que eso sucedería más tarde o más temprano. Y no por mala suerte. Mató al padre. Y ahora ha matado al hijo. La mala estrella... es ella.

Los Reyes Fernando e Isabel, por la gracia de Dios, reyes de Castilla, León, Aragón y otros dominios de la Corona, al príncipe Juan, los duques, marqueses, condes, órdenes religiosas y sus maestres, señores de los castillos, caballeros y a todos los judíos hombres y mujeres de cualquier edad, y a quienquiera esta carta le concierna, salud y gracia para él.

Bien es sabido que en nuestros dominios existen algunos malos cristianos que han judaizado y han cometido apostasía contra la santa fe católica, siendo causa la mayoría por las relaciones entre judíos y cristianos. Por lo tanto, en el año de 1480, ordenamos que los judíos fueran separados de las ciudades y provincias de nuestros dominios y que les fueran adjudicados sectores separados, esperando que con esta separación la situación existente sería remediada, y nosotros ordenamos que se estableciera la Inquisición en estos dominios; y en el término de doce años ha funcionado y la Inquisición ha encontrado muchas personas culpables además. Estamos informados por la Inquisición y otros del gran daño que persiste en los cristianos al relacionarse con los judíos, y a su vez estos judíos tratan de todas maneras de subvertir la Santa Fe Católica y están tratando de obstaculizar que cristianos creyentes se acerquen a sus creencias.

Estos judíos han instruido a esos cristianos en las ceremonias y creencias de sus leyes, circuncidando a sus hijos y dándoles libros para sus rezos, y declarando a ellos los días de ayuno, y reuniéndoles para enseñarles las historias de sus leyes, informándoles de cuándo son las festividades de Pascua y cómo seguirla, dándoles el pan sin levadura y las carnes preparadas ceremonialmente, y dando instrucción de las cosas de las que deben abstenerse con relación a alimentos y otras cosas, requiriendo el seguimiento de las leyes de Moisés, haciéndoles saber a pleno conocimiento que no existe otra ley o verdad fuera de esta. Y así lo hace claro basados en sus confesiones de estos judíos, lo mismo a los cuales han pervertido, que ha resultado en un gran daño y detrimento a la Santa Fe Católica [...] es deber de la Santa Madre Iglesia reparar y reducir esta situación al estado anterior. Debido a lo frágil del ser humano, pudiese ocurrir que podemos sucumbir a la diabólica tentación que continuamente combate contra nosotros, de modo que, si siendo la causa principal los llamados judíos, si no son convertidos deberán ser expulsados del Reino.

[...] de modo que el Consejo de hombres eminentes y caballeros de nuestro reinado y de otras personas de conciencia y conocimiento de nuestro supremo concejo, y después de muchísima deliberación, se acordó dictar que todos los judíos y judías deben abandonar nuestros reinados y que no les sea permitido nunca regresar.

Nosotros ordenamos además en este edicto que los judíos y judías de cualquier edad que residan en nuestros dominios o territorios partan con sus hijos e hijas, sirvientes y familiares pequeños o grandes de todas las edades al fin de julio de este año y que no se atrevan a regresar a nuestras tierras y que no tomen un paso adelante para traspasar, de manera que si algún judío que no acepte este edicto, si acaso es encontrado en estos dominios o regresa, será culpado a muerte y confiscación de sus bienes.

Y hemos ordenado que ninguna persona en nuestro reinado sin importar su estado social, incluyendo nobles, escondan o guarden o defiendan a un judío o judía, ya sea públicamente o secretamente, desde fines de julio y meses subsiguientes, en sus hogares o en otro sitio en nuestra región, con riesgos de perder como castigo todos sus feudos y fortificaciones, privilegios y bienes hereditarios.

Hágase que los judíos puedan deshacerse de sus hogares y todas sus pertenencias en el plazo estipulado, por lo tanto, nosotros proveemos nuestro compromiso de protección y seguridad, de modo que, al final del mes de julio, ellos puedan vender e intercambiar sus propiedades y muebles y cualquier otro artículo, y disponer de ellos libremente a su criterio, que durante este plazo nadie debe hacerles ningún daño, herirlos, o injusticias a estas personas o a sus bienes, lo cual sería injustificado, y el que transgrediese esto incurrirá en el castigo de los que violen nuestra seguridad Real.

Damos y otorgamos permiso a los anteriormente referidos judíos y judías a llevar consigo fuera de nuestras regiones sus bienes y pertenencias por mar o por tierra, exceptuando oro y plata, o moneda acuñada u otro artículo prohibido por las leyes del reinado.

De modo que ordenamos a todos los concejales, magistrados, caballeros, guardias, oficiales, buenos hombres de la ciudad de Burgos y otras ciudades y villas de nuestro reino y dominios, y a todos nuestros vasallos y personas, que respeten y obedezcan esta carta y todo lo que contiene en ella, y que den la clase de asistencia y ayuda necesaria para su ejecución, sujeta a castigo por nuestra gracia soberana y por la confiscación de todos los bienes y propiedades para nuestra casa real, y que esta sea notificada a todos y que ninguno pretenda ignorarla; ordenamos que este edicto sea proclamado en todas las plazas y los sitios de reunión de todas las ciudades y en las ciudades principales y villas de las diócesis, y sea hecho por el heraldo en presencia del escribano público [...].

Y ordenamos que se evidencie y pruebe a la corte con un testimonio firmado especificando la manera en que el edicto fue llevado a cabo.

Dado en esta ciudad de Granada el treinta y uno día de marzo del año de nuestro señor Jesucristo de 1492.

Firmado yo, el rey, yo, la reina, y Juan de la Colonia, secretario del rey y la reina, quien lo ha escrito por orden de Sus Majestades.

Ley 12/2015, de 24 de junio, en materia de concesión de la nacionalidad española a los sefardíes originarios de España.
Felipe VI. Rey de España
A todos los que la presente vieren y entendieren.
Sabed: Que las Cortes Generales han aprobado y yo vengo en sancionar la siguiente ley:

Preámbulo
I

Se denomina sefardíes a los judíos que vivieron en la Península Ibérica y, en particular, a sus descendientes, aquellos que tras los Edictos de 1492 que compelían a la conversión forzosa o a la expulsión tomaron esta drástica vía. Tal denominación procede de la voz «Sefarad», palabra con la que se conoce a España en lengua hebrea, tanto clásica como contemporánea. En verdad, la presencia judía en tierras ibéricas era firme y milenaria, palpable aún hoy en vestigios de verbo y de piedra. Sin embargo, y por imperativo de la historia, los judíos volvieron a emprender los caminos de la diáspora, agregándose o fundando comunidades nuevas sobre todo en el norte de África, en los Balcanes y en el Imperio Otomano.

396

Los hijos de Sefarad mantuvieron un caudal de nostalgia inmune al devenir de las lenguas y de las generaciones. Como soporte conservaron el ladino o la haketía, español primigenio enriquecido con los préstamos de los idiomas de acogida. En el lenguaje de sus ancestros remedaban los rezos y las recetas, los juegos y los romances. Mantuvieron los usos, respetaron los nombres que tantas veces invocaban la horma de su origen, y aceptaron sin rencor el silencio de la España mecida en el olvido.

[…]

Palpita en todo caso el amor hacia una España consciente al fin del bagaje histórico y sentimental de los sefardíes. Se antoja justo que semejante reconocimiento se nutra de los oportunos recursos jurídicos para facilitar la condición de españoles a quienes se resistieron, celosa y prodigiosamente, a dejar de serlo a pesar de las persecuciones y padecimientos que inicuamente sufrieron sus antepasados hasta su expulsión en 1492 de Castilla y Aragón y, poco tiempo después, en 1498, del reino de Navarra. La España de hoy, con la presente Ley, quiere dar un paso firme para lograr el reencuentro de la definitiva reconciliación con las comunidades sefardíes.

[…]

En la actualidad existen dos cauces para que los sefardíes puedan obtener la nacionalidad española. Primero, probando su residencia legal en España durante al menos dos años, asimilándose ya en estos casos a los nacionales de otros países con una especial vinculación con España, como las naciones iberoamericanas. Y, en segundo lugar, por carta de naturaleza, otorgada discrecionalmente, cuando en el interesado concurran circunstancias excepcionales. Como corolario, la Ley concreta ahora que concurren aquellas circunstancias excepcionales a que se refiere el artículo 21 del Código Civil, en los sefardíes originarios de España, que prueben dicha condición y su especial vinculación con España. Asimismo determina los requisitos y condiciones a tener en cuenta para la justificación de aquella condición. Con ello se satisface una legítima pretensión de las comunidades de la diáspora sefardí cuyos antepasados se vieron forzados al exilio.

[…]

En definitiva, la presente Ley pretende ser el punto de encuentro entre los españoles de hoy y los descendientes de quienes fueron injustamente expulsados a partir de 1492, y se justifica en la común determinación de construir juntos, frente a la intolerancia de tiempos pasados, un nuevo espacio de convivencia y concordia, que reabra para siempre a las comunidades expulsadas de España las puertas de su antiguo país.

[…]

La presente Ley entrará en vigor el 1 de octubre de 2015.

Por tanto, mando a todos los españoles, particulares y autoridades, que guarden y hagan guardar esta ley.

Madrid, 24 de junio de 2015. Felipe R.
El presidente del Gobierno, Mariano Rajoy Brey

Fue una locura. De esas que solo ocurren una vez en la vida y solo a esas personas excepcionalmente afortunadas que conoces a través del amigo de un amigo de un primo segundo. En nuestro caso, parece que se conjuraron los astros en una suerte de círculo virtuoso. El Gobierno había aprobado la ley para conceder la nacionalidad española a los sefardíes —Pilarín y Noelia no pararon hasta convencerme de que debía solicitarla— y eso reeditó el interés por el país entre los judíos diseminados a lo largo y ancho del mundo. Por así decirlo, puso de actualidad el tema latente y comatoso, lo sacó a la palestra tras una prolongada hibernación. Y comenzó a acudir un turismo hebreo súbitamente nostálgico, o acaso curioso, a cuenta de esa madre patria arrebatada, de la Sefarad perdida.

El hecho coincidió con que, justo en ese momento, en Alpartazgo nos hallábamos en disposición de ofrecer a aquellos visitantes ávidos un trozo nada despreciable de su pasado, recién rescatado además. Una primicia, aquel yacimiento abierto al público, con su depósito de reliquias frescas, novedosas, bien conservadas. De repente, las redes sociales que Noelia había creado para el proyecto empezaron a acumular seguidores a un ritmo inusitado. Pero lo que nadie nos esperábamos es que esa avalancha virtual se tradujera en viajeros reales, con sus maletas, sus listas de las diez cosas que ver en…, sus cámaras al cuello, y sus necesidades ineludibles de pernoctar. Al principio, creímos, guiadas por el sentido común, que buscarían alojamiento en Zaragoza y que acometerían el esfuerzo extraordinario de acercarse puntualmente a Alpartazgo, donde permanecerían el tiempo cronometrado e imprescindible para tirarles dos fotos de rapideo a las ruinas y evaporarse rumbo a su siguiente *must* de Lonely Planet. Pues resultó que no, mira por dónde. Desafiando cualquier pronóstico que aspirara a cumplirse, ganó la pelea el argumento feo, debilucho y bajito: el romántico. Agárrense los machos, porque los turistas querían vivir la experiencia de hospedarse, no en la gran ciudad impersonal, sino en el mismísimo pueblo que había guardado con celo sus tesoros durante quinientos años y que, ahora, se los había presentado al universo (esa descripción había puesto Noelia en lo señuelos publicitarios, y vaya si cuajó).

Al menos, eso aducían los que llamaban para reservar habitación. Sí, sí, el teléfono de recepción ardía (en comparación con su secular rutina anterior) y, por primera vez, tuve que emplear mis conocimientos de inglés, de francés, y sí, de griego. El acabose. No dábamos crédito el día que «hicimos corto», que nos quedamos sin sitio, vamos. Aquel argentino al que le cerramos (metafóricamente) la puerta en las narices por falta de espacio constituyó un punto de inflexión con el que jamás habríamos soñado y que nos permitió tomar conciencia de la bestialidad que se nos había venido encima del modo más arbitrario. Muy pronto, el desplante al argentino dejó de tratarse de un caso aislado. Se convirtió en la tónica. Al fin y al cabo, el hostal contaba con un número de plazas muy modesto. Pilarín y yo bromeábamos sobre la posibilidad de que cediera su cotizada buhardilla a uno de esos cazadores de autenticidad y pintoresquismo, y que ella se marchase a dormir a un hotel. Probablemente, habría salido rentable.

Que esa situación de colgar el letrero de completo empezara a repetirse con recurrencia nos obligó a asomarnos a un escenario que producía vértigo, pero que se volvió perentorio afrontar: o nos lanzábamos a la piscina (aunque fuera tapándonos la nariz y cerrando los ojos en previsión del golpetazo que podía aguardarnos por haber calibrado mal la profundidad del agua), o renunciábamos a ese tren que nos conducía a crecer y otro espabilado intentaría subirse a él en nuestro lugar. Máxime cuando las visitas al yacimiento estaban cosechando un éxito formidable y se consolidaban como una reseñable atracción patrimonial a marchas forzadas.

De manera que se lo planteé a Pilarín. «¿Por qué no montamos un hotel, Pilarín? Un hotel de verdad». «Pero qué dices, loca». «No, no, no señora, no es ninguna locura, ¿sabes que hoy he tenido que rechazar a tres clientes? A la larga, esa política de negación y camas escurridizas no va a resultar sostenible, espantaremos a la gente, que se buscará alternativas… No podemos desperdiciar esta oportunidad, ¡no nos hemos visto en una así en la vida, Pilarín!». Yo misma me sorprendí de esa faceta empresarial que me brotó, ignoro de dónde. Jamás había intuido que la poseyera.

Y entonces ella trató de estorbarme el paso con un montón de inconvenientes, preguntas capciosas, obstáculos prácticos. Sin embargo, yo me había preparado las respuestas incluso a los atolladeros más peregrinos. En mi cabeza se estaba fraguando un plan: adquirir un caserón amplio y abandonado al que le había echado el ojo en las afueras del pueblo (el cual seguramente conseguiríamos por cuatro perras dado su deplorable estado), para transformarlo en un establecimiento de calidad, genuino, hogareño. En un parador al que las personas quisieran venir expresamente. Una a una, le fui rebatiendo todas las pegas, hasta que llegó a la crucial:

—¿Y de dónde sacamos el dinero, majica? ¿De los árboles? Porque a estas alturas del partido, no pienso enredarme con los bancos pidiendo un préstamo, que, a la que me descuide, voy camino de los ochenta, y una octogenaria endeudada, pagando intereses y pendiente del euríbor es una cosa muy fea.

Inhalé aire antes de contestarle.

—¿Por qué no vendes esta casa, que está tan bien situada y que puede tentar a algún pijo para construirse un chaletazo en pleno centro, y reinviertes el dinero?

Me miró atónita.

—Estás loquica perdida, Rebeca.

—Que no, Pilarín, que no. Esta vez, no te compro esa acusación.

—¿Pero tú te estás escuchando? ¡Si es mi casa! La casa donde llevo viviendo toda la santa vida…

Ya está. La buena mujer ya había caído en la trampa. Me sonreí al decirle:

—Recuérdame eso de que las casas no tienen por qué estar siempre en el mismo sitio, anda.

Después de hablar con el arquitecto, acababa de apalabrar las obras con el capataz de los albañiles. Y de quedarme alucinada con mi capacidad negociadora. Tenía la impresión de que había revisado todos los detalles de intendencia, incluso en sus más nimios flecos y resquicios. Luego me darían hasta en el carné de identidad, me timarían sin ningún recato… Pero no me importaba. Porque lo importante era que la maquinaria se había puesto en marcha. Yo la había puesto en marcha. En eso se habían cifrado las condiciones de Pilarín, a las que, por supuesto, accedí.

—Vale, venderé mi casa, pero yo no quiero saber nada. Pero nada de nada, ¿eh, Rebeca? ¿Me oyes bien? A partir de aquí, yo me desentiendo por completo. Madre mía, esta chica… De verdad que no entiendo cómo demonios me has convencido, con lo tranquila que vivía yo. Ahora me dejarán en bragas, ya verás. Una penica como otra cualquiera. Te has aprovechado de que chocheo, porque si no, a santo de qué iba a prestarme a semejante locura. Dios mío, voy a terminar mis días en un asilo de indigentes viejos, con una mano delante y otra detrás… Y si no, al tiempo.

—Que no, Pilarín, que no.

A pesar de mis esfuerzos por apaciguarla y contagiarle mi optimismo, me percataba de que la apuesta era fuertecita. Me sentía responsable. Y, sin embargo, por una vez, esa responsabilidad no me atemorizaba ni me agobiaba. Más bien al revés: me insuflaba una ilusión que me recorría el cuerpo y que me multiplicó las energías, justo cuando más falta hacían.

Me encargué de publicar el anuncio de venta de la pensión; de localizar a los propietarios del caserón en ruinas, de hacerles una oferta que aceptaron encantados (estaban deseandito librarse de esa rémora de la que nunca pensaron que sacarían provecho); de hallar un comprador que ofreció por el hostal un precio bastante razonable y al que, además, le arranqué la prerrogativa de que nos permitiera seguir viviendo allí hasta que los trabajos de reconstrucción y acondicionamiento del nuevo inmueble hubieran finalizado, a fin de que en todo momento tuviésemos un techo sobre nuestras cabezas. Y después de que este encaje de bolillos, escrituras de compraventa y notarios mediante, saliera según lo previsto por intercesión de alguna divinidad enrollada, respiré tranquila en cierto modo y empezó lo que yo consideraba la parte «bonita y gratificante» del proceso: echar a andar el hotel. Y para ello, como primer paso, contratar a aquella cuadrilla de albañiles. El trámite, a pedir de boca.

En estas, llegué al hostal y me encontré con un sobre tamaño folio deslizado por debajo de la puerta. Extrañada, me agaché a recogerlo. No llevaba sello, ni dirección, ni remitente. Me escamé, pero lo abrí. Dentro, una simple hoja mecanografiada. La escudriñé. Oh. Un currículum. Con una titulación de aparejador, obtenida en una universidad que no me sonó de nada, y un escueto parrafito de experiencia en construcción. Me enternecí. De repente, me acordé en alta resolución de mi época en Atenas repartiendo currículums a diestro y siniestro, con una vulnerabilidad y una desesperación que corrían parejas, casi igual de intensas. Qué frustrante. Qué angustioso. Qué sofocones me había pegado. El último que eché fue el de la entrevista que me sacó de nuestra casa de Plaka sin llave y... Y, sin embargo, el recuerdo parecía pertenecer a otra persona.

Podía, por tanto, mirarlo a la cara con cierto dulzor, como a todo aquello que ya ha pasado. Al mismo tiempo, me admiré de las carambolas que ejecutaba la vida. Quién me lo iba a decir. Entonces no me lo habría creído. Ahora me hallaba yo en disposición de aceptar o rechazar a alguien que depositaba en mí sus esperanzas de conseguir una oportunidad, acaso una existencia más digna, mejor. O tan solo un plato encima de la mesa.

Después de haber cerrado ya el trato con los albañiles y el arquitecto, no necesitaba a nadie más del gremio, o eso pensaba, pero no me sentí capaz de ignorar aquel cándido papelito, de dejarlo perderse sin ni siquiera hablar con su propietario, notificarle un acuse de recibo para que, al menos, albergara la sensación de que su esfuerzo había llegado a alguna parte; que tal vez no había probado en la puerta correcta en ese momento, de acuerdo, pero que al otro lado reconocían que existía y que merecía como mínimo una respuesta, un indicio, un signo de que, en definitiva, se jugaba los cuartos no con autómatas ciegos y sordos, sino con seres humanos.

Consulté el recuadro de los datos personales. No incluía nombre, ni foto, ni dirección. Solo un número de teléfono. Raro. Aprensión. Curiosidad. Marqué en mi móvil. Un tono. Dos tonos. Una voz de varón.

—¿Sí?

—¿Hola? Mire, le llamo del hostal de Alpartazgo. Hemos recibido su currículum de aparejador. ¿Es usted quien nos lo ha traído?

—¡Ah, sí, sí! ¡Soy yo!

—Encantada de saludarle. Pues, mire, lo lamento mucho, pero no estamos interesados. Ya hemos contratado a alguien. No obstante, muchísimas gracias por las molestias. Y, si más adelante nos hiciera falta, contaremos con usted, no se preocupe.

—Oh, vaya, qué faena… ¿No podrías entrevistarme al menos, Rebeca?

Me quedé petrificada. ¿Cómo sabía mi nombre? Y aquel acento… aquella entonación, delatados en la frase más larga…

—¿Quién habla?

—Pues… Velkan.

El corazón me centrifugó. Palpitaciones jabonosas y enloquecidas, que giraban sin parar, a una velocidad dolorosa.

—¿Velkan? Pero… ¿nuestro Velkan?

Mierda. En medio de la confusión, del intento de ganar unos segundos para cerciorarme, me había salido solo. Ese artículo posesivo inoportuno, que implicaba acogerlo en la familia, en aquello que apreciamos, en lo que nos pertenece. En lo que queremos.

Pese a la barrera del idioma, no se le debió de escapar el matiz, porque había un timbre de sonrisa en su voz cuando ratificó que sí, y también de confianza en la pregunta subsiguiente de si podíamos vernos. Me tomé un momento.

—¿Estás en Alpartazgo?

—Sí, pero duermo en Zaragoza. Si estás ocupada, vuelvo otro rato.

—No… Veámonos. —Las ganas, la intriga, no me permitieron dilatarlo. ¿A qué demonios había venido? Todavía no había empezado la campaña hortofrutícola aquel año.

—Vale, ¿en el bar de Consuelo?

—No, prefiero en el hostal —le repliqué de un modo impulsivo, sin detenerme a averiguar mis razones para citarlo allí—. En mi habitación hablaremos más tranquilos.

Ni idea de por qué me decanté por el peor lugar de la tierra. Él mismo vaciló, imagino que sorprendido por semejante proposición, pero tampoco contaba con mucho margen de maniobra para objetar. Por mi parte, una vez pronunciada la machada, por dignidad, no me podía desdecir. Mejor actuar con naturalidad, como si se tratase de un enclave tan bueno y neutral como el que más, aunque en realidad pretendiera introducirlo furtivamente, mientras Pilarín permanecía en su buhardilla ajena a aquel cambalache. Al cabo de un cuarto de hora, Velkan estaba allí.

Los meses no habían transcurrido por él, y tampoco por el recuerdo que yo atesoraba de nosotros dos desvistiéndonos, aprisa y a tirones, en el asiento trasero del coche de Noelia, aparcados junto al río. Ni por aquel otro de mi boca llena de saliva estrellada contra la suya en el lavabo del bar, mientras esas manos grandes, que ahora reposaban indolentes y lacias en el aire, apretaban mi cintura y mi cadera. Demasiado fresca la memoria. Me estremecí. Y, sin embargo, aguanté el tipo. No nos tocamos. Ni dos besos en las mejillas, ni un apretón de manos. Cualquier gesto parecía inapropiado. Él apenas se atrevía a sostenerme la mirada. Le invité parcamente a que se sentara. Lo hizo, en la única silla del dormitorio. Yo, de pie. Comencé, con cordialidad, pero seca como el Sáhara, a interesarme por sus andanzas. Fingiendo que nuestra última no-despedida no había ocurrido. No se entretuvo por las ramas.

Internet lo sabía todo de nosotros. Por eso, los algoritmos se hallaban al corriente de que él poseía alguna clase de vinculación con Alpartazgo. Quizás había proporcionado su correo electrónico en cierta ocasión a alguna institución municipal, o tal vez sus búsquedas... El caso es que, un día, cuando ya llevaba varios meses de regreso en Rumanía, le saltó una alerta de que se había creado una cuenta en Facebook sobre un yacimiento medieval sefardí que iba a abrirse al público en el pueblo. Empezó a seguir aquel perfil y poco tardó en enterarse de que Noelia estaba detrás del tinglado. De manera que se mantuvo «muy pendiente» —eso dijo— del desarrollo del proyecto. ¿Por qué? Bajó los ojos.

Porque si Noelia estaba detrás, yo no andaría muy lejos. Y, además —agregó recuperándose de la leve turbación que lo había embargado con la confesión—, le alegraba de verdad que las excavaciones hubieran rendido sus frutos. En cierto modo, se sentía un poco padre del descubrimiento, ¿no? A fin de cuentas, si no hubiese sucedido lo de la pelea, lo de su botellazo en la cabeza… Al remontarme a través de sus palabras hasta el inicio de aquel periplo, me patinó la cabeza. Qué lejano. Y qué inverosímil resultaba la forma en que una pequeña anécdota podía evolucionar hasta transformarse en un acontecimiento de una naturaleza totalmente distinta, al menos en apariencia, y que, a partir de ahí, se fueran enlazando los eslabones, en conexiones imposibles de presagiar en el momento en que se desencadenó el germen. Y que, por medio de estos azarosos conductos, se desembocara finalmente en un mar que no guardaba ninguna relación con la cabecera del riachuelo originario.

Sí. Que ahora fuéramos a montar un hotel se debía a un vidrio estallado contra la hermosa cabeza de aquel hombre al que había ayudado por pura casualidad, y que por ello se había hecho amigo mío, y que luego me había desengañado, y que más tarde había vuelto por mí, y con el que me había mezclado y sentido viva, y que después se había marchado de nuevo, sin que yo lograra entender cómo acabábamos siempre tan lejos deseando encontrarnos tan cerca. Por mi parte al menos.

Ahora, me estaba hablando, me contaba que, más atento que nunca a las novedades de Alpartazgo, había llegado a un anuncio. El que yo había puesto demandando mano de obra para la remodelación de un inmueble abandonado y su conversión en hotel. Un anuncio demasiado llamativo para una localidad de las características de Alpartazgo. Imposible no experimentar curiosidad. Lo asaltó una corazonada y lo verificó en la agenda de su móvil: el teléfono de contacto que aparecía se trataba del mío. Entre Noelia y yo, estábamos revolucionando el pueblo. Conque necesitábamos trabajadores de la construcción… Bueno, él nunca rechazaba un posible empleo, y estando ya familiarizado con la zona, con nosotros… ¿por qué no probar suerte?

Recobró el aliento. Enarqué una ceja.

—¿Y te has cruzado Europa por la simple esperanza de que te contrataríamos como albañil?

Encogió los hombros.

—Sois muy buena gente…

Y aproveché para ensartar la pulla. No me privé.

—Uy, pues qué raro. Porque la última idea que me quedó es que yo era una mala pécora que lo había hecho fatal.

Claro. Claro que lo había hecho fatal con Yorgos. Me arrepentía. No me molestaba que Velkan me lo hubiera dicho. Al fin y al cabo, al pan, pan, y al vino, vino. Así los llamaban en Alpartazgo. Pero sí me había dolido y decepcionado esa falta de piedad. Su intransigencia. El juicio sumario. Que se negara a conocer las aristas, los claroscuros, o a realizar el mínimo esfuerzo de comprenderme, de ponerse en mi piel. Precisamente él, quien se suponía que me que…

Me miraba compungido.

—Perdón, Rebeca. No me porté bien.

—Pues la verdad es que no. Yo no actué bien con Yorgos, pero tú conmigo, tampoco. Te fuiste sin aclarar las cosas. Casi sin despedirte.

—Bueno, la vez anterior fuiste tú la que no aclarar nada, ni despedirte.

—Ya, pero la vez anterior todavía no habíamos…

Me tembló la voz. Él se cruzó de brazos.

—Dolió igual.

—Seguro que no tanto.

Al intuir que el llanto me acudía a los ojos de puntillas, amagó un movimiento compasivo con la mano hacia mi párpado, para contenerlo. Pero los corté de plano. A él y al llanto.

—Lo siento mucho, Rebeca. No he venido aquí para empezar con «y tú más, y tú más…».

—¿A qué has venido entonces? ¿A conseguir un trabajo?

—No —aseguró con el rostro pétreo—. A explicarte que reaccioné así, tan gilipollas, porque tuve miedo. De que tú echar de menos a tu ex y solo jugar conmigo y dejarme.

—Velkan. Los celos son una mierda.

—Lo sé. ¡Y lo siento! Pero tú escribiste a él de verdad. ¿Cómo averiguar si tú le echabas en serio de menos o no?

Sonaba realmente desorientado, impotente. Suspiré. Siendo sincera, en su situación, yo me habría visto envuelta en idénticas dudas y, probablemente, estas me habrían empujado a comportarme en unos términos similares. En cierta manera, se asemejaba bastante a lo que había ocurrido en nuestro primer desencuentro, de hecho, con los papeles intercambiados: un pasado de ropa todavía mojada que volvía a nosotros, desde el hogar que habíamos dejado atrás, para reclamarnos en medio de un presente en el que nos habíamos tropezado y en el que aún no estábamos listos para aceptarnos ni para confiar el uno en el otro. Confiar en que ya éramos los que éramos. Unos imbéciles en cualquier caso. Tal cual se lo espeté.

—Somos imbéciles.

Por detrás de la preocupación, le emergió un atisbo de sonrisa.

—O maravillosos. Tú misma lo dijiste en su día.

No me quedó más remedio que sonreírme también. Se acordaba. Me mordí los labios. Y me lancé a la piscina con la misma impulsividad que me había guiado la tarde entera.

—En fin, pues que no se diga: te contrato. Aunque no sé si por maravillosa o por imbécil.

La sonrisa compareció del todo en sus labios. Se aproximó con los brazos abiertos, dispuesto a fundirse conmigo en un abrazo. Sin embargo, en ese punto, ya chapoteando en el agua, sí que lo detuve.

—Espera, espera. Necesito un albañil, pero también tiempo. Así que sal de mi habitación, por favor.

No podíamos estar más orgullosas de Noelia. El profesor de su universidad que habitualmente realizaba las visitas guiadas al yacimiento iba a permitir que ella, comprobado su entusiasmo y compromiso, comandara algunas, sola ante el peligro. Comenzaba a cederle el testigo, a fin de que fuera adquiriendo tablas, autonomía, autoridad. Yo, que la conocía, estaba completamente segura de que iba a arrasar. Se los iba a ganar a todos. Habría metido la mano en el fuego y no me habría quemado. Pilarín y yo, sus compañeras insomnes de cartelas e historietas a lo largo de tantas tardes en el hostal, habíamos acudido a aquel su bautismo de fuego con los guiris. Para animarla, para apoyarla. Porque por nada del mundo nos lo habríamos perdido. Se lo había preparado a conciencia. No la había visto tomarse algo tan en serio en la vida.

—Ay, Rebe. Estoy que me defeco encima, fíjate lo que te digo.

—Bueno, como el yacimiento es al aire libre, igual tenemos suerte y no nos llega demasiado el olor…

Pero solo se trataban de esos nervios salutíferos que nos ponen a punto cuando estamos más que a la altura de lo que nos proponemos. Lo hizo fenomenal. Se había formado un grupito de unas diez personas. Aparte de Pilarín y yo, un matrimonio ajado y solemne proveniente de Israel. Unos argentinos que no paraban de parlotear, de monopolizar el turno de preguntas y de exclamar de cuando en cuando con pretendido acento nostálgico «¡Ay, la patria que nos robaron!», amén de tres amigos de Logroño que habían terminado allí de una forma totalmente aleatoria. Noelia se las arregló para equilibrar las descompensaciones de aquella colectividad improvisada y variopinta, también para resultar didáctica y no pedante; amena y divertida como estaba en su naturaleza, pero sin excederse. Había alcanzado su sazón, sin duda, y se hallaba como en estado de gracia. O así lo juzgué yo. Mostraba los fragmentos expuestos con mesura y aplomo. Enhebraba anécdotas y el rigor histórico logrando que pareciera fácil saltar con esa soltura de un registro a otro, cuando en realidad no lo era en absoluto. Ventajas de que le apasionara el tema y de que, en consecuencia, lo llevase tan trillado. Nos subyugó.

En ese momento concreto, disertaba sobre las conversiones de los sefardíes en 1492, cuando los Reyes Católicos promulgaron, a instancias del inquisidor general Tomás de Torquemada, sendos edictos de Granada, uno para la Corona de Castilla y otro para la de Aragón, con algunas diferencias en la redacción, pero idénticos en el contenido.

—La única forma de permanecer aquí sin que los sentenciaran a muerte pasaba por abjurar del judaísmo y abrazar la fe de Cristo. Muchos claudicaron, porque, ¿cómo iban a perderlo todo? Aquí estaban sus hogares, sus negocios, sus amigos, sus recuerdos... Hay discrepancias en los datos sobre cuántos de ellos optaron por el exilio. Algunos historiadores sostienen que la inmensa mayoría, del orden de ciento cincuenta mil de un total de doscientos mil. Que a Isabel y a Fernando les salió el tiro por la culata porque, a pesar de lo drástico de la medida, recabaron muchísimas menos conversiones de las que esperaban. Otros, en cambio, aseveran que, con carácter definitivo, solo se marcharon unos veinte mil, ya que luego una gran parte iría regresando paulatinamente. No hay certezas numéricas y, sin embargo, según los cálculos, el cinco por ciento de la población se vio empujada a tomar la siguiente decisión: renunciar a ser quienes eran o a su tierra. Una en la que, no lo olvidemos, llevaban viviendo, por lo menos, desde época romana, si no desde antes.

»Entre los que eligieron quedarse, los hubo que adoptaron el catolicismo solo en apariencia y siguieron practicando su religión en secreto, los llamados criptojudíos. Eso sí, fuera sincero o no su bautismo, estos cristianos nuevos no se libraron de los problemas. Se los sometería a un cuestionamiento constante, a un acoso o persecución sistemáticos. A este respecto, resulta muy significativo el *Libro verde de Aragón*, un manuscrito de 1507, denominado así porque de ese color eran las velas que portaban los condenados en los autos de fe, y que estuvo circulando con mucha alegría hasta principios del siglo XVII. En él se detallaba la genealogía de las familias aragonesas con ascendencia conversa, con un nivel de chismorreo que ¡ríete tú de las revistas del corazón! —En efecto, los oyentes nos reímos—. Su autor, cuya identidad no se ha esclarecido —se han formulado diversas teorías al respecto, pero todo apunta a que se trataba de alguien ligado a la Inquisición desde dentro—, pretendía que sirviera a modo de guía, para que ningún cristiano de pura cepa terminase, por error, mezclando su sangre limpia con la de un judío... ¡no se les fuera a desencadenar una septicemia!

»El caso es que, con el tiempo, se calificó al volumen de libelo, porque resultaba difamatorio, y la propia Inquisición prohibió leerlo bajo amenaza de castigo. Se requisaron cuantos ejemplares se encontraron y se les prendió fuego en la plaza del Mercado de Zaragoza. Aun así, como siempre ocurre en estas ocasiones, algunos se salvaron de la quema y, a día de hoy, todavía se conservan y dan fe de las mañas que usaron algunos judíos para cambiarse el apellido y camuflar su pasado. Por ejemplo, escuchen este pasaje: "Aquab Truchas, alias Baro, judío de Huesca, hecho cristiano, le dijeron Juan del Río, por parecer que las truchas viven en el agua. Tomó este apellido y este se hizo caballero, y Francisco del Río fue hijo suyo y dejó un hijo que le llamaron Juan del Río".

—¡Qué chistoso! ¡Las truchas disimuladitas en el río! —terció uno de los argentinos—. Tiraron de ingenio, ¿no?

—Bueno, se jugaban el pescuezo, conque no les quedó otra…

—Claro… ¿Y recurrieron a esa práctica habitualmente o solo fue un chiste aislado? ¿Hay muchos apellidos de ese estilo en el tal *Libro verde*?

—Bueno, sí. Hay más que parecen remitir a elementos genéricos, tomados de la naturaleza, tras los cuales se ocultaron. Así que recuerde, a bote pronto, De la Cabra, Ortiga…

Mientras la escuchaba con atención, la palabra comenzó a resonar en mi cabeza como una cantinela insidiosa, dejando un poso, un reguero. Ortiga, Ortiga. Un reguero muy tenue y solapado al principio, pero que se negaba a borrarse, a pasar de largo, y que fue imponiéndose cada vez más alto, más fuerte, penetrando en mi cerebro, enganchándose igual que la seda de la araña en las circunvoluciones de mi memoria, hasta que me avasalló por completo y explotó con un fogonazo inmenso que me llenó los ojos de luz y de un grito incontenible, la boca. Todos se giraron cuando chillé fuera de mí:

—¡No me jodas que los Ortiga eran conversos!

—Que nos convirtamos, sí. Eso quiere Eleazar. Y que nos cambiemos el apellido para tapar el rastro lo máximo posible y evitarnos problemas —le refiere mientras acaricia a Vela, que ha insistido, como siempre, en acompañarla hasta los olivos—. Según me ha contado, hay mucha gente, muchos conocidos suyos, que van a hacerlo por precaución. Quiere que nos pongamos Ortiga... Ya que a él siempre lo han llamado así... «Algo que nos resulte familiar, pero que no nos identifique como judíos». Eso dice. Cada vez lo veo más convencido.

—¿Y vos? ¿Estáis convencida vos?

Ya era oficial. Tenían por delante cuatro meses. Cuatro meses para marchar. Cuatro meses para ponerlo todo patas arriba si escogían quedarse. Cuatro meses arrinconados contra el borde de un precipicio. Desde que promulgaron el edicto, Vida no había logrado dormir de un tirón ni una sola noche. El sueño se le había llenado de agujeros. Por ahí se le colaban las pesadillas. El miedo. La angustia. Sentía que se le movía el suelo bajo la cama y por eso se despertaba con náuseas. No se trataba de la única. El trauma era colectivo. Nadie se explicaba cómo habían podido llegar a eso. En qué momento se les rompió la suerte en cachitos tan pequeños, tan imposibles de juntarse de nuevo. La vida hecha trizas. Reducida a papilla. No existía otro tema de conversación. Iban de continuo con las pupilas dilatadas e incrédulas, comentando unos con otros hasta la saciedad, incansablemente, el contenido, letra a letra, del decreto, como si a base de la mera repetición fueran a desvelar una clave que les permitiera comprender de golpe y porrazo el despropósito que estaban viviendo. Alguien, de repente, pronunciaría una palabra mágica que restauraría la normalidad, la cordura. No podía ser más que un terrible y colosal malentendido. Pero por mucho que lo exprimían, que lo desgastaban con la lengua, con la gesticulación de las manos, con los suspiros, con los lamentos, no conseguían que se detuviera el flujo de los días, el cual los arrastraba hacia esa fecha inaplazable, sin que nadie interviniera para desenmascarar aquella broma de pésimo gusto y devolver las cosas a su quicio, a su eje.

—Claro que no estoy convencida, Leo. ¿¿Qué locura es esa de que tengamos que cambiarnos el nombre y escondernos como alimañas simplemente para que nos dejen quedarnos en nuestra casa??

Y al comprobar que se exalta, que ha comenzado a estrujar compulsivamente mechones del pelaje blanco de Vela, Leo le aprieta la mano. Le centellean los ojos.

—Vida, sé que es horrible y muy injusto, pero ¡qué remedio! Nunca creí que diría esto, mas, por una vez, estoy de acuerdo con el Ortiga. Debéis hacerle caso. Es lo más sensato. ¿Cómo vais a… a abandonarlo todo?

Y Vida entiende, con la misma claridad que si la pregunta temblorosa fuera de cristal, que lo que Leo le está preguntando en realidad es: «¿Cómo vais a abandonarme a mí?». Y solo por eso flaquea, vacila, repliega velas. Alisa el lomo de Vela. Y masculla:

—Ay, en fin… La señora Ortiga… Qué feo.

Muy feo y grosero quedó aquel grito con el que le aborté su perorata didáctica a Noelia, pero, madre mía, estaba justificado. Si resultaba que Ortiga se trataba de un apellido tapadera, adoptado por un converso para encubrir su casta judía, entonces los dueños de aquel restaurante de Villaluenda de Jalón muy bien podían ser los descendientes directos de Eleazar Azamel, el marido de mi supuesta antepasada, la tal Vida Benveniste, y, por tanto, aquel establecimiento hallarse erigido sobre los mismos cimientos de la casa que, en su día, abría mi llave. O incluso tratarse de la misma. Qué locura.

Apenas acabó la visita, Noelia se apresuró a consultar el *Libro verde* para comprobar qué nombre hebreo se parapetaba tras el Ortiga. Al parecer, provenía «de un sastre al que llamaban de *aquellia* manera». No proporcionaba más información. ¿Sería Eleazar Azamel aquel sastre? A fin de cuentas, la fecha en la que compró el terreno no distaba muchos años de la de la expulsión… Volvimos. Claro. A contemplar la casa, a estudiarla, a… No sé. En esa ocasión, se apuntó Noelia. Y también Velkan. Me parecía de justicia hacerle partícipe del hallazgo después de que me hubiera acompañado hasta allí la primera vez. Y, obviamente, me fue imposible no recordar cómo había acabado la excursión (y sentir un hormigueo) cuando acudí a buscarlo a la obra del hotel, donde trabajaba a destajo con el resto de albañiles. En un aparte, le anuncié:

—Velkan, te doy el día libre.

Me escrutó extrañado, guiñando los ojos al sol, al tiempo que intentaba protegerse con la mano a guisa de visera.

—¿Y eso?

—Pues verás…

En aquel momento, los tres nos apeábamos del coche y emprendíamos camino. Íbamos muy callados. Raro que hubiera cesado hasta el parloteo de Noelia. Se lo había suspendido la expectativa. Allí estaba. Casa Ortiga. Nos situamos frente por frente con su fachada. El letrero. Las lajas de piedra. Las ventanas repletas de geranios. Y la puerta. Una puerta escoltada por unas tiras de plástico color chocolate. Una puerta moderna, se notaba a la legua. Instalada anteayer, como quien dice. Me saqué la llave del bolsillo y la dejé quieta sobre la palma de mi mano extendida. Noelia, Velkan, yo, la observamos en silencio. Con su herrumbre en la tija, con su letra *shin* labrada, con su paletón rectangular. Al fin, formulé la pregunta. Que, en realidad, equivalía a un ruego. Señalé la entrada con la barbilla.

—¿Creéis que hace quinientos años encajaba en la cerradura de su predecesora?

—Seguro que sí.

—Fijo.

Les agradecí en el alma el calor con que lo afirmaron. Su dadivosa confianza. Su invicto optimismo.

—Pero, hay algo que no entiendo… Si estos Ortiga son los bisnietos de aquel Azamel, entonces eso significa que se quedaron aquí. Y en ese caso, ¿cómo terminó la llave en Grecia?

La cuestión planeó unos segundos en el aire.

—Bueno —apostilló Noelia—. Ahí lo has dicho tú. Tal vez una rama de la familia, los Azamel, se quedaron, mientras que los Benveniste, la Vida esta, se marchó por algún motivo, con la idea de regresar más pronto que tarde, y se llevó la llave con ella para poder entrar luego, por si se producía algún percance entre medias. A fin de cuentas, los que se quedaran no lo harían muy seguros.

—Tiene sentido —musitó Velkan, que meditaba sobre la teoría que la Parra acababa de exponer.

Fijé de nuevo la vista en la llave. Me revolví.

—¡Ay! Qué estupidez. Llevársela. Pobres infelices. Si total, para lo que ha servido… Qué imbéciles. —Y le asesté un puntapié a una piedra de la calzada.

Noelia me dirigió una mirada cargada de ternura. La más tierna que me había dedicado nunca. Extrajo una revista que traía enrollada en el bolso. Un suplemento *XL Semanal*, según intuí por la portada. La esquina de una de las hojas se encontraba doblada. La abrió por allí.

—Escucha, Rebe. Me tropecé con esto por azar el otro día y pensé que debías oírlo —e inmediatamente comenzó a leer—: «Ahmad M., veintisiete años. ¿Qué habrá sido de sus queridísimos libros? ¿Los leerá el tipo que ahora vive en su casa? ¿O los habrá tirado? Ahmad no quiere ni pensarlo. Prefiere recordar aquellas tardes plácidas sentado con sus cinco hermanos en la cocina de su casa en Alepo, con el olor de los guisos de su madre amenizando la conversación. Sus padres compraron la casa en 2005. Eran 150 metros cuadrados en un tercer piso, con una terraza espaciosa, en una buena zona. Un amigo suyo, que sigue en Alepo, le ha contado que una bomba destrozó la mitad del edificio. Y que el vecino al que le pidieron que cuidara de la casa ha tomado posesión de ella. Nadie se lo ha impedido, la situación en Alepo es de un caos total. En Berlín, Ahmad está estudiando Comercio. En Siria estudiaba Turismo. Sigue guardando la llave, aunque es posible que ya no sirva: por lo visto, el vecino ha cambiado la cerradura».

Levantó los ojos de la página satinada para incrustarlos en los míos y estampó el dedo sobre la fotografía de un joven moreno, de facciones carnosas, con la barba impecablemente recortada, una calva en la ceja y los brazos cruzados en torno al pecho. Velkan, a su vez, se inclinó por encima de mi hombro a fin de captar la imagen de aquel chico melancólico y circunspecto.

—En este reportaje hay un montón de testimonios de personas que han huido de la guerra en sus países. Y todos han actuado igual, Rebeca. Quinientos años después, cuando a la gente la echan de su casa, se sigue llevando la llave.

Asentí, y con un hilo de voz, logré articular:

—Pues claro. ¿Cómo no se la van a llevar? ¿No te la llevarías tú?

—Que me lleven los demonios. Tú estás loca, Vida, ¿cómo vamos a quedarnos? Y con un apellido cambiado aun encima… Y la dignidad, ¿qué? ¿Dónde la metemos? ¿Se la come el gato? —Doña Oro se hace cruces. Doña Oro, que está vieja, agrisada y percudida, pero que conserva la fiereza intacta, prefiere partir. Doña Oro no quiere quedarse en un sitio donde no la quieren.

—Ya, madre, pero… ¿y todo lo que dejamos aquí? ¿Lo abandonamos tal cual? La casa, la tabla, la tierra… —Y al enumerarlo, a Vida la desarbola la impotencia—. Con lo mucho que se ha trabajado para conseguir cada cosa…

—Ahí lo has dicho tú —le replica su madre frunciendo los labios—. Son cosas. Pueden conseguirse de nuevo si se empieza de cero en otro lugar. Nunca hemos tenido miedo a trabajar duro, nos hemos sabido sacar las castañas del fuego cuando han venido mal aviadas. Hay que asumir con entereza que algunos nacen con *mazal* y ventura y otros…

—No, no. En eso os equivocáis. No se trata solo de cosas. Detrás hay un esfuerzo inmenso como para tirarlo por la borda simplemente porque nos hayan puesto entre la espada y la pared. Renunciar a ello supondría permitirles ganar, y tampoco hay ninguna dignidad en eso. Con lo mucho que luchó padre para…

Pero doña Oro le desmonta de un revés el alegato:

—Más le dolería a tu padre desprenderse del apellido. Vale más un Benveniste que cuatro paredes y una tabla donde filetear bueyes.

—Vida baja los ojos, acaricia contrita a Vela y se muerde la lengua, con la pesadumbre de entrever que su madre ha pronunciado una verdad como un puño. Y aún continúa—: Que no, hija. Que no. Que no me da la gana sentirme de fuera siendo de dentro.

Permanecen en silencio. Cada una a solas con sus respectivos puntos de vista, aunque forcejeando con las reservas de que la otra tenga razón.

—¿Y Juce? ¿Qué ha decidido?

—Tu hermano se marcha. Sin dudar. Antes que convertirse en cristiano, se mata, vamos. Jamás renegará de su fe. Y eso lo honra, Vida. No va a consentir que unos poderes terrenales le obliguen a volverle la espalda a nuestro Dios. Juce es un hombre de principios y antepone la eternidad a las miserias de barro de la política…

Llaman entonces a la puerta. Vela corretea y aúlla. Ceti en el umbral.

—¿Puedo pasar?

—Claro, mujer.

—Ya no aguantaba más en esa casa.

Y se adentra en la de doña Oro con sus ropas de luto y su semblante cuarteado. Samuel falleció hace unos días. La pena ha irrumpido en el hogar del zapatero con las fuerzas duplicadas. A Vida se le encogió el alma ante la desaparición de aquella criatura a la que le había unido esa total falta de condiciones que solo puede nacer de la fatalidad, de lo irremediable. Esa criatura a la que había cuidado y tomado bajo su responsabilidad hasta el último instante, de hecho. Lo había visto nacer y lo había visto morir. El ciclo completo de una vida se le había compactado en las retinas, como un libro del que hubiera leído la primera línea y, tras asimilar cada capítulo, también aquella que lo concluía. El punto sin aparte. Lo había asistido a la cabecera de su cama, en el apagón final, cuando perdió color, le languideció el pulso, lo recorrió un espasmo de despedida y se le retiró la savia, el aliento. Como médico, sabía que ese momento debía llegar más temprano que tarde, ya que personas tan postradas e inermes no solían durar. De hecho, mucho había vivido para lo que habría augurado cualquiera, o incluso la misma ciencia. Sin embargo, eso no obstó para que el golpe la estremeciera igual. Siempre horroriza que se quiebren las alas de las mariposas. El mundo tal cual lo habían conocido se clausuraba, sin vuelta de hoja.

—¿Qué os pasa, Ceti? ¿Qué sucede en vuestra casa? —le pregunta doña Oro.

Aquellos padres huérfanos de hijo habían llorado por él, no cabe duda. Un tsunami de dolor les había arrasado el pecho. Pero tras el paso de la ola gigante y devastadora, la arena se había quedado serena y lavada. Habían aparecido cascos de botellas, pero con sus filos de cristal pulidos y romos. Y se secaban poco a poco, bajo la impronta del sol. Lo habían asumido desde el principio de los tiempos. Que sobrevivirían a su fruto. Y, de alguna forma, habían descansado, aunque los barrenara admitirlo. Sin embargo, ahora, sobre ese estrato de aceptación, de paz resignada, se declaraba un fuego nuevo. Y ese sí quemaba.

—Solomon no para de gritar y no lo soporto. Me voy a enloquecer.

—Pero ¿qué ocurre? ¿Por Samuel? Si lo notamos bastante dueño de sí el otro día…

—Sí y no. Resulta que fue ayer al taller de un ebanista cristiano a por la lápida provisional. Primero había acudido donde Jeremías, claro, pero se le había acabado la madera, porque, según le informó, todo el mundo que se va anda encargándole baúles y arcones para llevarse las cosas y ha hecho corto con el material. Así que Solomon se acordó de un tipo con el que había cerrado algún negocio en el pasado, que le había provisto de cuñas o algo así, y con el que había quedado en buenos términos. Lo recordaba de trato fácil. De hecho, en una ocasión, hace muchos años, incluso lo visitó en la zapatería y se dio la casualidad de que Samuel deambulaba por allí, y el hombre se interesó por él, y puede que hasta le regalara un juguetico de madera, fijaos lo que os digo… Vamos, os quiero decir con esto que lo conocía a la perfección.

»Bueno, pues, al parecer, en cuanto pisó la tienda, el carpintero arrugó la nariz y empezó a comportarse como si mi marido no le sonara de nada. O, en todo caso, de algo malo. Solomon intentó mostrarse cordial y tirarle de la lengua, a pesar de la situación y de que el pobre está destrozadico, y el otro sin entrarle al trapo. A ver, que qué queréis, le cortó de unas maneras muy impertinentes, y entonces Solomon se avino a explicarle lo que había pasado, que el pobre Samuel se nos había… que se nos había ido —A Ceti le parpadea la voz—, y después de mencionarle los detalles, terminó por encargarle la lápida y por pedirle que le pusiera cariño, que pagaríamos lo que hiciera falta. Y en estas, agarra el tipejo y le suelta: «Bueno, pues un cerdo menos». Solomon repite sin cesar que tenía que haberle saltado los dientes apenas lo oyó, pero que le dejó tan atónito que no logró reaccionar y que lo único que le salió fue coger la puerta y largarse sin mediar palabra. Cuando llegó a casa, me lo contó con pelos y señales, y con unos ojos abiertos, abiertos, y al final me preguntó: «Ceti, ¿por qué ha dicho eso? Si nuestro hijo no había hecho daño a nadie…». Y se echó a llorar el pobrecico. Desde entonces no ha parado. No conseguimos entenderlo por más que lo rumiamos. Es que es verdad. ¿Por qué ese hombre dijo lo que dijo, si sabía que…? ¿Por qué lo llamó así? Si Samuel, otra cosa no, pero merecer que lo odien… ¿por qué?

Ceti no comprende nada, porque está tratando de desentrañar el sacrificio más absurdo: el del ser tan inocente que ni siquiera tiene dios. Mientras desgrana ese sufrimiento, a Vida comienza a metérsele en la cabeza, en sordina, la recurrente espiral. Inadvertidamente al principio. La vieja conocida. La letanía de sus momentos desesperados. «Quiero irme a mi casa. Quiero irme a mi casa. Quiero irme a mi casa». Hasta que, por debajo del relato de su vecina, despabilada por los lametones con los que Vela le riega las manos y la ancla a la realidad, acierta a caer en la cuenta de algo. Que, en esos precisos segundos, ya está en su casa, en la que transcurrió su infancia, en la misma que creció. Su propia mente la ha despistado. ¿Entonces? ¿Adónde quiere irse? De repente, la perturba no saber a qué casa se refiere con el soniquete y, por tanto, si alguna vez podrá encontrarla. O, en caso de que así sea, si podrá quedarse en ella.

Para cuando emerge de esa corriente de pensamientos, Ceti se ha marchado (antes, la ha abrazado mecánicamente, incluso le ha frotado la espalda y le ha acariciado la nuca) y se topa con la mirada frontal de doña Oro, que no le concede escapatoria. Le está inquiriendo sin abrir la boca: «Vida, ¿qué pintamos aquí?».

Y ella se lo responde en voz alta:

—Cierto, madre. Nos tenemos que ir.

Coge a Vela y lo estrecha contra el pecho. Está envejecido y renqueante, porque hace un par de años se partió una pata y no soldó bien. No resistiría el viaje, que, en un primer tramo, van a efectuar a pie. Además, los perros son casa. Por eso, cuando las casas se dejan, los perros se mueren. Y por eso, ahora se está encaminando al encuentro de Leo para entregárselo, para devolvérselo a Santiago. Aunque la Lanuza aún no lo sepa. Ni que va a restituirle un perro ni, sobre todo, que va a despedirse de ella. La propia Vida tampoco lo ha pensado en esos términos. Porque el cerebro es sabio y vela por nosotros, nos protege, y el suyo sabe que, si le permitiera adquirir plena conciencia de lo que se dispone a hacer, se desbordaría.

Vida nota el cuerpecillo peludo rebullendo entre sus brazos, el hocico húmedo que busca su barbilla para lamerla según costumbre, con total ignorancia de que se trata de la última vez. Y la ingenuidad de su perro, que ni siquiera concibe que puedan separarse, le va sembrando de agujas el corazón. Llegan a los olivos. Vida suelta a Vela para que corretee. Ella se aposenta en la rama de siempre. Aquella en la que hace más de veinte años se colgó cabeza abajo y vio el mundo del revés. Acaricia la corteza rugosa. El Jalón fluye delante. Tantas piedras arrojadas a su cauce. Tantos baños. Aquella ocasión en que le limpió la sangre. Su eterna canción. Allá donde van, ¿habrá ríos que de esa manera canten?

—¡Buh!

Unas manos se cierran sobre sus ojos. Se los sumen en la oscuridad. Pero no le da miedo. Porque ya ha andado a través de ella. La conoce.

—¿Quién soy?

—El cardenal Cisneros.

—Casi.

Leonor se encarama de un brinco a la rama adyacente.

—¿Qué os pica hoy, Benveniste? ¡Hola, Vela!

El chuchillo se acerca al tronco, ladrando con alegría.

—Nada, estaba mirando el río.

—Qué divertido.

—Sí, una barbaridad… ¿Cómo está Santiago?

—Loco como una cabra. Me ha puesto la cabeza igual que un tambor. Se ha empeñado en que quiere una espada.

—Je. Ya se cree un hombre.

—Eso parece. Qué pereza. Ya veréis lo que tarda el abuelo en complacerle el capricho. Me lo está echando a perder.

—Bueno, se trata de su único nieto… El heredero de su linaje. ¿Qué esperabais?

Leo resopla.

—Sí, pues luego, que lo aguante él, porque madre mía, menudos humitos se le suben…

—Claro, y esos humitos, ¿no tendrán por casualidad nada que ver con los de su madre, verdad? ¿Cómo era aquello? ¿Me lo recordáis? De tal palo, tal asti…

Leo le saca la lengua.

—Es broma, es broma. —Y Vida vislumbra la oportunidad. Aunque, más bien, parece una montaña escarpada con nubes negras enredadas en la cresta. Pero, en fin, ningún momento le va a venir bien, así que, ¿por qué no este? Cuanto antes, mejor—. Tal vez le sentaría como agua de mayo un animal con el que desfogar… que lo obligara a cuidar de él, a responsabilizarse, a aterrizar los pies en el suelo, ¿no?

Su amiga le dirige una mirada escéptica.

—Eh… esto… pues, quizás sí…

Y cuando aún está tomándole las medidas a la rareza de la idea, la otra le espeta:

—¿Por qué no se queda con Vela?

—¿¿Qué?? ¿Con Vela? —Leo lo señala con énfasis, reivindicándolo; se está rascando con placidez los cuartos traseros, venteando las moscas, ajeno a la deliberación—. ¿Por qué queréis desprenderos de él? Si es vuestro perro…

—Bueno, realmente quien lo encontró fue Santiago.

—Sí, y os lo regaló hace muchísimos años.

—Ya…

—Vida. ¿Qué pasa?

Ha llegado al barranco. Tiene que decírselo. Traga saliva. Intenta eludir los ojos expectantes y alarmados de Leo, fijos en ella con una intensidad intolerable.

—Es que… no nos lo podemos llevar.

—¿Llevar? ¿¿Adónde??

Hace de tripas corazón y, ahora sí, la mira. Qué menos. Se lo debe.

—Nos marchamos, Leo. Nos vamos de Sefarad.

A su interlocutora comienza a temblarle la comisura del párpado, los labios, pero no pestañea siquiera.

—¿Cómo?

—Que nos vamos de Sefarad —repite ella muy bajito, muy despacio.

Leo sacude la cabeza para ver si así ahuyenta la pesadilla.

—¿Qué? ¿Que os… ? Pero si… Si habíais resuelto… Lo hablamos la última vez. Que os ibais a convertir y a cambiar el apellido y a…

—Ya… Pues finalmente no… Lo siento mucho, Leo. Es que no puede ser. Me voy con mi madre, con mi hermano y su esposa.

—¿Y Eleazar?

—No. Eleazar se queda. No va a perder su negocio. Antes, se tira al fuego.

Leonor se recuesta contra el tronco, para evitar caerse. El mazazo le ha saltado las teselas por los aires. Las busca a gatas, ciega, sorda, con las babas colgando y las narices sangrantes. Necesita recomponerse. Pero qué va. Eso no se consigue de cualquier manera. Reconstituirse de una voladura de ese calibre le costará pues… A saber. ¿Quién le asegura siquiera que lo supere nunca?

—Pero, Vida, entonces esto lo habéis decidido ¿para alejaros de vuestro marido? ¿Estáis aprovechando para poner tierra de por medio con el Ortiga, o… o qué?

—No.

—¿Os compensa más hallaros lejos de él que cerca de mí? —Se está exaltando. Le están brotando ya las punteras de las lágrimas y, con ellas, la irracionalidad, el egoísmo de la propia supervivencia, el «sálvese quien pueda» del instinto de conservación.

Vida se da cuenta y la ataja.

—No, Leo, no. Nada de eso. Calmaos, por favor.

Le hace caso. Se calla. Con sus ojos vidriosos. Con una vibración contenida estremeciéndole el labio superior.

—No, Leo. Va más allá de eso. No se trata de Eleazar. Se trata de mí. De nosotros. De que me niego a vivir de aquí en adelante con miedo. De que nos han zarandeado gritándonos que, así como somos, no les valemos; que nos repudian. ¡Que no han parado hasta echarnos de nuestra casa, ¿no lo veis?!

Y ahora es ella la que sucumbe. Ahora es ella la que llora. La que entierra la cabeza entre las rodillas y se reboza en lágrimas, saladas y ruidosas, mientras Vela gimotea a los pies del olivo y Leo la contempla con la nariz roja y las pupilas arrasadas tras la deflagración. Permanecen de esta facha unos minutos, hasta que se sorbe los sollozos:

—Nos han dicho que no tenemos derecho a estar aquí, en una tierra que es tan nuestra como suya. Nos la han quitado, nos han sacado a empujones, a punta de cuchillo… Nos han escupido… ¡Nos han dejado bien clarito que no nos quieren!

Un gemido en la garganta de Leo.

—Yo sí os quiero.

—Ya lo sé, amor, ya lo sé.

—Pues no os vayáis, por favor, por favor…

Vida alarga la mano con ímpetu, coge la de ella y se la estrecha. Una convulsión. Ambas permanecen así una eternidad, con las manos entrelazadas muy fuerte, muy apretadas en un solo puño. Lo sostienen en vilo, el puño unido, al tiempo que luchan por secarse el llanto, por tranquilizarse. Hasta que Vida recobra las palabras:

—Me quedaría por vos, sí. Sois la única razón que se me ocurre. Pero lo haría a costa de saber que estoy aquí de prestado. Que han intentado tacharme, que no me aceptan. Que abominan de mí. Que podrían perseguirme en cualquier momento por el motivo que a ellos se les antoje. Y llamarme cerda porque sí. Y así no voy a estar contenta, ¿lo entendéis, Leo?

Ella parpadea muy rápido y muy seguido. Se toma unos segundos. Exhala un suspiro larguísimo y hondo. Asiente. Y tercia con voz ronca, empapada, muy quedo:

—Si creéis que es lo mejor, yo solo deseo que estéis bien.

Vida le estruja los dedos. Dejan caer los brazos, pero mantienen las manos entreveradas.

—Ay, Leo. Elegisteis mal conmigo. Me he dado cuenta de que la suerte marca y diferencia tanto a las personas… Las distancia. Y vos siempre la habéis tenido. Buena estrella. En cambio yo, cada vez que empezaba a levantar cabeza…

—Vida —la interrumpe muy seria—. Mi gran suerte consistió en conoceros. El resto me la trae al pairo.

Un silencio. Y prosigue.

—Además, nuestras suertes no difieren demasiado. Si me dejan sin vos, a mí me destierran igual. Vuestra marcha es mi exilio. Aunque me quede.

Vida le sonríe con melancolía.

—Me temo que os construisteis un hogar en un lugar de paso.

—Idiota de mí.

Las dos se sonríen al fin abiertamente. Leo escruta las ramas del olivo que las acoge.

—Todo empezó aquí. Cuando os salté encima.

—Me caísteis del cielo.

—Ja, ja, ja. Enviada por un dios en el que no creéis.

—Es curioso. Aquel día estaba intentando escapar de mi casa. Para recorrer el mundo, aunque no llegué lejos. Eso sí, a cambio, os encontré. Y ahora que me toca lanzarme a ese mundo, no puede apetecerme menos. Porque ahora sí tengo una casa de la que no quiero irme. Todo el tiempo fuisteis vos. Mi casa…

Leo se allega a la boca el puño que han formado y posa los labios en el dorso de la mano de Vida.

—¿Y qué voy a hacer yo a partir de hoy?

—No me echéis de menos.

—Pfff.

Aparta la mirada para que no se le llene de nuevo de lágrimas. E inquiere para drenarlas:

—Cuando el temporal amaine, ¿intentaréis regresar?

—Con toda mi alma.

—Prometédmelo.

—Os lo juro.

—Mirad que si no lo cumplís, os saldrán sabañones. Acordaos.

—Correré el riesgo.

Otro silencio.

—No, en serio, Leo. Tratad de no vivir en el pasado porque se saca lo mismo que exprimiendo piedras. Nada. Y te desuellas mientras tanto.

—Ja. Lo intentaré, pero la tentación de pedirles asilo a los recuerdos hermosos… va a resultar demasiado grande.

—El problema de eso estriba en que os podéis acabar convirtiendo en vasalla de la nostalgia y, aunque parezca buen señor, no es más que un tirano.

—No os engañéis. No hay otro posible. La vida no es más que una nostalgia que se superpone a otra, y a una más, y así hasta la siguiente…

—Ya. Nostalgia como la que sentiré yo cada vez que me acuerde de Santiago… Despedíos de ese muchacho en mi lugar, que a mí me sobrepasa… Pues, ¿no fui yo la primera que lo vi? ¿Quien le encendió la luz para que naciera? —Leo se ríe—. Dejadle clarísimo que lo quiero en el alma.

De un modo tácito, ambas se bajan del olivo, aunque conservan imbricadas las manos. El puño que han fraguado. Vela comienza a girar frenéticamente en torno a sus pies. Ya se estaba impacientando, amén de que no comprende nada. Si acaso, que esas humanas están tristes.

—¿Puedo hacer algo por vos? —Leo siempre ha sentido esa necesidad física de salvarla y, en ese instante, más que nunca.

Vida deniega con la cabeza. Lo piensa un segundo.

—Bueno, sí, una cosa. Una cosa sencilla. Contad que estuvimos aquí, por favor. Cada vez que se os presente la oportunidad. El gran privilegio de los que os quedáis radica en que podéis contar la historia. Así que contadla, Leo, para que no nos acallen. Contad mi historia, aunque sea tan poco importante. Contad a quien os pregunte, y a quien no también, dónde vivía yo. Que mi padre fue carnicero. Que en una ocasión, en una ceremonia que mi gente practicaba con los recién nacidos, robé un grano de cebada y que luego me remordió la conciencia durante mucho tiempo. Que aprendí a curar un buen puñado de enfermedades y a traer niños al mundo. Que una vez me aposté unas canicas con un chico con el que después me casaría y al que quise con toda mi alma. Y que me lo mataron al poco, rajándole la tripa.

Contad que me atormentaron los granos cuando cumplí trece años, que atraganté a un noble muy poderoso con una aceituna y que os rescaté de un convento. Contad que vos y yo nos hemos enfadado muchísimo, pero que siempre hemos sabido perdonarnos. Que hemos jugado codo con codo toda la vida, que incluso parimos juntas, y que, en el intento, nos lo hemos pasado fenomenal. ¡Ah! Y que os besé como una loca a la sombra de este olivo tan grande.

Leo titubea. Totalmente desarmada.

—Vida, eso último que habéis mencionado... no ha ocurrido.

Y entonces ella la empuja, la aprisiona contra el tronco rugoso, le sujeta la barbilla y le clava la mirada, justo antes de tantearle los labios con los suyos, entreabrírselos con la lengua, meterla en su boca, acariciarle los dientes y mezclar sus salivas. La besa. La besa. Con pasión. Muy largo. Y muy tendido. Como una completa loca. Un beso eterno a la sombra de un olivo. Hasta que cesa. Y se separan sus caras. Un último roce de la nariz. Tras el que ruega:

—Pues contadlo, porque ya ha ocurrido.

Entre tanto, el puño de las dos se ha disuelto. Leo está sujetando a Vela contra el pecho para evitar que salga corriendo en pos de su dueña, que ya se aleja, aunque aún girada, sin dejar de devorarla con esos ojos en los que se mece un mar. Agita la mano en el aire.

Sin pronunciar palabra.

—Adiós, Vida mía —le dice.

Y se pierde a su espalda.

Es la víspera de la partida. La última noche antes de embalar la vida en un petate y largarse. Sus pertenencias apiladas, un jumento atado fuera de casa de su madre para ayudarles a cargar. Como el decreto prohíbe que saquen plata y oro, han cambiado los ahorros que habían atesorado por créditos en Flandes, a través de un contacto suyo banquero. Los cobrarán cuando arriben a destino. Cuentan con eso para empezar. Si por algún azaroso motivo la operación se frustra, carecerán hasta de lo más básico. Así pues, la incertidumbre se yergue apostada en la puerta, como un enorme y malencarado centinela. Las despedidas, conclusas. Con cada mirada que se posa en un objeto, en un ángulo, o simplemente en un determinado efecto de la luz sobre las superficies, cobran conciencia de que no volverán a verlos. Y todo ribeteado por un halo de irrealidad, porque la mente, o acaso el corazón, rehúsan aceptar según qué cosas.

Vida ha despachado los asuntos pendientes con Eleazar. No le ha puesto demasiadas pegas. Hace tiempo que asumió que lo suyo no tenía remedio, que desde el principio no lo tuvo, porque ninguno de los dos deseaba encontrárselo, y se desvaneció en él la excitación, el desafío de poseerla. En el fondo, su esposa siempre le inspiró miedo, y al final, el viejo sueño de que se esfume, lo suficientemente lejos para olvidarse de que existe, se va a materializar. Eso le ha traído sosiego, pues sabe que se va a quedar tranquilo. Pero una última noche es una última noche. Cuando nos sentimos magnánimos y todo lo malo puede permitirse el lujo de parecer mejor, precisamente porque va a acabarse. Y por eso vuelve a distinguir el brillo de la vela en su melena. Igual que aquel sol que rebotaba en su pelo aquella mañana en el patio de la sinagoga, donde impidió que lo descalzara para apropiarse de ella.

—Vida.

Su mujer ha extraviado la mirada en las llamas. Levanta la cabeza, interrogante. Él titubea. Se le enredan las palabras. ¿Cómo se empieza a…? Se frota las manos. Hasta que no aguanta más y arranca:

—Reconozco que he sido un esposo terrible. El inmenso sufrimiento que os he causado y que, aunque hayáis aprendido a tolerarme, hubo una época, al inicio, en que la convivencia conmigo os habría matado si no os hubiese rescatado esa amiga vuestra.

Vida lo contempla con indiferencia.

—Sí, probablemente.

—Por eso, os quería pedir perdón.

Ella se encoge de hombros.

—Presumo que no me echaréis de menos.

—En absoluto.

—No me importa. Me lo merezco. Y sin embargo… Vida, quizás os sorprenda lo que voy a proponeros, y si no queréis, no me sentará mal ni me ofenderé. Por una vez, no voy a forzaros. Hace mucho que no yacemos juntos. Yo mismo me he negado a ello desde que… desde que abortasteis a nuestro hijo. —Vida aprieta los labios, pero él lo obvia y continúa—: No obstante, hemos pasado juntos bastantes años. Y me gustaría, como despedida, portarme bien. Por esta noche. Que me concedierais la oportunidad de procuraros algo de cariño. Y sobre todo, de enmendarme con David. Vos misma lo dijisteis: que él habría querido que os tratara como lo hubiese hecho él. Y desoí ese deber de una forma que… Bueno, que no logro evitar que me remuerda la conciencia. ¿Vos lo extrañáis? Porque yo mucho.

A Vida se le agolpan unas lágrimas en los ojos al pensar qué habría ocurrido si a David no lo hubiesen asesinado. Si hubieran seguido juntos. ¿Cómo habría cambiado su vida? ¿Se habrían marchado juntos de Sefarad al día siguiente?

—Fingid que soy mi hermano, Vida. Eso os ofrezco —le espeta al fin Eleazar—. Que me borréis a mí y que paséis esta última noche a su lado. Que os despidáis en condiciones de él, porque, a fin de cuentas, también os lo vais a dejar aquí.

Vida no puede sino contemplarlo con irrefrenable atención. Está conteniendo el aliento. Jamás lo ha visto así. Sabe que tendría que estallar en carcajadas ante semejante proposición. Escupirle. Acaso abofetearlo. Desde luego, castigarlo con su desprecio. Entiende de golpe que, por esa noche, dispondría de carta blanca para ello, para desquitarse y obligarle a pagar las afrentas juntas, de una en una. Que él no se lo impediría. Y, sin embargo, a medida que Eleazar hablaba, ha empezado a latir en ella un oscuro deseo. Un pozo insondable, lleno de pez viscosa que la conjura, que la impele a asomarse peligrosamente por el brocal, con todo su peso. Y se cae, se cae, se cae. Porque de pronto solo ve los tizones negros. En ambos hermanos siempre lucieron idénticos. Y eso le basta. Sí, David, sí.

431

Inapelable, desnuda al hombre, sacándole la saya por la cabeza. Lo despoja de los calzones. Le indica con un ademán que se tumbe de espaldas en el suelo. El torso velludo. El miembro ya enhiesto, desplegado como un mástil. Las manos fuertes, pero inertes y sumisas, a su total servicio. Las conduce a sus nalgas, las imprime allí. Se sienta sobre él. No ceja de adentrarse en sus ojos, lo único que la salva e interesa, con el firme propósito de arder, de desintegrarse. Se inclina a besar la barba, a lamer los labios (¿no saben como sabían los de Leo?) y ya no discierne a quién está amando. Comienza a moverse allí arriba, a cabalgar la carne, a saciarse con ella. A aventurarse hasta un límite prohibido, extremo, donde la anegue el placer, o el dolor, qué más da. A una frontera recóndita, innombrable, donde se olvide de su vida, de sus amores, de sus pérdidas, de sus muertos. Y sobre todo de que mañana ya se va, se va, se va... Se fue.

Ya ha amanecido, y con el primer albor rojizo, se reúne con su madre, con su hermano y su cuñada. Van a salir pronto, antes de que apriete el calor. El equipaje ya está presto. Han cerrado la casa donde se criaron, con la duda de si la volverán a pisar en lo que les resta por delante. Lo último que hacen es descolgar la *mezuzá*. El estuche con la letra *shin* grabada en el que Dios custodia las puertas. Se la van a llevar consigo, claro.

Unos metros más allá, los esperan Solomon y Ceti. Con las miradas cetrinas y gachas. Cosa curiosa, ellos, el detonante de que partan, sí se quedan. Se funden con sus vecinos en un abrazo. Doña Oro se saca la llave de su hogar de la faltriquera y se la entrega.

—Nos la guardaréis, ¿verdad?

Ceti asiente con su sempiterna sonrisa cansada.

—Hasta que regreséis.

Y doña Oro gira bruscamente la cara, para que sus hijos puedan decir un día que se murió sin que la hubieran visto llorar.

Así se fueron los Benveniste de Alpartazgo. Como tantos otros que...

Salieron de las tierras de sus nacimientos, chicos y grandes, viejos y niños, a pie y en asnos y otras bestias, y en carretas, y continuaron sus viajes cada uno a los puertos que habían de ir; e iban por los caminos y campos con muchos trabajos y fortunas; unos cayendo, otros levantando, otros muriendo, otros naciendo, otros enfermando, que no había cristiano que no tuviese dolor de ellos, y siempre por donde iban los convidaban al bautismo y algunos, con la cuita, se convertían y quedaban, pero muy pocos, y los rabíes los iban esforzando, y hacían cantar a las mujeres y mancebos, y tañer panderos.

Andrés Bernáldez, párroco de Los Palacios

En cuanto a los que se quedaron, Eleazar Azamel se convirtió en cristiano y, además, en Enrique Ortiga. Y prosperó. Con el capital amasado a expensas de su flamante negocio, se construyó una bonita y amplia casa en la parcela que había adquirido unos años atrás y que hasta entonces había permanecido baldía, sita en el pueblo de al lado, Villaluenda de Jalón. Allí conocería a una honrosa dama, de nombre Beatriz Guevara, con la que fundaría una familia. Y sí, el techo que los cobijó se edificó tres años después de la marcha de cierta judía con la que, a partir de entonces, negó en todo momento haberse casado, pero de la que siempre se acordaría.

Por su parte, Solomon y Ceti estarán un buen rato contemplando cómo se desdibujan las siluetas de sus amigos en el horizonte polvoriento, en caminos que no son de leche y miel. Ella oprime en la mano la llave que les han confiado. No pueden seguirles los pasos, por más que les tiente, por mucho que allí se sientan ya apestados y extranjeros. ¿Cómo abandonar a su hijo en esa tierra que lo cubre y que ya no se llama Sefarad?

Sefarad. Sefarad. Ahora solo parecía el nombre de una leyenda. O de cuento. Uno de los que me contaba la nona al acostarme. Pero se había tratado de la casa, de la tierra de gente de carne y hueso. Resulta increíble cómo cambian y se desvanecen las cosas. Incluso las que se hallan tan adentro, tan profundas, como las raíces. Pero siempre subsiste un rastro, claro. Nada desaparece nunca del todo, ¿no? La prueba era yo misma, que ahí estaba.

Si me hubiesen desvelado hace tres años el viaje que iba a emprender, las experiencias que me disponía a vivir, las emociones que sentiría, la persona en la que me iba a convertir... Me habría costado creerlo. Y, sin embargo, un día simplemente sucede. A poco que te dejes llevar. Sabiendo que habrá dolor, por supuesto, porque detrás de cada sorpresa hay un camino, y en los caminos, piedras como puestas a traición. En cuanto a si merece la pena...

—¡Rebe, Rebe! —Velkan, que llegaba corriendo al hostal, sin aliento.

Derrapó en la entrada de la velocidad que lo embargaba. Me alarmé. Estaba excitadísimo, con un rostro congestionado que no le permitía ni hablar.

—¿Qué ocurre? ¿Qué ocurre?

Por una vez, la barrera de la lengua se alzó como un escollo insalvable. Tartamudeaba, acelerado, incapaz de encontrar las palabras precisas para explicarse, y ante la impotencia comenzó a expenderlas en rumano. Igual que una metralleta. Ta-ta-ta-ta-ta.

—Velkan, por favor, que no te entiendo. Cálmate un poco.

Me hizo caso. Se serenó, al menos lo suficiente para respirar, pero continuó sin articular ni una sílaba inteligible. Entonces, lo suplió agarrándome de la mano y tirando de mí. Me instaba a que corriera, no detrás de él, sino a su lado, porque no me soltó. Acompasó las zancadas a las mías, yo a las suyas, y así, de la mano, nos apresuramos hacia un lugar que él conocía y respecto al cual yo me hallaba completamente a oscuras. Aun así, en aquella ocasión, también me dejé llevar. Me salía fácil. Había adoptado la costumbre.

Al cabo de unos minutos de carrera, nos plantamos delante del edificio que estaban restaurando. El futuro hotel. Me inquieté en el acto. Madre mía… ¿Se habría desplomado el techo? ¿Reventado las cañerías? ¿Peligraba el sitio donde habíamos depositado todas nuestras esperanzas sin plan B? Nos detuvimos a enrollar de nuevo el palmo de lengua que traíamos fuera. Y apenas lo logramos:

—¿¿Qué ocurre, Velkan??

Le zarandeé el brazo. Pese a mi angustia, y tras la película de sudor, él sonreía, exultante. Señaló hacia arriba, hacia un punto de la fachada, justo encima de la puerta.

—Que encontré tu casa. La casa de tu llave. Mira.

Seguí la dirección que apuntaba su dedo. A un blasón. Un blasón de piedra que había aparecido tras una capa de estuco que acababan de picar. En el blasón había un escudo con tres árboles. Esos tres árboles, dos que crecían de la misma raíz y el tercero más distante, eran los mismos que había labrados en la llave de mis antepasados, y que todo el mundo, todo el tiempo, habíamos tomado por la letra *shin* del alfabeto hebreo. Aunque no hiciera falta, porque me la había grabado a fuego en la memoria, saqué la llave que siempre llevaba guardada en el bolsillo y la sostuve en alto, de modo que, desde nuestra perspectiva, quedara situada a la altura del blasón. Comparando ambos motivos, se adivinaba que el uno se trataba del molde del otro. Resultaba irrebatible. Aquella llave había abierto aquella casa.

435

Su casa. Su nueva casa. Han llegado a Salónica a principios del verano de 1492. Por fin. Después de meses de viaje, en los que la nariz se les ha colmado de mar, de ese olor penetrante y salado que no conocían, del bramido de las olas, del graznido de las gaviotas, y de un azul que les ha arañado el fondo de las retinas. La piel se les ha curtido por el salitre y la brisa. Vida se ha hartado de tararear una canción: «Alta, alta es la luna cuando empieza a esclarecer, hija hermosa sin ventura, nunca llegue a nacer. Los ojos ya se me hinchieron de tanto mirar al mar, cartas para mí no hay… Pajaricos cuchichean en los árboles en flor. Allí abajo se sientan los que sufren de amor».

Qué lejano parece Alpartazgo desde allí, donde van a recomenzar. Y a zurcirse la nostalgia. Han conseguido arrendar una humilde vivienda en un barrio que muy pronto se poblará de judíos como ellos. Judíos huidos, expulsados, que, cómo no, saldrán adelante y prosperarán.

Pero eso todavía no ha pasado y queda lejos. Por el momento, todavía conservan intacto el susto y la incertidumbre del recién desembarcado. Por el momento, ya tienen bastante faena con trocar las letras de cambio para obtener liquidez, con procurarse algunos muebles, acomodarlos y, solo cuando empiecen a sentir en esas cuatro paredes un resabio que remotamente les recuerde a un hogar, rescatarán la *mezuzá* del fondo de un baúl y la colocarán en la jamba de su puerta.

Cuando lo está haciendo, en esa soleada mañana de agosto, a Vida se le resbala. Mal estreno. ¿Le habrá perseguido hasta allá su mala estrella, incansable y tenaz, como una maldición? Eleva las pupilas al cielo. ¿En serio? ¿Más? Está agotada… Medrosa, se agacha a recoger el estuche. Al caerse, ha rodado fuera de él un objeto de metal. ¿Qué es? Pues parece una llave. ¿Una llave? ¿Pero qué…? La sostiene en alto, la escudriña sin comprender nada. Qué raro. ¿De dónde ha salido? Entonces, el corazón le da un vuelco en el pecho al reconocer, cincelado en el ojo, el escudo de los Lanuza, por el que tantas veces juraron ella y Leonor para renovar su alianza. «Cada vez que entre en mi casa, me acordaré y no me pondré triste aunque no estéis». Trata desesperadamente de aquietarse los latidos disparados en un segundo, afanándose en lo primero que se le ocurre: hurgar en la *mezuzá*, a ver si esconde algo que le explique lo que acaba de suceder. Y en efecto. Leo no ha dejado nada a la improvisación. Además del consabido pergamino con la oración de *Shema Israel*, dentro hay un papelito que la muy bruja deslizó en el recipiente sagrado aquella noche final, cuando se coló en la judería una última vez mientras todos dormían.

«Abrid sin más cuando volváis, que mi casa es vuestra».

A Vida le tiembla la mano que sujeta el papel.

Me temblaba la mano en la que sujetaba la llave en alto. La contemplaba alternativamente, a ella y al blasón. Sin comprender nada. Hasta que me giré hacia Velkan, quien me contemplaba a mí, hondamente emocionado.

—¡La hemos encontrado, Rebe! —reiteró para convencerme, para que me lo terminase de creer. La llave había vuelto. A su hogar, que la había atraído a través de los kilómetros y los siglos con la fuerza invencible de un imán terco. Asentí. Balbuceé. Se me atoraban las palabras, mezcladas con la saliva que no podía parar de tragar.

—Pero, Velkan, ¿cómo... cómo es posible? Si este caserón no está en la judería... Este palacete pertenecía a un cristiano, no hay más que verlo. ¿Qué pintaba mi familia con la llave de esta gente? ¿La robarían?

Él pronunció su sonrisa. Se encogió de hombros.

—Nunca lo sabremos. Pero no creo. Más bien, pienso que aquí... tuvieron una casa amiga.

Le miré muy fijo a los ojos. Notaba que los míos titilaban.

—¿Tú crees?

—Ajá.

Se me habían empezado a escurrir las lágrimas.

—Entonces, eso confirma que, a veces, las casas se hallan en sitios insospechados, ¿no?

Se balanceó sobre las puntas de los pies, sin abandonar en ningún momento la sonrisa, y cabeceó:

—Exacto.

Lo medité un instante. Y sí. Me dejé llevar.

—Oye, Velkan, ¿un hotel en Alpartazgo te parece un sitio lo bastante insospechado para considerarlo una casa?

Dejó de balancearse. Me observó despacio.

—¿Qué me estás pidiendo, Rebeca?

—Que no te vayas este año cuando acabes la obra. Al que viene, Dios dirá, pero este… Te pido que te quedes. Por favor.

Que se había quedado embarazada. Eso descubrió Vida además de la llave al poco de llegar a Salónica. Aquella última noche habían pasado tantas cosas… No en vano, una sola noche basta para que todo cambie. Cuando el niño nació nueve meses después, rollizo, sano y hermoso, cumpliendo la ley del levirato, su madre lo llamó David. Eleazar había perpetuado en la tierra el nombre de su hermano. Pero de apellido fue Benveniste.

Transcurrieron los años. Doña Oro falleció cuando su nieto cumplió ocho y, entre tanto, lo quiso con cuanto amor cabía en su ajado e inquebrantable corazón de nona. Juce y Dulce también tuvieron hijos, y los criaron con holgura gracias a la boyante carnicería que regentaron a lo largo de las décadas.

Vida se convirtió en la comadrona más ducha y afamada entre los suyos. Estuvo ayudando a nacer a generaciones de críos hasta casi el mismo umbral de su muerte. Y hasta esa fecha, estuvo repitiéndole sin desfallecer al pequeño y después al joven David que, aunque aún no pudieran, él debía volver.

«Si yo no puedo, vuelve tú. Y si tú no puedes, que vuelva tu hijo, o el hijo de tu hijo, pero hay que volver. En cuanto os sea posible. Es muy importante que lo hagáis. Verás… Hay una casa, al otro lado del mar, en una tierra que se llama Sefarad, y esta llave la abre. —Se la enseñaba, muy seria, y a la vez muy feliz—. ¡Esa casa es nuestra!».

Sí. Suya y de una mujer testaruda que estará esperando sin tregua durante treinta años que, un día cualquiera, la puerta se gire sin que ella haya tenido que levantarse a abrir. De todo lo que Leonor de Lanuza se propuso en la vida, es lo único que jamás consiguió.

Hemos conseguido poner en pie el hotel. Y no nos va mal. Cada vez recibimos más reservas, más visitas, y estamos saliendo adelante, pese a que los comienzos siempre resultan duros. Más de lo que pensaba en el loco entusiasmo con el que me embarqué en esta aventura y, de paso, también a los demás, empezando por la bendita de Pilarín. Pero precisamente eso nos salva. Que estamos juntos.

De hecho, en estos precisos instantes, los estoy esperando. Esta noche vamos a cenar aquí. Velkan, Pilarín, Noelia, que ha invitado a Consuelo, Ionel y Dragos, que han regresado para la campaña de la fruta de este año. Se han ido a dar una vuelta para cebar el apetito, pero estarán al caer. Yo no los he acompañado. A veces sigo necesitando estar sola.

De pronto, escucho forcejeos en el piso de abajo y me sobresalto. Se me sube el corazón a la boca. ¿Quién anda ahí? Busco alrededor de mí y, como posible arma, solo encuentro un paraguas. Lo aferro, dispuesta a blandirlo. Revestida de la máxima cautela, me dirijo a las escaleras y entonces me suena el móvil. Velkan. Descuelgo.

—¿Sí? —le pregunto en un susurro atemorizado.

—¿Rebe? ¿Por qué hablas tan bajito, amor? Oye, no sé qué ocurre, pero ya hemos llegado y no logramos entrar. Lo estoy intentando, pero está como atascado, ¿por qué no miras qué se ha estropeado, si se ha roto el bombín o…?

—Sí, claro, ahora mismo bajo.

Con una risa autoindulgente, arrojo el paraguas a un rincón. Desciendo la escalera.

A través de la cristalera del vestíbulo, veo a mi gente reunida en un grupito, aguardando pacientemente y hablando muy alto. No parecen preocupados en absoluto, sino más bien lo contrario. Las carcajadas reverberan a lo largo y ancho del porche. Noelia me divisa y se pone a menear la cabeza, como endilgándome la culpa, y a dedicarme unas muecas horrorosas. En correspondencia, mi dedo índice la obsequia con una espléndida peineta. Espléndida como mi sonrisa. Esa virtud suya de hacerme reír.

Entonces, descubro en un primer vistazo dónde está el problema. Una gran tontería. Si todos se solucionaran así... La llave se ha quedado echada por dentro. La giro en la cerradura. Se oye un clic. Y se abre la puerta.

Agradecimientos

Con esta criatura ya van cuatro y, por fortuna, al final de sus páginas puedo seguir dando las gracias a los de siempre, porque ahí seguís. Los más importantes: mis padres, por el apoyo perenne. Mi hermana, mis abuelos, mis tíos. Por poner los cimientos y acompañarme sin que falten nunca las ganas.

A Fernando, por esa primera lectura que dotó de alas a esta historia cuando apenas estaba echando a andar. A mi familia teatrera, por compartir conmigo esa «dramedia» que se titula vida y que cada vez nos sale mejor. A Alicia, Elena, Israel, Lucía, Marta, Teresa, por formar el equipo más maravilloso que jamás pasó por El Retiro y por las butacas. A Alfonso, por su respaldo y por estar pendiente desde hace más de veinte años. A Carol, por su valioso asesoramiento médico. A maestros como Javier Marrodán, José Mari Enguita, Marisa Arnal, Juan Echenique, Bea Gómez, Fran Osambela o Luis Alberto, por el aliento que me insuflaron al confiar en mí. A tantos y tantos amigos que, pese al tiempo y/o la distancia, encuentran maneras de demostrarme la inmensa suerte que tengo por haberme cruzado en su camino: Jhoa, Cristina, Belén, Juanma, Laura, Dani, Inma, Jesús, Adrián, Marisa, Aitana, Lean, Miguel Ángel, Lolo, Carlos, Julio, Luzía, Marta, Teresa, Olga, Antonio, Hesther, Inés, Isabel...

A Sandra y Berta, por esta aventura que estamos construyendo juntas con paciencia y cariño. A Elena y al equipo de HarperCollins Ibérica, por el entusiasmo y la apuesta.

A todos muchas gracias porque, aunque quizás escribir se trate, como dicen, del oficio más solitario del mundo —una titánica lucha contra uno mismo—, es al desgranar estas líneas cuando me doy cuenta de que, tal vez, no esté totalmente de acuerdo.

Las puertas me las habéis abierto vosotros. Espero con esta llave, siquiera en parte, podéroslo devolver.

Printed in the USA
CPSIA information can be obtained
at www.ICGtesting.com
CBHW021739120624
9924CB00005B/13

9 788418 976346